一 北大记忆 一

北大回首六十年

段宝林 著

北京大学出版社
PEKING UNIVERSITY PRESS

**图书在版编目(CIP)数据**

北大回首六十年 / 段宝林著 . 一北京:北京大学出版社,2019.5
(北大记忆)
ISBN 978-7-301-30065-7

Ⅰ.①北… Ⅱ.①段… Ⅲ.①回忆录—作品集—中国—当代 Ⅳ.① I251

中国版本图书馆 CIP 数据核字(2018)第 260873 号

| | | |
|---|---|---|
| 书　　名 | 北大回首六十年 | |
| | BEIDA HUISHOU LIUSHI NIAN | |
| 著作责任者 | 段宝林　著 | |
| 责任编辑 | 于铁红　周　彬 | |
| 标准书号 | ISBN 978-7-301-30065-7 | |
| 出版发行 | 北京大学出版社 | |
| 地　　址 | 北京市海淀区成府路 205 号　100871 | |
| 网　　址 | http://www.pup.cn　新浪微博:@ 北京大学出版社 @ 培文图书 | |
| 电子信箱 | pkupw@qq.com | |
| 电　　话 | 邮购部 010-62752015　发行部 010-62750672 | |
| | 编辑部 010-62750112 | |
| 印 刷 者 | 三河市国新印装有限公司 | |
| 经 销 者 | 新华书店 | |
| | 660 毫米 ×960 毫米　16 开本　23.5 印张　300 千字 | |
| | 2019 年 5 月第 1 版　2019 年 5 月第 1 次印刷 | |
| 定　　价 | 55.00 元 | |

# 目　录

# 难忘的黄金时代

## ——青年时代的回想

不知道为什么，我始终感到，我平凡的一生中最难忘的是青年时代。

青年时代是我告别苦难的童年跨向新生的年代，同时也是我们亲爱的祖国由苦难走向新生的闪光年代。正是我的青年时代，奠定了我一生事业的根基。每当我想起幸福的青春年华，一股甜蜜的情感便油然而生，使我陶醉，使我振奋。"锦瑟无端五十弦，一弦一柱思华年"，回忆青年时代是令人非常愉快的，这是我一生中最难忘的黄金时代。

青年时代很遥远了，但又仿佛是晚近的事。当我登上西藏高原的唐古拉山口时，仿佛是在爬南京的那些小山头；当我在北京琉璃厂旧书店的书海中遨游时，仿佛在上海地摊上翻阅旧书一样激动。年青时代的印象是那样的强烈，时时如电影一幕幕浮现在我眼前，那样生动，那样丰富多彩。不知我这支秃笔能体现其万一吗？

我在青年时代，似乎整天都处在一种兴奋的情境之中，尽管也屡受批评乃至批判，但豪性不减，仿佛有使不完的精力、尝不尽的甜蜜。这究竟是为什么呢？

## 孤儿的血和泪

我出生在扬州城内东关街的一个商人家庭，家业曾红火过一阵，但"七七事变"以后很快就衰败下来。祖父在日伪土匪的迫害下病死。父亲抽大烟沦为乞丐冻死街头。我和母亲寄居外婆家，弟弟和祖母寄居亲戚家，过着寄人篱下的生活。1944年母亲病故。1948年祖母亦跳运河自杀身亡，弟弟进了孤儿院。我则在外婆家读书。孤儿的生活是不堪回首的，那时处处受气，感到窒息，盼望着平等的待遇而不可得。世态炎凉，有时幼弱的心灵难以承受。记得母亲去世一年后，我曾从病床上爬起想触电自杀，但被弹了回来。小学五年级的《自然》课本说，五分钟不呼吸人就要死亡，于是我憋气找死，但不到五分钟，便憋不住了。没法子，只好活下去，埋头书本，这也养成我后来孤僻的个性。

抗日战争胜利那年我进了初中，崇实中学校园原是日本鬼子的"苏北宪兵队"，这里关押过许多抗日志士，后院有个镪水池，是鬼子将坚强不屈的中国人毁尸灭迹的地方。我亲眼看到这水泥深池，硝镪水中漂着油光。这段历史我无法忘记，我觉得中国人要争气，这也无形中加强了我学习的责任感。

扬州作为文化古城，文化基础较好，我们的中学老师多为饱学之士。初中时的物理、几何老师王履安，教课非常认真，虽然由于生活困难而面黄肌瘦，但讲起课来精神头十足、头头是道。他唤起我对理工科的兴趣，听课之后，做作业非常轻松，考试常考100分，那时就想将来当发明家，做工程师。后来他到江都县中去教书了，我又跟着他到了县中，在县中我也常考第一，打好了文化基础，毕业后就考入了著名的省立扬州中学。

我的小学是在法国人办的天主堂达德小学里读的。崇实中学也是教会学校，可能是新教吧，讲道的是牧师而不是神父。我曾听过牧师的传道，宣传上帝的万能。记得他生动地打了一个比方，说上帝造的人眼，完全自动对光，非常灵敏，不像人造的照相机，还要对快门、距离、光圈什么的，说得天花乱坠。学校里有个爱沙尼亚老太太，矮个子，嘴唇上有些黄"胡须"，对人很和善。据说这校舍就是她主持修建的。学生听"讲道理""做弥撒"都是自愿的，我们爱玩，很少去。就是偶尔听一两次也是出于好奇，想尝尝"圣饼"的滋味，感受一下教堂中神圣的气氛——那窗户上的五彩玻璃和耶稣受难像，那和谐悦耳的赞美诗是有一定艺术感染力的。基督教"平等博爱"的思想也有吸引力，但许多玄奥的道理我们还理解不了，也没有心思去信教。当时真正"吃教"的人是很少的。到公立学校之后，也就与宗教远离了。但宗教的艺术气氛却给我留下了深刻的印象。当时我们的生活是非常单调的，电影戏剧都与我无缘。有一次，为了看戏甚至流了不少血。

那是1948年的夏天，国民党军队在左卫街实验小学搭台演戏。这是不用买票的，我很早就跟伙伴们一起去了。人很乱，很挤，我被挤到了前排，没有位子，就站着看。当我正好奇地看着台上进行演出准备，盼望看到好戏出台时，没想到一个大兵在台前维持秩序，要大家别挤。他走来走去，忽然走到我的前面，用脚使劲在我头上一踩，我的眼角猛然碰撞在舞台的木头沿上，立刻血流不止。我只好用手捂着伤口，挤出了"剧场"，回家抓了一把香灰，把伤口盖上。还算幸运，如果再往下一点，把眼碰瞎就更糟糕了。戏没看成，却在我的左眼角上留下了一个永久的伤痕。

我的中学时代是悲苦的。我家住东城，扬中在西城，上学时走在大街的石板路上，常常感到阳光惨白，非常暗淡。今天回忆起来还感到奇怪，难道那些年的太阳真是那样惨白吗？那也许只是我的主观感觉吧，但那印象极深，每当我回忆起那段生活，那惨白的阳光就突现在我的眼前。

扬州中学是一所著名的学校。朱自清、胡乔木、江泽民等都是我的校友。"南有扬中，北有南开。"在20世纪30年代，扬中是全国最好的中学之一，老师们上课往往不看教案，滚瓜烂熟，很吸引人。化学老师胡季洪先生在黑板上写的化学方程式是如此精美，简直是极好的书法艺术品，具有独特的美感，令人钦佩不已。物理老师侯湘石、数学老师黄应韶等先生都是著名的老教师。国学常识课的老师鲍勤士先生年近八旬，讲起《诗经》来热情洋溢，颇使人陶醉。语文老师江达臣（树峰）先生，给我们讲李大钊的散文《青春》《今》等名篇，让我们写作文时创作小说，并进行生动的讲评，引起了我对文学的喜爱。原来热衷于数理化的我，那时可以写几千字的小说，觉得是很大的进步了。

在悲苦的生活中，精神生活是不可缺少的，我的精神文化生活主要在文学与音乐。当时武侠小说在学生中很流行，什么《蜀山剑侠传》（还珠楼主），有好几十本，我不感兴趣，看得不多。我喜爱的是《石头记》和诗歌，小学时学过的《古文观止》也是常翻的。一些新诗能投合我的心理，也常常铭记不忘。至今我还能背出一些。如一首不知名的小诗：

> 鱼啊，
> 地狱式的池沼，
> 生活是苦，
> 还是甜？
> 秋雨落了，
> 处处激起争自由的狂潮。
> 去吧！
> 跟着流水东去，
> 不要在浊水中徘徊。

这首诗似乎是为我所写，所以印象极深，虽然是自由诗，但还是很自然地记住了。

我爱书，在那苦难的岁月里，书籍是我精神的慰藉。我常常迷醉在书中，忘却了人间的辛酸。但那时能看到的书还是很有限的。1949 年 1 月 25 日清晨，没有经过战斗，解放军已进了扬州，我的命运也跟着发生了根本的变化。在辕门桥闹市区，新华书店很快开门营业了，最值得大书特书的是在店内办了一个读者阅览室，使我们这些买不起书的穷学生也能在里面看书。刚出的新书，都可以自由取阅，十分方便，这使我的思想发生了巨大的变化，大开了眼界。过去的反共宣传，说什么"共产党共产共妻""杀人放火无恶不作"，曾使不少人流亡他乡。当时我也想流亡，只是没钱而未走成。我向往新生活，如饥似渴地读着反映解放区新生活的书。丘东平的《茅山下》，艾青的《黎明的通知》，马烽、西戎的《吕梁英雄传》，孔厥、袁静的《新儿女英雄传》，柯蓝的《洋铁桶的故事》等书，以生动的事实使我看到了共产党领导人民进行斗争的事迹。后来又看了毛泽东的《中国革命与中国共产党》《新民主主义论》小册子，看了萧三的《毛泽东同志的青少年时代》以及《社会发展史》《中国四大家族》《蒋党真相》和艾思奇的《大众哲学》、列昂节夫的《政治经济学》等许多书。当时正值寒假，我常常整天去看书，逐渐懂得了一些革命道理，那些曾经甚嚣尘上的反共宣传不攻自破了。从此我还有一个更大的收获，就是开始爱上了新的文艺作品，成了一个文学爱好者。那些作品使我看到了新的出路，使我更加向往新的生活。丘东平的中篇小说《茅山下》的卷前诗曾那样激动着我年轻的心，我至今记忆犹新：

> 莫回顾你脚边的黑影，
>
> 请抬头看你前面的朝霞，
>
> 谁爱自由，
>
> 就得付出血的代价。
>
> 茶花开满了山头，
>
> 红叶落遍了原野，
>
> 谁也不叹息这道路的崎岖，
>
> 我们战斗在茅山下！

这是革命烈士丘东平同志在江南新四军中跟随陈毅元帅抗击日寇时写下的壮丽诗篇，像一片火红的朝霞一样，照亮了我人生前进的道路。

## 走向新的人生

当时的解放军住在老百姓家，和老百姓关系很好。老同学郭宏儒家离我家不远，他们家住的解放军有一本奥斯特洛夫斯基的《钢铁是怎样炼成的》。他看了，向我介绍，我也借来看。保尔的身世同我有一些相似之处，所以看得特别入迷。对于处在人生十字路口的我，保尔的这段内心独白特别投合我的心理：

人的一生应当这样度过：当回首往事的时候，不因虚度年华而悔恨，也不因碌碌无为而羞愧；在临终时他能够说：我的整个生命和全部精力，都已经献给了世界上最壮丽的事业——为人类的解放而斗争。

　　不久，我和郭宏儒同学怀着共同的志愿投身革命事业，考取了解放军的"华东医学院"（后来改名"第二军医大学"）。过去我要做一个像爱迪生那样的发明家，后来又把高尔基当作学习的目标，如今则把保尔·柯察金作为自己学习的榜样了。

　　我从小热爱音乐。运河边纤夫们的号子，搬运工人集体的合唱，沿街卖唱的扬州小曲，给我留下了难以忘怀的印象。小学时虽在日寇铁蹄下却学会了《青年进行曲》等冼星海的救亡歌曲，而《天伦歌》则是我最爱唱的，因为它也是孤儿的歌。刘雪庵的《红豆词》虽然唱的是"滴不尽相思血泪抛红豆"，但因我的命运同林黛玉甚为相似所以也很爱唱。生活中我常生闷气，往往闷得胸痛，于是便独自一人，爬到城墙上去唱歌。当时我住在缺口城门口，这城门却是堵死了的，所以非常冷落，我可以随时爬到城墙上去散步，尽兴高歌，发泄我的郁闷。现在想来我在城墙上长时间唱歌，或许还救了我一条小命哩。

　　我有个表妹，比我小两岁，上初一时成绩很好，却染上了肺结核病。我舅舅经商，可以给她请医生看病，但拖了几年也没治好，终于在1950年去世。当时我和她居住在一起，生活条件却比她要差得多，如果也染上肺病，还不是死路一条吗？自母亲死后，从1945年到1948年，我几乎每年都要生一场大病，躺在床上起不来，不是肚子痛，就是胸口痛，头晕，天旋地转，但最怕的还是传染上肺病。我母亲可能就是因肺病死的，家中如今有肺病病人，随时都可能传染给自己。这压力实在太大，我尽量不在家里待着，上城墙唱歌，不但发泄了胸中郁闷，同时也进行了深呼吸。城墙外边就是古运河，空气非常新鲜，对我的肺一定很有好处，我庆幸没有传染上肺病。我之所以急于离家参军，躲避肺病也是原因之一。我始终感觉到，党是我的救命恩人，是我再生的母亲，如果不是解放，不是参军，我也许早已成了肺病的俘虏，我的骨头早已去打鼓了。

过去我爱唱歌，只是一个人孤独地唱些悲歌。新中国成立以后听到许多新歌，那欢快有力的调子使我的心境发生了根本的变化。"解放区的天是明朗的天，解放区的人民好喜欢，民主政府爱人民呀，共产党的恩情说不完啊，呀伙嗨嗨一个呀嗨……"这首解放的歌唱得特别带劲，后面那"呀伙嗨伙嗨，呀伙嗨，嗨嗨呀伙嗨嗨一个呀嗨！"虽然是虚词，却像锣鼓伴奏一般在我的心中震荡，连心跳也加快了。在开大会之前常唱的歌是《跟着共产党走》，这是一首非常优美的歌：

> 你是灯塔，照耀着黎明前的海洋，
> 你是舵手，掌握着航行的方向。
> 年轻的中国共产党，
> 你就是核心，你就是方向。
> 我们永远跟着你走，中国一定解放。
> 我们永远跟着你走，人类一定解放。

这首歌在新中国成立前的进步学生中就在哼唱，但"共产党"则用简谱的"563"来代替。记得有一次开全校大会，一位高三同学坐在我旁边，他的声音非常圆润，他的表情非常庄严，那动人的歌声深深地感动了我，使我产生了极大的共鸣。扬中有个土风队，是 1947 年暑假学习上海交大"大家唱"合唱团而成立的。他们唱过《古怪歌》《团结就是力量》《义勇军进行曲》《松花江上》《保卫黄河》《热血》等歌曲。这位高三同学就是土风队的，令我非常钦羡，于是我也参加了土风歌咏队，和同学们一起歌唱。这逐渐改变了我孤僻的生活习性。

参加了土风队，我仿佛从黑屋子里走到了阳光下，我的脸上开始有了笑容。和同学们一起欢唱，男女同学一起说笑，使我体验到了集体的温暖。我们的队歌是每次活动必先唱的：

> 年轻的朋友快起来，
>
> 忘掉你的烦恼和不快。
>
> 千万个青年一条心，
>
> 唱出一个春天来！

唱起它，就感到欢乐，就感到温暖，就感受到团结的力量，决心为祖国的春天早日到来而努力。还有一首短歌也是常唱的：

> 我们是姊妹兄弟，
>
> 大家永远在一起。
>
> 不分我，不分你，
>
> 一条大路把手携。

这首歌我常常是噙着泪唱的，它使我冰冷的心逐渐转暖，使我受到同学们青春烈火的感染，在友情中体验到一种甜蜜的幸福。它很快在全校传唱，以至于前几年老同学聚会时，一个人起头，大家就满怀深情地合唱起来，反复地唱，泪水夺眶而出，我们的心又回到了那难忘的青年时代，回到了青春焕发的扬中校园之中。

当时土风队常唱的歌还有向往解放的《山那边呀好地方》、苏联歌曲《光明赞》《贝加尔湖之歌》、歌剧《白毛女》插曲、《黄水谣》《打得好》《王贵与李香香》组歌，等等。这些歌把我的思想感情同人类解放的艰苦历程联系起来，使我们体会到革命的道路是充满血与火的艰苦斗争的，然而前途又是光明灿烂的。这些歌的歌词同时也是很好的诗，使我深深体验到诗歌之美，对文学也更加喜爱了。唱起《光明赞》就好像自己已置身于时代大潮之中："兄弟们向太阳，向自由，向着那光明的路，你看那黑暗已消灭，万丈光芒在前头。"这是多么辉煌的道路，而被流放的俄国革命者在西伯利亚的风雪中"为争取自由挨苦难"，坚强不屈勇敢斗争，才取得了胜利。唱起它就使我想起《列宁生平事业简史》，想到俄国人民反沙皇专制斗争的艰苦历程。《民主进行曲》也是我们特别爱唱的歌，我们把它抄在歌本上学唱；民主自由曾是我们向往的奋斗目标，新民主主义革命就是为人民的民主政权而斗争，共产国际刊物《争取持久和平，争取人民民主》的刊头上也是把民主作为目的提出来的，《共产党宣言》中也提出要使无产阶级转变为统治阶级，要"争得民主"。民主革命的目标就是民主，社会主义革命也是为了人民群众真正当家做主，所以民主既是目的，也是手段。"没有民主就没有社会主义"，邓小平此语确实深刻。由于把民主看成是可有可无随意摆弄的"手段"，曾使我们国家遭受了"文化大革命"的十年浩劫，这个历史教训太深刻了。回过头来再看看解放初期对民主的向往和歌唱，就特别令人回味。当时常映纪录片，片头音乐就是贺绿汀《新民主进行曲》中的一段。我们开会也常唱《我们是民主青年》，这《民主进行曲》的最后一段可以说是带有纲领性的：

> 嗨——我们，我们可爱的祖国呀祖国，
> 从今要打破，那专制枷锁，
> 嗨嗨，联合政府就要实现，
> 我们要建设民主和自由，新的中国。

"民主政府爱人民"，这是人民翻身解放的产物，也是无数革命先烈流血牺牲的结果。"民主的花儿开出幸福的果"，这是最有魅力的。毛主席的《论人民民主专政》发表后，当时扬中的音乐教师黎英海先生曾创作了一首很美的歌曲：

> 五千年的古树开了花，
> 四万万个人民当了家，
> 如今呀东方发红光呀，
> 光辉那个灿烂新中华。

只有实行人民民主、人民当家做主，中国才能建设成光明的乐土。但这又是多么不易啊！

1949 年 4 月 1 日南京发生了学生运动，学生们反对打内战要和平民主的请愿斗争受到了国民党当局的武装镇压，伤亡惨重。扬中学生发起全市大游行进行抗议，支援南京学生斗争。我们扬中土风队员也积极参加了，沿途高唱革命歌曲，印象最深的是那首悼祭的悲歌：

> 安息吧，死难的同学，别再为祖国担忧。
>
> 你们的血照亮着路，我们会继续前走。
>
> 你们真值得骄傲，更使人惋惜悲伤，
>
> 冬天有凄凉的风，却是春天的摇篮……

群情悲愤激昂，走到东关街时，正好碰到解放军的队伍迎面走来，他们是开往长江准备渡江的。我们高呼："向解放军致敬！""打到南京去，解放全中国！"解放军也高呼："坚决打过长江！""决不辜负人民期望！"游行继续了一整天，我们却不觉得饿和累。高三的王永生同学（后来成为复旦大学教授，已故）把嗓子也叫哑了，几天不能讲话。革命烈士的鲜血，是革命的火种，燃烧起我们内心的青春之火。"一个人倒下去，一千个人站起来！"这就是历史。独裁专制是不得人心的，十多天后，解放军就渡过长江，解放了南京。

扬中的树人堂是我们最爱去的圣地。在那里我们看了文工团演出的歌剧《白毛女》《黄河大合唱》以及学生们自己演出的小话剧，如田汉的《回春之曲》等。诗朗诵《等待着我吧！》（西蒙诺夫作）在当时也很新鲜。树人堂的"两翼"有着化学、物理实验室，图书室，这是很好的学习处所，许多现代文学书刊是在那里看到的。大礼堂的报告会也有不少激动人心之处。有一次，台上出现了一个令人耳目一新的女性作报告，她就是扬州市青委书记戴昭。她是那样刚健英武，是我生平第一次看到的新女性，给我留下了极为深刻的印象，终生难忘。她穿着灰色制服，腰扎皮带，打着绑腿，头发齐耳根，剪得很整齐，动作非常利索，面色红润，两只大眼炯炯有神，发出锐利的光芒。她的讲话，清脆有力，字字作金石声，痛快淋漓，给人以极大的美感。如此充满生命力的青春的朝气，如此刚强健美的女性，同我过去所见到的那些文弱秀美的女性完全两样，犹如天外飞来的、新世界的新人一般，使我非常崇敬，非常向往。想到自己是个男性，却那样文弱，我便暗自决心要学习这种革命熔炉中锻炼出来的革命气质，做一个新时代的新青年。所以不久我同郭宏儒、方大顺、王春庭等同学一起投身到解放军的队伍里去了。但参军也不是那样容易的，在华东医学院六队（驻美汉中学）过了两三个星期的军队生活，因我生得矮小黄瘦，有时还哼点《红豆词》那样的软绵歌曲，在一次检查身体之后，就被遣送回扬中了。

这次参军虽然只有两个多星期，但印象还是颇深的。在部队每天三顿饭都集合，值班员去打饭打菜时，我们则集体唱歌。开大会时互相拉歌，非常热闹。文化教员是每个连队都有的，我们的文化教员办了一个"指挥学习班"，我爱唱歌，也去跟着学习。二拍子、三拍子、四拍子怎么打，很快就学会了。然后就实习。我从来是很害羞的，轮到我指挥时，竟也勇敢地站到队前，定好起音，挥手指挥起来，大家居然还唱得相当整齐。我尽量挺胸昂首拿出军人的风度来，先指挥《打得好》，尽量指挥得有起伏，不平板，唱到"捷报如同雪花飘"时，双手上扬划一个大圈儿，然后越唱越快，最后很干脆地戛然而止。"小鬼，还真有两下子！"大家的肯定使我的信心更足了。这是破天荒的第一次。那时，我们学的新歌还有"淮海战役组歌""千军万马向江南"等。"万众一心，大军向南！"这歌声是雄壮而刚健的，"水里火里救百姓，千山万水不能拦，解放大军渡过黄河渡长江，解放了江北向江南！"这正是我们所向往的。当时南京已攻下而上海正待解放。

在部队我们还下乡帮助农民割麦子，长长的队伍，分散在许多的村庄里。我们队的管理员是个女同志，她看我生得矮小瘦弱，行军时怕我跟不上队伍；其实我一点也没掉队，总是紧跟着队伍，只是因为我们来得晚，还没有发军衣，排在队伍的末尾，就使她以为我掉队了。她对我非常照顾，不让我下田干活，让我和炊事班一起烧开水，给大家送开水。她老是问我："小鬼，累了吧？累了就休息一下。"当时华东医学院招收的是高中毕业生，我才高一，虽然文化考试通过了，但年纪才15岁，又长得矮小，不久就被送回学校。回校之后，又学习了几个月。暑假期间我参加了团市委举办的"学生之家"学习班，比较系统地学了一些革命理论，进步较大。

1949年7月1日，毛主席的《论人民民主专政》发表，"学生之家"结合当时的实际情况进行学习，讲解新民主主义的各项政策。通过民主政权，走群众路线，发动群众、依靠群众、密切联系群众，是当时党政干部的普遍作风。扬州地区专员杜干泉、地委宣传部部长金湘都亲自给我们上课。他们都是老解放区来的，又是本地人，讲大家最关心的问题，用最生动的典型事例和数字说明问题，讲得深入浅出、头头是道，像甘露一样沁入我们的心田。我如饥似渴地学习，做了详细的笔记。当时支援前线任务很重，扬州要由消费城市转为生产城市，出现了许多困难，杜干泉就讲"四面八方政策"，什么"公私兼顾，劳资两利，城乡互助，内外交流"，充满了辩证法，使我们看到了现实的困难及其原因，也看到了解决的办法，认识到这些困难是旧社会遗留下来的、暂时的。我的学习很认真，还当了学习小组长。第一次开会时，我不会主持讨论，还是高三的王炎同学帮了我的忙。当时同学间的关系是非常亲密友爱的，我至今还非常感激他。就在"学生之家"，我参加了新民主主义青年团，成为先进青年的一分子。入团介绍人是两位女同志，一是团市委的杨遂久同志，一是同班的女同学胡兰芬同志。记得是在一棵大树下，介绍人问我："入团要把一切献给中国新民主主义革命事业，你愿意吗？""愿意，这也是我自己的事业！这是最光荣的事业！"我入团了，记得介绍人意见中有一句说我"斗争性不强"，我印象颇深。

1949年9月扬州市第六届人民代表会议开幕了，我和吴瑶芳、胡勋、宋光弼等十多名同学参加了大会的服务组。当我们把茶水送到工人、农民代表手中时，他们非常激动，我们也亲身体验到劳动的光荣、为人民服务的幸福。会后，团市委推荐我和盛廉等五人去苏北学机要。我以为是学机械，这同我过去当工程师的理想吻合，也就乐意地去了，带着小行李到萃园扬州地区招待所报到。这是一个很美的花园，我们只住了一两天就上了去泰州的小火轮，当天就到了苏北军区招待所。这是一座旧式的高楼，可能是清朝官员的住宅，我们就睡在二楼的地板上。当时苏北有九个分区，我们来得早，就等待着其他分区的人。没事时就上街逛新华书店，看了不少书。10 月 1 日，中华人民共和国成立了，泰州也举行了盛大的庆祝会和游行。我们在楼上窗口，看到潮水般欢乐的人群，看到新制的五星红旗，心情无比激动。后来下了小雨，但队伍仍然秩序井然，人们为新中国的诞生而沉浸在幸福之中。晚上我们也自发地开了一个文艺联欢晚会，每个人都表演了节目，我也唱了歌，后来听同志们说我的歌声很有感情，和一般人不一样。

等了一个多月终于到了苏北机训大队，我被编在三队，队长是前线负伤下来的干部，他对军事训练抓得很紧，每天天不亮就起来出操，常围着泰州的城墙跑步，口号声传得很远。住在老乡家，还是打地铺。吃饭则在西门城门口，菜盆子放在地上大家围着吃，一阵大风吹来，刮进了尘土，这味道就很复杂了，但大家革命热情很高，还是吃得很香。当然，也有一个人吃不了苦开小差的，大家都很看不起他。

那时可能因为大发展，军装不足，我们没有发单衣，直接发了棉军装。我领了一套小号的但还是太大，上衣快拖到膝盖了，那时我真是矮小。绑腿与饭包都是粗布的，这是地方部队的"土八路"特色。几个月后，发的单衣则是乌克兰式的战士服，是套头的衬衫，上面三个小纽扣，下面未开叉。穿着挺新鲜，但夏天实在太热，后来在南京可受罪了。当然这些都是小事，不在话下。

在部队还是每天三顿饭前唱歌，最爱唱的是"我为谁人来打仗，我为谁人扛起枪。为了爹为了娘，为了自己来打仗。为了你为了他，我为人民嗨扛起枪。我为人民，人民为我，人民解放我解放……"这歌声唱出了战士的感情和崇高的觉悟，"我为人人，人人为我"，这不正是马克思提倡的共产主义精神吗？

元旦过后苏北军区向扬州转移，长途行军，我们这支娃娃兵担任"先锋"，天不亮就出发了。我们早早起来打好背包，扎好绑腿，在乡间小路上成一路纵队前进；队伍拉得很长，曲曲弯弯，处处是人，非常壮观。天渐渐地亮了，东方一轮鲜亮的红日慢慢升起，我们身披阳光走在田间，水面的倒影，煞是好看！

"呀，快看，妙极了！"盛廉同志背着枪回过身来指着太阳对我们说。真的，我们这支队伍由东向西一路行进，像是从太阳之中蜿蜒而出的一条长龙，曲曲弯弯，无穷无尽。我们一个个精神抖擞，背着背包，扛着枪，腰扎皮带，在田埂上雄壮地大步行进，多么英俊，多么自豪。"我们是红太阳里出来的队伍！"大家特别兴奋。这是带有象征意义的奇观，成为我一生中珍贵的记忆。

行军到中午就有点累了，有人哼起了《行军小调》，大家也跟着唱："长长的行列，高唱着战歌，一步步地走着，一步步地走着，丁丁得咙格咙，嗯……，炮口在笑，战马在叫，同志们的心啊，同志们的心在跳……"这儿没有炮也没有马，我们还是唱得挺带劲，就像是奔向战斗的前方似的。下午，脚上开始起泡了，腿也酸疼起来，最后几个村子，走一个盼一个，就想赶快到宿营地，最后是一跛一拐地进了村子。老乡们帮我们提背包，端茶送水，特别热情。这一天只走了七八十里地，已感到如此艰难，想到长征二万五千里，真是佩服得五体投地了。我们的大队长姓江，是长征干部，我们对他都非常崇敬。他告诉我们脚起泡没有关系，只要用针戳破，穿上一根马尾，水流出来第二天就好了。没有马尾，头发也行。我们脚上"山炮""野炮""小钢炮""迫击炮"着实不少，一个个都这样处理了，效果不坏。

第二天行军就更累了，吃过午饭简直站起来都感到困难。走到万福桥时，因这个长五六里的大桥遭到战争破坏尚未修复，常常要爬上临时修起的便桥，上下颇为吃力。盛廉同志是我的班长，他走过来对我说："你的脸发白，把背包给我吧！"我当然不答应，要他去帮女同志。他又指着电线杆上的标语"照顾体弱同志！"给我看，我还是不听，连走带爬，走过了这座桥。盛廉是我扬中同学，是一个好班长，他常常背两个背包，处处照顾大家。我的胶鞋忘带了，还是他检查发现后给我找回来的。他的友情，使我孤儿的心得到了温暖。但我还是要自立，所以始终没有把背包给他。这次行军确是一次意志力的锻炼，最后渡过运河到达扬州时，到驻地观音山平山堂还要走好几里，这时腿有千斤重，走一步都很吃力。唱着《行军小调》，也不像开始那样欢快了。咬着牙向前走，心里想着："坚持到底就是胜利！"当然，我们还是坚持到底了，一个个都爬上了观音山。以后每当我工作中感到困难"尾大不掉"时，想到这次行军，就又鼓起了勇气，使之善始善终。

战争时期，部队住大庙本不奇怪，但我们住在观音山高楼神殿之上却引起了一阵风波。女同志胆小，夜间常吓得乱叫。指导员让我们讨论到底有没有鬼神，又带领我们在空地上修了一个篮球场，砍了几棵树做篮球架。这事被司令部发现了，立即下令禁止砍伐风景名胜区树木，对指导员的错误很快作了全军区通报批评。这使我认识到解放军真正是爱护人民的一草一木的。我们对庙内文物也都非常爱护。不久队伍转移进城，临走前每人种了三棵树，全军区都参加了，这些树现在一定都很大了。

军队民主生活有自己的传统，民主选举连队的军人委员会，参加连队管理。大家说我人小心细，选我为经济委员。在制订食谱时，我尽量把扬州好吃的东西都让大家尝一尝。腊八节就做腊八粥，炊事员、上士都是苏北老乡，做得很地道，大家吃得非常开心，记得不少人一下子就吃了七八碗。元宵节吃扬州的"水晶圆子"（即猪油丁白糖元宵），按一般数量做，不够吃，再做，又吃光，做了好几次才吃好。许多老解放区来的同志都说从来没吃过这么好吃的元宵，部队的生活太好了。炊事班的同志们又苦又累，总是先让大家吃，自己最后吃，毫无怨言。他们都是老战士，参加过战斗，革命觉悟是很高的。1950年大生产，我们向老乡借了农具，开了不少荒地，菜吃不完还养了不少猪，生活搞得很好。

在部队最激动人心的是看电影。这是我多年的梦想，如今成了现实。当时主要是东北出的新片子《中华女儿（八女投江）》《桥》等，大大打开了我们的眼界，电影激起了我们感情的波澜，我们和电影中的老战士更亲近了，每次列队去看电影都像过节一样高兴。春节期间军区文艺会演，然后上街头演出，我们自编了一些小节目，我也参加了演出，胆子越来越大了。我们住西城吉祥庵，到扬中操场出操，天不亮就起来学歌，当时学的是《国际歌》，三段歌词都背得很熟，部队还让我教扬中老师作曲的《一边倒》，我也大胆地去教了。现在想来，这都是同志们和组织上对自己的培养和锻炼，使我从一个孤僻的瘦弱的孤儿，逐渐成长为一名解放军战士了。

## 南京的军旅生活

1950 年暮春，我们大队合并到华东军区（第三野战军）司令部青年干校。乘小火轮去南京，出了瓜洲口运河进入长江，江面宽广得一眼看不到对岸，浪涛滚滚，非常壮观。谁知在江心遇到了大风，轮船颠簸起来，同船的老太太们都念起"阿弥陀佛"祈求保佑。当时确实有些吓人，我想到了牺牲，但又相信"南京班"的"老柜"是能化险为夷的。轮船终于在夜间到达了南京。大部队乘小火轮进城，我和几个同志留下看管后勤杂物。在江边值勤，连夜站岗确实很累，但一点也不困，想到新的生活即将开始，心情无比激动。

第二天清晨，雇了几辆马车拉杂物进城，我抱着枪高高地坐在马车上，穿着土军装的娃娃兵，一定是很可笑的，我见到人们都向我们看。马车在石块路上疾驶，我看着眼前宽阔的马路，挺着胸脯进入了大城市，感到非常自豪。

在南京我们住在三牌楼的一个大院里，看到一些小伙子爬钢丝绳、翻双杠，自己便跟着学，也可以爬得很高。双杠推起逐渐增多，胸肌开始凸出了，至今未减。我们的队长是从部队来的，早操时常带着我们出去爬山。我真奇怪，他竟然在南京城内发现了那么多小山。有一次甚至走到下关，爬上了几个小山头。到新街口去看电影也常常是步行，来回几十里不感到累。记得有一次看苏联纪录片《解放了的中国》，回来时已是夜间 11 点多钟，我却感到浑身是劲，又在楼前双杠上练了好一阵才去睡觉。

由地方部队转到野战军，各种待遇都提高了。我们豪迈地唱起了《野战军军歌》（记得是罗浪作曲）："我们是人民的希望人民的心，人民的子弟人民的野战军！我们有钢铁的意志，钢铁的精神，钢铁的纪律，钢铁的决心，像狂风像暴雨像闪电像雷鸣，我们勇敢前进勇敢前进消灭敌人，我们欢欣鼓舞庆祝胜利，决不因胜利而骄傲。人民歌唱着我们的胜利，我们要为人民多立功劳，再接再厉完成最后的大胜利，勇敢地杀敌人。"曲调优美耐唱，唱得很起劲儿。当时我们学习了中国近现代史，系统的学习使我们认识到中国人民苦难的根源与出路，对党史和毛泽东同志的思想了解更多了。指导员让我参加学习辅导，我办了借书证可以到三野司令部图书馆去看书，这又让我大开眼界，引起我极大的兴趣。尽管如此，星期天到山西路新华书店去看各种新书，仍然是我最高兴的事。我还学着写诗，发表在墙报上。后来我还成了"野直小报"的通讯员。

一支好钢笔是我们朝思暮想的东西，我和盛廉拿着积攒了几个月的津贴去新街口买金笔。烈日当头，南京的夏天是非常炎热的，为了节约，不坐公共汽车，步行20多里赶到新街口。一看，钱还差一点。回去吗？听说海军司令部合作社里有比较便宜的，于是又兴冲冲地去了。看到"博士牌"的小号金笔正可以买，但售货员却说："不卖给陆军同志。"我失望地想回去了。盛廉班长还是有办法，他说，等一下。我们在门口等到三个海校学员请他们代买，得到的回答却是："这是纪律，不能代买！"又等到一位干部请他代买，开始售货员还是不卖，那位干部理解我们学习的苦心，说我们是他的朋友，这才卖了。我们仔细地挑选了两支。这确是书写非常流利的好笔，我们用了多年。向往多年的事实现了，怎么不令人心花怒放。此事也让我知道，到处都有朋友同志，各种困难都是有办法克服的。

歌唱仍然是我们生活中的重要内容，每逢听大课，各队都要拉歌，军大来的同志们会的新歌比我们多，我们很快也学会了。如苏联歌曲"我们是红色的战士，保护贫穷的人民"，但印象最深的却是这首青年歌曲：

战马排成队，大雁结成群，
青年人要团结得紧又紧。
嘿！一起整齐步伐跟着毛泽东的大旗，

向幸福的新中国迈进！

我们有火热的心，为人民服务勇敢坚定。

大树要我们栽，大路要我们开，

新中国的房山要我们盖起来，

新中国的一切要我们安排……

此歌唱出了我们的心声，使我们觉悟到自己的责任，决心为幸福的新中国贡献力量。抗美援朝开始后，我们唱的《抗美援朝之歌》在比赛中获胜，曾去南京电台录音，还编了活报剧演美国兵在朝鲜被俘的狼狈相。一位山东人演美国兵，用典型的山东话说："杜鲁门——俺上了你的当！"曾引为笑话，后来还被屡屡学舌，非常可笑。

1951年年初，我离开部队被调到上海中共中央华东局工作，这是华东的最高领导机关，代表中央对所辖各省市进行具体领导。中央的各项指示乃至毛泽东亲自签发的文件，都是我们转发的。各省市的情况报告，五大运动的各项通报，数量甚多，我们的工作非常繁忙。当时没有上下班制度，往往连轴转，日夜加班。我们在老同志带领下干得很起劲。不少人是原新四军军部的老人，对陈毅等首长很熟悉，说他挺严厉又很和善，对下级很好，但对错误却嫉恶如仇。我们当时住在三井花园，有块足球场大小的大草坪，陈毅同志清晨常在草地上打拳。

听政治报告是很令人高兴的事，报告人讲时事都用生动的典型事例说明问题，没有什么空洞套话，每次听报告都能获得不少新的知识，也受到鼓舞和激励。华东局秘书长魏文伯同志常到我们办公室巡视，有时把我们召集起来作个小报告，教育我们要过好"困难关""荣誉关""美人关"等种种关口，用自己的经历为例，讲得有声有色，有时还带表演。如一次讲到美国兵怕死连缴枪也不敢爬起来而躺在地上把枪挂在脚上时，他当场躺在椅子上作了表演。我们多是20岁以下的青年，而他已是四五十岁的老革命了，如此亲切地爱护我们，使我们体验到革命大家庭的温暖。听陈毅同志的报告当然是最带劲的，虽然听得不多，但印象亦颇深。那是在华东一级机关团代会上，他只在香烟盒的反面写了个小提纲，却一口气讲了6个小时，从上午9点讲到下午3点多；在上海体育馆，上万年轻人听得津津有味，中午也不感到饿。他谈到过去在江西的斗争历史，说当时的思想同毛主席后来发表的《实践论》是不谋而合的：只有脚踏实地，一切从实际出发，才能取得成功；如果自高自大脱离实际，就变成了"超级空中堡垒"，悬在半空中是很危险的。他还讲到对"三反"运动犯错误的同志不要歧视，没犯错误的也要接受教训，不然，你今后可能比人家摔更大的跤。他还说世界上没有百分之百的正确，运动中有搞错了的，纠正了就好，要互相谅解更加团结，革命利益重于一切嘛。这些话我都深深铭记在心。

　　机关工作虽然很忙，我还是抓紧一切时间看书，夜值班时，午睡时，看了不少书。当时上海旧书很多，很便宜，星期天我常到地摊上买旧书，一去就是半天，流连忘返。虽然每月津贴只有两斤猪肉的钱，我还是买了不少书，如鲁迅的《二心集》、郭沫若的《屈原赋今译》、艾青的《诗论》以及臧克家的《我的新生活》《十年诗选》，等等。当时五分或一角钱就可以买一本书，我几乎每星期天都去，很少空手而归的。

　　有一次传达毛主席讲话，说他在中央机要处办公室里看到一些年轻人没有工作时就打扑克牌玩，提出了意见，希望年轻人抓紧时间学习，不要浪费宝贵的时间。我们的情况同他们差不多，没有工作时虽不打牌却常聊天，而我则是抓紧时间看书的，当时买了马恩两卷集（莫斯科版）在看。领导看到我爱学习，就让我负责筹办机关图书馆，把大家从解放区带来的书集中起来，其中有不少珍本，如土纸印刷的各种毛泽东著作和张如心的《论毛泽东》，还有苏联用道林纸印的厚厚的《旅顺口》等。这些书历经长途行军、战斗能保存下来真不容易。处长又把机关卖报纸的钱拿来让我到上海最大的福州路新华书店和中图公司去选购了许多书，其中多为文艺书。我们又订了二三十种刊物，一个不错的阅览室就办起来了。这给我的学习提供了极好的条件。我看了高尔基的《童年》《在人间》《我的大学》三部曲，看了阿·托尔斯泰的《苦难的历程》三部曲、里别进斯基的《一周间》和车尔尼雪夫斯基的《怎么办？》等。《人民文学》等刊物也是常看的，一些好诗常抄下来。记得看魏巍《朝鲜人》时，曾为中朝战友的生死情谊感动得泪流满面。

我从参军以后就注意体育锻炼，受毛主席青年时代"野蛮其体魄，文明其精神"的影响颇深。对《怎么办？》中的"新人"拉赫美托夫睡钉板进行锻炼的行为甚为钦佩，于是也洗冷水澡进行锻炼。我还参加了排球代表队，在一次友谊赛中曾战胜了有孙道临参加的上影厂代表队。双杠、跳高我也坚持锻炼。但因我原有胃病，紧张的工作、过分的洗冷水浴使胃病又犯了。领导为了照顾我们，在实行包干制之后，让我们自愿参加吃中灶，这是团级干部的待遇，我们这些小机要兵也享受到了。由于我对文艺的兴趣越来越大，领导还发票给我去观摩小剧场的内部演出，后来又调我到华东作家协会工作。这些都是党对一个战士、一个孤儿的培养和爱护，抚今思昔，感激不尽。在党的高级领导机关工作，我接触到党的核心机密，深深体会到我们的共产党是真正为人民谋利益的，是为新中国的繁荣幸福而工作的。周围的同志们对我都充满爱心，许多人就是《永不消失的电波》中的人物。他们的言行处处影响着我。我学习刘少奇同志的《论共产党员的修养》，决心做一个对马列主义"运用自如"的革命者。

我在华东作家协会做秘书工作，同秘书长柯蓝一个办公室。当时副秘书长孔罗荪刚从南京调来，一个人睡在办公室沙发上，照样紧张地工作。我最佩服他极快的写字速度，效率真高。柯蓝常下去体验生活，有一次还带我去公安局看警犬训练，许多警犬能轻易闻出毒品、血迹及某个人的气味。他看到我放在衣橱中的许多书，吃惊地说："小鬼，你还有这么多书啊！"他的小说《红旗呼啦啦飘》出来后还签名送了我一本。作协有个很大的图书室，内有巴金先生赠送的和新买的许多书，我如饥似渴地借来看。

作协党组开会我作记录。夏衍同志主持会，发言简明扼要，我印象最深的一句话是："不要把自己的个人爱好作为党的文艺方针！"这是他针对当时有人片面否定自由体诗时所说的，现在看来符合"百花齐放"精神。黄源同志当时显得苍老，面色黄瘦，常开夜车。他羡慕地对夏衍说："你是学工的，所以作息时间很有秩序。"他们都是"左联"时代的老作家，至今已 90 岁左右了，仍然健在，可能和坚持按时作息有关吧。

有一次上海市文艺界的政协委员开会讨论新宪法草案，我作记录。因动员会不少人未听，有人让我传达一下，我紧张得脸涨得通红，还是唐弢先生为我解了围，作了传达。赵丹念文件很认真，有感情，白杨、袁雪芬、王文娟发言都很积极。高龄的老戏剧家熊佛西先生最风趣，常讲他年轻时怎么跳墙出来演戏的事。看到文艺界的名人们都如此平易近人，我感到只要自己努力，也一定可以在文艺上有所作为。

## 北大的学术生活

上大学是我多年的梦想，1954 年机关动员青年报考大学。我一心想到北京见毛主席，三个志愿都填了北大。经过一段补习，终于考取，名单在报上发表，排在第五名。我带着 60 多斤重的一箱书到北大中文系报到。随"新生北上团"在前门车站下车就上了北大的汽车，一转弯看到了天安门的红墙近在咫尺，心潮澎湃，感到无限幸福。学习生活开始了，过去以工作为主，读书时间少，虽用津贴买了一箱书，但还是太少了。当时我很天真，暗下决心一定要在大学里把图书馆的书全都读完。

在北大，我总感到自己太幸运了。当我在课堂上听著名的教授讲课，在图书馆里饱览中外名著时，总想到我年轻的战友们此刻正在紧张地工作哩，他们日夜苦干却没有这样的学习机会，自己只有加倍努力才能对得起他们呀！我感到自己的肩上同时也挑着他们的担子，所以学习特别专心、特别起劲。课前几分钟也抓紧搞些练习。谁知就在这上面还摔了一个跟头，挨了一顿批判。

原来我在笔记本扉页上写了一段对辅导员老师的素描，她是刚从复旦大学毕业的，非常年轻，抽查笔记时看到这段话，以为是调戏她，经过"马列主义基础"教研组把笔记本转到团总支去了。当时新生中调干生多，年纪大，尊师问题格外受重视，于是我成了一个靶子，在支部大会上作了重点批判。刚到北大就遇到一个下马威，打击不小，但我并不在意。我并不是有意的，对过火的批判毫不在乎，知道怎样过"倒霉关"。我的情绪还是很高，课堂讨论还积极发言，后来这位年轻的辅导员老师也改变了对我的看法。我积极锻炼身体，在中文系第一届体育运动会上，获得了 200 米、800 米两项第一名和个人总分第一名。后来我还参加了校代表队，当选为军体委员，带领全班一齐锻炼，明确"锻炼时间神圣不可侵犯"，连不爱活动的青年作家刘绍棠也参加了跑步。

上中文系本来是想当作家的，系主任杨晦先生说中文系不培养作家，只培养理论家、学者。为了打好理论基础，我一年级就主动自学大四才学的两厚本哲学教材，写了哲学笔记。学习外语也很用功，天天念，考试都得满分，大考时甚至抽出两天复习外语的时间去看了两本小说。一年下来，各门功课都考了 5 分（当时是五级分制）。这里我比别人还多一层障碍，因为"马列主义基础"课的老师对我印象不好，当我顺利回答完考卷上的问题之后，老师还不放心，又让我重抽一张考卷，不给准备时间要我当即回答。我又很熟练地回答出来了，这才得了一个 5 分。当时学校规定门门功课 5 分可以获得优秀生奖章，我于是成了全班唯一的优秀生。有几个同学文化课成绩都好，只是体育课 4 分，所以落选了。我参加了全校三好积极分子大会，受到了校长马寅初的表彰。不久，我被批准光荣地加入了中国共产党，和班上的老党员们在一起，各方面的进步更快了。

我有自学的习惯，常在图书馆的开架阅览室找书读。《马克思列宁主义经典作家的工作方法》一书以马列理论作指导进行科研的实际经验给我提供了学习的榜样。在 1956—1957 年写学年论文时，我选了一个文艺理论问题："文学思想性和艺术性的关系"。我从探讨文艺的本质入手，阅读了所有可以找到的文艺理论书籍，记了三四十本笔记和不少卡片。原来我对苏联文艺理论还是比较重视的，后来发现不少论著教条主义严重，不结合实际，不解决问题，对于文艺本质问题只讲社会本质不讲艺术本质。经过独立思考，我在文章中提出了"两种本质"的新观点。关于文艺的艺术本质，实际即文艺特性。苏联理论普遍认为文艺特点是形象性，其实这只是手段而不是目的，塑造文艺形象的目的是传达感情。

由此我分析了大量事实，综合概括建立了一个新的系统。两耳不闻窗外事，一心只顾写论文，时有心得，情绪很高。这篇论文足足写了5万字，曾在1958年"双反"运动中被批为"修正主义影响的产物"。我曾给杨晦先生看过，他当时未表态。毕业时他留我做他的助教，大约也与此文有关吧。此文与流行的观点不合，当时无法发表，后来我继续思考这一问题，又不断积累了许多资料，进一步肯定了我的观点，总想以后找个机会把它重写一下。

毕业后碰上民间文学搜集的高潮，正好中文系需要民间文学教员。我愿意先搞搞民间文学，再回过头来搞文艺理论；征得杨晦先生同意，我离开了文艺理论教研室。当时中国民间文艺研究会正委托北大中文系师生编选《中国歌谣选》和《中国歌谣资料》，我带领1956级瞿秋白文学会学生们分头阅读了所有能找到的歌谣书刊、抄本，从中选出有代表性的作品分类编排，后来由作家出版社出版了三本《中国歌谣资料》，内部油印了十多本。从这一工作中向中国民间文艺研究会的专家陶建基等同志和同学们学到了许多东西。后来我又同他们合作编写了一部具有中国特色的《民间文学概论》。在集体科研中，我们查阅了所有已出版的民间文学书刊，对苏联"人民口头创作"的体系作了较彻底的改造，建立了中国化的民间文学理论体系。这部五六十万字的油印教材后来虽然没有出版，但其体系与观点正是如今公认的民间文学教材的基础，内容甚为丰富。当然其中也有"左"的影响，这是不可避免的。但我们还是力求从实际出发，反对教条主义，所以有相当大的参考价值。

搞民间文学很艰苦，又很新鲜。学校领导通过科学院文学研究所何其芳所长找到贾芝同志指导我进修。他强调调查的重要性。1959年春天我曾同中国民间文艺研究会的同志去河北农村调查义和团的故事传说，后来发表了一些故事和评论文章。1960年春夏我又同中央民族学院、民族宫等单位的同志去西藏采风，骑马下乡，很累，但处处受到藏民的欢迎，那满碗的酥油茶极香，我们喝了一些，他们马上又给斟满。在下面跑了几个月回拉萨时，不但人晒黑了，脸也变圆了。西藏真是歌海，男女老少没有不会唱歌的，小孩刚会说话，就会唱歌，刚会走路，就会跳舞，真是一个充满艺术天才的民族。歌手们给我们唱了许多歌，要我们记下"到北京唱给毛主席听"。在农奴制压迫下，农奴没有人身自由，随时会被出卖，被挖眼，完全没有人权。民主改革后，他们特别感谢解放军和共产党，把毛主席看成自己的大救星。我曾亲眼看到在日喀则的万人大会上，以前的农奴们用藏语合唱《社会主义好！》的生动场面，他们那从心底发出的热情，真是激动人心。在民主改革中，西藏人民开始了幸福的新生活。当时我感受颇深，回京后写了《西藏的春天》《西藏的歌声》和《阿姐甲莎》（即文成公主）等几篇散文在《光明日报》和《人民日报》发表。

回北京后就参加了第三次全国文艺工作者代表大会，同老舍、冯至等老作家分在一个组，我给会议作记录，多年后冯至先生还有印象。在会议上又见到了韩起祥、王老九、姜秀珍等著名民间艺术家，见到赵景深、李岳南等前辈专家，学到许多东西。回校之后就给中文系外国留学生开设了民间文学课，以后又给中文系四五年级学生讲过几遍，直到1966年5月为止。根据学校要求，我还编印了讲义，20多万字，印过三次。当时高教部将民间文学课改为专题课，不再是基础课了，所以几乎所有大学都让民间文学教师去教别的课了，民间文学课无形中被取消。系里也让王瑶先生指导我搞现代文学。王先生是朱自清的学生，知道民间文学的重要，他让我看《鲁迅全集》，重点研究其中民间文学的内容，又支持我继续开课。他审阅了我的全部讲稿，有时还去观摩我讲课，对我帮助很大。后来他曾让我把讲义拿给出版社看看，因为"文化大革命"的影响，直到1981年才由北京大学出版社出版。这就是《中国民间文学概要》，其基础还是我青年时代的成果。同行专家们对我能独自坚持讲民间文学课表示钦佩，钟敬文先生甚至在会上说我有"张志新精神"，这是唯物主义精神对我的鼓舞，也是同许多师友和学生们的支持分不开的。民间文学表现了人民的天才创造，是如此吸引人，以致后来工农兵学员们清理仓库将民间文学讲义运到废品站去时，还有不少人悄悄留下了不少章节。"文化大革命"开始了，我的青年时代也就结束了。

回忆我的青年时代，我感到无限幸福，这确是我的黄金时代。那时我经历了命运的巨变，得到了平等做人的权利，逐渐认识到人生的真谛。我切身感受到党是最慈爱的母亲，感受到为人民工作是最大的幸福，越苦越累心越甜。我坚信唯物辩证法是科学研究的法宝，能不断开拓民间文学的新天地。虽然当时成果尚少，只编印讲义资料 20 多万字，在《人民日报》《光明日报》《民间文学》《文学评论》等报刊发表各类文章 5 万多字，但却为我后来的学术发展打下了牢靠的基础。青年时代是我的"马拉松时代"，我几乎每天都处在激动的昂扬状态，时时哼着愉快的歌曲，感到文史楼的每一扇窗户都映现出一个新鲜的太阳，引导我向新的境界大步向前。

（原载"中国名人谈青年时代"丛书的《青春似火》一书，中国友谊出版公司，1994 年）

# 五六十年代北大校园生活琐忆

　　早晨，未名湖，水平如镜，霞光满湖，令人赏心悦目。在湖边漫步，心中总难以平静，青春的旋律把我的思绪带回到了四五十年前。

　　往事如烟，似乎已经相当遥远，随着岁月的流逝，有的事早已淡忘了，但在北大的学生时代的诸多往事，却像清晨未名湖中的绿树红云高塔倒影般明晰。进北大时，我还是二十岁的小伙子，如今已年过花甲，白发苍苍。回忆在北大度过的美好岁月，胸中的青春之火勃然而发，这是难以抑止的北大情思。"锦瑟无端五十弦，一弦一柱思华年。"在回忆中与亲爱的师友们重新聚首，这是多么令人快意的事啊！

## 文学机缘，初进北大

　　我从小崇拜爱迪生，想当发明家。中学时热衷于数理化，但却进了北大中文系学文学，这有很大的偶然性，但仔细想想又不全属偶然。

　　我出生在古城扬州，从小学到中学，一直受到这座古城文化氛围的熏陶。充满扬州气息的儿歌、童话没齿难忘，古诗古文更在我幼小的心灵中播下了文学的种子。在达德小学、琼花观小学，老师们不用日伪的语文教材，却大讲《古文观止》《五柳先生传》《桃花源记》《陈情表》《陋室铭》等名篇，这些我当时是背得很熟的。在扬州中学，鲍勤士老先生动情地吟诵《诗经》、讲"国学常识"课，江树峰先生讲语文课让我们写小说，亲戚们从大后方带来的用土纸印刷的《苔丝姑娘》和《愤怒的葡萄》，使我逐渐接近了文学。而真正引起我文学热情的还是扬州新华书店的阅览室，那儿有座椅，各种新书随便取阅。这些书在我面前打开了一个新的世界，使黑暗中的我看到了光明的前程，正是文艺新书引导我走上了革命的道路。1949年我15岁，入团不久，就参了军。在部队一年多，每天吃饭前都唱歌，开会就拉歌，诗歌成了我们生活的一部分。1951年年初，到上海华东局工作，在书店、地摊上，见到更多得多的文学书刊。我们单位的前身是新四军军部，老同志们特别爱护年轻人，看到我喜欢读书，就让我管机关工会的图书室，后来又把我调到华东作家协会工作，整天和作家们在一起，耳濡目染，更与文学结下了不解之缘。

　　大学曾是我渺茫的梦。记得抗战刚胜利时，我小学六年级，给在大后方的大舅写信，希望他们"快快回乡，共享天伦之乐"；大舅见了信特别高兴，回信说将来要供我"上大学"。但他只是一个小公务员，新中国成立前糊口也难，怎能供我上大学。但是新中国成立以后，在党的培养之下，梦想成真了。1954年，国家动员年轻干部考大学深造，为实现第一个五年计划提供人才。华东一级机关请上海最好的中学老师给我们上辅导课。华东局宣传部也组织了一个文科辅导班。记得一位处长原为山东大学教授，对近代史极熟，给我们讲课不用讲稿，滔滔不绝，年代史实都记得很清楚。他帮我们掌握要点，还教我们记忆历史的方法，如甲午战争的1894年，就可联系大清帝国之腐朽"一扒就死"而牢记不忘，果然有效。经过一个多月的复习，我以华东区第五名的成绩考取了北京大学。

## 群星灿烂，交相辉映

　　1952年院系调整，北大、清华、燕京三座大学的文理科都集中到北大，北大也由沙滩红楼搬到了城外燕京大学旧址。1954年中山大学的语言专业师生也并入北大。这样，北大中文系的著名教授就很多很多了。

而且当时文学研究所在北大哲学楼，所内专家也为中文系讲课。这就使我们有了得天独厚的条件，得到这样多名家的教诲。20世纪50年代的北大中文系，真是群星灿烂，交相辉映。杨晦先生是系主任兼文艺理论教研室主任，在一教101大教室给一年级讲"文艺学引论"。他讲课主张"只讲自己最有心得的东西"，所以讲得非常尽情，眉飞色舞，往往有很独到的见解。

游国恩先生给一年级讲"中国文学史（一）"，在文史楼小教室上课，是文学专业的小班，人不多，但游先生讲课却非常认真，声音很大，发的讲义也非常详细。他是闻一多先生都尊重的楚辞专家，不仅精通楚辞，而且对许多古书都非常熟悉，常常大段大段地背诵古书引文，令人叹为观止。

魏建功先生给我们讲"古代汉语"，虽然他早在"五四"时期就已到了北大，却仍带有浓重的苏北口音。他对学生们很用功、把老师讲的笔记背得很熟非常惊异，但又说做学问需要记住一些东西，不过主要还靠独立思考。

周祖谟教授比以上三位一级教授要年轻一些，是30年代毕业的高材生，对古汉语很有研究，却给我们一年级讲"现代汉语（一）"。他讲的是标准的北京普通话，很有条理，有系统，抑扬顿挫，特别清楚。他说明问题都举例子，有时举两三个例证。有一次他上课时，见同学中有人只记了一个例子就不记了，就语重心长地说："我讲的这些例子，都是好不容易才找来的，你们不记，盯着我的脸看什么？……国家花这么多钱，让你们免费读大学，还供应你们吃饭，你们不认真学好，对得起国家吗？"我也是只记一个例子的，似乎感到他是针对我说的，听了不免脸红。这些话也就深深地刻印在我心中了。

高名凯先生是留学法国的，翻译过不少巴尔扎克的小说，给我们讲"语言学引论"，他的教材很厚，内容很丰富。他用福建腔官话讲课，干脆有力，敢讲自己的观点，不乏幽默感。有时，他自称"高老头"，其实当时他才五十岁左右，并不老。他主张汉语没有词类，和西方语言不同，为此与王力先生在报刊上写文章争论，针锋相对，在"五四科学讨论会"

上也唱对台戏。虽然争论很激烈，却并未影响两人关系，他们始终是互相尊重的，当年蔡元培与胡适也是如此争论红学的。

我们的班主任叶竞耕先生教我们"现代文选及习作"课，讲范文、改作文都非常认真，一丝不苟。后来我当了优秀生时，他还让我总结经验在班上推广"三好"。我们班开新年文娱晚会，他也赶来参加，师生关系很亲热。

二年级时，林庚先生给我们讲"中国文学史（二）"由魏晋讲到五代。陈贻焮先生是他的助教，进行辅导。林先生是现代诗人，讲课注重艺术分析，热情洋溢，一首诗可以分析一大段，颇能引起我们对古典诗歌的兴趣。他特别强调唐诗的少年精神，这种精神也贯彻在他自己的生活中，他如今年近九旬，人们仍能感受到他的少年精神。他的板书清瘦有力，具有很潇洒的风韵，很有个性。有的学生模仿他，被称为"小林庚"，可见其人格魅力。他提倡新诗用九言格律，并亲自实践，在《光明日报》上发表新诗："马路宽得像一条河，汽车的喇叭唱着牧歌……"在他的《问路集》上他给我题辞："俱怀逸兴壮思飞"，这是李白的诗句，下一句是"欲上青天揽明月"。于此可见他胸中跳动着一颗多么年轻的心。林先生还给我们开了"楚辞"专题课，新见迭出，多是他独立钻研的成果，很有启发性。

陈涌先生讲"鲁迅研究"，都是在办公楼上大课。郑奠先生连着给我们上了两门专题课"文心雕龙"和"古汉语修辞"，他的吴语方言很难懂，不过他的讲义却非常详细，我至今仍保存着。

此外，周祖谟先生还给我们讲过"工具书使用法"，魏建功先生讲过"要籍题解"等专题课。

我们四年级的"中国文学史（四）"现代文学部分是王瑶、乐黛云和裴家麟三位先生讲的。1957—1958年度"反右"以后，政治活动多了，讲课很不正常。后来我毕业后，曾在王瑶先生指导下进修，听过他的《野草》研究"专题课，是很有内容的。王先生曾对我说："研究一个问题，一定要把一切有关资料都找来看，这样才有把握，即使你的结论不深刻，但系统的资料总是有价值的。"这一点成了我日后做研究工作的基本原则和方法。

苏联文学课是曹靖华先生讲的。他用浓重的河南话念讲稿，念得相当慢，有时标点符号也念出来，可见其讲稿是非常成熟的，记下来就是一篇文章。他同一些苏联作家很熟，又长期在苏联工作，所以讲课内容很精彩。俄国文学史是张秋华、彭克巽和岳凤麟等先生讲的，因为有三卷本的《俄国文学史》教材，我们又结合讲课看了许多俄国作家的经典作品，所以收获是很大的。

西洋文学课是西语系赵荣骧先生讲的。他的课讲得很精练，也很生动。重点作品如古希腊神话、史诗和悲喜剧、但丁《神曲》、莎翁戏剧等都扼要介绍作品情节和精彩段落；他的朗诵充满激情，讲得津津有味，令人难忘。当时我看了许多西方文学作品，有一次班长陶尔夫检查我的学习计划，曾指出我用在西洋文学上的时间太多，但我认为这是我研究文艺理论所需要的。据说赵先生在"文革"中把西洋文学讲稿烧掉了，后来感到十分懊恼。

东方文学课由东语系的许多老师主讲，有季羡林、金克木、刘振瀛、马坚等教授或他们的弟子，讲印度、日本、阿拉伯、印尼等许多国家的文学情况。这门课似乎是第一次开，听起来非常新鲜，让我们大开眼界。

为了扩大知识视野，我还到外系去偷听名教授的课。在哲学楼小教室，我听过朱光潜先生的"西方美学史"，他在上课开始总要先复习提问上一课的内容，他说一些要点是要记住的。他讲课很有条理，节奏有力，两只大眼炯炯放光。这是锐利的智慧之光，给我留下了极深的印象。我还听过宗白华先生的美学课，他讲课有些方言口音，但非常热情，往往有独到的见解。汪篯先生的隋唐史专题，给研究生讲研究方法，他的扬州话听起来很亲切；他是陈寅恪先生的学生和助手，敢于讲自己的观点，学养深厚，令人敬佩。唐兰先生给考古专业讲文字学，吴语口音也颇重，旁征博引，深入浅出，很吸引人。汤一介先生当时很年轻，但讲"中国哲学史"课，相当熟练。他讲课有条理，口齿流利，引《诗经》之句分析古人的"天道观"，很有道理。

为了充实自己，我们的学习是如饥似渴的。当时有一张明信片是白鹭涉水的照片，非常美，我题了一首小诗送给何立智同学，反映了我当时的心情：

> 白鹭涉秋水，月照黄花睡。
> 甘泉尽兴饮，日出共霞飞。

## 讲座众多，大开眼界

思想活跃，讲座众多，也是北大的办学特色之一。许多名人讲座，开阔了我们的视野。

在大饭厅，我听过冯雪峰热情的演说，他力劝年轻人一定要多看大作家的名作精品，不要在平庸之作上浪费青春。这诤言给我留下了很深的印象。我订的唯一一份文学刊物是《译文》，爱看其中经过历史筛选的经典名篇；我们还听过苏联作家卡达也夫、波列伏依，诗人牛汉，作曲家罗宗贤等文学艺术家的讲座。

在我眼里，每天的太阳都是那么新鲜，和前一天的不一样。这印象是那样强烈，至今难忘。文史楼窗户上的朝阳，在我心中永远明亮、永远辉煌。那时精力特别旺盛，每天按时作息，不知道什么是疲倦。每晚下自习的铃响了，我们的学习正处于高潮，要打几次铃才能把我们从阅览室赶下来，依依不舍地离开。在回宿舍的路上，想起上海的战友们，现在也许正挑灯夜战，为四个 A 字的电报又要干一个通宵，而我却在这样好的环境里学习，这是多么幸福，肩上的担子又是多么沉重。我暗下决心，要担负起他们的一份责任，不辜负他们的希望。

1956 年供给制改薪金制，战友们拿到第一个月的工资，合伙买了一大包衣服给我带来。他们知道我每月 20 元的调干助学金是够紧的。战友丁克成来北大看我时就鼓励我多写文章，说："文科就要多写，不写文章算什么文科呢？"是啊，要多写文章，我给校刊写过通讯报道，四年级时在学报也曾发表过小文，但要真正搞研究、写论文，却是需要作充分准备的。

"工欲善其事，必先利其器"，我考扬中时的作文就是这个题目，所以印象极深。我以为要搞研究首先要掌握好锐利的思想武器。我看过《马恩列斯思想方法论》一书，这还不够，一定要系统掌握马克思主义哲学才行。我又看了《辩证唯物主义》《历史唯物主义》，边看边记笔记，记了两本哲学笔记，深感哲学是叫人明白的学问，有了哲学知识，学习与思考就更科学了。二年级学"中国革命史"时又重学了《矛盾论》《实践论》，更好地掌握了明快的思想工具。当时还买了《马克思列宁主义经典作家的工作方法》，学习马克思、恩格斯、列宁和毛泽东是怎样去研究新问题、创造新理论的。这种学习使我深深地意识到马克思列宁主义绝不是教条，而是最有创造性的。运用马克思列宁主义方法去研究新问题，必然会创造出新的理论来。如果没有创造，只死背教条，就绝不是马列主义，而只是教条主义；教条主义正是反马列主义的祸害，这在中国现代革命历史上教训非常深刻。有鉴于此，我决心以革命导师为榜样，掌握唯物辩证的科学方法，充分独立思考，大量占有材料，去进行新的理论创造。这时，我对苏联那一套教条主义的空洞的文艺理论有看法了。实践出真知，一些作家的创作论给我很大的启发，如《学习译丛》上女作家尼古拉耶娃的文章《论文学艺术的特性》（上下），我在上海时就曾被这个问题吸引，到三年级做学年论文时，就选定这个题目准备好好研究一番。

1956 年正是全国社会主义建设兴起和思想活跃期。"百花齐放，百家争鸣""向科学进军"的提出，极大地激励了我们的创造热情。记得当年开学时，学生会发动我们拟写迎新对联、口号，我写的一副对联，曾写成美术字剪贴在大板上放在西校门两旁，至今记忆犹新。这对联是：

高举红旗　攀上世界科学的顶峰
挺起胸膛　做个原子时代的英雄

由此可见我们当时"风华正茂"的精神状态了。当时我以极大的热情投入学年论文的写作，看了大量有关资料，写了许多笔记和草稿，到1957年夏天抄好时，竟有5万字之多，订了厚厚的一个本子。在论文中我对当时流行的"文艺的特性是形象性"的观点提出了质疑，认为它只是形式上的特性而已，而艺术的本质——艺术内容的特性更重要。艺术的特殊内容是什么？我以为伟大作家托尔斯泰《艺术论》中的观点是很精辟的，这就是他所说的：艺术是交流感情的工具。艺术的内容正是感情，但感情一定要通过艺术形象才能传达出来，所以艺术的特性应是用形象表现感情。为此我建立了自己的一套体系，具体分析了艺术的"两种本质""情绪与感情的区别""感情和思想的关系""世界观与创作的统一"等等问题。当时辅导论文的助教不同意我的观点，将论文拿给教授们看。钱学熙教授曾找我谈话，我也提出了自己的见解和意见，后来得到了教授们的认可。

## 当头一棒的考验

考验到处都有，一个严峻的考验很快就摆到我的面前，我竟成了全年级"不尊敬老师"的典型，并因此受到了重点批判。

事情是这样的。我比较注意抓紧时间学习，连课前等待老师的时间也不放过，要记点单词或写点什么感想练笔。有一次在"马列主义基础"课前我看到辅导员教师（是复旦大学刚毕业调来的年轻女教员）脸变得黄瘦了，于是顺手在笔记本的扉页里对"小辅导员"作了形象素描，并发挥想象力，认为这是忙于工作而过于疲累所致，写道："……她的心灵却更美了！"写完就完了，自己也没当回事。谁知有一次老师要检查笔记，我就把它交上去了。据说这位辅导教员看到这段素描后竟难过得哭了，以为我是有意写给她看，"调戏"她的。马列主义基础教研室把此事反映到系里，成了一件大事。

当时我们这个年级从工农中学和各机关、部队来的调干生很多，年纪偏大，不少人比刚毕业的教员年纪都大，所以很容易流露出"不尊敬师长"的情绪来。系领导觉得入学后应进行尊师教育，于是把我作为典型，由团总支书记张钟在全年级二百人的大会上不点名地作了批判，而在我们班的团支部会上，则专门对我开了一次点名的批判会。不知不觉犯了错误，受到许多听来过重过火的批判，我是想不通的；但我相信"事实胜于雄辩""真金不怕火炼"的真理，又想到陈毅同志说的"过倒霉关"也是一种考验，于是对此也就淡然处之了。

这件事并没有影响我的情绪，我仍然挺着胸膛每天快步走向课堂，在"马列主义基础"讨论课上，照样带头积极发言。这也使得教员改变了对我的看法，有一回还受到她的表扬。期末考试时口试也是由她主持的，我抽了两张考卷，两次都对答如流，得到了优等的成绩。那一年我门门课都考了优等，成了全班唯一的优秀生。后来，我在中文系第一届运动会上得了两个单项第一和个人总分第一名，大家还选我当了军体委员，成为班委会领导成员。就在二年级上学期，我被吸收入党，成为无产阶级先锋队的一员，这是非常光荣而幸福的。当时我们同学之间关系非常单纯，互相提提意见进行批评与自我批评是家常便饭，并不影响亲密的关系。记得开全校团代会时，我和55级的陆俭明同学等在一起讨论大会发言，我认为文科也可以向科学进军，他们要我起草发言稿，然后由张钟在会上作了发言，还在全校广播了。毕业后我和张钟都留校了，而且一直住在一个宿舍，关系是非常好的。


## 热血青春，报效北大


在北大，我度过了我的青春年华，打下了学业的基础，我把全部青春和生命，都献给了母校，献给了亲爱的祖国。

毕业后不久，因民间文学缺教员，而我对苏联那一套教条主义文艺理论已经不感兴趣，所以主动要求去教民间文学，得到了杨晦先生的首肯，于是我就在这片颇为荒凉的学术领域中起劲地耕作起来。我同中国民间文艺研究会、河北省文联的张帆、张文、李盘文、叶蓬等人去河北调查义和团的故事传说，和科学院文学研究所的孙剑冰、卓如、祁连休，中国民间文艺研究会的安民，中央民族学院的王尧、佟锦华、耿予方、科巴及民族宫的马扎布等人共同去西藏进行民间文学调查。在农村如鱼得水，一点不觉得艰苦，回来都写了文章在《民间文学》《人民日报》和《光明日报》等处发表。1960 年后，"民间文学"课下马风很盛，全国各大学包括北京师范大学都不开民间文学课了，而我却在开完第三次文代会后，开始给外国留学生讲"民间文学"课，后来又编了教材，给中国学生上大课，一直坚持到 1966 年。

"文革"开始后，中文系也下到工厂。我和学员一起到了北京特殊钢厂，劳动中学习、批判，评法批儒，在平炉炼钢，看钢花飞溅，注解"法家文论"。不久，又调我去东郊人民机器厂的工人大学文学班讲课。我带了四名工农兵学员，白天备课、劳动，晚上上课。工人们干一天活，还上两小时课，很累，但也很努力。我参加创作班的教学，趁机把古典作家的名作、传记等材料看了许多；当时图书馆陈文良同志是中文系系友，很支持"开门办学"，要什么古典名著都能及时送来。住在"大子女宿舍"木板房小隔笼内，避开大批判的干扰，倒也自得其乐。当时抄录了许多创作资料，后来编了两本《西方古典作家谈文艺创作》，1979 年印出，寄请茅盾先生指教。茅盾先生回信说："你下了很大功夫，令人敬佩。"先生褒奖的话令我不禁汗颜。后校友邓荫柯来北大平反，将资料带到他任职的春风文艺出版社合为一册出版，茅盾先生还题写了书名，后被评为优秀图书，刘绍棠、林斤澜、雷加等许多作家都认为对他们的写作很有用处。出版后有老友来信以为我改行了，一改行就"出手不凡"，其实我是为研究文艺规律和民间文学对作家的影响而搜集这些资料的。我后来写了《文艺上的雅俗结合律》一文在《光明日报》上发表。

为了发展新诗，我同广西过伟先生合作编写了《民间诗律》《中外民间诗律》《古今民间诗律》等书，包括 56 个民族的几百种诗律形式和 20 多个国家的多种诗律形式，以名作为例证，国际音标、民族文字、汉文直译、意译四对照，得到王力先生、冯至先生、臧克家先生、公刘先生的高度评价，并欣然为我们写了序言；季羡林先生、李赋宁先生、钱春绮先生、唐作藩先生、姜彬先生、朱介凡先生、谭达先先生等名家为我们撰稿；贺敬之先生、周祖谟先生、吴小如先生为我们题签，支持这一古今中外从未有过的文化工程。

此外，我还在笑话美学研究中对西方传统喜剧美学进行了质疑和补充，在国际学术会议上获得强烈反响和支持。我又在民俗学的教学中进行大量的调查研究，足迹遍布 20 多个省市，两赴西藏、新疆、云南、广西，四赴扬州，搜集了许多资料。我讲的民俗学选修课，文理科学生都来听，教室爆满，换了三次教室，最后换到当时最大的二教 203 还坐不下，可见北大人对民俗课的热衷。我现在虽已年过花甲，但仍雄心不已，作为第一总主编，正为《中华民俗大典》三十五卷本的编写出版而辛勤劳作。这是我们报效北大、报效祖国的实际行动。这一几千万字的艰巨工程，虽然困难重重，但得道多助，海内外许多有识之士，积极参与并支持这一壮举，相信这将为中国文化的万里长城再添一道充满魅力的风景线。

# 刻骨铭心的几本书

我是一个孤儿，在旧社会过着寄人篱下的生活，是中国革命的光辉照亮了我人生的道路，促使我一心为人类最伟大的理想而奋斗。

书籍是人类进步的阶梯，也是我进步的阶梯，我的进步离不开书刊。一些好书融化了我冰结的感情，熔铸成我的精神支柱，使我受益终生。

最近英国广播公司（BBC）作了一次网上调查，评出了"千年十大思想家"。第一名是马克思，他从世界各地得到的选票比第二名爱因斯坦要多很多。这就说明马克思主义的科学性是经得住历史考验并得到广泛认同的。马克思主义是我的精神支柱，我的一切成就都得益于它。

马克思是我学习的榜样之一。他最喜爱的名言："人类所创造的一切，对我都不陌生。"也是我毕生追求的境界。在北大读书时，我最爱看的书是《马克思列宁主义经典作家的工作方法》（三联书店，1954），作者是一位德国人，他用大量事实，说明马克思、恩格斯等人是如何吸取人类创造的一切先进文化成果，艰苦探索、大胆创新、追求真理以造福人类的。从马克思的《资本论》第一卷中，我进一步具体认识到他进行理论创新的科学的思想方法。而毛泽东的《实践论》《矛盾论》更集中而扼要地阐明了唯物辩证法的基本原理，百读不厌，受益匪浅。所以我把它们定为我的中外研究生必读的入门书。这是中国革命取得胜利的哲学基础，也是我们进行一切研究取得胜利的锐利武器，一辈子受用无穷。

马克思主义是最有创造性的，可是有不少人却认为那是老一套的教条，这真是莫大的误解。事实上，教条主义同马克思主义是水火不相容的。马克思主义作为科学方法，是开放的、不断发展的、放之四海而皆准并且是万古长青的。一切从事实出发，不断引出新的结论，这就是马克思主义的创新本质。这个过程是艰苦的，然而特别有趣。我在民间文学与民俗研究中，在全面调查研究的基础上，不断创新，构筑了符合中国国情的民间文艺学新的体系（参见《中国民间文学概要》《中国民间文艺学》与《民间文学辞典》等书），在民俗学研究中亦提出了许多新的理论观点和范畴概念（参见《民俗的趋美律》《中华民俗大全总序》《世界民俗大观》等著作）。这些新的理论创造，受到国内外好评，屡获大奖（如"最佳著作奖""优秀图书奖"、意大利巴勒莫人类学研究中心之"彼得奖"等）。日本加藤千代教授说我是"最有创造性的"。我想这是我不怕艰苦、努力探索民俗发展规律的结果，是马克思主义创新本质的表现，应归功于马列主义的革新哲学。

毛泽东也是我的学习榜样。萧三写的《毛泽东同志的青年时代》一书介绍了毛泽东如何进行体育锻炼、刻苦自学和不断创造开拓的历史。车尔尼雪夫斯基的《怎么办？》（时代出版社，1951）中睡钉板锻炼毅力的"新人"拉赫美托夫也成为我学习的对象。我从青年时代即坚持洗冷水澡、顶风跑步、骑车锻炼，成为班上唯一的优秀生。我到20多个省市和十几个国家进行民俗考察，上山下乡，不以为苦，反以为乐，实得益于此。我要把自己磨炼成一个对马列主义"运用自如"的革命者，为人民造福。

在文学方面，我最喜爱的是有文采又有深刻教育意义的作品。使我刻骨铭心的有屈原的《楚辞》（《楚辞集注》，朱熹注，上海古籍出版社，1979）中对理想之追求和对人民的热爱，《水浒传》中的侠义精神、英雄气概。《鲁迅小说集》中的"遵命文学"，那强烈的激情常感动得我流泪。魏巍的《谁是最可爱的人》（人民文学出版社，1952）、贺敬之的《放声歌唱》（人民文学出版社，1961）等新文艺佳作也曾感动得我泪流满面。新的人物、新的世界是我最热爱的。在为理想而奋斗的过程中，我也特别喜爱莱蒙托夫的诗，《童僧》和《帆》（《莱蒙托夫诗文选》，商务印书馆，1983）曾强烈地打动了我的心，至今我还可以用俄文把《帆》背下来。马雅可夫斯基歌唱社会主义的诗（《马雅可夫斯基选集》，人民文学出版社，1986）也是感人至深的。共产主义"甚至能唤醒死者投入战斗"，说得多么好。社会主义，这是融汇了人类创造的一切美好事物而消除一切不合理行为的理想化的社会，"让一切不民主的制度死亡！"这是人民当家做主的最民主的社会，所以可以调动一切积极因素发展经济和文化，它是千手千脚的巨人，最具生命活力。

然而，有些人却把社会主义看成只说空话的官僚主义，这是莫大的误解。

社会主义和官僚主义是水火不相容的。

官僚主义是社会主义的死敌，正如教条主义是马克思主义的死敌一样。

邓小平同志说："没有民主，就没有社会主义！"（《邓小平文选》第二卷，168 页）这是对世界共产主义运动历史经验的总结。《邓小平文选》（人民出版社，1993－1994）中充满了活的马克思主义，充满了创新精神。邓小平同志善于灵活运用理论解决实际问题，提出新的观点。他说马列主义、毛泽东思想的精髓就是实事求是和群众路线，真是画龙点睛的大手笔！

书籍是人类进步的阶梯。书是我最酷爱的东西，我的屋子早已被各种书"胀破"了，床下柜顶都塞满了书，实在没有办法。我要像蜜蜂一样，从书海花丛中采集花粉，去酿造人间最芬芳的花蜜，供人民享用，为创建人间的天堂作一份贡献。书是我的开心宝，有的好书是刻骨铭心的，它是我生活的阳光，引导我乐观向上，不断前进。

（原载《中华读书报》，2001 年 6 月 27 日）

# 五四时期的北大人

## ——纪念恩师杨晦先生 100 年华诞

杨晦先生是我的恩师，对我的命运影响很大，使我没齿难忘。

1954 年，我从上海华东作家协会考到北大中文系深造。一年级的"文艺学引论"就是杨晦先生讲的。在当时最大的教室一教 101，坐得满满的，大家听得津津有味。

杨晦先生主张讲课不用面面俱到，只讲教师自己最有研究最有创造的东西，但是此课却讲得很有系统性。我做了详细的笔记，这笔记至今还保存着。

杨先生明确地说："文艺理论是研究文学艺术发展规律的科学！"

于是，探讨文艺发展规律成了我毕生孜孜以求的目标。

杨先生是我学术征途上的启蒙老师和引路人。

1956 年，我们三年级，要写学年论文。当时提出了"百花齐放、百家争鸣""向科学进军"的口号。记得当年学生会征求迎新对联，我拟了一副，被写在两块大牌子上放在西校门两边，其词曰：

> 高举红旗 攀上世界科学的顶峰
>
> 挺起胸膛 做个原子时代的英雄

对联对得并不工整，但反映了当时我们的心情。开团代会时，我与中文系代表张钟、陆俭明等人一起研究，由我起草了一份发言稿，是张钟去讲的，在全校广播，反响比较大。我们提出：

> 文科学生也可以向科学进军。
>
> 工欲善其事，必先利其器！

　　为了写好学年论文，真正以实际行动向科学进军，我首先自学了要到四年级才学的大厚本哲学教材《辩证唯物主义与历史唯物主义》，写了两本哲学笔记。在中国革命史的学习中，又认识到整顿"三风"，反教条主义、党八股的历史意义。创造性——创新，是马克思主义的生命。当时还买了一本《马克思列宁主义经典作家的工作方法》反复阅读，学习他们是如何创新的，并努力运用到自己的写作中来，学会独立思考，像刘少奇同志在《论共产党员的修养》中所说的那样，逐渐锻炼成"运用自如"地掌握马列主义的革命家。革命，就是创新，这是马列主义的生命，而僵化的教条主义恰恰是违背马列主义的，甚至是反马列主义的。这是我反复体悟到的真理，也是决心一辈子努力遵行的根本原则。

　　我的学年论文题目是《文艺的思想性与艺术性的关系》，这个题目很大，是文艺的根本问题之一，非常有趣。特别是"什么是艺术性？"，"艺术的本质特征是什么？"我在上海工作时就思考过这个问题，对《学习译丛》（1954）上译载的苏联作家尼古拉耶娃（《收获》的作者）的文章《论文学艺术的特征》印象很深。当时苏联教材（如季莫菲耶夫《文学原理》）都认为文艺的特性是形象性。我感到形象性只是文艺表现形式的特征，是手段，不是目的，而目的是更本质的。

　　为了探讨这个问题，我看了许多书，写了十几本读书手记，日夜思考，终于从托尔斯泰晚年所写的《艺术论》中得到启示，写了五万字的论文，论证以形象表现感情，才是文艺的特点。我提出了"艺术内容"的概念，认为感情是艺术内容，是更本质的东西。我又分析了感情与情绪的区别。当时出版的苏联捷普诺夫的《心理学》教材引用了许多作家创作的材料作分析使我得到启发，但心理学家们至今也没有弄清楚二者的区别，在大百科全书心理学卷及心理学教材中都认为二者没有本质的区别，只有量的区别而已。一般人认为感情就是喜怒哀乐等，我以为那实际上不是感情而只是情绪。情绪是抽象的，感情是具体的。一种情绪可以表现为千万种不同的感情。比如都是"喜"，有人喜学习，有人喜运动，有人喜赌钱，这情绪都是喜，但感情却大不一样。感情是有对象的，是对某一事物或人物的态度，是爱是憎，是好是恶，是有倾向性的，是具体的，是包含着思想倾向的。可以说没有一种感情是不包含思想的。普列汉诺夫否定托翁"艺术是人们交流感情的工具"的命题，说这是"不对的"，既表现感情又表现思想。这其实是"画蛇添足"，副作用颇大，后来变成形象思维的公式："文艺特性是以形象反映生活表现思想"，往往把感情有意无意地忽略了，有人甚至认为表现感情就是资产阶级"人性论"，就是"小资产阶级情调"。这就为公式化、概念化、图解生活打开了闸门。

这篇文章的探索现在看来仍然是有价值的。至今人们还没有提出我所论证过的范畴概念与命题，虽然"文艺的特性是表现感情"的提法已得到不少人的认同，但对什么是"感情"，中外文艺理论家们还没有想得像我那么具体深入。经过几十年的反复思考，我更加认定了这个观点。如果在现在，作为学术问题，提出不同意见，已不成大问题。但在当时，苏联就代表马列主义，不同意或否定苏联文艺理论就成了反马列主义。所以对于我的文章，在文艺理论教研室内部是有不同看法的。钱学熙教授看了这篇文章，让我到中关园平房他的家中谈过一次，说我看了许多材料进行独立思考是好的，要我继续努力把文章改好。

这是我第一次写这么长的文章，当然是很幼稚的；但这是我的一次独立思考的试验，也是一次很好的学术锻炼，对提高分析能力是很有好处的。为了得到更大的帮助，我又把文章送请杨晦先生指教。杨先生看后没有表示意见，但他似乎是同意我的探索的。有两件事给我极深的印象。

一是1958年"双反"运动中，曾有大字报批评我"反对苏联文艺理论，受修正主义文艺思想影响"。但杨晦先生却并不这样看。毕业分配时他把我留在中文系文艺理论教研室，做他的助教。后来由于民间文学课需要教员（朱家玉先生去世了，本来准备让沈天佑接替，但他不大愿意，而我当时对苏联文艺理论的教条气已有所不满，想从具体作品入手，实行迂回战术，先搞搞民间文学，然后再回过头来搞文艺理论），于是我主动提出去搞民间文学，到这个新的学科中去开荒、去创造。这个想法得到了杨先生的支持。他放我到文学史教研室搞民间文学，并热情支持我密切联系实际，同中国民间文艺研究会的同志一起去河北了解义和团故事传说，到西藏去调查民歌、故事、史诗，参加《中国歌谣资料》（铅印3本，油印12本）的编选工作。并支持我走上课堂给中外学生开民间文学和少数民族文学的课程。

第二件事是我后来才知道的。

1962年我当教研室秘书，一位新调来的系领导常搞一些形式主义的统计之类的事受到我的抵制，于是我就成了"精简"的对象，要把我调到北大附中去。当时我并不知道，只是我不当教研室秘书了，而当了62级的级主任兼班主任，我负责把民间文学课的讲义印发给学生。当时我一面上大课（在化学楼101，两个年级合上），一面在王瑶导师指导下写讲义，按时印发打印稿。一直讲到1966年，印发讲义三次，这就是1981年1月出版的《中国民间文学概要》的基础。当时王瑶先生就希望我把书稿给出版社看看，因"社教"和"文革"而未能出版，又拖了十多年才印成书。

那时我不知道要精简我的事，在"文革"中我才听曹先擢同志说。当时讨论我的问题时，杨晦先生向彭兰说："你不知道吧，段宝在文艺理论上也有一套哩！"杨先生是系主任，又是文艺理论教研室的主任，他的话当然更有权威性。这样我才没有被调走。

这两件事说明，我之所以能在北大中文系教书，多亏了杨晦先生。如果没有杨晦恩师，我也许已离开了中文系。

最近常听某些校领导说，五六十年代的毕业生缺少创造性。我以为不能一概而论，任何时候都有具创造性的人才。50年代也提倡"独立思考"，反对"奴隶主义"，提倡"破除迷信，解放思想"，反对教条主义、思想僵化等等。还是有许多人坚持独立思考、大胆创新的。只是有时会受到"左"的批判和干扰。但像杨晦先生那样坚持实事求是原则的领导人还是有的。

1958 年"双反"运动中，曾有一幅漫画是讽刺杨先生的。画的是两厚摞书，一边写"文学"，一边写"语言"，在"语言"与"文学"这两摞书之上站着一只大公鸡。题目是"有鸡联系"。杨先生主张中文系学生要打好基础，文学是语言的艺术，文学专业学生也要学好语言课。当时我们听王力、魏建功、高名凯、周祖谟、袁家骅等先生的语言课相当多，而且听得津津有味，但也有些同学不理解，认为语言课学多了，没什么用，影响文学课的学习。这种看法今天看来未免片面。我从切身体验中深深感到，学习语言知识对研究文学是很有用处的，且不说西方许多文学理论大师原是语言学家，就拿我所研究的民间诗律来说，如果不懂国际音标记音，是寸步难行的。我深深体会到语言知识的重要。我在民间文学方法论的研究中，提出了"描写研究"的方法，就是从语言学中借鉴而来的。我从语言学中获益匪浅。

1958 年有一张大字报，记得是哲学系一位先生写的，印在铅印的"大字报选"中，甚为显眼。内容是"火烧"杨晦先生。这张大字报认为，杨晦对新中国成立后历次文艺思想斗争都抱着消极态度，不是"按兵不动"，就是"沉默不语"，或是"无声无息"，对批判《武训传》《红楼梦研究》、批判"胡风集团"、"反右"等全国性的批判运动，杨晦先生都没写文章参加斗争。据吕德申先生说，50 年代初思想改造运动中，胡乔木的报告还点名"某教授还大讲农民文学"，要他检查。杨先生认为，提倡文学为农民服务没错，所以也未作检查。直到北大"社教"时期，杨先生还坚持"高校 60 条"的原则，认为北大是"生产人才的生产部门，不是阶级斗争部门"。于是在全校范围内受到重点批判。但他始终坚持实事求是的原则，从不向错误观点低头。历史已经证明了杨先生的真知灼见，说明他善于从实际出发独立思考，保持清醒头脑，决不随波逐流，再大的压力也不在话下。这种坚持真理的硬骨头精神是难能可贵的。这是彻底唯物主义者的崇高风格。

杨先生最反对姚文元不学无术乱批判，不懂德彪西而大批"无标题音乐"，要我们年轻人千万不要跟他学。

杨先生指导我们进修，特别强调打基础。他曾语重心长地对我说：

"不要急于发表文章，把基础打扎实了，将来文章是写不完的。"

当然，打基础是无止境的，不可能什么都学通了再来写文章，但在一个方面打好基础再写文章，写扎实的文章，还是很必要的。

有一次杨晦先生问我怎么进修民间文学，我说要系统学习。他追问："怎么系统学习？"我说："从诗经、乐府一部部书读下来。"他点头表示同意。

杨先生对我们年轻人有一种父辈的爱心，这是一种非常真挚而深厚的革命感情的自然流露。见面时，总要亲切地交谈几句。有一次开会时他见了我，忽然说："我发现段宝又长高了！"这使我大为惊讶。我毕业时已 24 岁，当时又过了几年，早已过了长个子的年龄。但在杨先生心目中，我还是很年幼的。确实，我到北大时只有 20 岁，杨先生是看着我们长大的，始终对我关怀备至。这种父辈的感情是令人刻骨铭心的火热的情感，永生永世难以忘怀。

我是一个孤儿，八岁丧父，十岁失母，过着寄人篱下的凄惨生活，只是到了部队、机关以后才得到了人间的温暖。但那仍然是同志友爱，像杨晦恩师那样年长父辈的热情关怀是很少碰到的，所以印象极深，特别刻骨铭心。至今杨先生的音容笑貌仍然时时在眼前浮现，成为我前进的动力和学习的榜样。

杨先生是鲁迅和李大钊的学生。他始终非常崇敬鲁迅，处处学习鲁迅，像鲁迅先生那样关怀青年，学习鲁迅的硬骨头精神，甚至自己的发型也效仿鲁迅。记得中文系在 60 年代曾举行过一次书法展览，杨晦先生书写了一副对联：

　　铁肩担道义　妙手著文章

这对联李大钊先生也曾写过，我想这正是他们崇高的北大精神的很好概括。我们也要好好学习这种北大精神，继承优良传统，做一个真正的北大人！

1999 年 6 月 6 日于中关园

# 回忆冯至先生

　　冯至先生是杨晦先生的多年老友，关系非常密切。我是杨晦先生的学生，1988 年去冯先生家请他为《中外民间诗律》写序。他一见到我，就说："段宝林……我们好像在哪儿见过？"

　　确实是见过。不只是见过，而且还在一起开过二十几天的会。

　　那是 1960 年，开第三次全国文代会，我们都在北京代表团的文学组。民间文学和北京的作家们编在一个组，组长是老舍先生和冯至先生，我是搞记录的秘书，和组长有一些工作联系。

　　这已经是 30 年前的事了，冯先生还有印象，有点儿出乎我的意料。

　　当时我印象最深的是，开会间隙有一次和他谈话时，这位"五四"时期被鲁迅先生称为"最好的诗人"的冯至先生这样一位前辈大家，竟然亲自给我这个二十多岁的小青年倒茶。

　　这使我内心受到极大的震动。

　　后来，我还与冯至先生有两次亲密接触，却都不是见面的接触。

　　那是 1960 年我给《北京大学学报》投稿。这是很不成熟的稿子《论大跃进民歌中的巨人形象》《美学革命宣言》。

　　当时的学报是非常负责任的，陆平校长对学报提出的要求是："既出成果，又出人才。"所以，对投稿都要求提出修改意见。

　　学报的李盐同志（汪篯教授的夫人），更是非常负责任的编辑。她给我寄来了两篇冯至先生厚厚的审稿意见。一条条意见写得非常清楚，使我很受教益。可惜当时因为形势的变化，又因教学很忙，没有能够按照冯至先生的意见对文章进行认真的修改。这两篇文章都未能发表。

这些可能就是我在30年前留给冯先生的印象吧！冯先生在时隔30年后还记得这类事情，确实是出乎我的意料的。

冯先生从1949年以后，就是北大西语系的主任，60年代调任中国科学院文学研究所任领导工作，后来成为中国社会科学院外国文学研究所的所长。当时他住在建国门外永安里。在谈话时，他说："这里的环境不如燕东园，散步的地方比较少。……身体和心情也不太好……"他还很怀念北大燕东园。

我担心不好的心情会对冯先生的健康不利，就说："心情会影响身体，还是要放宽心，相信世界一定会一天天好起来的。"接着我谈起请冯至先生为《中外民间诗律》写序的事，并送了他一本已经在北京大学出版社出版的《民间诗律》。冯先生说："我是写自由诗的。没有研究过诗律，而且认为新诗刚刚打破了古诗格律的束缚，没有必要再搞一套格律来。"

我说，古今中外所有的诗歌体式、格律，都是在民间诗歌的基础上创造出来的。新诗也需要学习民歌来丰富自己的诗歌艺术，以便更受人民大众的欢迎。我请先生先看看我们的《民间诗律》再说。当时就没有定下来。

尽管如此，冯至先生对此书的编印是非常支持的。当时他就对外国诗律文章的写作提出了一些具体要求。他提出，作为例子的引诗，要翻译成中文，最好把原文和直译、意译对照起来，这样可以对诗律的形式看得更加清楚。诗律的形式是不能离开诗的内容来研究的。

这个意见非常好。我们在《民间诗律》中的非汉语引诗就都是"四对照"的：原文、国际音标注音、直译、意译，四者对照排印。他翻开书看了季羡林、徐稚芳关于印度史诗和俄罗斯民歌的诗律文章的例子，对引文的"四对照"体例非常满意。

冯至先生原来已经答应我们写一篇《德国民间诗律》，后来因为目疾住院，未能写成。就介绍别人写了。当时冯至先生还给我们介绍了另外一些作者。

过了一段时间之后，冯至先生来信说，经过认真的思考，感到《民间诗律》是一部好书，看了之后，"大开眼界"，所以还是决定为《中外民间诗律》写序。在 1988 年 12 月 22 日的来信中他说："11 月 22 日及 12 月 12 日来函均收到，迟迟未复请原谅。没有立即复信的原因，是我没有决定能否为《民间诗律》写序。经过考虑，还是遵命试写吧。你们编的这部书是一部好书，我这一生妄称喜欢诗的人翻阅以后也感到大开眼界。现在将出第二册，想必更为丰富。前信已将书的内容略有叙述，你能进一步告诉我第二册有什么特点，与第一册有什么不同吗？这样将有助于我构思。我的意见是外国民间诗律只十四篇，似乎少了一些。但为已定稿，也就不必勉强增添了。什么时候交稿？请你给我一个最后的期限。祝新年快乐，来年工作顺利！"

当时冯至先生身体不太好，但是仍然抓紧写作，表现了对诗歌事业极端认真负责的态度。刚刚过去一个月，冯至先生就带病赶写出了序文。我看已经很好了，但是冯至先生非常谦虚，说自己对诗律是外行，如有问题，让我修改，并且说："请代为改正。你怎样修改处理，我都没有意见。"对我表示了很大的信任。这种对晚辈的关怀和极其谦虚大度的胸怀，使我受宠若惊，十分感动。我怎么敢改冯至先生的文章呢。

冯至先生的序写得很好。在序中，冯至先生说：

> 过去人们认为"民歌体"就是七言四句体，这就太单调了。实际上民歌体裁多种多样，变化无穷，每句的字数有多有少，有的还插入长短不同的嵌字或衬字。又如押韵，一般只理解为压脚韵，至于头韵和腰韵，只知道见于古日耳曼语的诗歌，殊不知在我国少数民族诗歌中屡见不鲜，就是汉语民歌里也间或出现。多谢《中外民间诗律》的编者和其中各篇文章的作者，他们通过深入的调查研究，提供了那么多丰富的资料和有力的论据，纠正了一些狭隘的因袭观念和片面的认识……

序中还说：

民歌是诗的根源，"歌咏所兴，宜自生民始也"，这是千古定论。诗人的创作在它脱离根源后独立的流程中，必要时都有民间诗歌血液的输入，这也是诗史上的事实。以当前的诗歌而论，若以狭隘的因袭观念看民歌，则民歌所能输送给新诗的，确实很有限，但《民间诗律》和《中外民间诗律》两册里多种多样富有生命力的诗律，根据民族语言的特点与时代的演进不断在流动着、变化着，不是永远凝固地定于一尊，——无论诗的创作或诗的研究，都会从中取得借鉴，（我重复一次前面说过的话）扩大视野，启发思路。

为了扩大宣传，北京大学出版社的责任编辑就把这篇序文寄到《光明日报》副刊。当然是他们求之不得的好文章，很快就发表了，而且放在副刊版的头条。

冯先生书信手迹二封

1991 年夏，《中外民间诗律》在北京大学出版社出版了。8 月 22 日冯至先生给我写了一封信，既有祝贺，又有批评。冯先生还对有关人员没有经过他的允许在其他刊物转发他的序提出批评。

现在我们对尊重知识产权都有了一定的认识。在 1991 年冯至先生就如此尖锐地批评这种随便侵犯知识产权的不正之风，说明他对知识产权的认识有先见之明。他的认识是超前的。

更重要的是，这表现了冯至先生嫉恶如仇的一贯作风，同时表现了他对母校北京大学的一种极其深厚的感情。

爱北大，处处爱护北大，不使她沾染上一点不好的习气，这是我们北大人特别宝贵的一种神圣的感情。

冯至老师永远是我们学习的榜样，他的高大形象，永远活在我们心中。

2015 年 8 月 10 日

# 回忆魏建功先生

魏建功先生是中国语言学大师，早在 20 世纪 20 年代即以研究古音韵的专著享誉学界。作为北大教授，他培养了许多人才，特别是他为编《新华字典》而辞掉了北大中文系系主任和北大副校长的职务的举动，广为人知。而他在 1945 年台湾光复后，亲赴台湾，主持国语（普通话）推广工作，使普通话在台湾推广得比闽粤还好，这是一个不小的奇迹。

魏先生是"五四"时期北大学生中的先进分子，非常活跃。他又是北大歌谣研究会的积极分子，参与编辑北大《歌谣周刊》，写了不少文章，影响深远。在顾颉刚先生早期的《吴歌甲集》巨帙中就附有魏先生的作品与考证。他还在 1934—1936 年在北大首先开讲"民间文艺"课程，其讲义在他的文集中可见到。我进北大后，"古代汉语""要籍题解""文史工具书"等课都是他教的。他讲课注重实际知识，比较随便，讲自己的专长与心得，而不大注意理论体系，所以对当时学苏联的那一套不太适应。他曾对我们说，在老北大教书比较自由，如今要讲体系，"我就由会讲课变成不会讲课了"。当然，他讲课并不是没有体系，不过这是中国传统的国学知识体系，初学者难以掌握，就感到有些乱。但他串讲古文，顺便讲了许多古汉语知识，是非常有用的。

魏先生终生热爱民间文艺，新中国成立后即成为中国民间文艺研究会的创会理事，积极参加会里的活动。1962 年《歌谣周刊》四十年纪念时，他提出应隆重纪念，发扬"五四"精神，使人们更加重视民间文学。他当时是副校长，他的意见在北大得到重视，决定开庆祝大会，办图书展览、报告会、座谈会等许多大小活动。

我是当时中文系唯一的民间文学教员，具体负责一些准备工作。记得当时已从图书馆调出许多民间文学图书，准备办一个大型展览，大会、小会也在筹办之中。不料天有不测风云，1962年夏天在北戴河召开的"八届十中全会"决定要大抓"阶级斗争"，特别是文艺界的阶级斗争，如《刘志丹》"利用小说反党"之类，使北大党委十分紧张。书记兼校长陆平找了系副主任向景洁和我到系主任杨晦先生家开会，说《歌谣周刊》是胡适参与的、资产阶级知识分子主办的刊物，不能庆祝，决定不开大会，展览也取消，只开小型座谈会，作为学术活动处理。这是对作为九三学社副主席兼宣传部部长的魏建功先生的一点安慰。

但在中国民间文艺研究会，贾芝同志坚持举办纪念活动，请顾颉刚、常惠、魏建功讲《歌谣周刊》时期的民间文艺活动，并发表他们的回忆文章，甚至连周作人的回忆文章也用"周启明"的笔名在《民间文学》上发表了。当时魏先生发表了两篇回忆录，今天看来，真是弥足珍贵。

为了纪念《歌谣周刊》四十年大庆，我把讲稿中的一部分加以修改，写成了一篇《民间文学的社会价值》的论文，共七八千字，向魏先生请教。魏先生当时是副校长，事务颇忙，但仍然细心阅读了拙文，并写了一封长信提出极其宝贵的意见，对我帮助极大，使我毕生难忘，我一直视如至宝，珍藏在箱底。幸运的是这封信竟侥幸躲过了"文革"一劫，如今仍完好地保存下来。这是用毛笔写在粗黑的"北京大学用笺"之上的，那带点隶书特色的行草，别有风骨，令人爱不忍释。

魏先生一点架子也没有，对青年人非常热情，向我们讲了许多"五四"时期的情况。他说那时除《北京大学日刊》《晨报副刊》《京报副刊》上刊登歌谣等民间文学作品外，还有一些刊物如《新生活》《语丝》《妇女周刊》等也常登载。在《新生活》刊物上他也经常写文章。

他说北大学生在"五四"时期演出话剧，他也积极参加，支持这一新生事物。当时女生少，愿意演戏的女同学更少，所以有些女角色就由男同学来演。当时俄国盲作家爱罗先珂也来看戏，对男生演女角提出一些批评。演戏的同学十分不满，魏建功先生写了反批评的文章。本来，这是学术争鸣，无可厚非，但他文章的题目却是《不要瞎说》，幽默过分了，成了一种对生理缺陷的嘲弄，引起鲁迅先生的很大反感。鲁迅先生与爱罗先珂关系很好，他们都住在新街口八道湾，知道此事之后，即写了一篇文章对魏先生的文章进行了严厉的批评。魏先生看了之后，认识到自己的错误，感谢鲁迅先生的批评。过去他常去看鲁迅先生，此事之后，还是一样去看先生，一起谈笑，一如往常。于此可见"五四"时期的师生关系是非常融洽而有原则性的。"批评与自我批评"是党的三大作风之一，是革命胜利的法宝，也是科学进步、社会进步的法宝，这一点特别值得我们学习并坚持下去。有个顺口溜说明"三大作风"已被不正之风侵蚀得不像样子，语曰：理论联系实惠，密切联系领导，表扬与自我表扬，完全"反其道而行之"。"五四"和延安的优良传统在不少人心中已经丢光了，需要我们特别警惕。"三大作风"不能丢，它是革命胜利的法宝，更是建设成功的法宝；这应作为我们纪念魏建功先生的一项实际行动，我以为它比一切空话要好千百倍。

## 附：魏建功先生的信

宝林同志：

您的文稿我读过一遍。总的意见是：规模间架不错，理论原则无问题，如果再把民间文学的内容扼要介绍一下，使人得以具体掌握，明朗而深刻，就更为美善了。

正如来信所说，过去还没有人全面地分析过这个问题，而此问题对认识民间文学的社会作用甚为重要，一般的情况对民间文学只是一个空洞的概念。读到文稿里举了许多例子，就很有意义。就题论，当然不需要叙述民间文学内容的各个方面，那是另一个专题。但是为了使人们明确认识民间文学是些什么，然后可以进一步明朗深刻认识它的社会作用，倒也很有必要。您举了不少的例子，涉及的范围很广，在首次专题立论的引言里宜于总括交代一下，指出人们对"民间文学"的模糊混笼，好证实郭老"宝藏"的真实。

就全局而论，引言部分是不够有力量。我建议用上一节的内容充实一下。如果说在一部"民间文学概论"里，我想必然您会在这一问题历史发展方面有所叙述的。这一问题的历史发展，人们是不知道的，做专题论文的时候不能忽略。我们写论文总有个意图，这个意图总是补充读者这方面一无所知的知识和解决这方面知识的扩大和深入的问题。换句话说，我们写论文总先要有个"问题的提出"。原稿并不是没有这样论点，但和我说的不一样。我说的不一定对，但我个人认为我们现在学校里民间文学还没有得到重视，引言里的提法是不够有力的。作为专题提出，我以为要拿"民间文学究竟是些什么，为什么要研究"的问题暗作引线，在我们的这一部门发展情况要求要作简要揭露和介绍。

以上是个主要意见。其余是小节，但也是引人入胜的要著。

1. 文中引述的体裁、作品或故事，必须详加注解，说明作者、出处和出版处所年月时代和要点。

2. 新中国成立以来民间文学的具体发展所显示的三大价值，和前前后后若干年代的异同，最好略多照顾。就是许多资料引用得太轻松，要更使人感到质量的厚重。

最后，希望定稿字写得清楚些，将来给人审阅比较方便。个别事例有无牵涉保密问题的？（指火焰山传说发现了油矿线索。）

您对民间文学是有全面了解，希望再从实际工作上加深培厚，在母校发扬广大起这一个光辉传统来。

敬礼！

魏建功

1962.10.4 午

意见不一定成熟，给游老看看再说，好吧？

附 魏建功先生手公一封
北京大学用箋（缩影印）

宝林同志：

你的文稿我读过一遍。总的意见是：规模間架不错，理论原则無問題。如果再把民間文学的内容扼要介绍一下，使人得以具体掌握，明朗而深刻，就更为美善了。

如来信所说，过去还没有人全面地分析过这个問題，而此問题对认识民間文学的社会作用尤為重要。一般的情况对民間文学只是一个空洞的概念。读到文稿，就举了许多例子就很有意义。就题论，当然不需要叙述民間文学内容的各个方面，那是另一个专题。但是为了使人们明確认識民間文学是些什么，然后可以进一步明朗深刻認識它的社会作用，倒也很有必要。您举了不少的例子，涉及的范

北京大学用箋

圍很广，在首次专题立论的引言里宜精要括写一下，指出人们对"民間文学"的糊涂说法，好证实郭老"宝藏"的真实。

就全局而论，引言部分是不够有力量，我建议用上一节的内容充实一下。如果说在一部"民間文学概論里，我想必然您会在歷史發展这一問题方面有所叙述的。这一問題的歷史發展，人们是不知道的。做专题论文的时候不能忽略。我们写论文是有个意图，这个意图是让读者在这方面一無所知的知识，这方面知识的扩大和深入的問題。换句话说，我们写论文总是有个"問題的提出"。原稿并不是没有这样论长，但和我说的不一样。我说的不一定对，但我个人认为我的比

在学校里民間文学还没有得到重视。引言里的提法是不够有力的。作为专题提出，我以为要拿"民間文学究竟是学什么，为什么要研究"的問題暗作引线，在我们的这一部门发展情况要求要作简畧揭露和介紹。以上是个主意图，也也是引人入胜的要著。

1. 文中引述的体裁、作品，必须详細注解，说明原作者、出处，和出版处所有年代和
2. 画图：近来民間文学的具体发展所显示的三大价值，和前前后后若干年代的再图，最好联系照顾。就是许多资料引用得太辉煌，要叫人感到資重的厚重。

最後举生定稿字写得清楚些，将来给人审阅比较方便。个别事例有些牵涉供

密問题吗?(指水浒山传说发现沉7油矿线索)

您对民間文学是有全面的了解，华津再从实际工作上加深培厚，在母校发揚广大起这一个辉传统来。

敬礼!

魏建功 1963.10.午

意见不一定成熟，给樗老看看再说，好吧?

# 回忆王力先生讲课

王力先生和我几乎是同时来到北大的。

1954 年，我从上海华东作家协会考到北大中文系，王力先生也是在 1954 年来到北大的；不过他不是一个人，而是带着中山大学整个语言专业的师生一起来到北大中文系的。

从二年级开始，我虽然在文学专业，但还是学了王力先生的好几门课。其中有"现代汉语（二）""汉语史""汉语诗律学"等。

王力先生讲课最大的一个特点，就是条理性很强，每一门课都有一个完整的科学体系，这是和一些老北大的名师们只讲自己的心得而重点发挥，是大不一样的。

王力先生讲课前，都写了讲稿。在多次教学中，不断修改、增补，然后正式出版。像《汉语诗律学》就是这样成书的。此书内容十分丰富。讲课只能选其中的重点来讲，于是根据课时的长短，又写了《诗词格律》《诗词格律十讲》等著作。

王力先生讲课，非常精练、清楚，从容不迫，一字字地讲下去。有时离开讲台，低着头从教室的这边走到那边，一边思考，一边讲。一段讲完，会说一句："这是一段。"

这样，我们记笔记是比较好记的。

为了使同学们增加感性知识，在当时没有录音机的情况下，王力先生想出了一些很好的方法进行教学。

我印象最深的是有一次在俄文楼 201 大教室，王力先生讲"现代汉语（二）"，突然叫了我的名字，把我叫了起来，使我吃了一惊。当时上课是不点名的。这是为什么？是检查我缺课了没有？并不是。

原来当时正讲推广普通话问题，当讲到入声字的发音特点比较急促时，王力先生忽然把我叫起来，要我讲扬州话的"积极""迫切"这两个词。

我用扬州话大声说了之后，大家都笑了起来。可见，对入声字的发音急促的特点都有了清楚的印象。

最奇怪的是，我作为一个普通的二年级学生，和王力先生没有一点交往。他怎么知道我是扬州人的呢？我想，这一定是王力先生在备课时，特别认真，不仅遍查有关的书面文献，而且为了教学效果更加生动，他老先生还不怕麻烦，到系办公室查阅了学生登记表，了解学生的籍贯，这才找到了我。

"文化大革命"以后，我当了中文系教改组长，为了很好地向王力先生学习，特地找他谈了几个晚上，受到了极大的教益。

王力先生从头到尾非常详细地讲了他整个的治学过程和教学经验。他说他在广西老家因为家境贫寒小学毕业之后就教小学，邻居家有人从广州买回了许许多多新旧书籍，他都借来阅读。这种读书治学，使他掌握了国学的经典和新文化的知识。在县城的对联比赛中，屡次夺冠，展露了文才。一些地方人士于是资助他到上海读大学。就这样他没有读中学，却上了大学。因为没有学过英语，开始很困难，但是很快就跟上了。上了一年，又考上了清华研究院，成了梁启超、王国维、陈寅恪、赵元任的学生。后来又留学法国，开始他不会说法语，就大胆地说，接触各种人练习说话，半年之后，就可以做翻译了。王力先生这种积极努力大胆闯的精神，给我极深的印象。受此影响，我也大胆地去闯世界，只靠在中学时所学的一点英语，到亚非欧美30多个国家开会或进行民俗考察，学到许多新的知识。

王力先生对年轻人的探索是积极支持的。1983年开始，我联合全国各民族的民歌研究者和语言学家，从事民间诗律的研究，1985年编了一本《民间诗律》研究文集，请王力先生写序。他本来以为，民歌是自由歌唱，没有格律可言；后来看了一些论文，改变了原有的看法，于是写了一篇很好的序言。序言写好之后，请他的学术助手张双隶同志征求我的意见。我看到王力先生对此书评价很高，说它"对民间诗律作了很好的研究"；我当时认为这只是初步的研究成果，就建议他把"很好的"改掉了。现在看来，这是具有开创性的，确是很好的科研成果。王先生的这篇序产生了很大的影响，后来，我们又编成了《中外民间诗律》《古今民间诗律》等两本大书，把中国 56 个民族和外国二三十个国家的民间歌谣、民间长诗和民间戏曲中的韵文格律都作了很好的研究，受到冯至、臧克家、贺敬之、周祖谟、吴小如、公刘等著名诗人和学术大家的高度评价。

王力先生说，他研究语言的兴趣极浓，每天都很高兴地去搞研究，思考新的问题，好像有瘾。一天不研究语言学，就很不舒服。是以每天都兴致勃勃地在看书、思考、写作，一点不感到疲倦。

这是王力先生一辈子的治学经验和体会。我学得不够，不过也逐渐体会到研究创新的快乐。一天不看书、思考、写作，我就会感到很不舒服。虽然现在已经年过八十，仍然对民俗学、文艺理论的创新问题兴致勃勃地进行探索，乐此不疲。

# 王力先生谈学习与写作

北京大学中文系汉语教研室主任王力教授，是我国享有盛名的语言学家。他在汉语研究的几个主要领域，都有重要著作。就"大学生如何学习"等问题，在 1978 年 8 月我连着几天，访问了王力先生，听他畅谈几十年来的治学心得，感到很有启发。现将要点简略地整理如下，以飨读者。

## 要善于向教师学习

王力教授说："在大学学习时期，要注意向老师学习治学方法，毕业后才可以独立研究作出成绩。"他谈到自己从小家贫，小学毕业后就教书了，靠自学读了许多古书，打下了学问的根底。后来在上海读了一年大学。（向教师学到一些做学问的方法，还写了《老子研究》一本书。）但真正找到治学的门径，还是在清华大学国学研究院学习时期。"当时研究院的四位教授，对我影响最大：第一位梁启超教授。他是我毕业论文的导师，他讲的'今日之我要向昨日之我挑战'，对我在治学上不断提高、积极进取很有好处。第二位赵元任教授。他原读理科后搞语言学，很有科学头脑。讲课写文章都讲科学性、逻辑性，对我影响最大。我在他影响下，毕业以后即专攻语言学。我记得他曾在我文章后写过一批语：'说有易，说无难。'很有道理。我因广西一些地方无撮口呼而说两粤皆无撮口呼，就以偏概全了。可见严密的科学头脑很重要。因此我主张文科学生都要有自然科学基础训练。我自己没上中学，但也自学过数学等课程，努力培养科学的思考方法。赵先生重视外语学习，对我影响也很大。从外国语言学著作中可学到不少科学理论与方法，提高我们汉语的研究水平。如汉语史，中国从来没有这门学问，而外国有英语史、法语史、俄语史，这就对我们有启发。有人说：'王力常常闯新路。'其实我不过是用了人家的方法来研究汉语而已。第三位陈寅恪教授。他的中国古代学问功底很深，还会十多种外文，博闻强记，知识特别渊博，高深莫测，十分惊人，他的研究方法与科学头脑又与赵元任接近，使我很佩服。第四位王国维教授。他治学态度很严谨。当时他名气很大，但每次讲课总要有一两次说'这个地方我不懂''那个地方我不懂'，知之为知之，不知为不知，老老实实，从不不懂装懂，这样有名的大学者如此忠诚于科学，给我很深的印象。他还向我说过：'我研究的东西，一定要无可争论的，不可推翻的才研究。'老师们的这些话，我至今牢记在心，处处注意实行。我从这些老师虽然只学习了一年，却奠定了毕生治学的基础。因此，我想到在学校里不能只灌输知识。要紧的是方法，掌握了好的治学方法，一辈子受用不尽。在前人基础上，可以超过前人。"

## 写文章怎样才能写得快

年过八旬的王力教授在修改过去的一些著作，每天工作八小时，最多每天可写文章三五千字。人们都说王力先生效率高，写文章快，那怎样才能快呢？他说："平时注意的问题，考虑周到，又想得透，写起来就快。不是提起笔才想，而是把问题想透了再动笔。想的时间要和写的时间成反比。想得越多，写得越快。如果没有想透，照我的经验，越改越糟，改来改去也改不好。凡是人家称赞的文章，都是没怎么改的。我写文章时，不打草稿打腹稿，先搭架子，理思路，想好了提纲和主要内容就动笔写，字写得不是很快而是很慢，写时还在思考，因为想透了，写下来就很少改。文章要讲严谨。字都不工整，还有什么严谨。字很端正，说明你是郑重其事写文章的。"

一般文章写得较快，考证文章比较难写。《中国现代语法》（上、下）、《中国语法理论》（上、下）这两部书，写了不到一年，但做准备工作用了一年多。只是拿《红楼梦》作语法分析，就花了半年工夫。把书中各种语法结构分门别类写在一起，我看到他是抄在笔记本上的一类占一页，分类抄写。他不做卡片而做笔记，再作综合分析，写成讲义。原为两部分，后来接受闻一多先生的意见分为语法和理论两部书。"《汉语诗律学》写得就快，七十万字，前后不到一年时间。那时在广州岭南大学当文学院长，边教课边写书，结合起来。当时注意到外国有'格律学'，我开了一门课叫'诗法'，发现《声调四谱图说》很有用，就主要参考此书。但在前人基础上要有自己的发明。诗的句法这一部分，前人没搞过，我花的功夫较大。此外关于'孤平''拗救'和'律诗出韵'等问题也都有自己的新东西，有的比古人说得更清楚更科学一些。"王力先生说："搞出科研成果决不是高不可攀的事，顶多八年，一般三五年即可出科学成果，看你努力不努力。"

王力先生谈到过去写书常和教学结合在一起。《中国音韵学》《中国语文概论》《古代汉语》《汉语史》和《中国语言学史》等书原来都是讲义。课讲完了，书也写好了。当然，还要不断加工，精益求精。目前他正在重写《汉语史》，工程较大。在研究中他又不断发现新的课题，如为了充实词汇史，编了一部《同源字典》，在编字典过程中又发现《康熙字典》在注音上的许多谬误，可以进一步研究辨正。因为年纪大了，原定每天工作不超过五小时，但是不行。感到要研究的东西层出不穷，简直写不完。现在他每天到工作室工作八小时，晚上还要替人看稿、写回信，工作很多，但并不感到是负担，而是把研究看成一种精神上的迫切需要，感到不拿书本不写文章是很苦的事，简直没法过日子。为此，他放弃了去黄山休养的机会，因为二十天不干事是非常苦恼的事呀。王力教授说："当你发明一个字的意义，其快乐也等于科学家发现了一颗恒星。在前人基础上解决了新的问题，确是很大的乐趣。这是心灵上的乐趣，比耳目之娱更有吸引力。"有一次，他的儿女们从广西来探亲，全家一起游香山，归来时已是下午五点了，但王力先生还抓紧时间独自到书房去工作了一个小时。儿女们惊讶地说："没想到你是这样抓紧时间的。"

白发苍苍的王力教授如此热爱学习，热爱科学工作，几十年如一日，求知欲如此强烈，如此勤奋刻苦地追求真知真理。我想，这正是他取得巨大成就的最重要的原因吧！

## 附录：
## 汉语教学的关键琐议

汉语热正在泰国兴起。

怎样才能多快好省地学好汉语呢？这是大家关心的问题。我想结合教学实践，谈一点粗浅的体会。

学习汉语，必须做到"四会"，即会听、会说、会读、会写。这"四会"的关键是什么呢？我以为是"会说"。

会说了，必然会听，因为会说是建立在会听的基础上的。只要会说，又识字，必然会读。会说了，又识字，把说的记录下来就成了文章。"我手写我口"，只要说得好，必然写得好。所以，实践证明，学好汉语，会说是关键。

会说的关键又是什么呢？

在北京大学，有许多外国留学生，其中有少数学得很好的，如加拿大的大山，说得一口地道的北京话，成了有名的相声演员。好在哪儿呢？我以为是"声调"。

北大的很多外国留学生，进修教师，说起中文来"外国味"很浓，其主要原因就是由于他们不注意声调，说起话来就不像地道的汉语了。汉语是"孤立语"，有声调，声调起"音位"作用（音位是一个可区别词义的语音），声调可区别词义。而欧美及日本则不同，他们的语言是黏着语，没有声调，声调不起区别词义的作用，所以，他们没有声调的概念，说汉语时往往忽视了声调。这样，他们口中的汉语，自然不地道了。

泰国的情况有些不同。泰语是有声调的。但是，泰语的五个声调和汉语普通话的四个声调的调值不同。泰语入声字多，有 P、T、K 的词尾，汉语普通话则没有入声，只有阴、阳、上、去四声。所以，泰国人学汉语要学好相当不容易说准确，往往有很浓的"泰国味"，不像地道的中国普通话。

下面我就讲讲在教学中发现的容易发生的语音错误，这些错误主要是声调方面的。

汉语的第一声"阴平"，是高平调，其调值是"55"，可是不少人达不到那个高度，念成了"44"，成了"次高平调"。可能泰语中无高平调而有"次高平调"，于是不知不觉地调值读低了。这样就只有泰国味而没有北京味了。全班的人都如此读，可能一开始就读错了。

汉语第三声是先降后升的"降升调"，其调值为"214"，但是许多人把它念成"21"，只有降而没有升，味道大不一样了。

"轻声"和"儿化"读不准也不像汉语，这也是声调的问题。

语调和重音也很重要。汉语的语调一般在句尾稍降。"我来了"的"了"字应该读低音。可是全班 80 多个学生都念成了高音，这就把句子变成了问句，当然也就不像汉语了。

这些"先入为主"的误读很难纠正，但不纠正就不能摆脱"泰国味"，所以读准声调是学习地道的汉语的关键，一开始就要特别注意才好。

（泰国《星暹日报》2004.2.16）

# 怀念钟敬文先生

钟敬文先生是民间文学界的老前辈，我们之间的关系很密切。钟老驾鹤西去的几年来，他温情慈祥的形象总是浮现在我心中，特别是在学术活动碰到一些不正常的情况时，就会自然地想到钟老，不由得在心底说一声："要是钟老在就好了！"

我的回忆是片段式的，以民间文学和民俗学的学术活动为主。这是一段难以割舍的记忆。

20世纪60年代初期，在中国民间文艺研究会所在的文联礼堂看河北省的民间文艺演出。座谈时，钟先生发言给予演出很高的评价。我印象最深刻的是，他说演出的节目就像是"活鱼"一样，非常新鲜。这个比喻既生动又确切，令人难忘。后来我也用"活鱼"来形容民间文学的立体性特征，就是受了他这个发言的启发。这可能是我与钟老第一次见面。

50年代初期，钟敬文先生是最早在北京大学讲民间文学课的老师。后来为什么停了呢？钟老告诉我，因为北大迁往西郊，民间文学课往往排在第一节，早晨常赶不及上课，也就不去了。朱家玉先生在钟先生那里进修之后，于1955年开始在北大中文系讲民间文学课。我看过她的讲稿，写得非常认真，是按时代顺序讲述的，从原始社会的民间文学一直讲下来。可惜她1957年夏天失踪了。1958年我毕业后接了她的班。她的讲稿以及钟先生编的《民间文艺新论集》等书，都是我讲课时最重要的参考。那时民间文学的教学参考书极少，所以特别珍贵。我常到钟先生家去请教，钟先生是我实际上的老师。

# 以张志新精神，坚持讲好民间文学课

1958 年春的"双反"运动中，北大中文系 56 级瞿秋白文学会的同学曾经批判钟先生的学术思想，还在人民文学出版社出过一本书，当时我还没有毕业，没有参加他们的活动。但是，毕业之后，我和他们合作，领导他们进行集体科研，曾经出版过《中国歌谣资料》三册（作家出版社，1959），还一起编过一本 60 多万字的《民间文学概论》。这是在反对苏联教条主义之后所写，在体系上有所创新，不是以时代为序了，而是以理论为纲，分总论和分论两大部分。当时任务太多，匆匆忙忙，写得比较粗糙，1960 年油印出来征求意见，虽然没有出版，但对我的教学有很大的帮助。1960 年秋我从西藏调查回来以后，给外国留学生开民间文学课，就用这个体系讲。后来又给 57 级以后的中国学生讲，60 年代共讲了七次。根据学校规定，编了讲义，打印了 3 次，直到"文化大革命"为止。当时全国只有我一个人坚持讲民间文学课，钟先生对此评价很高。在 1979 年的民间文学培训班上，钟先生说："到 60 年代，我过去培养的研究生几乎都改行了，只有段宝（朋友和老师们如此亲切地叫我，钟先生也这么叫）还坚持开民间文学课，有张志新精神。"他希望大家学习这种坚持精神，在任何情况下都能坚持讲民间文学课，决不要放弃！钟先生的话使我汗颜，想想近年来一些学校因教员退休而无人接班，致使民间文学课停开，深深地感到钟先生这些话的预见之英明。

1978 年 10 月下旬，在兰州召开"中国少数民族文学教材编写暨学术讨论会"，由西北民族学院主持，共收到 10 篇论文，其中有我的 3 篇。主持人魏泉鸣说："你这篇《民间文学在文学史上的地位与作用》是纲领性的，请你在大礼堂作个报告。"当时对钟先生还没有落实政策，但是他和许钰一起参加了大会，许钰还提供了一篇文章。钟先生虽然没有提交论文，但我认为他应该在大会上讲一讲，于是就向主持大会的魏泉鸣提出建议，他们接受了我的意见。于是，先由钟先生讲半个小时，然后我作了两个多小时的报告。

怀念钟敬文先生

大会期间，钟先生还作了一个关于刘三姐的报告。没有稿子，他拿着许多卡片边看边讲。为了准备编写新的民间文学教材，钟先生还召开了一个小型座谈会，征求大家的意见。大家一致同意编写这个教材，并提了不少建议，不少人还提出希望办一个民间文学教师培训班。我还建议同时编一部民间文学作品选。钟先生回北京后，向北师大领导汇报，得到了支持，后来这些建议都实现了。

此时，屈育德同志由宁夏调回北大，中文系准备安排她讲当代文学课。我认为她是钟老的民间文学研究生——钟老曾说，她当时虽然最年轻，但学得很好——所以向中文系领导提出，希望把屈育德同志安排讲民间文学课，并去北师大进修，参加编写民间文学教材的工作。本来钟老也希望我参加教材编写，因为北大中文系已决定我给76级讲民间文学课，这是"文革"后第一次开讲，任务繁重，我就没有参加具体编写而只参加了编写中的讨论。在培训班上，钟老还让我专门讲了一次60年代在北大坚持讲授民间文学课的经验，希望大家以张志新精神，精益求精，坚持讲好民间文学课。

开始编写教材时，钟老向我提出要参考我的油印教材，我答应了。后来编的教材就使用了我的这个体系，只是个别章节的次序有所改动。可见钟先生是很虚心的。兰州开会回来时，钟老就对屈育德同志说："年轻人成长起来了，我很欣慰。段宝林的民间文学课讲了七遍，我也没有讲过那么多遍。"这是我到屈育德同志家时，她爱人金开诚（申熊）亲口对我说的。

到八九十年代，钟老与我的关系特别密切，北师大有什么活动都通知我参加，这对我帮助特别大。至今我还非常怀念那时的峥嵘岁月。

每次我骑车进城，经过北师大几乎都要到小红楼去拜望钟老。他非常热情地和我交谈，滔滔不绝，一讲就是两三个小时，使我深受教益。

学位论文答辩，请钟老来北大，他都欣然前来，并认真准备，积极发言。在阎云翔、刘亚虎等人的论文答辩时，我们都请钟老当主席。1990年我去北师大参加论文答辩，钟老也参加，他却让我当主席，我当然不能答应，还是请钟老当主席。

# 预见英明，重视民间文学教学

钟老对民间文学教学特别重视。早在 1981 年一次开会时，他就提出成立一个"民间文学教学研究会"；当时考虑不周，认为已经有了中国民间文艺研究会，就不需要再成立教学研究会了。这个民间文学教学研究会就没有成立。现在看来，我是失算了，还是钟老正确。当时如果成立了教学研究会，一定会大大促进民间文学各方面的教学工作，不至于出现教育部在修订教学计划时把民间文学课给取消了的严重事件。那时，二十几个中文系的系主任竟开会决定取消民间文学课，钟老听到后非常着急，多方设法终于保住了民间文学课作为选修课的地位。今天看来，这还是很不够的。因为选修课不是基础课，没有专职教师，如果其他基础课缺人，教师很容易会被调去讲别的基础课。当年 60 年代民间文学的下马风，就是这样刮起来的；当时并不是高教部下令取消民间文学课，而是因为民间文学教员都被调去讲基础课了。当时也曾让我搞现代文学，由王瑶先生指导。但王瑶先生说，民间文学课很重要，我的老师朱自清先生在清华就开过民间歌谣课，所以你还是以讲民间文学为主，现代文学就看《鲁迅全集》，研究一下鲁迅是多么重视民间文学。后来我抄录了几百页鲁迅论民间文学的资料，准备编一本《鲁迅论民间文学》，同时给北大的中外学生讲授民间文学课；如果不是因为北大有民间文学发源地的传统，那一次全国各大学的民间文学课就几乎全军覆没。这个教训太深刻了！

一切主要的文学体裁，首先都是由民间文学创造出来的。一切最伟大的作家都受过民间文学的哺育；如果不学习民间文学，不懂得民间文学，怎么能搞好文学工作呢？那就既搞不好文艺创作，也搞不好文艺批评；既搞不好文学史，更搞不好文艺理论。这是毋庸置疑的。凡是有一点民间文学基本知识的人，都不会忽视民间文学课。"对民间文学的轻视，是由于无知。"

在当前保护和抢救非物质文化遗产的热潮中，人们的认识有了很大的提高。随着 10 套民间文艺集成志书的全部出版，人们看到民间文艺是如此的丰富，许多好作品是如此的优美，甚为震惊。可是民间文艺教育（包括民间文学教育）远远落后于形势，许多大学中文系还没有开设民间文学课；一些大学虽然开设了民间文学课，但绝大多数还只是选修课。90 年代，我和钟老提起这个问题，并起草了一个《关于加强民间文学教学的呼吁书》，钟老看了非常同意，还拿起笔来，进行了补充。当时他和许钰都签了名。但是由于我不善于活动，感到太麻烦，此件没有发出，十分不应该。现在正是努力争取把民间文学课由可有可无的选修课，改为必修的基础课的大好时机。缺少民间文艺学的基本知识，是不可能保护好非物质文化遗产的，弄不好还会造成很大的破坏。这种实例屡见不鲜！

现在最缺的就是民间文学专门人才。周扬说钟老是"稀有金属"，就是说明民间文学专门人才很稀少，现在当然好得多了，但仍然很稀缺。有人以为民间文学专业似乎不需要学习，写一篇文章就自命为"民间文学专家"，真是不知天高地厚、大谬不然。

要是钟老在就好了。他老人家一定会奔走呼号不遗余力、尽力呼吁把民间文学课改为必修课的！

## 学者风度，打破门户之见

钟老曾对我说过，他主要是用人类学派的方法来研究民间文学的，但是对我们进行的一些理论创新的探索，他也是支持的。1979 年在北师大的一次会上，我针对不少单位只把论文作为科研成果，而不承认调查报告为科研成果的现象，提出了"描写研究"的新的民间文学科学研究方法论。认为描写研究不只是必要的，而且是民间文学一切研究的基础。会后我请教钟老，他对此表示支持，认为这是一种记述的研究，是可以成立的。1981 年我专门写了一篇《加强民间文学的描写研究》的论文，提出了一个新的重要概念——立体性，指出它是民间文学的基本特点之一，是描写研究的理论基础。钟老对此比较慎重，很长时间没有表态，直到 2001 年我去医院看他谈到立体性问题时，他才说这是有一定道理的，可以讨论。由此可见，钟老对新的理论探索是很慎重的，也是很支持的。人类学派大师弗雷泽，主要依靠去东方各国的传教士与旅行家的通讯和报告中的资料来研究写作，被称为"安乐椅上的民俗学家"。钟老也曾相信过分工论，认为一部分人从事调查记录，而研究的人则可以依据别人的调查材料来进行研究。陈子艾等想下去调查，得不到支持，很有意见。有时不同意见出现了，陈子艾、潜明兹同志在讨论会上往往同钟老争论，争得面红耳赤。但钟老很有涵养，一点也不发火，有时就接受了不同的意见，改变了自己的看法。如对于调查和研究的分工论等，他都不再坚持了。这充分表现了他的学者风度。

最令人感动的是钟老对《中华民俗大典》的态度。

在中国民俗学会的理事会上，我不止一次提出要进行全国民俗普查，钟先生认为难度太大很难实行。后来有个出版社约我主编《中国民俗大全》，我去找钟老汇报，他说："过去想过却没有条件，现在既然出版社愿意出，我们就干吧。"由于出版社领导换人，我们又换了出版社，他们提出最好由中国民俗学会出面主办，于是钟老主持常务理事会进行讨论。在会上钟老说："这个工作段宝林提出，我是很赞成的。对许多将要失传的民俗，有抢救的性质。是很需要的。我们这里有人说我胳膊肘往外拐，什么叫胳膊肘往外拐？拐来拐去还不是在中国吗？"

当时我听了很震惊。钟老竟如此直言不讳，在会上敞开心扉，坦诚地表达了对《中国民俗大全》（后来因为增加了海外华人卷而改名《中华民俗大典》）毫无保留的支持，也表现了对我的义举的不顾一切的维护和同情。在钟老心目中，我虽然不是北师大的，但却是一家人，而绝不是外人。对于个别人那种把我当外人的说法，钟老表现了一种不能接受的激愤。现在仔细琢磨，越来越感到这话的分量。这表现了对那种排斥异己的宗派主义的斥责，表现了长期在一起共同战斗的同行同志之间的战友情谊。这是一种非常珍贵的崇高感情，是那些精神境界低下的人难以理解的！

这种感情是我们这门学科发展所绝对必须的。民间文艺学科，原来就是人们看不起的冷门，同行专家本来就很少，如果再不团结，搞什么"同行是冤家"的钩心斗角，把宝贵的精力浪费在内耗上，怎么能搞好教学和研究呢？不顾学科发展而只管争名夺利，难道在良心上过得去吗？不感到可耻吗？我很崇敬乐黛云教授，她为了比较文学学科的发展，广泛团结、全力支持各地同行专家建立博士点，前几年全国比较文学博士点已有 10 个左右了，比较文学学科有了很大的影响。事实说明：只有打破门户之见、打破学术垄断，学科才能快速健康发展。钟老的一席话为我们作出了榜样，值得我们深思。

在中国民俗学会的工作中，面对不少事情使人常常怀念钟老。在钟老当主席时，有问题总是开常务理事会或主席团的会，由大家讨论决定，一年一般都有三四次。可是现在很少开会了。奇怪的是上一次年会，我写了文章，却没有通知我去开会。可能是不同意我的观点。作为副理事长，我对诸多事情都不了解，难道连发言权、知情权也没有吗？

如果钟老健在，我相信是一定不会如此的吧！这些事情不由得使人自然地想起钟老。"要是钟老在就好了！"

（原载《博览群书》2010 年 9 月号）

# 真正学者的楷模

## ——沉痛悼念季羡林老师

季羡林老师不幸离开我们了，这是难以想象的事，心中感到极大的哀痛。这是东方文化研究不可弥补的巨大损失。因为远在昆明，不能与先生作最后的告别，谨以此文作为一个小小的花圈，敬献于老师灵前，表示我沉痛的哀思。

季羡林老师是我东方文化的启蒙老师。记得是 1955 年吧，北大开了一门东方文学课，这是一个创举。我们知道，季先生是北京大学东语系的创建者，1946 年从德国留学归来就被胡适校长任命为东语系系主任。创业维艰，开始时语种不全，后来逐渐增加，到 1955 年，主要语种都有了，但文学研究尚需加强。于是季先生组织了这门课，由各语种的老师分别讲授，而季先生则讲第一讲总论，讲述这门课的重要性和主要内容，使我们了解到过去只学西方文学而不重视东方文学是不对的。讲得深切感人，令人难忘。

季羡林老师对印度文学是深有研究的，但是他却安排金克木老师讲印度文学。他与金先生关系很好，绝没有那种"同行是冤家"的矛盾；在季先生领导下，金克木先生意气风发写了许许多多文章和著作。季先生这种君子之风，体现了一种中华美德：君子成人之美。在我的印象中，凡是对人民有益的美事，季先生都热心支持，表现了一种崇高博大的胸怀。与当今文坛、学界那种屡见不鲜的妒贤嫉能、排斥异己的小肚鸡肠根本不同。君子成人之美，季先生是真正学者的楷模。这种君子之风，值得我们学习效仿。

季羡林先生作为著名的文学家，散文写得很好。从青年时代，他的散文就写得很美。他有一颗艺术家敏感的心灵，对人世间的美景、美德、美事等都非常敏感，善于用优美动人的语言，把它们写成散文，用以弘扬人性之美、精神之美。即使在工作极其繁忙的情况下，例如在当系主任和北京大学副校长的时候，他的散文创作也从未中断，甚至可以说他的散文几乎都是在繁忙之中写成的。

我曾经问他，工作那么忙，怎样挤出时间写作呢？

他说："在走路时、会议的空隙中构思，回家写在纸上。每天早晨4点到7点是最安静的，没有会议、电话和来访，我的文章、著作和翻译，多是在这段时间里写出来的。"季先生几十年来，每天4点，有时甚至3点就起床工作，当人们还在熟睡之中，他已经开始写作。这一点对我影响很大，我也学着季先生的样子，开早车而不开夜车，但是总不能每天4点就起床工作，只有写重要文章时，才4点起来，一般要到5点才起。早晨精神好，效率高，写作既快又好。

季羡林先生特别重视民间文学，这一点给我印象极深。

1981年1月，我的教材《中国民间文学概要》由北京大学出版社出版。他当时是主管文科的副校长，已经看到了样书。我去看他时他非常高兴地对我说："谁说没有好书呢？这就是一本好书。"这给了我极大的鼓舞。我的许多工作都无例外地得到他的大力支持，可以说，没有恩师季先生的支持，就没有我的今天。

1982年12月是北京大学《歌谣周刊》创刊60周年，我们决定开会纪念。我去找季先生时，他一口答应、全力支持。他通过校长办公室在未名湖边的临湖轩开纪念会。此会由他亲自主持，师生几十人参加，开得非常隆重，学校特别派车进城去接来了90多岁的常惠先生（《歌谣周刊》主编），80多岁的杨堃先生、钟敬文先生、杨成志先生、常任侠先生和中国民间文艺研究会的负责人贾芝先生，民族学院的马学良、罗致平等老先生，北大的王力先生、吴组缃先生和林庚先生都兴致勃勃地出席纪念会，并作了热情洋溢的发言。会上由我宣布北京大学民俗学会正式成立，并请老先生们当顾问，引起热烈掌声。本来我们是请季先生做会长的，但是他说他的社会兼职太多，还是由我来当，于是季先生当了名誉会长。

学会成立后，办刊物《北大民俗通讯》、举办民俗讲座，都需要经费。我去找季先生，他又热情支持，告诉我去找社会科学处吴同瑞同志，说他那里有钱。结果每年我们有了 2000 元经费，这就使北大民俗学会的工作轰轰烈烈地开展起来了。

1979 年我参加了国际民间叙事研究学会，有时向国家教委申请出国经费出现困难，我就去请季先生帮忙，总能得到热情支持。季先生是国家教委外事顾问，他对民间文学的大力支持，给国家教委工作人员很深的印象。我之所以能多次出国开会、考察，到过五大洲 30 多个国家，介绍我们的最新研究成果，获得意大利人类学国际大奖，没有季先生的关怀和支持，是绝不可能实现的。当然，我知道，这也绝不只是季先生对我个人的照顾，而是出于他对民间文学的一贯重视。

我发现，许多从国外学成归国的老先生，往往对中国文化和民间文学特别重视。这是为什么呢？

因为季先生博通古今，所以深知民间文学的重要。

他花大力气翻译了大部头的印度古典长诗《罗摩衍那》（六卷七大本）、印度古典寓言集《五卷书》等民间文学作品，并进行深入研究写出长序和专著《罗摩衍那初探》，和那些以精神贵族自居而看不起民间文学的人，真有霄壤之别。

1983 年我和过伟同志编《民间诗律》时向季先生约稿，他很快写出了《印度两大史诗的诗律》，成为书中闪光的篇章。

在庆祝季先生 90 大寿时，我写了一篇《季羡林先生与民间文学》的长文，我发现季先生早在 40 年代就写过一些很好的民间文学论文，对中国古代典籍中记载的民间文学作品和印度民间文学进行了比较研究。我的研究生阎云翔同学还提供了一些有关材料，后来编入了季先生的文集《比较文学和民间文学》。这本研究民间文学的专集，原名《民间文学与

《和为贵》，季羡林书法，季羡林时已九十有七。

比较文学》，是给民间文艺出版社出版的，但因种种原因未能出版，后来改名在北京大学出版社出版。

由此可见，季先生对民间文学事业的支持绝不是偶然的，而是一贯如此。他对民间文学是非常重视的，这表现了一种尊重人民的进步的世界观，是"五四"精神——民主和科学思想的具体体现。

言行一致、坚持不懈，是季羡林先生的一贯作风。他说过，对一些虚玄的空头理论是不感兴趣的，他崇尚实事求是、从事实出发的马列主义科学方法。

马列主义科学方法绝不像教条主义照搬照抄那样轻而易举，而要下苦功夫全面详尽地搜集资料，从事实出发进行研究。民间文学和比较文学都是实实在在的学问，虽然要下苦功夫、花大力气，而他却乐此不疲。

为了研究中外文化交流的历史，季先生多年研究糖的历史，每天骑自行车去图书馆查阅中国古代典籍，几乎翻遍了《四库全书》，终于在八十多岁时写出了一部《糖史》专著。把从中国的饴糖，到甘蔗的红糖，又如何发展成白糖的历史过程，作了非常细致的考证，从而具体显示了中外文化交流的悠久历史。

我在写《季羡林先生与民间文学》一文时，学习运用这种方法，阅读了季先生的十几本文集和有关资料以及我平时积累的卡片，进行系统研究和思考，努力创新，完全用事实说话，而不发空论。据季羡林研究院的同志告诉我，季先生对我的文章是肯定的，要他们向我学习，这令我汗颜。其实这是我向季老师学习的结果。

正是在季先生的教导之下，东方民间文学的研究硕果累累，出版了厚厚的四卷本《东方民间文学》专著，很多本东方神话作品集，这是西方文学研究者所难以比肩的吧。

季羡林先生把自己几屋子藏书无偿捐献给了北京大学图书馆，其中也有我送的书；但在图书馆的专藏阅览室中却没有《民间诗律》《中外民间诗律》和《古今民间诗律》等书，这是为什么呢？

原来这些书都放在他正屋的玻璃书橱中，可见他对这些书的重视。在这三本书中，包含了中国 56 个民族和各大方言区的民间诗歌的格律，还包括 20 多个国家的民间诗律。这是 100 多位语言学家、诗学专家共同创新的成果。

由这个事实，可以看出季先生对民间文学和科学创新的重视。

季先生认为新诗创作不如民歌，认为民歌既真实又深刻；他热情地支持我编《当代讽刺歌谣》，并题词鼓励我们"发潜德之幽光"，好好研究歌谣。有一次我问他，新诗的问题何在？他说新诗不如旧诗好背，记不住。所以要向古诗和民歌学习。

季先生的藏书很多，但有的书不好找，他也向别人借书，我记得他曾向我借过肖兵的《民间文学的精英》。

我用行动向季先生学习，也把自己的一万多册民间文学和民俗学藏书，无偿捐献给了北京大学图书馆，补充了他们民间文学、民俗学图书的空缺。

我想，如果大家都像季先生那样，把自己的专业藏书捐献给图书馆，那将会避免多少专业图书的流失呀。把那些书放在图书馆给大家看，大大提高了书的使用价值，对科学发展一定很有好处。

我们东方文化馆是海内外学者自愿组成的一个群众组织，由李望如、江树峰和薛汕先生发起成立，季羡林先生对我们的工作非常支持，担任了名誉馆长，并且给我们的刊物《东方文化》题写刊名。前不久尽管他已重病在身，还是在医院热情地接待了我们的常务副馆长曾念同志。季先生对东方文化的热忱，真是感人肺腑，令人难忘。

我们中国民俗学会从 1994 年开始，发动全国各地会员共同编写《中华民俗大典》。这是几千年来第一次对中国 56 个民族的民俗文化进行全面普查记录，根据统一的编写提纲和体例进行写作的超大型文化工程。我们请季先生担任名誉总主编，他不仅愉快地答应，而且积极支持，希望这套大型调查研究成果能尽快出版。如今这套 35 卷本的《中华民俗大典》已完成 18 卷，虽然困难重重，但我们坚信，这是国家迫切需要的，一定要保质保量地完成这一伟大的历史任务，以告慰季先生的关怀与鼓励。

如今季老永远离开了我们，令人默然神伤。我们要化悲痛为力量，以他为光辉榜样，继承他未竟的事业，做一个真正的学者。

2009 年 7 月 14 日于昆明

# 耿直无私，坚持现实主义
## ——怀念吴组缃先生

吴组缃先生是我崇敬的老师。他的课，不管是"中国文学史·明清"，还是"红楼梦""聊斋"，我们都听得津津有味，从中不断得到新的启发。毕业之后接触多了我才知道，吴先生经常熬夜写讲稿，用小楷非常认真地写在横格纸上，密密麻麻，写得很仔细。讲课时他手拿讲稿进行讲解，却常常即兴发挥，联系生活中常见的事例，进行思想艺术分析，有许多独到的见解和深刻的体会，他的课非常叫座，历来被誉为中文系的"名牌菜"。

吴先生对小说的艺术分析，往往入木三分，异常精到。这是他从小说创作的经验出发进行研究思考的艺术结晶。他强调感情是艺术作品的活的生命，不能像解剖死尸一样去分析作品。这些观点对我的文艺思想产生了非常深刻的影响。当时我正在写作学年论文《论文学作品思想性与艺术性的关系》，在吴先生的启发之下，对艺术特性提出了不同于当时苏联教材的一整套看法，一口气写了五万多字。今天看来，其中不少观点还是颇有新意的，但政治运动中曾受到一些误解乃至批判。后来我又请教了杨晦先生和钱学熙教授，得到了他们的肯定。可能也因这篇论文的关系吧，我毕业留校后成了杨晦先生的助教。但因民间文学课缺人，经杨先生同意，我主动要求去搞，这才调到文学史教研室来。

当时文学史教研室分四段，外加民间文学，人很多。第一段"先秦两汉"由游国恩先生负责，第二段"魏晋至五代"由林庚先生负责，第三段"宋元明清"由吴组缃先生负责，第四段"现代文学"由王瑶先生负责。50 年代末 60 年代初我当过几年教研室秘书，在工作中与吴先生有较多的接触，会前会后或聊天时，经常听到他讲一些过去的趣事，给我留下了很深的印象。

有一次吴先生谈到他和老舍先生在冯玉祥将军那做国文教师的逸事。他说，当时大师傅克扣伙食费，伙食不好。有一次他们发现一盘菜中只有一块肉，老舍先生火了，就把这盘菜端到冯玉祥那儿去问他："大帅，这块肉，您是给组缃的，还是给我的呀？"弄得冯玉祥很狼狈，马上把大师傅找来责问，很快改善了伙食。他还讲过老舍先生讲笑话的故事，说乡下人进城到浴室买水喝的笑话，本是城里人嘲笑乡下人的，但却使人感到乡下人很纯朴善良。此事后来吴先生在《老舍幽默文集》的序文中又一再提及。

还有一次教研室对民间文学课进行教学检查，吴先生去检查我的课。那天正讲民间故事，我讲了纪晓岚《阅微草堂笔记》中所记的《唐打虎》（原文名为《唐打猎》）的故事。这个传奇的猎人故事引起了他的兴趣，原来在吴先生家乡皖南山区，此类型的故事甚为流行。他当即写了一篇散文《打虎的故事》，1961 年 3 月在《人民日报》副刊发表。

吴先生一生追求真理，敢说真话，在生活和创作中，都坚持严格的现实主义原则。长期以来，他作为著名的民主人士，和老舍先生一样，是党的无话不谈的忠实战友。对党的政策不管有什么意见，哪怕是一些不同的意见，都能畅所欲言，和盘托出。当时周总理常派叶以群同志来征求他的意见，他总是以耿直无私的热心肠直抒己见。这种可贵的品格曾受到周总理的肯定。1949 年文代会上周总理希望他到文艺界做领导工作，而他希望仍以教书为业，于是被调回清华大学任中文系主任。吴先生始终追求进步，从党的诤友进而成为共产党员，虽然因 1957 年批评空头政治而被扣上了"严重右倾"的帽子，被取消了预备党员资格，但历经坎坷终于在 1979 年得到改正。

吴先生的自尊心很强，又非常直率，敢于提出不同意见。记得在 60

年代初期的教学检查中，有人批判他的文艺思想，说他主张"不带小刀"进行艺术分析是"反对马列主义"。吴先生对这种庸俗社会学观点进行了坚决的抵制。当时作为教研室秘书、工会小组长，我做过吴先生的思想工作，希望他好好考虑学生们的意见，有则改之，无则加勉。当时吴师母是居民委员会的领导，我也曾请师母帮助做工作，使他冷静地对待批评意见，习惯于在批评中生活。此后吴先生虽然仍坚持他的正确观点，但在情绪上已大为缓和。我知道吴先生是非常崇敬鲁迅先生的，"俯首甘为孺子牛"的精神可能对他起了重要作用。后来谈起老舍先生之死时，吴先生曾说，他和我们不同，平时很少受批评，他的自尊心又很强，在那种情况下是不能活下去的，如果在学校中也许不会那样。

在教学检查中，我也参加了对吴先生的批判，但我也请吴先生对我的课进行教学检查。我在秘书工作中比较注意实事求是，所以同老先生们的关系一直比较好。但没有想到吴先生对我有那么高的评价。大约是 1991 年吧，在中文系办公室里，郭锡良同我开玩笑说："段宝最迷糊了。"吴先生正要出门，听到此话，当即回过头来，非常严肃地对郭锡良说："不，段宝林党性最强。"我真没有想到吴先生会对我作这么高的评价，令我精神为之一振。我后来想，这主要不是因为我曾多年担任文学专业支部的书记工作，而是因为我能注意坚持实事求是的原则吧。由此可见吴先生是把实事求是作为党性的核心来看待的。实事求是是党的思想路线的精髓，当然也是作为现实主义文学大师的吴先生终生所奉行的根本原则。

吴先生对中国俗文学是非常感兴趣的。他说："我有一肚子故事。从小在家乡听过许许多多民间故事。宗族中的'小户'负责祠堂祭祀事务，他们会讲许多故事。"1982 年 12 月在临湖轩召开的纪念《歌谣周刊》60 周年的座谈会上，吴先生作了长篇发言，讲了不少此类故事，认为民间文学中有许多巧妙机智的东西往往使专家们大为惊讶而自叹不如。他说有一次和华罗庚同车，两人一齐想词儿，想超出"二火为炎，但不是咸盐之盐，为何加水为淡"之类的模式，苦思苦想，终难超过，对人民的创造能力表示非常钦佩。他还讲到民俗对小说创作的重要性，提倡研究民俗，支持北大民俗学会的成立，并乐于担任顾问。1991年中国俗文学学会几经周折后挂靠在北大，需要在北大找一位主要领导人。我们去请吴先生当会长，得到他的首肯。在他领导之下顺利召开了苏州年会和《歌谣周刊》60周年纪念暨学术讨论会等大型学术会议，学会的工作欣欣向荣。当然，吴先生一如既往坦率地提出自己的各种意见，有些意见还比较尖锐。如在"《红楼梦》算不算俗文学"等问题上，他始终坚持自己的看法，但学术上的争论并不影响我们的关系，吴先生对学会工作的支持是一贯的，对学会的发展是欣慰的，特别是对在冯梦龙研究上的新收获，他给予了甚高的评价，认为是有突破的。对古代文言笔记小说与通俗话本之间的关系问题，他也提出了进行艺术典型化研究的新的课题。

吴组缃先生作为现代著名的小说家，是值得深入研究的。我曾准备把他"一肚子的故事"记录下来，研究故事等民间文学与小说创作的关系。终因时间关系未能如愿，成为终生憾事。吴先生临终前还关心着中国俗文学学会的工作，对我们寄予很大的希望，这将成为我们前进的强大动力。我们要继承先生的遗志，在文艺科学的研究中踏踏实实地工作。

1994年6—7月

## 附：《打虎的故事》

吴组缃

皖南山区从前也有老虎，我小时候吃过老虎肉；全是很粗的瘦肉，味道不怎么好。有趣的还是打虎的故事。人们口口相传，有许多充满英雄气概的好故事。

有这样一个故事：说是正月里某村来了一只大老虎，盘踞在山上不走，为害不浅。壮丁几次出动去打，都被它伤了人。居民垂头丧气，商量说，要除这个害，我们自己怕是不行了，这非请徽州"唐打虎"来不可。

这里人家多是聚族而居，一个村就是一个宗族。"唐打虎"，是指一个姓唐的宗族。据说他们全族都是打虎的好手，附近各县很闻名。当下宗祠里备了财礼，派人到徽州去请。派去的人回来说，唐家挑选了两个本事最好的打虎手，随后就到。

不久，打虎的来了，却是一个老人家，带着他的一个小孙子。老人头发胡子全白了，不住的咳嗽，又是驼背；小孙子不过十几岁，看样子也不机灵。大家很失望。但是人已经来了，只好招待他们吃了酒饭再说。

老人觉察到主人家对自己不满意，就先开口说："山上没几步路，还是先去打吧，我们回来再吃饭。"

村上人送他们到了山口，不敢往里走了。老人好笑，说："你们给它吓倒了。有我在这里，怕它什么！"有些人就远远的跟在后面看。

进了山口，小孙子连连用鼻子嗅，在前头走。走了一会，对祖父说："这畜牲，就在这里了，好像正在睡觉呢，我就叫吧？"老人点点头，找个地势站好了；那孩子就学虎叫起来。果然，老虎从树林里出来了，大得惊人；照例发了威，大吼一声，地动山摇，一直猛扑过来。

老人拿的是把短柄斧子，长有八九寸，斧嘴四寸多点；他举起双臂，斧子齐头那么高，瞪着眼，站得稳稳的。老虎扑来了，他蹲了一下，偏头一让；老虎从他头上蹦了过去。

事情出奇的简单：老虎蹦过去之后，却已经鲜血直流，趴在地上不动了。村上人跑去一看，原来从下巴到尾腔上，连喉头带肚子，都给斧子剖作了两半。

这个故事纪昀的《阅微草堂笔记》里也有。后来我看到了，才知道一百几十年前已经流传很广。

纪昀是乾隆皇帝的御用文人。这部笔记有心借神道说教，许多描写和议论带着血腥气，使人憎恶，却又说些似乎平易近人的话，攻击当时的道学家。鲁迅指出过，他特别攻击道学先生，也并非从进步思想出发，而是秉承皇帝的"圣意"（见《且介亭杂文·买〈小学大全〉记》）。可是，纪昀政治和思想虽反动，他的《笔记》确也写下了几个人民中间来的好故事，这又不能抹杀。

我以为这个打虎的故事不像《笔记》里别的故事，它一点不神奇。细心的人也许会说，很快把老虎剖成两半，是老人利用了对方猛扑过来的力气；对方使的力气越大，它自己就死得越快、越彻底。这很好懂，不算神奇。可是对方那么大的力气排山倒海扑了来，老人的手臂怎么撑得住？他又怎么看得那么准？这在《笔记》里有交代。说事后老人自己说，他练臂十年，练眼睛十年。眼睛用鸡毛掸子扫，不眨一下；手臂能将气力大的人悬空吊起来，不会动一动。这番话很能解答问题。但纪昀单只抓住这一点发议论，把打虎的胜利完全归结到练功夫；这就不符事实，和我们的看法也不同道了。

我听到的传说，是打了虎之后，老人带他的孙子回到宗祠里吃饭。村上人争着问他打虎的本事怎么这样好。老人也谈了纪昀写的那番练功夫的话。但有更重要的话，纪昀的本文和夹注都没有记。老人说，他的那个遭了虎害的祖上，是个打柴的，名叫唐牛，身体壮、力气大，一担能挑二三百斤。一次正打柴，忽然遇见老虎。他慌了，就逃。但是老虎从背后扑上来了，他急切没办法，两手抓住了从肩头扑下来的脚杆子，并且用头一下顶住了老虎的下巴和咽喉，又用脚踢肚子。两方使尽了力气，相持着。最终，老虎不动了；唐牛的胸口也被爪子抓得稀烂，抬到家就断气了。临死，唐牛除了叮嘱儿子打虎除害，还说了两条：一条是，"我是人，它是老虎。我不该怕它，不该逃"；另一条是，"老虎总要扑，要打咽喉和肚子"。唐家子孙打虎，各有巧妙，他们祖上临死说的这两条却是大家都牢牢记住的。

现在世界上人民打虎的兴头都很高，我们都在跟毛主席学打虎的哲学，学打虎的科学，学打虎的艺术。想起这个"唐打虎"的故事，觉得很有意思。这个故事，跟不怕鬼的故事一样，告诉我们一条重要的道理：老虎，其实也用不着害怕的。只要你摸清它的本性，掌握它活动的规律，就可以打它、治它。这道理，我想谁都能比我说得好些，这里不必多说了。

# 听吴组缃先生说老舍

20 世纪 60 年代初期，我在北大中文系文学史教研室当秘书，我们喜欢在吴组缃先生家中开会。他当时住在朗润园的一个小院中，正屋朝阳，相当大，不但阳光灿烂，而且还有好茶招待，所以大家都很高兴。但更吸引人的是，在开会前后或中间休息时，可以随便闲聊，听吴先生讲些趣闻逸事。吴先生作为著名的小说家，口才很好，知道的事情又多，聊起来头头是道，很有意味。

有一次，吴先生说，抗战前他和老舍先生一起在冯玉祥将军那里教他学文化。冯玉祥先生尊他们为老师，住在泰山脚下，伙食费是相当高的。但由于下属副官和大师傅的克扣，他们的伙食却愈来愈差了。于是想给冯玉祥说说，又怕面子不太好看。但老舍先生很有办法。有一天吃饭时，他们两人的菜碗里只有一片肉。老舍先生看着看着，忽然端起菜碗跑到冯玉祥那里，对他说："大帅，这个碗里只有一块肉，请问是给我吃的，还是给组缃吃的呀？"这一问，问得冯玉祥非常难堪，也感到意外，马上把大师傅找来查问，当然很快就改善了伙食。

吴先生说老舍先生非常会说笑话，发言时常常举笑话为例，很说明问题。有一次在作家协会开会，谈现实主义和世界观的矛盾这一理论问题时，老舍讲了一个笑话：

过去城里人看不起乡下人，往往拿乡下人开心，愚弄他们。

有一次，一个乡下人进城，渴了，想弄水解渴，却怎么也找不着地方，就向城里人打听。一城里人指着一澡堂浴室告诉他：“你到那里边看看，可能有水卖。”

乡下人进入澡堂，要买水。掌柜的见他土头土脑，就叫小伙计到洗澡的大池子里舀了一碗水，给他喝。

乡下人一看水还是热的，就喝了。喝了以后，交了钱，很认真地对掌柜的说：“你家的水要赶紧卖呀，不然，很快就坏了，现在已经有点儿变味了！”

老舍先生说，这个笑话是城里人嘲笑乡下人无知的，但给人们的印象却是：城里人心怀不善，狡猾无赖，而乡下人却忠厚老实心地善良。其效果却适得其反了。这不是世界观（主观思想）和现实主义创作方法的矛盾吗？

（原载《人民日报》（海外版）2001.3.14.“名流万象”）

# 老舍先生与民间文艺

　　老舍先生是北京市文联的首届主席，在新中国成立后的十七年中，一直是北京市文联主席。如今我们隆重纪念他的百年华诞，不仅有重要的历史意义，而且有巨大的现实意义。

　　纵观古今中外的文艺发展历史，可以发现一个文艺的定律——雅俗结合律。凡是伟大的第一流的大作家，几乎都是重视学习民间文艺的，极少例外。[①]老舍先生是蜚声世界的大作家，其小说、戏剧名作受到国内外广大人民的喜爱，其艺术成就是否也与学习民间文艺有关呢？回答是完全肯定的。在这一方面，老舍先生显得非常突出，值得我们好好学习。

　　为了真正使文艺为人民服务，创造人民大众喜闻乐见的文艺作品，老舍先生从抗日战争开始即自觉地刻苦学习民间文艺。在济南、武汉和重庆，他都向著名的鼓书艺人学习，学得很艰苦。好几个月，才学会了一段大鼓书《白帝城》。他感到不学说唱就没法写鼓词，而学了之后仍然感到鼓词难写。他说："写新小说，假若我能一气得一二千字；写大鼓词我只能一气写成几句。着急，可是写不出；这没有自由，也就没有乐趣。幸而写成一篇，那几乎完全是仗着一点热心。"他抱着作出牺牲的决心来写鼓词，牺牲自己的趣味、名誉、时间和力气。"有了牺牲的决心，才

---

① 参见《文艺上的雅俗结合律》，《光明日报》1985年12月15日第三版。

能把苦痛变成快乐。"① 虽然困难，他仍然坚持学习，同艺人交朋友，到亲如一家的程度，后来他甚至创作了一部长篇小说专写鼓书艺人的生活。意犹未尽，又写了一部话剧《方珍珠》，可见他与艺人相交之深。②

老舍先生为什么这样尽心尽力地学习民间文艺呢？他觉着这不仅是抗日宣传工作的需要，对提高自己的语言艺术水平也是很有用处的。他说："习写鼓词，也给我不少好处。鼓词既有韵语的形式限制，在文字上又须雅俗共赏，文俚结合。白话的散文并不排斥文言中的用语，但必须巧为运用，善于结合，天衣无缝。习写鼓词，会教给我们这种善于结合的方法。"③ 老舍先生对民间文艺的语言艺术是评价很高的，作为中外少有的幽默大师，老舍先生很会说笑话，常用笑话来说明一些深刻的道理。吴组缃先生说在谈到世界观和创作方法的关系时，老舍先生讲过一个北京笑话。说是有个乡下人进城，口渴了要买水喝，澡堂的人进去舀了浴池中的水给他喝，他喝了一口，很诚恳地说："你家的水要赶紧卖呀，不然，很快就坏了，现在已经有点儿变味了！"老舍说这是城里人嘲弄乡下人无知的笑话，但却使人看到乡下人纯朴善良而城里人却心地不善。效果适得其反了。老舍先生把文人笑话与民间笑话作了比较，说明民间笑话的巨大优越性和学习民间笑话的必要。他说：

> 在学习写作民间文艺的过程中，我觉得最困难的是我们不了解老百姓的生活，于是也就把握不到他们的感情，不明白他们如何想象。因此说评书的就有那么些人围着听，而我们的作品不能深入民间。说评书的了解老百姓的感情、心理、想象，我们不懂。我有很多文艺界的友人，可是没见过任何一位会写出一个足以使识字与不识字的人都发笑的笑话。笑话的创造几

---

① 老舍：《制作通俗文艺的苦痛》，《抗战文艺》第二卷第六期（1938年10月15日）。又见《老舍曲艺文选》，中国曲艺出版社，1982年，第9页。

② 老舍：《鼓书艺人》，1947—1948年在美国所写，后由英文本译为中文，1980年10月人民文学出版社出版；《方珍珠》，1950年10月晨光出版公司出版。

③ 老舍：《戏剧语言》，见《老舍选集》第五卷，四川文艺出版社，1986年，第362页。

乎是被老百姓包办了的。……哼，民间的玩意儿很够我们学习多少年的呢！①

他又说：

自古以来，文人编的笑话，多半是"莫名其土地堂"（土地堂即庙，谐"妙"，即"莫名其妙"之意——引者注）之类的。真正好的笑话是人民的创作。文人会掉书袋，人民却从生活中找到笑话的资料与语言。我们在联欢会上说的好笑话，多来自民间，而不来自文人编辑的什么笑话选集。……我们既需从人民生活中找到喜剧的素材，更须从人民口中学到活的语言。掉书袋至多只可偶一为之。②

民间笑话之所以生动活泼、深刻动人，就由于它们来自生活，人民的生活是最丰富的，人民的口语是最生动的，人民的集体创作集中了群众的智慧，可以产生非常精美的作品，所以老舍先生惊叹："老百姓的创造力量是惊人的！"

老舍先生反复呼吁要好好学习民间文艺，这是他自己长期文艺实践的深刻体会，语重心长，非常精辟、实在。他不仅学习民间笑话，而且也学写相声，对新中国相声的改造作出了突出的贡献。侯宝林等相声艺人感到老相声不行了，上门请老舍先生帮他们写新段子。他虽然刚回国不久，还是爽快地答应了他们。首先看那些老本子，然后加以改造，把《菜单子》改编为《维生素》，《文章会》改编为《假博士》，不出一个月交出三个新段子。后来又陆续改编了《绕口令》《对对子》等等。我们知道，老舍先生在重庆时就会说相声，还在文艺界联欢会上演出。有一次和梁实秋合演，他坚持其中的玩笑，获得了满堂彩，掌声经久不息。但

---

① 老舍：《老百姓的创造力是惊人的》，见《民间文艺集刊》1950 年第一集。

② 老舍：《喜剧语言》，1961 年 1 月 30 日《文汇报》。

他深知相声创作之难，他这样来谈学写相声的甘苦：

> 我也习写相声。一段出色的相声须至少写两三个月。我没有那么多时间。因此，我没有写出过一段反复加工、值得保留下来的相声；但作为语言运用的练习，这给了我不少好处。相声的语言非极精练、极生动不可。它的每一句都须起承前启后的作用，以便发生前后响应的效果。不这样便会前言不搭后语，技冗啰唆，不能成为相声。[①]

他还说别的文章只要有一二警句即可"画龙点睛"，但"相声不满足于此。它是遍体长满了大大小小眼睛的龙，要求每一句都有些风趣"。这样，学写相声就使他"得到一个写文章的好方法：句句要打埋伏。这就是说：我要求自己用字造句都眼观六路，耳听八方，不单纯地、孤立地去用一字、造一句，而是力求前呼后应，血脉流通，字与字、句与句全挂上钩，如下棋之布子。这样，我就能够写得比较简练，意思贯串，前后呼应，就能说的少，而包括的多。这样前面所说的，是为后面打埋伏，到时候必有效果……"[②]。当时他正在创作小说《正红旗下》，这是他最成熟的小说，炉火纯青，堪称"满族文学的扛鼎之作"，京味特浓，令人赞叹。当与此有关。

老舍先生学习民间文艺的精华，绝不是简单地模仿，而是虚心学习它的高超的语言艺术，使之变为自己的血肉。学习老舍先生的成功经验，我们可以得出结论：为了创作人民大众喜闻乐见的艺术，任何文艺工作者都要虚心学习民间文艺，学习民间文艺应该成为文艺工作者的必修课。不仅文学如此，各门艺术也都如此；不仅中国如此，外国亦复如此。这是一个普遍的艺术规律，"没有一位语言艺术大师是脱离群众的"。老舍

---

[①] 老舍：《戏剧语言——1962 年在广州话剧、歌剧创作座谈会上的发言》，见《老舍选集》第五卷，第 362 页。

[②] 同上书，第 363 页。

先生在《老百姓的创造力是惊人的——在北京市大众文艺创作研究会成立大会上的讲话》中说：

> 假若我们能到外国的博物馆与艺术馆去参观，我们就可以看到中国部门的陈列品都是：玉器、瓷器、铜器、银器、佛像。这些都是工人做的。文人的作品不过是几张书生画与书法而已。工人的作品替中国人挣得荣誉，而文人书画不过聊备一格。有些外国人收集并研究了中国的窗棂（棂）图案、墙纸、年画、剪纸及地毯的花样等等，著为专书，一经发表，便对他们的工业美术起了很大的影响。[①]

这是很实在的话。民间艺术对艺术家的创新有很大的作用，古今中外，莫不如此。例如现代派艺术创始人毕加索的艺术创新，据他自己说就是受益于黑人木雕和中国剪纸。我曾经研究过古今中外许多著名文艺家的创作经验，发现他们都像老舍一样，是非常尊重民间文艺的。然而，有些人却以"精英文化"的代表自许，把民间文艺看成是"非精英文化"（是该淘汰的糟粕文化）。在他们眼里民间文艺领域是一片黄沙，而看不到沙中有金。这大概就是他们与成功的第一流艺术大师的根本区别所在。天才与凡人的区别就在于天才的慧眼善于透过现象看到本质，善于看到民间文艺园地中闪闪发光的金子，并且能用沙里淘金的艰苦劳动去学习并掌握民间文艺的精华，创造出人民大众喜爱的精美艺术来。

老舍先生对当时文艺界脱离群众的倾向进行了深刻的剖析，一针见血地指出，那些"五四"以来的"洋派文人"，"跟他们提到鼓词、相声……他们就紧紧摇头，说：我们好不容易建立的商籁体的白话诗，与带洋味儿的散文，怎可以'开倒车'，又去搞鼓儿词呢？就是劝他们改一改笔风，把文字写得清浅明畅一些，他们也不干。他们以为他们用惯了的欧化文法与新名词都是了不起的东西，万难割舍。他们可是忘了《水

---

① 《老舍曲艺文选》，中国曲艺出版社，1982年，第65页。

浒传》与《红楼梦》那样的伟大作品里并没有欧化文法与新名词，还是照样的伟大。……其实呢，莎士比亚的伟大，并不是我们自己的伟大，我们大可不必拉着何仙姑叫舅妈。我们的伟大倒是在用我们的思想、我们的文字、我们的作风，创造出我们自己的伟大作品来。我们的伟大不在能偷取莎士比亚的一二修辞，或一点技巧，而是在以莎士比亚创造英国伟大文艺的气魄，去创造我们的伟大文艺。……我们不应看见别国的作品，便叹为观止，而应自尊自信，立志写出自己的好作品来"[1]。他还谆谆指出："只有热爱我们自己的语言，我们才肯去向人民学习，才肯用人民的语言去写作，而感到光荣。这不仅是语言的运用问题，而基本的是思想问题——爱不爱，重不重视我们的语言的问题。"他大声疾呼："是时候了，我们应当即刻从思想上解放了我们的笔，教它光荣地服务于人民，教它光辉地给大白话放出光彩。"[2] 这段话说得多好啊，虽然是四五十年前说的，却好像是今天说的一般。如今不是仍有一些人以外国的"一二修辞，或一点技巧"为经典样板，"拉着何仙姑叫舅妈"而自以为荣吗？一些所谓"先锋派"理论家甚至提出"反语言""反传统""反艺术"的口号，很看不起民间文艺，他们违背艺术规律把一些文艺创作引入歧途。这是思想问题，也是文艺是否要坚持为人民服务的方向问题。老舍先生创作的成功经验与他的深切体会，都昭示我们，文艺工作者们一定要眼睛向下，深入人民生活，虚心学习民间文艺并刻苦创新，全心全意为人民而写作，才能创作出人民喜闻乐见的优秀作品来。"没有一位语言艺术大师是脱离群众的。"这是老舍先生的至理名言，我们应该牢牢铭记。

当然，老舍先生学习与运用民间文艺的方面是很多的。因篇幅所限，先简述如上，作为对这位伟大作家百年诞辰的微薄的纪念。我们要继续不断地向老舍先生学习，对他的成功经验作更深入的钻研。这是繁荣社会主义文艺所必需的，也是我们义不容辞的历史责任。

（原载《北京文艺》1999 年 9 月号）

---

① 老舍：《怎样写通俗文艺》，《北京文艺》1951 年二卷三期。

② 同上。

# 许地山善讲笑话

许地山是老舍先生"最好的朋友"。他们早在到英国之前，就有密切的关系。当时许地山是燕京大学的毕业生和青年教员，老舍只是一个高中毕业生。他们在一个教会里帮忙做"社会服务"义工而结识，成了非常好的朋友。这主要的原因就是：许地山有学问而没有架子，"他爱说笑话，村的雅的都有"。这是老舍先生几十年后回忆的印象。

有一次，许地山与老舍一起去吃八个铜板十只的水饺，一边吃一边说，不管说什么，总说得很有趣。这就使老舍"不再怕他了"。而且虽然不知道他有多大学问，但深感他"确是个极天真可爱的人"。他爱说笑话，"知道什么便告诉我什么"。

1924年许地山和老舍都到了英国。许地山到牛津大学神学系学比较宗教学，此外还研究人类学、民俗学、文学、考古学，学过梵文和巴利文。老舍在伦敦大学教汉语。他们见面时，话很多，往往说个没完。老舍回忆说："他闲扯，他就能一一举个例说——由男女恋爱扯到中古的禁欲主义，再扯到原始时代的男女关系。他的故事及书本上的佐证也很丰富。他的话一会儿低降到贩夫走卒的俗野，一会儿高飞到学者的深刻高明。他谈一整天并无倦容，大家听一天也不感疲倦。"他们在英国的留学生活是清贫的。许地山先写小说，又鼓励老舍写小说，老舍在写作中得到了他的很大鼓励和帮助，后在言谈中常常提起。

回到北京以后，许地山在大学教书。结婚后，生活讲究起来了，

"虽然由破夏布褂子换为整齐的绫罗大衫，他的脱口而出的笑话与戏谑还完全是他，一点也没改"。老舍是幽默大师，很会说笑话的，他如此赞美许地山的笑话，可见那的确是很难得的"笑话与戏谑"了。

# 林庚先生谈民歌与新诗

林庚（1910—2006）是 20 世纪 30 年代著名的现代派诗人，也是研究、讲授中国文学史的知名学者。

在文艺界一般年轻人心目中，很难把林庚和民歌连在一起。事实上，林庚先生与民歌有着非常密切的关系。当前，我们探讨其在新诗与民歌方面的贡献，将对新诗发展和文艺规律研究产生良好的影响。

林庚在写诗之外，更注重探讨新诗的普遍形式。《问路集》是林庚探索新诗格律的专著，也因此他将《问路集》放在其多卷本文集的第一卷出版。他曾在给我的《问路集》一书的扉页上写下"俱怀逸兴壮思飞"，这是李白的一句诗（下一句为"欲上青天揽明月"），表达了他对新诗格律事业的热烈追求。《问路集》中有许多关于民歌的精彩论述。他说："我们如果要知道什么是大众所最容易接受的形式，我们只要看流行得最广的民谣就可以知道。我们如果要知道什么是一种最浅出的文字，我们只要看《诗经》就会明白的。如：'风雨如晦，鸡鸣不已，既见君子，云胡不喜'，'呦呦鹿鸣，食野之苹，我有嘉宾，鼓瑟吹笙'，还有比这些更浅出的文字吗？"林庚特别指出，"浅出"并不等于"浅"，它必须还有一个"出"字，这就暗示它已经深入，其实正因其已经"深"了，所以才有得可"出"。他认为："深入浅出的诗才是第一等的好诗，这样它才既可以是'大众'的，又同时可以是'诗'的。"

正是基于这样的认识，林庚在探索新诗形式时，更注意对民歌的研究。他对新诗格律形式的探索，注重"把握现代生活语言中全新的节奏","追溯中国民族诗歌形式发展的历史经验和规律"。从"现代生活语言中全新的节奏"看，民歌无疑是最符合这个条件的，民歌既是现代口语，又是有节奏的韵文。另外，几乎所有重要的诗歌形式都是首先从民歌中产生的，这是一个客观规律。要探索新的诗歌形式，必须重视民歌。林庚认为，"五七言是秦汉至唐代时期最适合的语言文字形式，而今天我们使用的语言文字显然有所不同了"，古代汉语以单音词为主，在现代汉语中双音词大为增加，所以五七言的诗句就该相应加长，如何加长是必须探讨的问题。

1935年，林庚把许多自由诗搜集统计，发现凡是念得上口的诗行，其中多含有以五个字为基础的节奏单位，于是就尝试着作了相似结构的诗句，如三五、四五、五五、六五、七五节奏等。自由诗是以白话为主的，而白话和口语之间还有距离，如：白话"没有什么事情"，口语为"没什么事"；白话"看这个月亮"，口语为"看这月亮"。对此，林庚作了很好的分析，并由此引出了九言诗的新体。他说："口语反映了中国本土文法简略的特征……如果用更接近口语的节奏作诗行的主要单位，岂不要比用白话的节奏更近于民族形式吗？"他从民间小调《小放牛》的九言诗行看到了九言诗的希望，并把它作为重要的证据，说明民歌中已经有了九言的萌芽。（《小放牛》：天上的娑罗／什么人栽／地下的黄河／什么人开／什么人把守／三关口／什么人出家／没有回来）

在《新诗的"建行"问题》一文中，林庚谈到要把五七言的传统同今天的口语统一起来，建立新的普遍的诗行时，他首先考虑的也是民歌。他征引了陕北民歌《兰花花》，认为这种探索不仅是一个理论问题，更是一个创作实践问题。林庚希望诗人们在自己的创作实践中，自觉地进行探索，学习民歌，加长诗行。如他创作的九言诗《除夕小唱》《马路之歌》《恋歌》《十三陵水库》《新秋之歌》《海浪谣》《曾经》《光之歌》《乡土》《回想》《路灯》等，都是情深意切、深入浅出、铿锵迷人的好诗，在艺术内容和语言形式上都是非常优美的，可谓新诗的典范，非散文式的自由诗所可比肩。

林庚的新诗格律探索并不局限在九言诗一种形式，他认为各种形式都可以探索，诗歌形式多样化是一个好的现象。探索的目标是使诗歌真正适应新的时代，真正深入浅出使人民大众喜闻乐见，使人们可以利用一种形式更熟练、更快地写出流传广泛的好诗来。

林庚重视民歌不是偶然的，是"五四"的民主精神和科学思想的具体体现。他曾经讲过，他的老师朱自清和闻一多都很重视民歌。当年胡适在《歌谣周刊》复刊词中说："我们纵观这二十年的新诗，不能不感觉他们的技术上、音节上，甚至于在语言上，都显出很大的缺陷。我们深信，民间歌唱的最优美的作品往往有很灵巧的技术，很美丽的音节，很流利漂亮的语言，可以供今日新诗人的学习师法。"朱光潜在《歌谣周刊》第二期发表《从研究歌谣后我对于诗的形式问题意见的变迁》认为："歌谣并不如一般人所想象的，全是自然的流露；它有它的传统的技巧，有它的艺术的意识。"吴世昌在《歌谣周刊》第四期发表了《打趣的歌谣》一文，认为从民间歌谣感到"中国人是一个很风趣的民族"。林庚也发表了两篇文章，探讨民歌和诗的关系。他认为："无论歌谣或诗，其基础都是生活，但其目的必不止于是个记录，诗是要跳出这个范围而把生活更扩大去，歌谣是就在这范围里把它弄得更热闹起来……"

他说歌谣不是诗，并不是贬低歌谣，而是强调它的特点和独立性。他认为歌谣"使我们实际生活中情趣增加，这是歌谣的特质，是没有另外的东西可以代替的"。在对中国文学史多年的系统研究中，林庚对民歌作了很高的评价，认为民歌是一种"解放的力量"。他说三千年来文学史的发展，具体地说明了民间文学永远是一个解放的力量。"例如《诗经》里的《国风》原是来自民间的歌唱，这些优秀的作品就使得四言诗从《雅》《颂》中获得了解放。再如，汉魏乐府之发展了五言诗，宋元间流行在江湖的院本之发展了南北曲，民间的说书之发展了笔记小说为伟大的章回故事。无数的作品正是这样不断在民间文学上获取得解放的力量。"这种文学的解放，是由于民间文学是口语的文学，它对文学创作有一种天然的吸引力：因为"在文学的发展上，却从来是要求它的'文语'与'口语'接近的，每次文坛从民间文学上获得解放，同时也就取得了语言文字上的解放"。

林庚认为民歌是解放的力量，是从形式和内容两个方面去观察的。在内容方面，他强调民歌直接表现人民生活，表现人民的思想感情。他不只是从形式方面来看民歌的艺术，同时也很注意民歌的内容方面。在形式上，民歌的口语音韵美、节奏美，民歌的巧喻、起兴等语言技巧和明快清新的风格，以及它的明朗性，所有这些都是值得新诗学习借鉴的。

林庚认为，明朗性对新诗特别重要。诗的形式不只是悦耳的双声叠韵等讲究，而应是"在一切语言形式上获取最普遍的形式"。他非常明确地说："形式的普遍就是形式的解放，于是表现出深入浅出，大量流传的诗句所具有的远过于散文的明朗性，是很难由没有形式的诗篇写出来的。"因为有了普遍的形式，诗歌就能广泛地流传，流传就证明了诗的明朗性。他认为新诗要获得这种明朗性，就必须有普遍流行的诗歌形式。这正是林先生探索新诗普遍形式的理论根据。明朗性的目的，就是为了避免晦涩，为了诗的广泛流传。对写诗的人来说，就是要有一种形式使他写得顺手熟练；对欣赏者来说，就是要诗歌明白易懂，喜闻乐见，这样才能引起共鸣、受到感动。这种普遍的形式林先生把它叫作"自然诗"，这是相对于自由诗来说的。

2002年8月23日，我去燕南园拜望林庚，谈起新诗与民歌。他说："新诗不成器的原因，是把世界上最好的诗歌传统丢了。他们（指那些照搬西方现代派诗的所谓先锋人物和许多诗刊编辑们）不知道中国是世界上诗歌最好的国家。"他还说："中国的诗始终与乐府接近，绝句、七古都是歌行，都是能唱的，属乐府一类，所以兴旺发达，受人们欢迎。宋诗离开了乐府，就写不好了。不要看不起民歌，诗与歌分开就不好了。"

林庚说："一个国家要有盛唐气象、少年精神，一个人也要有盛唐气象、少年精神。"这是对新诗创作而言，也是对诗人健康的人生观的要求。诗如其人，这是诗歌创作的根本规律，在几千年的文学史上反复证明了的客观规律。

当前，人们大大忽视了民歌的价值，文学界也有人放弃了对民歌的研究，甚至最新编纂的"中国新文学大系"中也取消了"民间文学卷"。

但是，民间文学是文学的根基，民歌是文学解放的力量。林庚始终坚持对民歌的热爱，不随波逐流，这种科学的治学态度，对当前社会科学研究者有着特别的启示。

## 附：林庚先生题词手迹与谈话记录

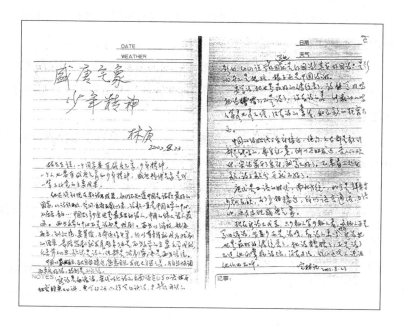

林先生说：一个国家要有盛唐气象、少年精神，一个人也要有盛唐气象、少年精神。盛唐气象是我一辈子研究的主要成果。

他还谈到现在新诗不成器，他们不知道中国是诗歌最好的国家，从《诗经》开始，楚辞、乐府民歌以来，诗歌一直是中国文学的中心，从屈原、李白……中国出了多少全世界最杰出的诗人，中国的伟大诗人最多。西方文学的中心不是诗而是戏剧。西方以游牧、航海为主，到处跑，要冒险，与命运作斗争，所以有矛盾就成为戏剧的源泉，古希腊悲剧就发展起来了，这是西方文学的主要成就。后来莎士比亚、歌德是诗人，但都是戏剧家，这是西方传统。

中国以农业为主，与大自然接近，熟悉自然，发现大自然之美，与自然协调而产生好诗，特别是山水诗。

新诗是白话诗，宋代以后诗的书面语言已与口语拉开距离，脱离了口语；要写诗就必须写白话诗，是受了外国诗的影响。他们说学了外国写的就是外国诗了，其实外国诗只是影响并不是根据，根子还是中国诗嘛。

要写诗，把世界最好的传统丢了，诗能写好吗？把诗糟蹋了，不是诗了，没有诗的美，能感动人吗？人家看也看不懂，没有诗的素质，和民歌的距离太远。

中国的诗始终与乐府接近，绝句、七古都是歌行，都是能唱的，属乐府一类，所以兴旺发达，受人们欢迎。宋诗离开了乐府，就写不好了。不要看不起民歌，诗与歌分开就不好了。

唐代是口语的时代，南北方统一，北方是鲜卑等少数民族，为了互相接近，所以语言通俗，口语化，这才出现盛唐气象。

现在新诗不成器，只少数人写少数人看，多数人还是写旧体诗，它至少还是诗呀，有诗的美呀。现在新诗把世界最好的传统丢了，把诗糟蹋了，不是诗了。

宝林记

2002.8.23

# 深切怀念阴法鲁先生

阴法鲁先生是我崇敬的前辈。他在中国音乐史方面的研究之深入与成就之杰出，是有口皆碑的。但是，他并不满足于已有的成果，仍不断进取，进行许多新的开拓，这种与时俱进的精神值得我们很好地学习。

阴法鲁先生对年轻人是非常热情的，不但没有一点架子，还像一盆火一样，给予热心的支持和帮助，这在我有许多切身的体会。

我写过一篇关于曲艺特性的论文，在文化部艺术研究院曲艺研究所等单位举办曲艺研究评奖时，阴先生非常认真地写了推荐意见，对拙文中的理论创新给予充分的肯定。这对我也是很大的鼓励与鞭策。我编过一本《当代讽刺歌谣》，送先生一本向他求教，他阅后对我说，民间歌谣很生动，很深刻，反映了许多真实的社会问题，很有价值；并说一位法律系的老教授希望得到一本，作为今后立法的参考。他充分肯定了采风的巨大现实意义和学术价值。

民俗学在中国是改革开放以后才兴起的，也算是一门"新兴学科"。本来从民俗角度研究古典文学是大有可为的，但至今仍少有人问津。而阴法鲁先生对民俗却非常重视，他认为这是老北大的好传统，必须继承。在中国文化史的研究与教学中，阴先生很注重民俗学。他的几个研究生所写的学位论文，多是民俗学方面的。他都作了非常认真的指导，在答辩时有时请我参加，给我提供了很好的学习机会。这些论文都相当有分量，有的已公开出版成书。这说明阴先生在学科的开拓方面是多么开明，确实是"与时俱进"的。

我曾参加民间文艺十大集成的一些审稿工作，在开会时接触到音乐、舞蹈界的专家、学者，他们对阴先生都非常崇敬，认为他是音乐史、舞蹈史方面的少有的专家、权威，甚至可以说是没有人可与他相比。这是阴先生几十年来孜孜不倦、埋头钻研的结果，应该说是北大的光荣。我们应给予实事求是的评价，并要好好继承和发扬他的学术专长。遗憾的是阴先生未能被批准为博导，未能招一个博士研究生，这实在是北大的损失，也是中国学术界的损失。这个事实说明，那种"以外行来评内行"的制度是不够公平合理的，是应该进行改革。今天的追思会开得很好，但中文系领导却无人参加，也可见重视不够。人们对阴先生的学术成就还缺少了解与认识，需要我们多做工作，这不仅是为了阴先生个人，更重要的是为了发扬和继承北大民主和科学的优良传统，真正办成世界一流大学。

阴先生对学术的热情和献身精神是感人至深的。他淡泊名利，热心助人，指导出版了《全唐诗中的乐舞资料》《中国舞蹈辞典》等大型工具书，主持编写和出版了《中国古代文化史》《古文观止译注》《历史职官志索引》等巨著。他还对自己的论著精益求精，不断修改。他对年轻人严格要求，有问必答，多方提携。在80年代，他曾希望我参加音乐史中民间歌曲资料的研究搜集工作，因为我当时教学任务很重，正忙着给研究生开新课而未能参加，现在想起来，感到非常后悔，错过了一次非常好的学习机会。后来我主编《中国民俗大全》（三十五卷本）大型丛书，请阴老师做顾问，他欣然应允，并对编写工作提了很好的意见和希望。这一工作正在进行之中，我们永远忘不了阴先生的亲切关怀和指教。

阴先生常在中关园里散步，见面时往往要停下交谈，有时会谈相当长的时间，他都兴致勃勃毫无倦意。最令人感动的是在阴老师逝世前不久，他公子搀扶他散步时，见了我还热情地对我说："有什么事到我家来，我一定尽力帮助解决。"此时他的脑病已比较严重，但念念不忘的还是学术，还是对后辈的关怀，真正做到了"鞠躬尽瘁，死而后已"。

敬爱的阴先生永远活在我们心中。

# 追忆王瑶先生

王瑶先生是我的导师，在五六十年代，我们的关系非常密切，他对我的一生有巨大的影响，这是令人难忘的。

王瑶先生给我们讲课，总是用一口浓重的山西平遥话，听起来很吃力，但是，我们还是非常爱听。这是为什么呢？

因为，他讲课非常投入，眉飞色舞，拿着烟斗的手做着手势，讲的内容很生动，新的见解层出不穷，又很幽默，所以我们都很喜欢听。

王瑶先生给我们讲过"现代文学史"的开始部分，后来又讲过"《野草》研究"专题课。此外，作为非常活跃的文艺批评家、《文艺报》的编委，我们在最大的阶梯教室，听过他讲治学方法。

他是西南联大中文系朱自清的研究生，在中古文学史方面有许多深入的研究和著述。50年代初，又成为中国现代文学史的开拓者。他的《中国新文学史稿》是中国现代文学史的开山之作，在国内外有广泛的影响。我曾在他的书橱中见到过精装的日文版两厚册。这是非常繁难的创新工作，开山之力大矣哉，开山之功不亦伟乎！我们对他是非常崇敬的。

他写过一本《中国诗歌发展讲话》，是把他在《文艺学习》上连载的文章集结而成的。可见他对中国文学史有过全面的研究，深得闻一多、朱自清新诗学的真传。

他主张用新观点研究文学史，还写过一本专著《李白》，深入浅出，雅俗共赏，很受欢迎，在评奖中获过大奖。

据严家炎同志说，1954—1955年间，毛主席因为他的一部著作而专门接见过他。我想大概就是谈李白的。毛主席很喜爱李白，可能因为他的观点新而要和他谈谈。这些事他从未对我们讲过，于此亦可见他的为人。

所以，王瑶先生讲治学方法，是很有权威性的。60年代北大最大的教室，坐得满满的。我们都很认真地听，我记得，印象最深的一点就是他讲到，不管研究什么问题，既然是科学研究，就一定要把有关的资料全部掌握好，因为你的文章中的资料系统而丰富，即使你的观点已经被别人超过，但是你的资料却是有长远价值的，后来研究的人不能不看。他还特别重视材料的真实性，说写文章最怕"硬伤"，版本也很重要，《古今图书集成》的材料一定要核对原文。我想，这正是他自己研究写作的经验之谈，这对我的教学和研究，都有典范的意义，一辈子受用无穷。因为马克思主义和教条主义的根本不同就在于，它是从实际出发的。"不唯上、不唯书、只唯实"（陈云），才是真正的科学，而唯上的风派、唯书的教条主义则是伪科学，是反马克思主义的。

王瑶先生早年在天津南开中学受到进步思想的影响，在清华大学中文系读书时就是进步的热血青年，曾参加北方"左联"；在一次现代文学座谈会上与蒋南翔同时被捕，他没有暴露"左联"的组织关系，只是说自己是群众。出狱后他更加积极地参加进步活动。

1935年，他在"一二·九"运动中，骑着自行车奔跑于游行队伍的两头，很活跃，还参加起草学生抗日宣言等文件，并参加了中国共产党。后来主编清华大学进步学生的刊物《清华周刊》（原来的主编是蒋南翔）。1936年3月31日，他因为参加追悼郭清大会和会后的抬棺游行再次被捕。出狱后他仍然坚持革命，为中国革命做过许多有益的工作。

1937年"七七事变"以后，他暑假回乡，在战乱中，失去了组织关系，但是为了继续学业，王瑶先生从家乡平遥出发，辗转流离、跋山涉水，吃尽千辛万苦，终于到达了昆明，在西南联大中文系复学。1943年毕业后又考上了清华研究院朱自清先生的研究生，由朱自清和闻一多两位教授共同指导。在昆明，他除了专心学习之外，还积极支持闻一多先生的民主运动，参加了中国民主同盟。据季镇淮教授回忆，"一二·一"运动后，王瑶先生曾和他在昆明北郊的山地开过一个民盟小组会，四个人在一起学习毛主席的《新民主主义论》。

1944年，王瑶先生在一封信中报道了闻一多先生在爱国民主运动中，把西南联大变成民主堡垒的情况，赞颂闻一多先生大无畏的壮举。1946年闻一多先生被特务暗杀后，王瑶先生又写了《忆闻一多师》，根据自己的亲身经历，全面而具体地记述了闻一多烈士由诗人、学者到民主斗士的光辉历程。在北平，1946年王瑶先生于读书十年之后，开始在清华任教，除教大一国文外，还教"中国文学史分期研究"。他的同学与同事季镇淮先生说："这是新课，可说已达教授开课的水平。"

1948年，困苦中的朱自清教授不幸病逝，王瑶先生痛失良师，先后写过几篇悼念文章，后来结成《念朱自清先生》，分6节全面记述了朱自清先生的创作、研究成就。他还作为《朱自清全集》的编委，收集遗文，整理日记，日记有些是用日文、英文写的，他都翻译为中文。

王瑶先生当时重点研究的是中古魏晋文学，和传统的研究不同，他是以新的科学方法进行研究的。他说他受鲁迅先生《魏晋风度及文章与药及酒的关系》的影响很大，就是要联系社会风气，文人生活、个性及政治环境来研究文学，是联系当时的现实、总结历史经验的。这就打破了过去封闭的研究方法，努力运用马克思主义的立体方法去研究文学。在80年代，他曾准备编一本书，选20个用新方法、新观念研究文学史的人，当时他希望西南联大的同学范宁写郑振铎。

从范宁的回忆我们才知道，王瑶先生研究现代文学史，早在新中国成立前就已经开始了。他曾从范宁处借看李何林的《近二十年文艺思潮论》，很感兴趣，于是把清华大学图书馆收藏的新文学作品全都借来读了。这还不够，又把吴征镒同志去解放区之前寄存在余冠英先生处的新文艺作品也全部借来阅读。范宁见他"废寝忘食，夜以继日，十分勤奋"，就开玩笑地说："你打算改换门庭了！"他回答说："作点准备。"北平解放后，他更是如饥似渴地阅读新文学作品，一心从事现代文学史的编写。见他如此埋头苦读，蒋南翔同志曾约他"小聚"，希望他多参加一些社会活动。

其实，他非常关心时事，每天要到图书馆去看许多份报纸，研究各方面的动态。清华大学图书馆有几十份报纸，他白天去广泛阅览，晚间就写一些文章，在学术研究中是联系现实的。当然，这并不是直接的联系，而是自然地流露出来。这就使他的文章有了新的意义。

他的著作除了《中国新文学史稿》之外，还有《鲁迅与中国文学》《鲁迅作品论集》，对鲁迅与中国古典文学的关系、与外国文学的关系，都作了深入的研究。他的《论〈野草〉》是在《野草》专题课的基础上写出的长文。在《中古文学史论集》之外，他还有《陶渊明集》编注，下了硬功夫。由此可见，王瑶先生是博通古今、学贯中西的学界泰斗，是德高望重的学术大师。

1979年，王瑶先生当选为中国现代文学学会的创会主席，直到1989年他逝世为止。他主编《中国现代文学研究丛刊》，坚持出了多年，有一次亏损一万元，有人要停办，他说不能停，一万块他可以自己掏腰包。

1989年10月去苏州出席中国现代文学学会大会之前，王瑶先生已经有些发烧的症状，医生劝他不要远行，但他为了事业、为了人民，还是坚持参加，除了在大会发言，还参加小组会，发表了许多精彩的意见。他还冒着寒潮，随大家一起去虎丘、寒山寺参观。

那时正是11月初，寒风凛冽。我当时陪着一位苏联科学院高级研究员司徒洛娃从虎丘出来，看见王瑶先生和师母匆匆忙忙地追赶队伍往虎丘跑，没有来得及和他们打招呼，谁知这竟是我与王瑶先生的最后一面。

当时王瑶先生已经受到风寒，还是坚持去上海青浦参加巴金的作品讨论会，在会上病倒，牺牲在神圣的工作岗位上。

我永远忘不了王瑶先生对我的恩情。我本来是搞文艺理论的，在北大中文系文艺理论教研室给杨晦先生当助教，后来因为民间文学课需要人，我就主动要求去教民间文学了。

民间文学课是新中国成立后新开的课程，是学习苏联的人民口头创作课，在一年级作为基础课开设。1958年纠正学苏联的教条主义，把民间文学课改为高年级的专题课，于是各大学就把民间文学教员调去教基础课（文艺理论、文学史、写作等等）。当时北大中文系领导决定调我去教现代文学，请王瑶先生指导。我去见王瑶先生时，他说："民间文学很重要，我的老师朱自清先生就开过'歌谣研究'的课，所以你还是以讲民间文学为主，搞现代文学你就看看《鲁迅全集》，研究鲁迅是如何对待民间文学的。"于是我从《鲁迅全集》中抄录了许许多多关于民间文学的精彩论述，我发现伟大的鲁迅是如此重视民间文学，在《不识字的作家》和其他许许多多杂文、散文中对民间文学有全面而深入的研究，这更坚定了我坚持民间文学教学的信心和决心。从1960－1966年，我给中外学生讲授民间文学专题课，讲了七遍，这在全国是绝无仅有的。民间文学泰斗钟敬文教授说我有张志新精神。其实，这是北大精神，是王瑶先生教导的结果。

王瑶先生不仅指导我讲课，而且还仔细审阅我的民间文学讲稿。当时正在强调阶级斗争，我写了一章《民间文学领域里的两条路线斗争》，王瑶先生说就是这一章写得不好。我想主要是不太符合历史事实，于是删去了。1964年，我的讲义已经印过两次，王瑶先生说，可以给出版社看看，言外之意是他认为可以出版了。我当时刚刚30岁，还很年轻，王瑶先生如此鼓励，使我非常感动。但是在文艺大批判的形势下，这本教材是不能出版的。直到1981年1月，才由北京大学出版社出版，出版后就受到季羡林、乐黛云等老师的肯定，被国内外许多大学用作教材和参考书，现已出到第4版，印刷20多次。1996年获意大利巴勒莫人类学国际中心的一个大奖——"彼得奖"，奖金250万里拉。2007年美国俄亥俄州立大学的两位教授还在日本的英文刊物《亚洲研究》上发表书评，对此书和我主编的另一本教材《中国民间文艺学》以很高的评价。我想这一切都是与王瑶先生的指导分不开的。试想如果没有王瑶先生的谆谆教导，我可能已经改行，怎么能有今天的成就呢？我永远忘不了王瑶先生。

# 回忆爱国诗人彭兰教授

　　彭兰教授是北京大学中文系文学史教研室的副主任，我是教研室秘书，平时接触是比较多的。

　　那是 20 世纪 60 年代初的事。当时我是一个单纯的小青年，缺少生活经验，彭兰同志总是像长辈一样亲切关心我、帮助我。记得 1961 年我在家乡结了婚，后来，当我的爱人毕业后到北京航天部工作时，彭兰同志全家请我们在苏联专家招待所友谊宾馆的餐厅吃饭，以红葡萄酒祝贺我们的新婚。多少年后我提起来，她还记得，说："喝了许多酒，连老二小岚也喝醉了。"那时小岚还是小学生。

　　我们都有孤儿的共同经历，所以在思想感情上有许多相通之处。我常常到她家去研究文学史教研室的工作。她都非常亲切地同我商量，常常是无话不谈，非常融洽。

　　我常常听到学生们说彭兰教授在讲课时非常有激情，对古典诗词有许多深情的解释，很感人，激起了他们对古典文学的热爱。

　　这是很自然的，因为彭兰教授有家学渊源。她的父亲是翰林出身，母亲也出自书香门第，母亲去世前还希望她将来做个教师同时也做个诗人。她从小就有很好的诗词修养和突出的才华。据她爱人张世英教授说："婚后，她常常对我讲她儿时如何聪颖、如何能诗善对，至今还记忆犹新的是一副对联。她舅舅是个秀才，出了个上联：'围炉共话三杯酒'，她立即答出下联：'对局相争一盘棋'，时年九岁。"那时她还写出了这样两句诗：

织绣自来称粉黛，文章从不让须眉。

她 1940 年从武汉流亡到叙永进入西南联大中文系，又转昆明，在平时学习中就已显露了突出的诗才。她在作业中常常附有自己新写的诗，请老师斧正，颇得闻一多、罗庸、朱自清、浦江清几位老师的赏识。罗庸老师常常把她的诗词抄在黑板上让大家共赏。于是不少同学对她就以"才女"相称。（见张世英《若兰诗集》序）

她当年写的诗水平确实很高。例如《月夜抒怀三首》为 1943 年所写：

> 清辉依旧透窗纱，往事回想梦里花；
> 国破家亡人散尽，亲朋姐弟各天涯。
> 万里河山半劫灰，婵娟含恨且低回；
> 三更数尽难成梦，恍惚遥闻画角哀。
> 江汉奔涛犹滚滚，英雄儿女恨填膺；
> 冲冠怒发驱强寇，四亿中华庆再生。

这首诗把强烈的爱国激情写得那么富有诗意，非大手笔难以成此。袁行霈教授在序中也说，彭兰教授的诗，得"诗之要"，有境界，有理趣，有气象，可称诗之上乘。"或沉郁，或豪放，每有勃勃生气跃然纸上"，是很动人的。我也有同感。

彭兰教授的诗确实是具有史诗性的好诗，艺术性思想性都很高。无怪乎西南联大那些文学大师们都很欣赏彭兰的诗。著名诗人闻一多教授对彭兰就更重视了，把她收为自己的干女儿，为她取"若兰"为号。为什么取这两个字呢？闻一多教授说："若兰者，似兰非兰也，真正的兰花太实，我想虚一点好，专取其幽香清远之意。"闻一多先生还做她的主婚人，待她完全亲如家人。我想其中并不只是师生之情，一定还带有政治上崇高的战友之情。他们都是爱国进步的知识分子，他们共同的文学审美感情当然也是非常圣洁崇高、优美感人的。

新中国成立后，彭兰同志在武汉、在北大都为新中国的教育事业做过许多工作。在武汉做过中学语文教师、教导主任，在北大当过校长秘书、中文系教学秘书、讲师、副教授、教授、中国文学史教研室副主任。著有《高适年谱》和有关《诗经》《楚辞》、乐府以及高适研究的论文多篇。不仅讲授过"先秦两汉文学史""诗歌选""散文选"等基础课，还讲过"乐府研究""古典文论""杜甫研究""高适岑参研究"等高年级专题课。她创作过大量的古体诗词，所以对古典文学作品艺术性、思想性的讲解就特别有创见，特别有激情。多年以后，还有同学对我谈到彭兰教授的这个特点，令人难忘。

我虽然没有听过她的课，却也有深切的体会。1967年，"文化大革命"期间，我们几个人，对当时的什么大批判、打内战，全都不感兴趣。于是在曹先擢同志领导下组织了一个"为人民战斗队"，队员有彭兰、朱德熙、袁行霈、倪其心、我和两个学生邵敬敏、涂远宝等人。我们组织起来专门从事毛主席诗词的注解工作。先是分工协作，各人分头去找材料、注解、分析、写作初稿，然后对注解和欣赏文章一篇篇、一句句讨论修改。开会讨论的地点，就在中关园彭兰同志的家中。我们都崇敬毛主席、热爱毛主席诗词，讨论时彭兰和朱德熙先生都非常认真，认为文章不能有一点疏忽与不足。这对我们艺术鉴赏力和写作能力的提高都十分有益。有时有所争论，彭兰同志也都据理力争，表现出很高的艺术修养、人格魅力和认真负责的精神，所以我们的毛主席诗词注解不仅思想深刻，而且很有艺术性，深刻感人，受到全国各地广大读者的欢迎，在福建、辽宁等许多省市都有各种翻印的版本。

彭兰教授诗词的艺术品格是很高的。她的诗集虽然不厚，却非常生动感人，杰作叠出，令人爱不忍释。1984年2月张世英教授说："在若兰离开我们的这一个月里，我几乎每天都要翻阅她的遗作，从她留下的这些燕泥鸿爪中回顾我和她共同走过的40多年岁月。"确实，彭兰教授的诗篇以非常优美的诗歌语言记载了许多重要的历史事件，是令人百读不厌的。

1970年彭兰教授在鄱阳湖边的鲤鱼洲"五七干校"劳动，是有名的"五七诗人"，可惜许多诗没有存留下来。如今只能看到一首。就是这一首也弥足珍贵。诗曰：

> 鄱阳春水碧连天，仰望长空卧石眠；
> 片片征帆拂云表，载将佳讯到晴川。

此诗真实地抒发了彭兰同志热爱劳动、热爱劳动人民的革命豪情。有人把劳动看成是下贱和可怕的事情，而彭兰却在劳动中，体味到了诗情画意，很自然地表现了她的诗人气质和革命本色。

1985 年武汉黄鹤楼重建落成，彭兰教授想起闻一多老师曾对她说："'四一二'蒋介石叛变革命，常于夜半在黄鹄矶头屠杀革命青年，有时生者死者一起装进麻袋，投入江心。"于是在湖滨饭店写了一首《临江仙·新建黄鹤楼落成感赋》：

> 黄鹄矶头悲往事，英雄血沃江河。
> 丹心赤胆万民歌，余芳犹逐浪，侠骨葬烟波。
> 今日神州堆锦绣，高楼重建巍峨。
> 归来黄鹤笑，人间春意暖，重整旧山河。

真是情真意深，富有史诗的气质，当是会流传千古的好诗。

彭兰教授对革命和共产党有极深的感情，毛主席逝世时她在 9 月 17 日夜连写了两首追悼的诗词。其一《碧云深·悼伟大领袖毛主席》写道：

> 泰山裂，人民八亿深悲切。
> 深悲切，吞声泣血，追怀勋烈。
> 雄文四卷传马列，全民斗志坚如铁。
> 坚如铁，千钧奋起，誓承遗业。

深沉的悲泣，强劲的激情，字字千钧，真是感人至深。没有强烈的革命感情和纯熟的诗歌技巧，是写不出来的。

作为闻一多教授的学生和亲人，彭兰的诗词写闻一多先生是写得最多的。1986 年 7 月写的《纪念一多师壮烈牺牲 40 周年》绝句二首曰：

> 山河破碎国濒亡，学子流亡客异乡；
> 热爱青年如爱子，桃鲜李艳竞芬芳。

她还写出了"成灰红烛光犹在，烈士诗人天共长"这样壮烈的诗句，引人深思。

1985 年，彭兰教授去武汉参加"闻一多研究"学术讨论会，想起闻一多先生为珞珈山命名的情况，感赋曰：

> 六十年来传佳话，罗家山变珞珈山；
> 命名人去山犹在，学府蜚声满宇寰。

在《挽闻一多烈士夫人高真师母》中，彭兰写道：

> 慈母恩深四十年，忽传噩耗泪涟涟；
> 泉台若晤阿师面，细语中华事万千。

彭兰对为之奋斗终生的新中国充满热烈的深情。1987 年国庆节她坚持从病院到天安门广场欣赏祖国的新貌，写成《国庆节带病同世英、晓嵋游天安门》：

> 带病相扶兴倍幽，天安门下万民讴；
> 歌声起伏冲霄汉，采塔花坛耀九州。

这是在她去世之前病重的情况下所发生的事，诗中寄托的神圣爱国深情，不禁催人泪下。

在《六十感怀》中，彭兰写道："弱冠年华壮志多，愿将热血净山河，反封反帝功成日，百卉争妍笑语和。"这种"愿将热血净山河"的壮志，那种对祖国繁荣昌盛的期望和喜悦，对振兴中华的决心，说明彭兰教授并不是一般的诗人，而是一位热情的爱国诗人。

在《沁园春·纪念毛主席〈在延安文艺座谈会上的讲话〉发表四十周年》中，诗人决心"乘文化紫骝当闯将"，"歌颂工农，赞扬革命，眼亮心明意志刚。须记取，工农兵方向，永不迷航"，这就是进步文艺作品成功的诀窍。

诗人还歌颂舍己为人的民族英雄：

　　中华儿女尽英豪，舍己为人志自高；
　　启后承先师往哲，振兴祖国不辞劳。

——《精神文明月感赋》

对于为祖国解放浴血奋战过的英雄，诗人是非常崇敬的。这些英雄就在我们身边，因为他们是平凡而伟大的，一般人不易发现，彭兰同志却以诗人的敏感，写出他们的丰功伟业。1987 年她在 402 医院写下《赠病友翟林同志》：

　　翟君风趣老犹存，花甲仍留赤子心；
　　戎马悤悤情旷达，献身革命五十春。

《读李绍群同志诗感赠》之二：

　　战罢沙场看战史，文章韬略胜萧何；
　　离休犹念国家事，宇宙人生乐事多。

对于一个全心全意为人民服务的共产主义者，人生是充满快乐的，为善最乐，助人为乐，以苦为乐，所以"宇宙人生乐事多"，这是一个非常深刻的哲理，也是一个宇宙的真理。

《为科学献身组诗》同样赞扬无私的奉献精神：

> 自然战胜谈何易，热血凝成灿烂诗。
> 规律探求何惜死，献身科学自忘私。

为国为民的无私奉献精神，就是一种伟大的共产主义崇高精神，是引领世界进步、进入大同世界的光辉火炬，是最美好的人类理想情怀。

当然，彭兰教授的精神生活是非常丰富多彩的。从《戏题一介为黛云染发》可见一斑：

> 画眉张敞京兆笔，白发乌云学士功。
> 细数银丝情意重，闺房乐事喜无穷。

汤一介、乐黛云夫妇是她和张世英教授的同事、熟人，同时也是学术界的名人。他们的闺房之事，是不为人知的。不知彭兰教授怎么发现了这个喜乐的诗题。这是一首很好的谐趣诗。

彭兰教授的爱情诗也是少有的精品。张世英教授老来仍然念念不忘彭兰第一次给他的赠诗：

> 依稀蝶梦到沧州，月色清明夜色柔。

1987 年 4 月的《年近古稀戏赠世英》仍然如此多情：

> 与君携手翠湖游，海誓山盟到白头；
> 绮语柔情成梦幻，他生未赴此生休。

同年 9 月 3 日的《赠世英》写得更加楚楚动人：

> 四十余年如一梦，酸甜苦乐几巡回；

他生共饮长江水，喜看鸳鸯逐浪飞。

这是在临终之前病重时表露的强烈爱情，她不仅留恋几十年来的爱情生活，而且还要在来生再接良缘。这是超越生死的刻骨铭心的爱情。这首诗如诗如画，想象腾飞，文辞自然优美。这是人间少有的爱情好诗。

彭兰教授对教学工作十分负责，开了许多新课，总是非常认真地备课，常常干到深夜。这样就使她原来就比较弱的身体更加衰弱。有一次，我到她家去，见到她下肢浮肿，手一按一个深洞，说明心肝肾有毛病，但她还是坚持讲课。对党的组织生活，她特别重视。当时我当中文系文学专业党支部书记，我们坚持每两周过一次组织生活。传达党中央、北京市委和北大党委的有些文件，学习党刊上的一些重要文章，有时也请党内外的同志给我们介绍国内外的形势，如吴组缃教授、林涛先生从美国回来，就给我们介绍过许多生动的情况。彭兰同志每次都不缺席。有时我们看到她身体不好，就说体弱的同志可以请假。但是，每到星期五晚上天黑以后，彭兰同志总是骑上她的自行车，到二院、五院的大屋来过组织生活。她对党的事业和党的组织是充满纯真的感情的。这种感情具体体现在对新中国和北大的革命事业上。她的诗并不多，却有好几首国庆节的感赋。这首《浪淘沙·三十五周年国庆志喜》（1984）带有预言性：

古国数千年，文化绵绵，民勤物富两争先。

翻倒三山重奋起，八亿同欢。

壮志凌云汉，战胜艰难，神州大地建家园。

四化高潮惊世界，春满人寰。

中国建设成就震惊世界，这是社会主义的优越性，也是一个客观规律，彭兰教授对此坚信不疑。她也对台湾问题充满信心，相信："台湾大陆炎黄裔，两岸同胞共月明。"（1987）

1985年，她对北大表达了同样的感情：

北大飞声将百载，春风化雨育新人；

神州锦绣东风劲，李艳桃妍笑语频。

真正的革命者都是乐观主义者，彭兰教授即使在得了癌症住院之后，1987 年 9 月 3 日还写了一首诗《病院偶成》：

癌症何须惧，生死顺自然；

人间最乐处，诚挚为元元。

这是多么嘹亮的壮美歌声。为普天下受苦受难的广大人民的幸福生活而奋斗，这是人世间最大的快乐！"人间最乐处，诚挚为元元。"这是响彻云霄的共产主义者心底的美妙歌声。

# 怀念吕德申老师

吕德申先生是我敬爱的师长。他的逝世是中国文艺理论界的巨大损失。

虽然他没有教过我们课，但在毕业以后，工作上的联系是很多的，给我留下了难忘的印象。

吕德申先生属于温文尔雅、谦虚谨慎的一类人。他不事声张，为人低调，却埋头苦干，踏踏实实地做了许多工作。

从1955年起，他在北京大学开设了"文艺学引论"基础课，又开了"文艺思想研究""中华人民共和国成立以来文艺思想史""文艺理论专题""中国古典文论"以及"马恩列斯文艺论著选读""马列文论专题""马克思主义文艺理论发展史""早期马克思主义者的文艺思想研究"等专题课。由此可见，他对古今中外的文艺理论进行过系统的研究，有全面的理解，对北京大学中文系的文艺理论教学作出了基础性的贡献，是北大乃至全国马克思主义文艺理论研究的奠基人之一。

吕先生不只讲课，同时还编印教材。他是蔡仪主编《文学概论》通用教材的统稿人之一，为此付出了巨大的劳动和心血。他和张少康同志编注的《马克思恩格斯列宁斯大林论文艺》一书，由人民文学出版社在1980年、1986年出版后，成为全国文艺工作者学习马克思主义文艺理论的一种基本读物。1990年他又主编了《马克思主义文艺理论发展史》，在高等教育出版社出版。1994年与人合作主编了《马克思主义文艺学大辞典》（河南教育出版社），为国家第八个五年计划重点图书，1999年获文化部第一届文华艺术科学优秀成果二等奖，经受住了历史的考验。此外，他还写了不少关于马克思主义文艺理论中的现实主义、典型论等基本理论的论文，在学术界影响深远。2006年吕先生荣获全国马列文论研究会颁发的"马克思主义文艺理论研究终身成就奖"，进一步肯定了吕先生作为马克思主义文艺理论这门学科奠基人的学术地位。

吕先生还大力协助杨晦先生的古典文论研究工作，1986年在北京大学出版社出版了《钟嵘诗品校释》这样的经典著作，其精深的研究使北大的古典文论研究别具特色，处于全国前列。这本书成了研究者必备的案头常用书。

1958年我毕业后，被杨晦先生留作他的助教，在文艺理论教研室工作；虽然后来我调到文学史教研室从事民间文学教学，但我在教研室秘书工作、民间文学教学和外出调查中，常常受到他热情的关怀和帮助，真是如沐春风，十分温暖。他长期担任中文系党总支副书记，对我的工作是非常支持的。

当时学校教学一般都重视书本知识，一些权威人士也主张"搞书斋里的民间文学"。我1959年到河北武清、廊坊调查义和团故事传说，1960年春夏到西藏调查民间文学好几个月，这些"出格"的活动，都得到他和杨晦、程贤策、张仲纯等同志的鼎力支持。这是我永远难以忘怀的。

在60年代"民间文学课下马风"的巨大压力之下，我之所以能独树一帜，坚持给中外学生讲民间文学课六七遍，直到1966年，这种孤军奋斗，绝对离不开老师们的支持，其中吕先生是主要的支持者之一。他总是鼓励我讲好民间文学课，认为民间文学很重要，马克思主义经典作家们都很重视民间文学，民间文学知识是中文系师生所必备的。

当时坚持讲民间文学课的全国只有我一个人。钟敬文先生说他50年代培养的研究生都改行教别的课了，只有我还能坚持讲，说我有"张志新精神"。其实，应该说这是一种"北大精神"才对。

在"文化大革命"后期搞开门办学，我一个人住在双井北京人民机器厂的一个小木板房里，教文艺创作课。我编了一本《西方古典作家谈文艺创作》，在当时大批"封资修、大洋古"的形势下，是有风险的，而这项工作始终得到了吕先生的支持。我阅读了大量西方作家的传记、回忆录和作品资料，抄录了几十万字，工作中出现了问题，也向吕先生请教，总能得到他很好的指教。当时英国作家的材料不多，他特别关注这一点，使我难忘。

吕先生是老北大，是俞平伯、沈从文等先生的学生。我总以为吕先生是抗战胜利后才进北大的，最近才知道，他早在 1941 年 19 岁时就考入了西南联大中文系，师从闻一多、朱自清、王力等先生。吕先生 1946 年即到北大中文系任教，后又协助杨晦先生创建了文艺理论教研室，并担任副主任职务，主持日常工作。吕先生是老一代知识分子的先进代表，40 年代积极参加党领导的学生运动，党性很强，是我学习的榜样。我要继承吕先生谦虚谨慎、埋头苦干的精神，为文学研究奉献微薄的力量。

（原载《文史知识》2011 年 9 月）

# 多面统一的学者吴小如

　　吴小如先生是我的老师。印象中，他讲课的内容总是少而精，条理非常清楚。他声音洪亮，抑扬顿挫有如京剧的道白一般，听着真是一种享受。先生执教数十年，以得天下英才而教育之为最大快乐，以讲课为主要"嗜好"。吴组缃先生称赞其授课效果之好，"无出其右者"。

　　吴小如课讲得好，这绝不是偶然的。他家学渊源，他的父亲吴玉如先生是著名的书法家和国学大师。吴小如自幼学习就十分勤奋，阅读古今中外文学作品既多又广，而且有自己的见解。中学时代，他就开始发表文艺评论文章。在上大学之前，他已经有了在中学讲课的经验。在大学学习期间，吴小如又师从林宰平、俞平伯、朱自清、沈从文、废名、游国恩、浦江清等名师。他曾说，在登门求教俞平伯先生之前，已经读遍了俞先生的全部著作，所以见面时能"身心相通"。后来，他成了俞平伯先生的得意门生。吴小如还认真学习废名的文章，并写出了上万字的评论。

　　吴小如和沈从文的相识是林宰平先生介绍的。后来，吴小如又帮助沈从文编京派文学的重要副刊，不仅写了许多很有分量的评论文章，而且总在与作者的沟通中，对稿件提出有见地的修改意见。吴小如的许多评论文章，都于20世纪90年代收入《今昔文存》《读书拊掌录》《书廊信步》等书中出版。这些文章，在今天看来仍有很大的历史价值和学术价值，例如他对张爱玲的评论。前些年，社会上出现了"张爱玲崇拜"，至今犹有余波。当时，吴小如对她的评价便非常深刻而全面，且很有先见之明。吴小如指出张爱玲的问题所在，他在评论中写道："她火候不到，有点浮光掠影……虚名、躁进，葬送了她的才华，浪费了她的心力……以致染上了过于柔腻俗艳的色彩，呈现出一种病态美的姿颜。"

在中国文学史的教学与研究中，吴小如先生深受游国恩、林庚、浦江清、吴组缃等先生的器重，是《先秦文学史参考资料》《两汉文学史参考资料》等作品的大部分内容的注释者和定稿人。他还出版了《古典诗词札丛》《古文精读举隅》《读书丛札》《古典诗文述略》《古典小说漫稿》等专著，以及《皓首学术随笔·吴小如卷》《莎斋笔记》《常谈一束》《心影萍踪》《霞绮随笔》等读书随笔。他从小熟读古典诗歌、散文，对古典戏曲、小说的研究尤为深入。他精通文字、音韵、训诂，考据与欣赏都很擅长，被誉为"旷世难求之通才"。

在戏曲评论方面，吴小如的著述也非常丰富且多具权威性。如《京剧老生流派综述》《台下人语》《吴小如戏曲文录》《吴小如戏曲随笔集补编》等，其分析戏曲作品和演出见解之精到、评论之深刻，都是无与伦比的，不仅为读者所叹服，而且受到了表演者的高度重视。

在吴小如担任中国俗文学学会会长时，先后主持出版了《中国俗文学概论》《中国俗文学七十年》等著作，由此开创了中国俗文学学会的新局面。在《中国俗文学概论》序言中，吴小如指出，俗文学要有民族性，俗文学"与我国民族所独有的语言文字、风土人情有关。缺了'民族的'这一特点，我们的俗文学就俗不起来"，"任何文学体式，都是由俗而渐变为雅的。……所谓'雅文学'无一非渊源于'俗文学'者。……俗文学作品是一切文学作品之母。这原是古今中外文学发展的一条普遍规律"。

他还指出："俗文学作品在语言文字方面（包括声韵、训诂、修辞及语法结构等）并不像它字面上所体现的是'通俗'易懂的。相反，在这个学科领域里，人们还得下大功夫、笨功夫、经久不懈的功夫去钻研它、突破它，才有可能真正理解作品的实质，抉出其精英。试看，从"毛诗""楚辞"到汉魏六朝的各种体式的俗文学作品，下而至于从各种敦煌文献（包括大量的俗文学作品），宋元明清历代的话本、戏曲、章回小说到民间流行的弹词、宝卷等，迄今仍存在着我们远远没有弄明白的各样问题。如文字的校勘、词语的训释、成语典故的诠解、方言方音的辨识以及语法结构的分析等等，都有待我们去解决。我曾写过不止一篇文章，谈到整理'今籍'（当然包括俗文学作品）绝对不比整理古籍容易，甚至难度更大。试把《元刊杂剧三十种》里的生僻文字考订出其正确含义和用法来，我看绝对不比考释出一个新出土的古文字容易。就连流行于当前舞台上的各种地方戏的台词，其中仍有不少词语有待推敲诠释。说良心话，这确是一项吃力不讨好的浩大工程，没有无私奉献的精神和蚂蚁啃骨头的韧劲和毅力，是不易作出扎扎实实的成绩来的。而这一任务却责无旁贷地落在俗文学研究工作者和作品纂辑整理者的身上。现在我老老实实谈了出来，愿与海内外老、中、青同行们共勉，携手共进。"这段话语重心长，力透纸背，不仅是我们进行俗文学研究的纲领，更是对俗文学研究难度的非常真实而又确切的估计。

20 世纪 90 年代，吴小如曾经写文章为民俗学后继无人而呼吁。他的文章使我感动，曾引发我写了《民俗学的命运》一文。我深深地感到，民俗文学的命运和人们对它的认知有极大的关系；当前，人们因为对俗文学不了解，而轻视它。

吴小如在书法上的造诣和成就，亦堪称大家。他的书法功底极其深厚，从小就临写过许多名家的字帖，后来又广泛学习各种书法碑帖达300 种之多，从中博取众长，形成了自己的风格。70 年来，他临池不息，相继出版了《吴小如手录宋词》《吴小如录书斋联语》《吴小如书法选》和《吴小如先生自书诗》等书法作品。我曾请他为《古今民间诗律》一书题签，那俊秀的小楷充满了美感。

吴小如在古文献学、文学史、戏曲学、俗文学、书法艺术等许多方面都有很高的成就，这可能使人感到他"不够专"，是个杂家。但我认为他多而不谬，可谓"多面统一的大家"。

（原载《中国社会科学报》2013.8.26"学林"）

# 朴实认真，嫉恶如仇

## ——忆徐通锵同志

往事如烟，却伤神。不过有些事是我不能忘怀的。徐通锵同志和我年纪差不多，如果我按部就班地从中学升入大学，就和他同班了；但因我曾参军、工作过几年，所以我上大学比他晚了两三年。1958年我毕业时他早已留校教书了。60年代初，我接替陈贻焮先生，做了中国文学史教研室的秘书，徐通锵同志是语言学教研室的秘书。当时学校大抓教学质量，正组织制订研究生培养计划，我们在一起有过一些接触。我记得他对工作是极其认真的，起草了一个非常详细的语言学专业研究生教学计划，我在林庚先生领导下也起草了一个中国文学史研究生的教学计划方案。我们互相交换看了之后，他非常谦虚地说："你的写得简明扼要，很好。"表示要向我学习写得简明一些。其实他写得很详细，是很好的。从这件小事可以看出他是多么谦虚好学，多么纯真负责。改革开放以后，他又以这种认真探索的精神，在语言学的科学研究中作出了许多创造性的贡献。

通锵是很老实的人，但有时也参加文艺演出，竟能获得满堂彩。我记得他曾化装成一个老农民，头上披戴毛巾，脸上又画起胡子，在办公楼礼堂演过歌舞小戏《老两口学毛选》，那朴实认真的神态真有北方老农的神采。这是他下放农村劳动的结果，同时也体现了他的性格特征。

通锵同志非常正派，他对学生严格要求，绝不苟且，他指导的研究生论文往往难以轻易通过，差一点儿也不行。对学术腐败，他更是嫉恶如仇。听说有一次系里一位领导对"名誉教授"称号的授予处理不妥，他在学位委员会上直言不讳、公开发表自己的意见，为维护北大中文系的声誉和学术尊严，不怕得罪领导，实在令人敬佩。通锵同志过早地离开了我们，我们要学习他的优秀品质，把北大中文系办得更好。

# 与绍棠在北大的日子

绍棠离开我们快一年了。最近为了准备"乡土文学"专题课，翻看绍棠送我的一大摞书，深感老友情长，不禁使绵绵思绪又回到了四十多年前的青年时代。

1954年我和绍棠同时考入北京大学，同在中文系的文学班，并且同在一个学习小组。他是大班长，又是外国留学生辅导员的负责人。我是留学生辅导员，一直在他领导之下。在班上他虽然年龄最小，但为人处事非常老练，动作稳重，有长者之风。有一件事我记忆犹新。

一天，在东操场上体育课，绍棠的体操动作有点不太标准，体育老师于先生不知道他的名字，就指着他说："这位年纪最大的同学，请再做一次！"把年龄最小的说成是最大的，大家听了都哑然失笑。这件事突出地反映了绍棠在人们心目中的印象。后来我当了军体委员，宣布："下午体育锻炼时间神圣不可侵犯！"绍棠也跟着大家一起跑步，但终于未能坚持。他自觉身体好，从不生病，就不注意锻炼身体，以致不到五十就染上重病，后又带病辛劳，写作不息，中风之后还要比健康人干得更多，最后竟百病缠身而英年早逝，许多事没来得及做。这个教训是非常沉痛的。

绍棠是超人的天才，但很少人知道，他超人的天才全靠他超人的努力。他常以一首民谣警示自己：

十岁的神童，二十岁的才子，

三十岁的庸人，四十岁的老而不死。

　　他的勤奋努力，不只表现在他日夜勤奋写作，还在于他对古今中外名著的刻苦学习。

　　记得在我们班 1955 年新年晚会上，绍棠表演了一个节目——说评书《乔太守乱点鸳鸯谱》。他足足说了半个多小时，将那曲折的故事叙述得有声有色、头头是道，把各种人物的神态描绘得栩栩如生、呼之欲出，使人凝神屏息，听得津津有味。其语言之圆熟，风格之古朴，令人觉得绍棠似乎把冯梦龙的小说话本全部背诵了下来，这要下多大功夫呀！（如此的复述，使这篇古典名著烂熟于心，必然有助于他对小说艺术技巧的融会贯通。绍棠的早熟和天赋绝不是偶然的。）他从小就对评书十分入迷，追着巡回说书的艺人听书，百听不厌。后来又看了许多章回小说。高小时就学写小说，被高中生办的油印刊物连载，后又得到著名作家孙犁、柳青、沙汀、康濯、秦兆阳、周立波、叶圣陶等人的指导与帮助，这才打下了刘绍棠小说的艺术根基。人们常说刘绍棠的小说语言最有功力，这是长期刻苦学习的结果。

　　绍棠提倡乡土文学，以土著乡土作家而自豪。如果以为他不懂外国文学，那就大错特错了。正相反，绍棠是非常注意学习外国小说的。他对肖洛霍夫非常崇拜，在北大时，床头挂着肖洛霍夫的肖像，下决心要学习《静静的顿河》的艺术风格和技巧，写自己家乡运河的生活。平时他津津乐道于肖洛霍夫笔下的葛利高里和婀克西尼亚的性格是多么突出、有力，顿河风景的描写多么富有诗意。不仅如此，绍棠对巴尔扎克、梅里美、果戈里、托尔斯泰等人的小说也看得很多。1980 年我编的《西方古典作家谈文艺创作》出版了，茅盾先生看后曾来信过奖道："你编此书下了很大功夫，非常敬佩。"认为对作家创作是很有用的。我送给绍棠一本，他非常喜爱，去东北讲课时，一直带在身边，并且一路讲课，一路宣传这本书。此书能很快再版，当与绍棠宣传有一定关系。他注意学习外国文学是一贯的。前几年和他谈起拉美的魔幻现实主义小说来，他如数家珍，说马尔克斯在西方多年，没搞出什么名堂，后来回归拉美乡土，把民间故事的奇幻想象引入小说，写出《百年孤独》等许多佳作，从而获得诺贝尔奖……我想，绍棠的深厚功力固然得之于扎根乡土，同时也还因欧风美雨的滋养而更加强劲的吧。想起绍棠天才早逝，令人悲恸不已。

# 刘绍棠乡土文学的艺术魅力

记得十多年前，有一天早晨，我去看望业师杨晦先生。他非常激动地告诉我说，他昨晚看刘绍棠新出的小说，一整夜没有睡觉。他以赞叹的口吻说："刘绍棠的小说真吸引人，越写越好了。他还是很有才华的。"

杨晦先生是北京大学一级教授，五六十年代的中文系主任兼文艺理论教研室主任，又是二三十年代沉钟社的中坚骨干作家，在文学创作和理论研究上都卓有建树。他的艺术鉴赏力是很高的，能得到他的赞赏确实不容易；而吸引这位年过古稀的老教授熬通宵看书，就更加难得了。这件往事雄辩地说明：刘绍棠的乡土文学创作确实具有很高的艺术水准和很强的艺术魅力。

艺术魅力是一种吸引力。它吸引读者进入作者创造的艺术情境之中，不知不觉地一直看下去，放不下书来，以致废寝忘食。刘绍棠笔下的大运河农村的风土人情是鲜活的，他描写了许多关于农村的衣食住行、婚丧嫁娶、人际交往、宗教信仰、文艺娱乐等方面的生活习俗。民俗的本质是生活美。十里不同风，百里不同俗，对外地人来说这种富有地方特色的民风民俗是非常新鲜的，又是十分亲切的。刘绍棠善于抓住一些鲜为人知的民俗细节，进行生动的描写，往往能使读者大开眼界。生活在民俗之中的鲜明的人物个性以及曲折巧妙的故事情节，都是引人入胜的。这是刘绍棠乡土文学艺术魅力的重要方面。

艺术魅力是一种震撼力。它震撼着读者的心灵。作品的人物、事件、艺术形象，实质上是作者思想感情的外在表露；冷冰冰地对待生活，浮光掠影、蜻蜓点水式的体验生活都无济于事。这是一种长期感情积累的过程。刘绍棠三四十年扎根乡土，在长期的生活中与各种人物结下了深厚的感情，有许多强烈的感情震动与深刻印象。这些从生活中得到的感情元素和创作素材，就像蜂儿酿蜜的花粉一样，经过思想感情上长期的酝酿和艺术上的熔铸与提炼，使他能酿造出甜美的"蜜汁"来，使他的作品能如此打动人心，引起强烈的共鸣。

刘绍棠乡土文学的艺术吸引力和震撼力，还源于作品所体现的美感高度。美感高度是由作家审美理想的高度和观察生活、反映生活时的审美标准的高度所决定的。作品情趣的高低，是作家人格品性的自然流露。"从水管里流出来的是水，从血管里流出来的是血。"（鲁迅语）这是一点假不得的。刘绍棠为人正直，光明磊落，自小就对中国人民的传统美德有很好的素养和自觉的追求，又受到革命者崇高人格的感召，逐步树立了科学的革命人生观，并经受了长期严峻的考验。他的审美理想是由他的世界观、人生观、道德观、艺术观等综合组成的统一体。这就使他的乡土文学创作达到真善美的和谐统一，其作品的艺术情趣是崇高的，其美感高度是很突出的。刘绍棠乡土文学的优美风格，其思想内容和艺术形式统一为情感与形象的融汇无间的美，使读者由衷地喜爱，在不知不觉之中受到教益，得到启示。这种思想不是单一的，而是立体的，是融化在感情与艺术形象中的。所以，他的作品并非说教，而是使人获得强烈的艺术感染和美学享受。这种艺术感召力正是他崇高的人格魅力的一种显现。

刘绍棠乡土文学的艺术魅力还来自它艺术形式美的魅力。刘绍棠的作品文采斐然，其语言艺术功力之高超，有口皆碑。不错，他是早熟的天才，有极强的记忆力，这是先天的优势；但他的成功，绝不仅仅是靠他的天资。他时时警惕"十岁的神童，二十岁的才子，三十岁的庸人，四十岁的老而不死"悲剧的发生，从而长期坚持刻苦的学习。在写作中，他特别注意学习农民的口语，学习人民的口语艺术——民间文学。他甚至说，如果他的小说能像故事一样在民间长期流传，他就感到"莫大的荣幸"。所以，他作品中的农民口语非常纯粹、地道。有些口语很难在外语中找到相对应的词汇，这使翻译他作品的外国学者感到为难，但中国老百姓读起来却非常顺畅流利，知识分子读了更感到生动活泼、新鲜优美。

人们往往轻视民间文艺的艺术成就，这真是莫大的文艺思想误区。古今中外凡是第一流的大作家几乎都对民间文学的艺术魅力赞叹不已。屈原李杜不用说了，就拿评书来说吧。冯梦龙就如此描述与评价宋代说书艺人的巨大魅力："说话人（即说故事的评书艺人）当场描写，可喜可谔，可悲可涕，可歌可舞，再欲捉刀，再欲下拜，再欲决脰，再欲捐金；怯者勇，淫者贞，薄者敦，顽钝者汗下。虽小诵《孝经》《论语》，其感人未必如是之捷且深也。"

刘绍棠从小就对农村的评书入迷地爱好，并学讲故事与评书。我记得，他在北大读书时，一次新年晚会上他说了一段评书《乔太守乱点鸳鸯谱》，用评书语言说了半个多小时，技巧圆熟，显然是对冯梦龙的话本说书艺术下了功夫的。

当然，刘绍棠对小说名作下的功夫更多。他从小就看张恨水的言情小说和一些武侠小说，后来更是对鲁迅、赵树理、孙犁、沈从文等名家的乡土文学进行了系统深入的学习。他的创作道路正是追随这些乡土文学大师们的脚印走过来的。刘绍棠还说过："我看的外国小说比中国小说还多。"他对巴尔扎克、梅里美、果戈里等许多外国作家的作品都看得非常多。他最崇拜的作家是肖洛霍夫，醉心于《静静的顿河》中生动突出的人物塑造和富有诗意的风景描写。刘绍棠"田园牧歌"小说风格的形成与此亦有很大关系。

总之，刘绍棠乡土文学的艺术魅力，源于民俗生活美的艺术吸引力、艺术形象所渗透的感情震撼力与语言形式美的艺术诱惑力。形象、语言、感情、思想的美，在他作品中水乳交融、融为一体，使人爱不释手。钱锺书先生曾在一封信中谈到他对刘绍棠艺术魅力的见解，说得很好，特征引如下："阅读刘绍棠的小说，就好比坐在各种名贵佳肴样样俱全的盛大宴会的餐桌旁边，每样菜都吸引你吃，使你不知如何下筷才好。"

这是很高的评价，值得我们深思。

刘绍棠的乡土文学体系是庞大的，不仅包含由他的十几部长篇小说、三十多部中篇小说和许多短篇小说所形成的大运河乡土文学体系，而且包括他的九部散文小品集所阐明的乡土文学理论体系，他是自觉弘扬乡土文学创作的作家。对此进行全面研究，对于继承"五四"新文学的优秀传统，繁荣乡土文学创作，有很重大的现实意义。绍棠离开我们已一年了，我们仍然感到他的存在。听他夫人曾彩美女士说，绍棠去世后，还有一些报刊来信向他约稿，一些读者来信求教。我想，这一二十封信也说明：刘绍棠的乡土文学具有很大的、持久的艺术魅力，嘉惠四方，影响深远。他是新中国读者最多的作家之一，是新中国培育起来的乡土文学作家。他的艺术成就是需要更多的人来深入研究的。

（原载《中国文化报》1998 年 3 月）

# 乡土文学与艺术规律

刘绍棠从 15 岁开始从事乡土文学创作，近十几年来又在理论上不断提倡乡土文学创作，劲头越来越大，说明他有很大的韧性。正如鲁迅先生所说，韧性是从事文学工作取得成就的必要条件之一。所以，40 多年来，虽然历经坎坷，刘绍棠还是取得了举世瞩目的巨大成就。但他也受到一些"精英"的非难，说什么"太土气不能走向世界"，只写乡土、重视情节而不写意识流是"保守僵化"，等等，似乎只有搞西方现代派的那一套才是高级的。这些观点曾风行一时，导致文学创作的某些混乱和衰弱。这些观点"反传统""反艺术"，违背艺术规律，必然使文艺创作脱离群众，走上衰败的邪路。与此相反，刘绍棠坚持的乡土文学创作是符合艺术规律的，这需要在理论上加以说明，本文想着重对此作些探讨。

艺术的特性是什么？一般认为是形象性，即用形象反映生活，但我以为这种看法是表面的。形象只是表现感情的工具，通过形象表现感情才是艺术更本质的特征。所以，伟大的托尔斯泰说，艺术是人们交流感情的工具。这是很深刻的。我们由此可以找到艺术的根本规律——表情律，或曰审美规律。

艺术是要表现美的。德国著名的哲学家、美学家谢林说过："没有美就没有艺术。"什么是美？还是托尔斯泰说得好，可爱的就是美的。这就是说，美是主客观的统一，既是客观的，又是主观的；既是理想的，又是现实的；它是现实条件下最符合理想的事物。审美理想、审美标准往往因人而异，并且有时代性、民族性、地方性、集团性等区别，这就产生了美的多样性。所以，艺术要百花齐放。但美又有高下之分，我们在评判作品时不但要看它的艺术形式，更要看它的艺术内容。

艺术内容这个概念是很重要的，人们往往忽视它，或用政治内容来取代它，或明察秋毫之末而不见舆薪，甚至只把某些技术性的东西作为评判作品高下的唯一标准。如小说叙事模式，描写手法，如意识流等等，就曾被某些人奉为圭臬。其实，艺术性的内涵要丰富得多。按照系统论的方法来分析，艺术性可以分为三个层次：最低层次是技术层次，包括描写手法、修辞章法、叙事模式、诗歌格律等等；较高层次是艺术技巧层次，是指运用各种艺术手段巧妙地表现艺术内容的能力；最高层次是艺术内容层次，这是作品所包含的艺术美，即审美感情。内容决定形式。艺术内容的美丑高下往往起决定作用，它的内涵也是非常丰富的，只有运用立体思维的批评模式才能全面地、科学地去分析它。艺术内容有几个维度：

1. 美感高度：指艺术品所体现的审美理想之高下，审美标准、艺术情趣的高低。

2. 美感深度：指作品反映现实本质的程度、情感和科学理性结合的程度、真实性的高低。

3. 美感广度：指作品反映现实的生活面，对生活新开拓的程度，题材创新的高下，还包括艺术表现大众化的程度、被读者接受的程度。

4. 美感强度：指作家所体验与所表现出的情感的强弱、艺术品打动人心的程度、其艺术感染力的高低。

从立体思维与系统论的观点来分析，刘绍棠的乡土文学创作，是完全符合艺术审美规律的、是高品位的艺术品。

还有一个重要的艺术规律也往往被人们忽视，这就是雅俗结合律。凡是最好的、杰出的作品，都是受广大人民喜爱的，又是艺术上精美的，均是雅俗共赏的；凡是伟大的作家、艺术家如屈原、司马迁、李白、杜甫、白居易和关汉卿、王实甫、施耐庵、罗贯中、吴承恩、蒲松龄、曹雪芹、鲁迅等都是注意向民间文学学习的，又是善于进行独立创造、努力提高文学品位的。这是一个普遍的艺术规律。国外的伟大文艺家埃斯库罗斯、阿里斯托芬、维吉尔、奥维德、但丁、薄迦丘、莎士比亚、歌德、拉伯雷、巴尔扎克、裴多菲、普希金、果戈里、托尔斯泰、泰戈尔，乃至贝多芬、莫扎特、肖邦以及现代派大师毕加索、马雅可夫斯基、马尔克斯等也都是注意向民间文艺学习又进行了新的艺术创造而取得成功的，是雅俗结合的。那些探索性作品未能受到广大群众的欢迎，虽然可能在文艺史上有创新的作用，但因艺术上不够成熟，终不能成为一流作品。接受美学是符合立体思维的科学原理的。如果一部作品不能受到广大读者的欢迎，显然不能算是好作品。曲高和寡是片面的。如果从艺术的规律出发，就会发现"曲高和众"这一最高境界。这正是刘绍棠所反复提倡的。艺术是交流美感的工具。美感交流的范围愈广阔，交流的体验愈深刻、愈强烈，才愈是高超的艺术。只是孤芳自赏，甚至谁也不懂，不能使人引起共鸣、受到感动，当然不是好作品。刘绍棠的乡土文学创作，追求雅俗共赏，是符合艺术规律的，是高品位的。

在艺术表现上，还有一个重要的艺术规律——艺术的典型化规律。以个别反映一般，以个性反映共性，这是科学的辩证思维规律在艺术创作中的体现。事物都是以特殊的个体面目出现的，共性、本质、普遍性是抽象的，只能存在于个别的特殊的事物之中，文学也是如此。全人类性、世界性存在于民族性、地方性乃至作家的个性之中；艺术作品愈是个性鲜明，往往更理想、更集中、更高、更强烈，也就是更典型、更有普遍性。愈是有地方特色、民族特点的，往往也更受普遍欢迎，这是从艺术品的总体上来看得出的科学结论。艺术贵在创新，首先是反映新的世界、新的人物、新的美，然后才谈得上新的艺术技巧、艺术手法和新的技术模式等。最有特色的、最有个性的，往往也是最新的。从这个角度来看乡土文学就可以看出，它确实是符合艺术的普遍规律的，是高品位的。

艺术规律是客观存在的，不是任何人可以否定的。要掌握艺术规律非常不易。刘绍棠的创作过程说明，只有长期深入群众，深入生活，对乡土、对人民有强烈的爱，对生活有深刻的体验和理解，具有崇高的理想与视点，广泛吸取古今中外艺术大师与民间文艺的艺术营养，对艺术技巧精益求精，不断开拓创新，努力取得并出色地表现自己丰富的美感，才能获得成功。这里的经验非常值得我们作深入的研究。许多同志对此已作了很好的探索，取得了很大的成绩，如郑恩波、吕晴飞等刘绍棠研究专家的著作，都是很有启发性的。我早就想好好研究刘绍棠的创作，特别是从艺术规律的角度研究他与民间文学、乡土民俗的关系。这是一项艰巨的工程，但我有信心与决心和大家一起，努力来完成这个很有意义的课题。

（此文提出的"艺术规律"是一个重大的理论创新与突破，国内外还没有如此的论点和论证。）

（原载《中国文化报》1995 年 10 月 1 日）

# 马约翰印象

最近在厦门鼓浪屿人民体育场看到马约翰教授的塑像。这里是他的故乡。马约翰先生是清华大学著名的体育教授，我早有所闻。虽然从小他就喜爱体育锻炼，但是，在大学里他却并不是学体育的。他在圣约翰大学学习七年理科、医学。1914 年到清华学校教的是化学。而他看到每年清华有 100 名学生出国，为了不送出去"东亚病夫"，他向校长建议，要加强体育教学。后来他干脆当起了体育教授。为了提高教学水平，他在 1919 年、1925 年两次去美国顶尖的体育院校——春明大学学习，获得体育硕士学位。1936 年他作为总教练到德国参加第 11 届柏林奥运会，同时顺访欧洲和苏联，进行体育考察。

在清华大学从事体育教育的开拓性工作，使他成为我国体育界的先驱者之一。在体育教学中他曾受到传统旧思想的很大打击。

当年罗家伦到清华大学来当校长，看到体育课还有教授，认为不合体统，于是给马约翰降级降薪，取消了他的教授职位。有人要他辞职抗议。可是他认为体育重要，仍然无怨无悔地坚持教体育。后来因为他带领清华足球队取得了华北冠军，全校狂热地敲锣打鼓放鞭炮欢迎，这才使罗家伦恢复了他的教授职务，还送给他一个银杯。

我对于马教授的这种体育情结，真是非常敬佩！

马约翰教授在清华特别强调体育对于一个合格学生的极端重要性。他不仅在体育课上认真地传授体育保健的知识，还让学校规定，凡是体育课不及格的，都不能毕业。这在把体育看成是可有可无的当时的教育界是一个很突出的举措，产生了很大的影响。连以"老夫子"著称的北大也作了同样的规定。

记得一些中文系的老师曾经回忆起30年代，毕业前补考体育课的狼狈情形；而后来又感到体育对自己身体健康之重要，不禁对马先生非常感激。马先生重视德智体全面发展，讲究体育道德，清华的许多学生都是体育很好的。梁思成爬绳运动很好，爬得又快又高；马约翰常常称周培源是长跑运动员；林庚先生篮球打得也很好，一直活到90多岁也不见老态。而梁实秋文弱书生，游泳不及格，出不了国，只好苦练一个月，才补考及格；吴宓则因为跳远不行，硬是被马先生留级半年，达标后才出国。

这些事使我对马约翰教授产生了很大的好感。但是我还从来没有见过他。

机会终于来了。那是1956年5月的高校运动会上，我莫名其妙地作为北大代表队的一员，参加了3000米的中长跑比赛。

说起我参加北大体育代表队的经过，是非常好笑的。那时学习苏联的劳卫制（即"劳动卫国制度"，规定年轻人都要进行体育锻炼，进行田径、体操等项测验，大学生要达到2级劳卫制标准才能毕业），我们在北大东操场测验1500米跑步，请一位体育老师看表。他发现我已经超过了2级标准，成绩还不错，就对我说："下一周在体育学院举行高校运动会，3000米的项目还缺人，你代表北大去参加3000米跑吧！"

这是一个光荣的任务，我愉快地接受了。3000米要跑七圈半。因为临时拉夫上场、没有受过专门的训练，成绩当然不怎么样，甚至还出了个洋相。我跑到第六圈时，已经被落在后面倒数第几个，第一名就要比我快一圈了。担任裁判的北大女老师还以为我是第一名呢，大声对我说："加油！快冲刺！后面快要追上来了！"

我说："我还有一圈呢！"

于此可见，北大当时的体育水平了。当然，我只是例外。北大也有在长跑中得奖的，像王立安同学还打破了1500米的北京市纪录。

闭幕式上，只见一位胖胖的老人，个子不高，跑到一个木台子前，一下子就敏捷地跳了上去，真是出人意料。这位胖胖的老人，就是马约翰教授。他说有话要对大家讲。

马先生讲话声音很大。他说的许多话，我现在都不记得了。只有一点印象非常深刻。他用斩钉截铁的声音语重心长地大声强调："要特别注意锻炼腰部！不管是田径运动，还是体操、举重、游泳、球类等各种运动，都需要有一个很强的腰部。要多多注意锻炼腰部肌肉、背肌、腹肌和腰部的各种关节。这不仅对于提高运动成绩非常重要，而且在日常生活中、劳动中，也可以避免腰部受到伤害，对健康很有好处。"

马先生一席讲话，是我从来没有听说过的，这是马先生独到的见解，是他多年研究体育科学的结果，确实是非常深刻而有用的。这对我几十年来的锻炼和劳动，影响极大。

我一直在注意锻炼腰部。在劳动锻炼中，腰部比较结实，基本上没有受过伤。所以直到现在虽然已经年近八十，我的腰板仍然是直挺挺的。人们见到我常说："你没有弯腰驼背，没有老态，身体确实很好！"其实，我知道自己也是有毛病的，不过，腰部却基本完好。这要感激马约翰教授。

这样，马约翰教授讲话时的生动形象和独特内容，也就非常深刻地印在我的脑海中了，至今难以忘怀。

"锻炼腰部！"这是多么好的教导！

一般人往往只重视锻炼四肢，锻炼腿部、臂力，这是不够全面的。马先生有科学的立体思维—整体观念。不仅注意四肢，更重视腰部，重视身体的各个方面。

我想，这种立体思维的思想方法，不仅对体育锻炼，而且对各种工作都是非常重要的吧！

2013.7.7 晨 5 时

# 1957，北大杂忆

1957 年、1958 年的"反右派"斗争和"双反"运动、集体科研，确实是很"左"的，这是全国性的问题，我们应该用实事求是的态度给予科学总结。

## "向科学进军！"

我是 1954 年考入北大中文系的，同班的有刘绍棠、王磊、陶尔夫、沈泽宜、张钟、吕乃岩等人。

入学不久，我就在全年级受到了重点批判，给我来了个下马威。说来非常意外，这是怎么一回事呢？

因为我们年级的调干同学比较多，许多学生的年龄偏大，对年轻的老师有时似乎不够尊敬，学校要进行尊师教育，我就被抓了典型。我其实就是在笔记本的扉页写了几句描写一位助教的话，检查笔记时被助教本人看到了，被认为是对老师不敬。于是，团总支书记张钟在全年级大会上不点名发动批评，而在我们文学专业一班团支部则专门开会对我进行了集中批判。这样我就在全年级二百人中成了名人，连新闻专业的人全都知道我了。

但是，我并不在乎。我知道那些批判的斗争语言并不符合事实，所以只当成耳边风，左耳朵进，右耳朵出，思想情绪一点也不受影响，照样每天洗冷水澡、跑步锻炼，后来还光荣地加入了中国共产党，并当选为团支部组织委员。

我在团员的发展工作中，重点培养的对象是沈泽宜，因为他是从西语系转学过来的，学习成绩比较好，体育成绩优异，自己又要求进步。

1956 年国家提出了"向科学进军"的号召和"百花齐放，百家争鸣"的方针，提倡学生独立思考。我和张钟、陆俭明在北大团代会上还作了一个《学生也能够向科学进军》的联合发言。我立即付诸行动，埋头苦干，在写学年论文时，研究文艺理论问题，对苏联季莫菲耶夫的《文学原理》提出了不同的看法，并广泛收集了古今中外的材料，记了好几本笔记。

1957 年春天，大鸣大放，进行整风，我正在忙着写学年论文，非常困难，因为这是我第一次写这样大的文章呀！当时大字报铺天盖地，我顾不上全看，只在吃饭时端着碗，边吃边看。对沈泽宜、张元勋的诗《是时候了》也觉得很好。

在 16 斋的北墙上，用白字写成了一幅大标语："一切违背社会主义的言论和行动都是错误的！"这可能是一种警告，但我还是没有感到有问题。大约在 5 月下旬，原来在上海中共中央华东局一起工作的丁克成同志来北京出差，见面后谈到北大，他说："听说北大出现了许多反党的大字报。"这使我大吃一惊，我说没有啊。他也没有再说什么。

后来发现一些大字报有问题。如一位数学系学生用"谈谈"的别名写大字报，说 1954 年大水是共产党造成的……但我认为那只是某些学生的思想认识问题，并不是反党。

## "反右派"斗争

不久，开始了"反右派"斗争，我作为文学专业一班的团支书，组织团员写了一版大字报，其中包括沈泽宜的检讨。贴在 16 斋对面小平房的山墙上。

那时，我们并不知道，右派就是敌我矛盾，后来也没有给沈泽宜任何处罚。1957年暑假回南方时，我还和沈泽宜、卓如、邵忻等六个人一起上泰山看日出，又到南京游玄武湖，玩得很痛快。但是，在社会上，情况就很不一样。我带他们在南京游览时，曾在省人民检察院一位老战友的宿舍挤住了一夜，后来他说为此曾受到严厉的审查，似乎北大的学生全是右派，住一宿也成了大问题。

暑假以后，北大又接着抓右派，我们班又莫名其妙地抓出薛鸿时、秦学铭两名右派。薛鸿时是"极右"，在门头沟斋堂山区劳动改造很多年；沈泽宜虽然没有受到劳改处罚，却被分配到陕西基层的一个中学教书，一辈子也没有结婚。我们班出了三个右派，占百分之十。

二班的张元勋与沈泽宜不一样。他在政治上非常活跃，演说、辩论、串联、写诗、写大字报，还组织筹备刊物《广场》，向校长马寅初募捐。据说，当时一些活跃的"右派"学生曾在香山开会，准备成立什么流亡政府，让张元勋当总理。后来，他就是因为这件事被捕的，判刑8年，在劳改农场劳动改造了很多年。刑满释放后又在那里就业。直到改革开放以后才落实政策，到曲阜师范学院中文系教古典文学。

我始终不认为我们班的"右派"同学是反革命。改革开放以后，落实政策，冤假错案都得到改正。许多过去被错误划定为"右派"的同学和朋友，如刘绍棠、过伟都是我最好的学术合作者。

1957年，我们班党员多，党支部领导决策，团支部只起配合作用。我当时正忙于写学年论文，到下半年写成时，发现竟有5万多字。因为论文的内容是不赞同苏联文艺理论，所以，在1958年的"双反"运动中，也受到大字报的"火烧"，认为这是对苏联和马列主义的态度问题；对于我在"反右派"运动中埋头写论文，不带领团员去反击"右派"进攻，也被批评为"白专道路""严重右倾"。幸亏党支部书记周述曾同志比较实在，他看了我的论文，并不认为是反苏的，反而说："段宝林在文艺理论上还有一套呢！"

# 集体科研

我对大字报的批评并不在意，照样去参加活动，写批判文章，有一篇批判林庚先生治学方法的文章还发表在《北京大学学报》上。毕业前，我们文学专业两个班的团支书——我和沈天佑同志还到北师大中文系去"取经"，向他们学习学生集体编写《中国文学史》的经验。他们敢想敢干，已经动起来了。我们请他们的领导人孙一珍、张恩和两位同志来北大介绍了经验，也跟着干起来。后来因为要毕业分配了，我们的《中国文学史》只写了一个初稿，就移交给 55 级去写了。他们在暑假中奋战两个月，写成了红色的《中国文学史》，影响很大。但在最初，是由我们 54 级开始的。

这部《中国文学史》也有教师的功劳。记得我毕业留校后，常常在教研室副主任冯钟芸先生家开会研究《中国文学史》的编写问题，讨论直到深夜，影响到任继愈先生休息了，他也无所谓。吕乃岩、沈天佑、赵振忠分在文学史教研室，也参加了这项工作。教师中的"右派"倪其心和文学史教研室的其他教师都参加了这一工作。

今天看来，1957 年、1958 年的"反右派"斗争和"双反"运动、集体科研，确实是很"左"的，这是全国性的问题，我们应该用实事求是的态度给予科学总结，真正按照科学发展观办事，发扬民主，走群众路线，调动一切积极因素，才能使社会主义现代化建设更好更快地前进。

（原载上海《社会科学报》）

# 两极的爱情

我是搞民间文学的。民间文学在文艺科学中是一门新兴的尖端学科，属人文社会科学范畴。

我爱人是搞航天火箭的，学的是电子自动化，这个专业在自然科学中是比较尖端的。

我们两人在专业上相距遥远，可谓两个极端，怎么会走到一起来的呢？不少人很奇怪，不过我倒觉得这是很自然的，也是有一定道理的。

我常想："如果沙漠要找爱人，一定会找大海！"不是吗？不光在专业上，就是在性格上，我也希望找一个与自己不同心理类型的对象。我从小失去父母，养成孤僻的个性，而我爱人从小就能说会道，小学时就翘着嘴说长大了要做个律师，当外交部长。动静互补，正可以调节一下家庭的气氛，使生活更加丰富多彩，有利于下一代的全面发展。

我们从小就熟识了。我爱人陈素梅，是我大舅的三女儿。大舅是电信局的报务员，抗战时期带着全家逃难到大后方。我爱人就是在这苦难的时代出生、成长的。她从小就吃过许多苦，在桂林、贵阳时，刚上小学，就帮父母摆小摊子补贴家用。有一次在油灯下切酱牛肉，不小心把手切破了，怕顾客看见血，慌忙把肉包好……1946年他们才回到故乡扬州，同我一起生活在一个大家庭中。那时我小学刚毕业，她比我低三四年级哩。相见时，虽很幼小，似乎相互都有些朦胧的好感。她母亲和我母亲年轻时姑嫂关系很好，我母亲的病逝，使大舅母对我更加爱护，我读书成绩好，更受到她的重视。记得在1947年夏天，她曾给我买过一件浅蓝色的香港衫，很漂亮的。她似乎很愿意让素梅多和我在一起。有一次她派我们二人一起出去做一件事。我们俩走在路上似乎还有些不好意思，一前一后，走在高墙夹道极窄的"一人巷"中，虽然没什么话，我和素梅在一起，却有一种非常温馨、幸福的感觉。早已失去母爱的我，对任何一点怜爱，都是非常敏感的。

1948年解放战争临近扬州古城，他们到镇江去了，新中国成立后过了一年才回扬州。而此时我已参军离家。后来他们又迁居淮阴，我们也就很少联系。直到1954年，我在上海考上了大学，大舅从报上看到了我榜上有名，特别高兴，知道我已到北大读书。直到1957年夏天，我三年级时，暑假回扬州，他才来信邀我到淮阴去玩。到了淮阴，见了素梅，我才知道，她在淮阴中学高中毕业后，已在苏州航专和南京航空学院仪表专业读书，高中时还入了党。她的性格还是那样活泼爽朗，但在我面前却变得羞涩文静，成了一个秀美的姑娘了。

有一天，大舅母神秘地问我有没有对象，我说还没有。她说："给你介绍一个怎么样？"我以为她要介绍素梅，但不是，她介绍的是素梅已在北大物理系读书的那位女同学。后来我们见了面，有一些交往，觉得不够理想，也就没有谈成。其实，在我心目中素梅更符合我的标准。她内心也有同感，所以我回北京后就与她建立了通信联系，逐渐由少到多，每周至少一封，信纸也愈写愈多，后来我每周都要收到她一封沉甸甸的来信。写情书也成了我紧张学习生活中非常高兴的事。她在大学时当了班长，工作很有起色，不久调整专业，转学成都电讯工程学院，距离更远了，但我们的关系却更亲近了。她的学习成绩在班上名列前茅，又兼任党支部书记，受到同学爱戴。她常在信中给我寄一些照片来，有在米格飞机前照的，也有在成都钢厂劳动工地照的。她还跟我谈起班上的事，使我对她的一些同学也相当熟悉了。我们逐渐进入热恋之中，在信中倾诉衷情，互相鼓励，使我们在政治上、业务上都有突飞猛进之感。

我当时在班上任团支书，为了向科学进军，1958年春，曾去北师大学习他们集体编书的经验，回来后两个文学班决定共同编写《中国文学史》教材。为此还请北师大中文系毕业班的孙一珍、张恩和来班上作了报告。我当时负责导言部分，写出了初稿。后来又参加现代文学史教材的编写，曾写信向上海作协的熟人孔罗荪、吴强等作家请教，得到热烈的回应。可惜因毕业在即，我们最后未能完成这些编书任务，后来全部移交给 55 级三年级同学去续写了。当时提倡共产主义风格，打破知识私有。55 级写出了《红色文学史》上下册，出版后受到欢迎，我们也很高兴。这段历史现在很少有人知道了，《红色文学史》确是 54 级先干起来的。而当年的我呢，在爱情之光的照耀下，对自己的任务兴致很高，可谓"投入"。

在 1958 年的教育革命中，素梅他们工科院校大办工厂，自己设计生产了收音机。后来我毕业留校，不久借调到市委大学部参加全国教育革命展览会北京馆的工作。成电也来参展，素梅托她同学给我带来一台他们自己生产的收音机。此机小巧玲珑，音色很好。打开收音机，听到美妙的音乐小夜曲、安魂曲，就像素梅在身边一样。此机一直用了 20 多年，没出过什么毛病。展览会在和平门外女师大旧址，这是烈士刘和珍的母校，我在此工作浑身是劲，早起沿和平门—宣武门—菜市口—虎坊桥的马路跑一大圈，哪怕是狂风呼啸的寒冬，我照样只穿汗衫、短裤在街上跑步，引来不少惊奇的目光。在我内心这青春之火中，当也有爱情的成分吧。大学部的同志彭佩云、车孤萍、杨朝朔、肖锋等人对我的工作比较满意，曾提出要调我到市委工作。我说我还是热爱我的业务工作，民间文学教学更重要。他们也很尊重我的个人意愿，让我回北大继续教书。当时要开一门新课"当代十年文学"，大家一人讲一部分，分给我的是"新中国的民间文学"和"新中国的少数民族文学"两章。当时我25 岁，从来没有上过讲台，所以备课特别认真，看了能找到的所有有关材料，写了许多笔记，然后又写了两个笔记本的讲稿。这是一个全新的领域，没有现成的教材可以参照，全靠自己去创造，去填补空白，困难很多；但越困难，干得越起劲，爱情不但没有影响我的工作，反而成了某种激励的力量。有小诗为证：

爱人在远方，

钢笔在手上。

火一般的爱情，

燃烧在笔尖上。

此课为全系性的大课，在未名湖边楼上的一个很长的大教室上课，听课的有中外学生三四百人。我怀着一颗火热的心，终于走上了北大的讲台。讲稿写得太多，只能拣重点讲，并印发了讲授提纲。1960年我作为文学史教研室的秘书，又组织了一个"文学史讲座"，每人一讲，大家讲自己最喜爱的题目。第一讲是我讲"大跃进民歌中的巨人形象"，从美学上作了一些分析，因为讲得太激动，所以有一定感染力。当时党总支书记程贤策同志对我说："四年级秦川同学说段老师讲得好，我想是哪个段老师呀？一想原来是你。好好干吧！"可是他班上的洪子诚同学多年之后还有印象，说我的热情过分了，甚至使人起鸡皮疙瘩。2000年我到福建师大讲学时，孙绍振同志还提起此事，印象颇深，说讲得很有激情。这是当时真实的反映。1959年暑假我到河南招生，这是古典文献专业的第一次招生。完成任务后我就回淮阴与素梅聚会。在淮阴，素梅的甲状腺小瘤子要动手术，在十多里路之外郊区的部队医院，大舅母委派我去照顾她。手术很顺利，病房中五六个病人都很友好。有一个李太婆，据说是个地主，但很会说笑话，逗同病房的小女孩和农村妇女玩。小女孩也很活泼，谈谈笑笑，很有意思，我记下了她们口中的许多生动语言。晚饭后，我和素梅去河边，在林中散步，农村的风景很好，我们倚坐在草堆下，仰望东方一轮圆月缓缓升起，感到无限幸福。当时我感到内心诗潮涌动，爱情竟使一个书生成了诗人，一首首小诗滚滚而出。我记在了一个小本子上，当然是很幼稚的，只是反映了河边月下的情思余绪而已。现在一时也找不到了，其中一些意象还朦胧记得，如歌唱"雪里红梅""手托卫星飞天的少女"之类。对爱情与理想的关系也忽有所悟，写下了"爱情是什么？阳光下，它是朝霞一片；离开阳光，它又变成乌云翻卷"等句子。"在热恋中歌唱爱情"的诗句是珍贵的，我把它珍藏起来，它在我的心底，像一片阳光下的朝霞，永远不可磨灭。我们都是共产党员，在人生的道路上，为人类最伟大的理想共同奋斗，我们的青春年华都献给人类最壮丽的事业，这是最幸福的。我们感到阳光特别明亮，不知道什么叫忧愁，整天沉浸在欢乐的气氛里。

她的刀口长好了，也快开学了。我送她到南京乘火车去成都，我们一同去玄武湖，边走边谈，亲密无间，从这个城门进去，另一个城门回来，在湖心餐厅吃鲜美的活鱼，那情景是永生难忘的。在这次玄武湖的漫游中，我们彼此更加了解了，也爱得更深了，回校之后的通信也写得更长，信封装得更厚了。1960年中苏交恶，苏联要撤专家。中国要自力更生，独立发展尖端科技，她们肩上的担子更重。当时她一面学习，一面半脱产担任下一个年级的党支部书记；上党课时她大谈发愤学习的必要，鼓起了学生的学习热情。据她说我的信中有不少内容对她很有帮助，所以才能讲得那么热烈。我也很高兴，能间接对国防科技事业作一点贡献。不久，她被确定为重点培养的学生到北京航空学院进修。我到北航去看她，竟发现初中同学王海燕与素梅同屋。王海燕参军后在华东炮校工作，也是来进修的。暑假她就在北京度过，我从西藏调查回来又参加了第三次全国文艺工作者代表大会，还是常去北航看她。特别是她的甲状腺瘤子又长大了，原来部队医生把"次全切除"理解为保留部分瘤体，结果瘤子又长了。于是又在三医院住院开刀做了彻底根除手术。这两次住院都是我陪她的，一切都很顺利。她的刀口不怎么疼，长得也快，这和心情是有很大关系的吧！

那一年的国庆节，我们相约一起到天安门去"观礼"。我半夜就起床了，到北航和她会合，然后步行进城去天安门，边赶路边聊天，倒也不觉得路远，终于在7点之前赶到天安门西边的路旁。当时干劲真大，要在平时，怕是不敢想象的吧。那次我和她"街头观礼"，第一次看到国庆游行的全过程，从头到尾欣赏整个游行队伍，真美呀。那少先队红领巾的大队走过，一个个头上戴着花环，简直像天上下凡的一群小天使一样；那动听的歌声，细嫩的口号声，都使我感动，不禁想起自己悲惨的童年，深感时代的巨变。晚上我们又同游北海，在彩色灯影中划船，又一次体验到真正的幸福。

1961年暑假，我们一起回淮阴结婚。当时正是困难时期，一切从简。但意料之外的是，那天苏联"东方2号"人造卫星上天，正好成了我们的"礼炮"。我们在一间小旅馆里度蜜月，但只住了几天就搬回家来，住上了小阁楼。那时她外公还在，一次我和她在阁楼上嬉闹，她忽然向她妈妈撒娇，大叫："妈，你看宝林咬我舌头！"这当然是夸张的一种情感的自然流露。她外公这位八十老翁听了，很幽默地说："慢慢地咬沙！"

有人说"结婚是爱情的坟墓"，但我觉得结婚后更热烈的爱情才刚刚开始。

1962年她毕业后如愿调到国防科委五院从事火箭研制工作，和周扬的女儿周密在一个工程组。周密是留苏的，对素梅很好，素梅的一些新的创意，能及时得到她的支持与鼓励。素梅的工作单位在永定路，离北大相当远，加上我们又没有房子，所以素梅只能一个星期回北大一次。当时我住19斋集体宿舍，与张钟同屋，张钟周末回城里家中时，我便可以在此独占两晚，如此游击生活一直到1966年春搬到4公寓才告结束。这几年虽然生活艰苦，工作紧张，但情绪很好。每每临近周末，两个人都能感到即将会面的兴奋。

1964年素梅曾下放工厂劳动。她和工人关系很好，把转业费全捐给了家庭困难的老工人，成了学雷锋的典型人物。"文革"中上班不正常，她还是老老实实去上班。1966年冬天，由于参加导弹的"震动试验"，深夜乘大卡车在郊外坎坷的公路上颠簸，连冻带累，加之在工作中曾受过一点核辐射，不久，她就流产了。之后素梅回北大休养了一段时间。可惜当时我们都缺少经验，营养不足，素梅身体虚弱，恢复较慢。1968年又有了喜，却成了"习惯性流产"，住院也不管用。幸好在宽街中医院碰到一位老医生，以几毛钱的药粉，治愈了这个顽症，于当年9月9日顺利生下了我们的第一个女儿。因怀孕时碰上大武斗，4公寓处在北大清华之间，整夜大喇叭叫，没法安身。我们也就当了逍遥派回家过了两三个月自由的日子，直到10月份孩子满月才回北京。在淮阴我学会了带婴儿睡觉，为了照顾产妇休息，月子里小孩都是我照看的。有一次被头没弄好，差点儿把孩子捂窒息，真危险。我还学会了洗尿布、喂牛奶和蜂蜜水。这孩子刚生下来很像她妈，后来却越长越像我。曾担心近亲结婚会影响身体，还好，发育还算正常，真是侥幸。

1970年春我去江西鲤鱼洲劳动锻炼，后来又当"五同"教员。4公寓连围墙也没有，不安全，只好把家搬到了永定路，住在一间朝北的小屋中。我的书很多，一本没丢，全搬来了，放在床下和壁橱中。不久，她也到河南正阳农场劳动。1971年夏天，我们回北京时，我还顺路去正阳探亲，住在一个大仓库中，算是得到了优待。当他们知道我讲过"马列五本书"时，一定要我讲一次；没法推辞，就讲了一次《共产党宣言》的时代背景与主要内容。能给这些火箭专家们讲课，也是我莫大的荣幸。在那儿我也和他们一起干活，学会了在天花板上抹灰泥。回京后，我带着学生到河北广播电台实习，素梅她们回京途中也到石家庄顺路探亲，住了几天。我们就这样分分合合，孩子则送回老家由我岳母带了。1972年10月24日，素梅又生了一个女儿。月子里也是我带着小孩睡觉。一岁多我们就让她自己用勺子舀糖水喝，她学会了自己吃饭，还提前进了托儿所。这孩子就在北京带大，后来上了北大附中，考上北京电子工程学院，成绩较好。

素梅在20世纪60年代，曾多次到西北荒漠中的火箭试验基地出差，进行导弹、火箭试射。从小到大，一个个型号，从东风2号到5号，她几乎都参加了，还得过几次奖。在基地出差是很艰苦的，特别是乘大卡车去寻找掉落的火箭残骸时，常常要在烈日下转很长时间；作为女同志，更有许多不便，但她都挺过来了。当时她们穿着军装、尉官服，还有武装带，挺神气的，但也想穿穿妇女的花衣裳。直到1965年，她才随着集体转业，成为七机部的一员。当她在部队时，我是"军官家属"，也很光荣；但家务琐事，我这个"军官家属"干得很少，只管采购，而做饭做菜、洗衣打扫、接送小孩等家庭事务，则全是她军官大人的事。我还是多住在北大集体宿舍，为民间文学尽心尽力，一周才回去一次，这使我们可以专心于教学与研究。改革开放10多年来，我出了10多本书，发表了 100 多篇文章，在创建具有中国特色的民间文艺学和民俗学的理论体系上，做了一些探索性的工作，曾多次获得国内外的大奖。我指导过 10 多名硕士生和 4 名博士生，取得了一些成绩，但这些成绩的取得是离不开她的。她每天下班回来，要干很多家务事，忙到熄灯。她干活非常麻利，总是把家里整理得井井有条、窗明几净，受到亲友的称赞。她曾说我是她的"政委"，而她则是最辛苦的"参谋长"了。家在航天部那边，麻烦也不少，因为北大与航天部分房原则不同，北大是按北京市的规定"以女方为主"分房，而航天部则按部队规定"以男方为主"分房。我们一家老小三代共有六口（她父母有时也来），挤在一间小房中，实在非常困难。经过反复交涉，得到领导照顾才换到了大房间，后来又多了半间，接近成套了。就在这两间一套的"尉官楼"中，最多时曾两家合住，共居 11 人之多。合住者据说是一位难以相处的人物，不过我们相处得还好，没发生过什么纠纷。那时工资低，但物价也低，所以生活还过得去。她会节约，我们要求不高，并不感困难。

我们每周团聚一次，曾引起周密同志的羡慕。她说："你们一周见一次也挺好，不像我们整天在一起，要闹些矛盾。"确实，我们很少发生矛盾，感到爱还爱不过来哩，哪来闲空闹矛盾。我热衷于我的民间文学研究，对此她非常支持，我花不少钱买书，她也从不说三道四。我对她说："我的第一爱人是民间文学，第二爱人才是你！"有时我过分专心，废寝忘食，干点迷糊小事，她也能以幽默处之，对此充分理解，从无怨言。所以我的业务成就，有她支持的功劳。当然，我也很关心、支持她的工作，以做"军官家属"为光荣，将来有机会，说不定也可能写写航天人的生活。

有一次，周末晚上，我等她，等到 10 点钟她还没有回北大。我急了，不知出了什么事，于是骑上我的毛驴儿自行车，由木樨地向西，一直骑到永定路 311 楼。夜深人静，我敲开了单元门，她同屋的杜早力同志来开门，才知她们明天劳动，所以不回家。原来是一场虚惊。杜早力搬着行李到大房间打地铺去了，于是我结识了这位烈士子女，她是一位性格非常活泼的好同志。后来我们搬到这边来住，在生活中，特别是在 1976 年夏天的地震棚中，我又结识了更多的、各种各样的航天人，大大开阔了眼界。他们有部队的传统，人与人之间的关系似乎更亲密，与我们北大有些不同。

文学与科学联姻，在业务方面共同的语言不多，是一个缺陷，但也不是完全不搭界，有时我可以帮她改改文章，她则给我提供一些新的民谣、故事等等。我从小想当科学家，她的工作也使我在这方面能得到一些满足。

我从小失去父母，失去母爱。参军以后，得到了革命队伍的温暖，老同志们像父兄姊妹一样爱护我，使我感到莫大的幸福，我由一个瘦弱的孤儿，成长为一个健壮的革命者。但有时也会碰到一些不如意的事情。1979 年提工资，有少部分人不能提，有个百分比，当时说要看贡献。我编了两厚本教材《西方古典作家谈文艺创作》（上下），茅盾同志看了说："你花了很大功夫，令人敬佩。"当时我又在全国率先恢复了民间文学课，发表了关于西藏六世达赖喇嘛仓央嘉措情歌的论文，在教研室中公认是比较突出的，但没有想到那次却没有评上，这使我感到受了打击，特别想不通，头发似乎也开始发白了。素梅看出我的牢骚，就多方安慰我，开导我，要我从大局出发，体谅领导的困难，专心治学，不要多考虑级别的事。她不愧是当过支部书记的人，还联系我 1954 年在作协不改薪金制甘心拿供给制、1963 年主动让了一级给别人的事，鼓励我发扬传统，坚持学雷锋。这些话就像春风拂面，使我心中的冰山融化了。她自己确是这么做的，从不计较名利的事，所以始终心情愉快。我感到她是这世界上最理解我、最关心我、最体贴我的人。在我们行业内也有些不正之风，但当我受到压制或不公平的待遇时，她都能及时给我安慰，使我得到心理上的平衡。她在生活上对我的照顾也是无微不至的，她们发射火箭、导弹的一些纪念章、纪念封，有部长和院长签名的，很珍贵，她都送给我。我在紧张的工作中，往往想不到她，但在工作间隙中，在哼歌儿时，特别是在外地出差时，就很自然地想到她，强烈的思念总把我带到她的身边。哪怕是在国外的大宾馆中，我也会思念我那简陋却非常温暖的家，真是"金窝银窝，不如自家的草窝"。这谚语确实道出了我的心声。虽然现在她已年届花甲，却没有什么白头发，还是紧张而愉快地为家事操劳着。在我心目中，她似乎还是幼年时的样子，我忘不了她翘着嘴巴表示要当律师、做外交部长的那神情，也忘不了她穿着花裙子和我一起去天安门广场时的身影。她在我心目中是永远年轻、永远秀美的！

（此文选入《北大情事》一书）

## 附一：编者点评

50 年代的爱情，纯洁、真挚、热烈、质朴。一生只爱一回，却足可与日月同辉，与天地永存。心与心相连，情与情相依，牵手共度漫漫人生路。穿过时代的喧嚣，抖落岁月的烟尘，变换的是身外斑驳的景物与如烟的世事，不变的是爱人青春的容颜。

本文作者段宝林及叶永烈、张颐武三位老师，都先后为本书撰写过两篇文章，收入本书的是他们的第二篇。事情是这样的，不知为什么，几位老师都把《北大情事》当成了《北大情思》，并依着这条思路各写了一篇"往事"性质的文章寄来。说老实话，写得可真棒啊！好在他们后来又另写了一篇"情事"文章，同样还是挺棒的吧。对于他们的敬业与热心，我谨在此致敬了。

（选自《北大情事》）

## 附二：家书二封

下面两封信是 1992 年在西昌卫星发射中心发射澳大利亚卫星期间的通信。当时我们已结婚 30 年，已有两个女儿。但短期的别离仍然使我们思念不已。她从基地寄回的信中，常常表示出这种相思之情。她说她常常想起我们 60 年代初期住在 19 斋集体宿舍中的美好情景，当时虽然物质条件艰苦，但在感情生活上则是异常甜美的。我们星期天下午常去颐和园划船游乐，在业务上也互相支持，作出了创造性的成绩。我们在信中较详细地介绍各自的生活情况，目的是使对方尽量放心，减少思念的痛苦，更专心地投入到紧张的工作中去。因出差的时间较长，特别是春节期间，为减少这种思念，航天部十二所的领导派人来家中为我们录像，到基地去放，信中所写即指此事。年初的发射未能成功，但自动关机的装置避免了火箭爆炸的严重事故，我们都非常庆幸。在夏天的发射中终于圆满完成了任务。她回来时带回了发射澳星的纪念章和纪念信封，这信封有部长刘纪原及众多总设计师、院长等负责人的亲笔签名，很有纪念意义。这两封信即是从这期间的通信中选出的。

（一）

梅妻如晤：

终于等到了你的信，这才好回信啊！你走了之后，我们就想，你现在到了河北，到了河南，从河南到了基地，以为要走十天，幸好五天就到了，不要尽想多打毛线，肩膀打痛了，不上算，慢慢打，能打多少就打多少，千万不要急。现在肩痛好了吗？胃口好吗？多吃点开胃的东西，人参精可以少吃一点儿。

安全门已做好了，300 元的，也装好了，很好用。但书柜还没送，正在催，这些个体户，实在太不讲信誉。电话还没办法，程控要 5000元，装不起，小电话又没号，程控可能要 5 月 1 日才通，到时也可能腾出一点小电话的号来。

《笑话美学》已出，在录像时，我拿在手上，小红（大女儿）拿在手上的书就是。录像看到了吗？那天他们来，我正好进城开会去了，只好又跑了一次。毛头（二女儿）实习，没在家，我让雪梅回来一起拍，把家里整洁的情况扫了一个长镜头，你看到了吧，我现在桌上清爽了，效率确实高一些，还是整洁好。（素梅最爱整洁）拖地、擦桌子每天都干的。这两天她们把家里的玻璃全擦洗一遍，小红还把床单、沙发套、枕套等也全洗了一遍。

电视我们也看到了，说你们发射卫星时要搞现场直播。不知能不能看到你？稿费（《笑话——人间的喜剧艺术》即《笑话美学》的稿费）扣去税20%，只有2000多元，我又存了3000元，据说出台湾版还有版税，约数百美元，到时再说。词典（指主编的《民间文学词典》，国内外第一部）还没搞完，实在太麻烦，好在是最后阶段了。我不愿马马虎虎结束，只好慢慢搞。

我们的身体都还好，外面闹感冒，我们没染上，我还在坚持早晨跑步。孩子们去滑冰，还是很有锻炼的。家属证跑了两趟，终于办成了。这半年劳务费只发了500元，不算多，主要讲课少。

今年北京不冷，菜不少，雪梅（即小红）那儿又发了虾、麻油，我们发了鸡腿。我买了一条大鲤鱼，吃得还可以，雪梅的手艺比你差一点儿，但还有不少进步。水仙花已经开了，小红又弄来一株，过春节可能会开，你回来也许还可见着吧。

你工作顺利吗？不要着急，质量第一，你要保持一贯作风，圆满完成任务，专此即祝

顺利

有空多来信

宝林

1992.1.29

## （二）

亲爱的梅妻：

又过了一个星期，你的第二封信还没有收到，你好吗？特别想你。工作如何？顺利吧？多保重，不要太累，特别是打毛线，别把胳臂再搞坏了。

我最近还是很忙，《山水文化大观》稿已写完，但还要做些加工。日本的"惯用语"已看了四本，还有三本了，还需三天时间即可看完。

今年北京雨水多些，不是太热，但有时较闷，出汗不少，水果多，

特别是桃子，一元三四斤，最近买大的，一元二斤，吃了不少。西瓜高潮已过，两角一斤，无籽西瓜三角，挺甜的。你们那儿水果肯定更多了。

我发现红枣儿是很好的，肉酸甜所以虫不咬，但最近生虫了，只咬皮儿，酸肉还是咬不动，这酸我想是VC多之故，所以挺有营养的。杏仁儿也生了虫，全炒了，挺香甜。（先用糖水泡了一下）加点油炒，挺好吃。

我吃甲状腺素看样子有好处，肿消了不少，右边基本摸不到了，左边也小了不少，左边有一囊肿，里边有些水，但下边还有些肿。

毛头现在干活挺不错，早晨拖地，热牛奶，晚上做饭。

电话已交5000元，借雪梅3000元，最近可能要装了，北大干事很拖拉，还不知何时能来装。原来不想装程控电话，后来想分机电话打起来挺麻烦，不如一步到位，咬咬牙，干脆花5000元就5000元吧，这花了一年半的工资，一年半不吃不喝才行。虽然是太贵了一些，但总还是比不装要方便一些。雪梅是最积极的，她很快就借来了钱。你给她的债券也拿出来了，利息还不少。据说还要去买债券，让丁乙（雪梅的爱人）他姐姐帮助买。

北大游泳还好，前一段每天去，已游了七八次，有进步。游泳后洗个凉水澡也是很大的锻炼。前一段胳膊往上穿袖子时上臂肌肉有点儿酸疼，可能是风湿病，吃了些消炎药，已好多了。来信说说看书的心得，如何？

吻别，祝

顺利

你的林

1992.7.28

（选自《北大情书》）

# 草棚大学第一课

1969 年秋天，林彪"一号命令"下来之后，北大战备疏散。中文系分为两个部分：一部分留在北京，是总校；另一部分到江西，原为农场，1970 年招生后，便成了分校。

我原来是在总校的，后来才到江西。对两边的情况都了解一些，感到有不少稀奇古怪的故事，可以写一写。

先讲北京总校。

北大中文系开始是疏散到平谷深山中的鱼子山农村参加劳动。这里的主体是一二年级的学生，还有部分教师，老教授大都在此。另外还有一些年轻教员，主要是当过班级主任做学生工作的人。

1968 年三、四、五年级的学生已经分配离校，学校里只剩下一、二年级。我原来是四年级的级主任，也留在这里，做了二年级三个班里的一个小班的班长，和学生一起，到了京东平谷老根据地鱼子山。

## 平谷鱼子山和山东庄的劳动生活

当时正是深秋，通红的柿子挂在树上，比红花还要鲜艳。鱼子山农民的劳动是上山收柿子，把柿子放在柳条编成的背篓中，从山上背回村里。

老乡一般背五六十斤，有一次我背了九十斤。老乡看到我这个文弱书生居然可以背八九十斤，背篓都快装满了，在山路上爬高下低，行走自如，感到很奇怪。其实，我是长跑运动员，肌肉是很发达的。

我们按部队编制，一个班 10 个人。班里有一个女同学，在"文革"初期中文系"高吕辩论"中，她是反吕派，我是保吕的"四大干将"之一。她曾经给我贴过一副很有名的对联：

东造谣西造谣无谣不造；
保大皇保小皇是皇都保。

横批是"段宝林啊！"。

这副对联随着北大"大字报选"被传到外地许多地方，有人告诉我在四川串联时就看到过。

为什么说我造谣？还得从 1966 年 6 月初"文革"开始时说起。那时工作组刚进校，有一天工作组让我通知学生开会，后来却又不开了。有学生就贴大字报在楼梯口，写道："段宝林造谣！"更有大字报说我是"造谣专家"！这已是两年以前的事了。现在我当了她的班长，大家开玩笑时又提起那副对联，我就开玩笑地问她："你说说，我造了什么谣呀？"

她脸红了，摇头说不出话来。也有的学生说我这个人爱开玩笑，这副对联本来就是编了开玩笑的。

其实，乱扣帽子猛上纲，正是"文革"的特色。大家对这些并不介意，都知道我是个老实人，我对有不同意见的人，一贯是很好的。

这位女同学来自山东农村，在劳动中表现非常好，我们班把她评为班内唯一的一个"劳动积极分子"，在全系受到了表扬。我这个班长对她没有一点打击报复。

鱼子山是山区，冬天没有多少农活儿可干。

于是我们又转移到平原的山东庄去改造河滩地。

改造河滩地，就是把一大片满是鹅卵石的河滩变为农田。据说要在这一眼望不到边的大田里全种上梨树，生产那半斤重一个的大梨。

如今平谷盛产水果，大桃大梨很多，其中可能还有我们当年的劳动成果呢。

我们的工作是推车运走石头。石头奇多，要从冻得硬邦邦的地里挖石头，装上人力车推走，劳动强度很大。

幸好每天睡得很早，天一黑就上炕，火炕挺暖和，睡一觉身体也就恢复了，故而并不感到很累。

不过晚上有时也要开会的。农民家没有电灯，有的班就大家凑钱买灯。

一个灯几块钱，如何分担呢？

学生们想出了一个整教授的办法：

他们决定"平均分摊"：每人拿出自己收入的百分之一。

当时一级教授的工资 345 元，就出 3 块 5 毛钱；学生的助学金 20元，只出 2 毛钱；青年教师工资 56 元，也只出 5 毛 6 分钱。

结果，主要由教授掏腰包，出钱买了很好的灯和煤油。

## "下盆"的笑话

我和几个学生住在农民的一个热炕上，屋子里还有个煤炉。

口渴想烧开水，有个同学看到门口地上放有一个小铁锅，就想拿了烧水来喝。农民大嫂见了就说："这是下盆，不能用。"

学生不懂什么是下盆，以为下盆就是放在地上的盆。回答说："下盆没有关系！"

就把小铁锅端回来放在火炉上，烧起开水来。

烧开后，喝时感到这开水有点儿咸味，味儿不正，不过为了解渴，大家还是多少喝了一些。

后来才知道，原来下盆就是尿盆。弄得大家哭笑不得，出了一个大洋相。

幸亏农民很厚道，没有出去说，知道的人很少。

# 从北京到江西

每天用小车推土垫地，劳动十分繁重，但吃得多睡得多，天一黑就上炕睡觉，心情却比较放松。

如此干了三个月，开始批判"国防文学""四条汉子"。不久，把我调回学校大批判组，没日没夜干了一个多月。

我对搞这种政治任务式的批判感到厌烦，而向往着江西农场的劳动锻炼。正好农场需要人，于是我在 1970 年 3 月到了鲤鱼洲农场。

当时并不知道鲤鱼洲有血吸虫，更不知道它的厉害，只想体验一下南方农民的劳动生活，增加一些生活经验而已。

我出生在城市，不了解农村，总想弥补一下这个缺欠。我的好奇心很强，怀着急切的向往，来到了鲤鱼洲。

当时江西正是雨季，好多天阴雨连绵，见不到太阳，到处是泥泞一锅粥，红土泥巴黏黏糊糊，很容易滑跤，走起路来非常困难。

上鄱阳湖大堤挑砖，就更难了，路远又滑，挑起砖来更是寸步难行。为了锻炼，我每次会挑 24 块砖，每一块砖 5 斤，共 120 斤。慢慢走也是满身大汗，但总算挑到了目的地。

有一次，看到一个外系的年轻人，挑了 40 块砖，200 斤了。我见他正在休息，就去试试看能不能挑得动。

结果，挣扎着还真慢慢挑了起来，然后试着走走看，小步走，居然慢慢走了大约 50 米，实在走不动了才放下。不过，这也成了我的最高纪录。有的人，比我的力气大得多，可以挑 300 多斤。

当时，许多劳动是很繁重的。从船上卸大米，一麻包 150 斤，一个人背着实在很重，但许多人都能背，不过有些人的腰也被压坏了。

# 血吸虫与高级水稻

农场主要是生产大米。种水稻是要下水的，水里有血吸虫，这种寄生虫钻进人体破坏肝脏，可以致人死命。

为了预防血吸虫病，在下田之前，需要在腿脚皮肤上搽一层药油。这种油很贵，据说我们生产的每斤大米的成本是市场价的 25 倍还不止。当时大米每斤不到两毛钱，我们生产的大米每斤则要花 5 块多钱成本。所以有人开玩笑地说："这是全世界最高级的水稻。"

虽然涂抹药油，但仍有许多人感染上了"小虫病"（这是对血吸虫病的俗称），有的是在鄱阳湖里或小河里游泳时感染的。据说北大、清华都有几百人染病，在区上还建立了专门的病房。有的人较轻，治好了，但许多人的肝都受到了损害，埋下了祸根。

明明这个劳改农场有小虫病，为什么还要来呢？

据说 8341 部队的宣传科长迟群来踩点时，有人提过这个问题。迟群说："既然农民都可以在这里生活，知识分子难道就高人一等吗？"他坚持让北大、清华两校大批高级知识分子教职员来这个劳改农场劳动改造，并且还扬言要"一辈子在这里走'五七'道路"，当一辈子农民。所以，有的人把老婆孩子都带来了。特别是夫妻原来分居两地的，倒也得到了团圆，算是一件好事。但是，让我们在原来的劳改农场和血吸虫打交道，实在太不人道。对国家来说也是一个很大的浪费。

这实际上是把我们和劳改犯同等对待了。不过，当时抱着劳动锻炼的想法，没有想那么多，劳动还是很积极的。

插秧劳动有四个工种：有些人在秧田里拔秧，把秧苗一把把拔出来，捆成小把儿。这些活儿不重，老弱病残都可以干，有人还可以坐在小凳上干。

另一些人挑秧，用大筐把秧送到大田去插。挑秧是比较重的劳动，我干得较多。

把秧苗挑到大田的田埂上之后，有人再把秧苗一捆捆扔到水田里，落在插秧人的身旁。

最多的是插秧的，大家横排开，每人一列，边插边退。

我也参加插秧，但是插得很慢，常常落在后面很多。

插秧时老弯着腰，特别容易累，累时腰就像要折断了一样，非常难受。为了锻炼，当然只好忍着。

为了解除疲劳，就说些笑话，唱唱歌，还有人口占旧诗词的。

文学史教研室教古典文学的彭兰同志，就是有名的"五七诗人"。她是闻一多先生的干女儿，思想很进步，作的诗很有情味。在苦中作乐，倒也是一种积极的心态。

插秧虽然很累，但直起腰来一看，那一片绿绿的秧田，秧苗随风摆动，确实很美，那"有风自南，翼彼新苗"的境界，确是书斋里体验不到的。

插秧之后，过几天秧田里草长起来了，就要挠秧。

挠秧就是弯着腰在水田里给秧苗松土、拔草。要反复挠两三次。

这挠秧的"挠"，很有意思，真像是给秧田挠痒。这是一种田间管理。

等到早稻黄熟了，就进入了"双抢大忙"时期。一边割稻，一边插秧，都要抢时间，这叫作"双抢"。农事忙得不可开交，往往要起早贪黑地干才行。

当时割稻还用镰刀，抓一把稻子，使劲割一把，割得腰酸背痛，实在是很累很累的。

这时天特别热，因为鲤鱼洲是围湖造田的成果，这里原来是鄱阳湖的湖底，在地平面之下，凉风吹不到这儿，所以特别闷热，动一动就汗流不止。这时倒真体验到了"汗滴禾下土"的滋味。

割好稻谷之后，捆起来，运到场上去脱粒，然后装麻袋入库。

大仓库是用红砖新砌的，很高大，都是刚来时由"五七战士"（教职工）自己盖起来的。爬高上梯，特别危险，据说曾有人摔伤。

我们这些教师是什么事都要干的。他们也真能干，连瓦片也自己做，张少康同志就干过用机器压水泥"打瓦"的工作。

# 抗住大草棚的闷热

我们在七连。除了中文系之外，七连还有图书馆和校医院、工会等单位的同志。上百人睡在一座很长的大草棚里，夏天热得要命。你想想，江西的夏天本来就很热，鲤鱼洲在鄱阳湖的湖底，密不透风，就加倍地闷热了。人们往往热得不停地流汗，在大草棚里太热，根本没法睡觉。

为了睡好觉，人们几乎都拿一床席子，睡在露天。

但是，我要锻炼自己，挑战极限，偏要睡在大草棚里面，就是不出去露天睡。结果，还真坚持了下来。

只有我一个人如此坚持，他们都很吃惊。

其实，我是有一套办法的：睡觉前，我先到井边用凉水冲洗一下全身，降了温，然后马上钻进帐子；因为劳累很快就睡着了，也就不感到怎么热，睡得还特别舒服。

大草棚前面，有个小草棚，这是伙房。

老崔（中文系办公室主任崔庚昌）是炊事班长，常常到天子庙街上去买鱼给大家吃。

湖区鱼多，据说曾经还有一条大甲鱼（老鳖）跑进伙房里来，被抓住吃了。当时甲鱼不像现在那么贵，我们的大锅饭也吃过甲鱼。

不过，有一次改善生活，却吃死了人。

那是特别热的一天，每人发了一个咸鸭蛋，改善生活。大家中午都把蛋吃完了。可是，图书馆的孔祥祯老人，却舍不得一次吃完，留了半个晚上吃。谁知吃了之后，到了夜间，突然肚子剧痛难忍。大家把他送到三里外的医务室去，已经不治而死。原来这是很严重的食物中毒：大热天鸭蛋很容易变质，蛋毒素特别凶狠厉害，很容易致人死命。

我们七连，1970年共死了三个人，另外两人是翻车压死的，当时我也在车上。

# 去广东招生

"双抢"之后，要招生办学。江西农场也就成了北大江西分校。

当时决定江西分校从江西、上海和广东三地的工农兵中招收新生。

我被派到广东招生，了解一些招生的情况。

广东招生组共有4人，8341部队2人（北大、清华军宣队各1人），教员2人，除我之外，清华还有一位年轻教员。在广州住在东山招待所，然后分三个专区，分头下去招生。

当时规定，招生名额分到各地，地方政府根据学生的表现，择优推荐。学校派人下去审查择优录取。

我被分到湛江专区，先到高州县里了解情况，然后再下到生产队去和学生见面。

生产队在高州山区，我借了一辆自行车，骑着下乡。上坡下坡，路很远，直到中午才到村里。

我以为可以吃中午饭了，谁知农村吃两顿饭，中午不开饭。

我又饿又累等到三四点钟才吃上饭，吃的却是稀稀的粥。

不用说，整夜肚子都在唱"空城计"，实在不好受。

晚上和学生见面。这是一位由广州下放来的高中毕业生，家中只有一个母亲，家境贫寒，劳动很好，曾冒险下水救人。情况很理想，当即同意录取，把档案带了回来。

我还去南山岛招生。

南山岛是一个非常荒凉的海岛，我顶着烈日，一个人下去找人，走了三四个小时也见不着一个人。

天是那么热，如果中暑晕倒，实在非常危险，后来想想真有些后怕。不过当时仗着自己身体底子好，一点也不在乎。我感到我是不怕热的。

南山岛推荐的这个学生，是个初中生，文化基础不好，不符合要求，我就没有录取他。这样我就在湛江专区择优录取了一个人，完成了任务。

新生在南昌聚齐，来到分校新搭的大门前受到"五七战士"们的列队欢迎。我们中文系 30 名新同学，由我带队，高呼口号进入学校。他们的编制也在七连，和教员住在一起。

中文系 30 名工农兵学员，分为三个班，一个班 10 个人，每个班配备三个"五同教员"，由七连副指导员袁良骏、排长闵开德负责领导。

一班的"五同教员"是袁行霈、周先慎、段宝林。

二班的"五同教员"是乐黛云、张雪森、严绍璗。

三班的"五同教员"是陈贻焮、冯钟芸、张少康。

开学以后，一场新的教育革命就开始了。这是在军宣队、工宣队领导下的教育革命试点，是"文化大革命"中的第一次。

开学之后怎么上课？

当然要打破过去的教学体系，不设课程，主要是在干中学，学毛著，搞大批判。

但是课怎么上，谁也不知道。

据说北京总校中文系第一课是由张剑福同志讲的。他是一个 62 级的红卫兵，胆子大，但在讲过之后，就受到猛烈的批判。所以我们分校教师听说后谁都不敢上这个第一课。

我历来是不怕批评的，就主动大胆上台去讲了这个草棚大学的第一课。

## 草棚大学第一课

学校领导对这个"草棚大学第一课"非常重视，不但有中文系 30 名工农兵学员参加听讲，而且还安排全校各系的工农兵学员代表和教员代表也来参加。

这个第一课在校部的一个大草棚里举行。大家坐在小马扎上听讲。

由我主讲《在延安文艺座谈会上的讲话》，工农兵学员徐刚过去写过诗，也参加了此次讲课。

学校领导当时要充分发挥工农兵学员"上大学、管大学、改造大学"的主导作用。

我们讲完之后，就开了一个全校大会。

在会上，哲学系的一个工农兵学员发言，说有人在讲课中散布"封资修"的文艺观点，大谈文艺神秘论，等等，学校领导号召大家进行革命大批判。

这当然是针对我来说的。

因为我在讲课中，重点讲了艺术的魅力。

我为什么要那么讲呢？这是有针对性的。

考虑到这些工农兵学员水平不齐，大多为初中水平，不知道什么是文学艺术，更不知道文艺的社会作用；为了树立和巩固专业思想，使学生热爱文学事业，我在讲毛主席《在延安文艺座谈会上的讲话》时，重点讲了文艺的特点和艺术的魅力。

我说，文艺是交流感情的工具，它不但可以起到思想宣传的作用，而且它有艺术形象，有形象性，往往比抽象的文章更吸引人、更感动人，从而起到更大的教育作用。

我怕他们听不懂，就举了一些例子。

我说，伟大的革命作家高尔基，从小热爱文学，看了许许多多文学书。有一次，他看了一部小说，很受感动，就想弄明白其中的原因。他以为书中一定有什么魔术，于是拿起书来，对着太阳仔细地、反复地照看，想找到其中的奥秘。

其实，这就是艺术的魅力。这是艺术的特点，也是艺术的优点，是文学专业最吸引人的地方……往往是其他的意识形态所无法比拟的。

另外我还讲了一个中国的例子。

在解放战争时期，文工团在部队里演出《白毛女》，因为太感动人了，战士们看了戏感动得热泪盈眶。他们精神振奋，有的战士甚至要开枪打台上的黄世仁。可见这艺术的力量是多么大。战士们看完戏，高呼口号直奔战场，战斗力大大提高。

在讲课之前，教师和工农兵学员代表曾经在一起备课。我和徐刚试讲了一遍，大家提了不少意见。我记得徐刚说开枪打死演员的事最好不要说，有损解放军的形象。张雪森说，不要说打死人，可以说想要开枪打"黄世仁"。后来我就照张雪森的意见讲了。

讲完之后，反响都很好。

但是，学校开大会提出了严重问题，中文系当然要展开批判。而学员们都说很好，批不起来。

我却希望大家都来批判讨论。早操之后我特别走到队前讲话动员，希望大家对我的讲课进行批评、批判，写大字报。

我讲话之后，工农兵学员还是没有人出来批判，但是七连的教师却写了一些大字报，教师们辅导学员也写了一些大字报。连着几天一共贴出一百多张大字报。当然，矛头主要还是对着文艺黑线的，要肃清文艺黑线的影响。

这些大字报的内容，我已经记不清了。我印象最深的是说："四条汉子在哪里？就在我们的思想里！"

还有大字报说我"歪曲解放军英雄形象，把解放军说成连演戏也不懂，把演员当成了地主"，等等。

我对那些上纲上线的无端批判，并没有在意，也没有作什么检查，只是抽象地肯定大家的批判，表示要加强思想改造，更好地学习马克思主义和毛泽东思想。

连队领导以为这么多大字报要让我吃不消了。其实，我并不在乎。

大家对我非常宽容，继续让我当"五同教员"，并且还肯定我勇于上台大胆讲课。学校领导和教改组的夏自强同志，还不止一次让我向外校来取经的人介绍草棚大学第一课的情况。他们听后都反映说，北大教员大胆上台讲课，虚心征求意见，姿态高，很好，值得学习。

连里又把讲政治课的光荣任务交给了我，还让我当了教学小组的负责人。记得我曾经去八连，前去敦请历史系的马克垚、哲学系的楼宇烈等先生来讲过课。我希望他们在很短的时间里，讲很多的内容，多举例子，还要少而精，通俗易懂。他们觉得很为难，但都讲得很好。

# 在大堤公路上翻车

第一批工农兵学员在学校学习了两个月，领导决定我们师生一起到井冈山铁路工地去进行写作实习。

上井冈山，要经过南昌。

当时因为女儿生病我刚刚从扬州探亲回来，在南昌到鲤鱼洲的大堤公路上看到有些路段很窄，我们乘坐的大卡车有时只有三个轱辘在路面转，一个轱辘已经悬空，十分危险。

于是，我向8341军宣队张指导员建议，最好不要乘汽车去南昌而改为乘轮船，而且新北大2号船已经下水，正合适。

但是他说，乘船太慢，要乘一整天，到南昌还要住一个晚上，不好办，汽车已经订好了，还是乘车吧。

出发那天早晨，我们30名工农兵学员、10名"五同教员"，分别上了两辆卡车。

一、二班在一辆解放牌大卡车上，三班乘后边的一辆"嘎斯"牌中型卡车。没有座位，人就坐在自己的背包上，两辆卡车坐得满满的。

卡车两边贴了刺目的黄纸写的"向江西人民学习！""向江西人民致敬！"的大标语。

汽车上了大堤之后，走得非常慢，因为人多车重，大堤公路上坑坑洼洼，有的水洼还比较深，车陷进去很难爬出来。

有一次，大卡车的两个后轮已经滑到堤下，卡车歪了过来，幸好坡不陡，没有翻车。这时老司机还满不在乎，说汽车自己可以爬上来。

我一看比较危险，立即下车叫大伙儿先下车来，等汽车爬上公路之后再上车。大伙儿都下来了，汽车爬上了公路，而老司机还对我不大高兴，认为多此一举。我也不去管他，安全第一最重要。

车走了半天才走了几公里，已经中午了，才刚刚走到清华农场。于是我们打电话给分校农场，希望派一辆四十五马力的"东方红"履带式大型拖拉机来拖我们的大卡车，以加快速度。

在等拖拉机时，大家都下车在清华农场吃午饭。清华农场很热情，用油炸小鱼的美食来招待我们，大家吃得很好。

吃完午饭之后再上车，有了拖拉机的牵引，汽车走得快多了。谁知其中也埋伏着更大的危险。

我们的司机是个饱有经验的老司机，当时他见到像坦克一样的拖拉机拉着卡车直跑，很得意地笑道："这玩意儿倒不错！"他就全靠拖拉机拉了。

走了一段，来到一条窄路上，路的一边堆了许多碎石块，石块旁边剩余的半边路面刚刚够走一辆汽车。这时拖拉机已经开了过去，没有减速，而大卡车正行驶在半边的窄路上，有两个轱辘已经滑下路边，和走在前面路中间的拖拉机产生了一个斜角。拖拉机手在前面，没有看见，还是照样使劲拖拉；因为拉得太猛，把十多米长的钢丝绳给拉断了。

就在钢丝绳断裂的一瞬间，大卡车受到猛烈震动，失去了平衡，慢慢翻到了大堤的下面。

大堤有两米多高，在翻倒的过程中，坐在后面的工宣队师傅、袁良骏副指导员，还有几个学员都及时跳下了车，汽车慢慢翻到大堤底下，四个轱辘朝天倒扣了下来。车上大多数人都被扣在里面了，其中包括教师袁行霈、张雪森、严绍璗和副排长徐刚等一、二班的大部分同学。

他们有的被车帮子压住，有的被行李压住，大都受了内伤，轻重不等。一位解放军学员是从福建来的，曾经经历过翻车事故，有应付翻车的经验，一点也没有受伤。我们问他有什么经验，他说："在翻车时赶快全身趴下，就不会被压坏。"

这次他就趴下了，在车中一点也没有被压伤。

翻车后，有些人自己爬出来了，有的被别人拉了出来。后面卡车上的人出力尤多。清华农场的同志也赶来救人。

但是，数了一下，少两个人：一个是教师张雪森，一个是工农兵学员王永干。他们还被压在车里。于是，大家一起合力把汽车翻过来，汽车滚到坡下水塘里去了。大家这才看到这两位同志还跪趴在地下。仔细一看，已经被压死了。

三班的张文定同学当时就大哭起来，高叫："张雪森老师，王永干啊！"

大家一下子都惊呆了。

他们两个都是坐在卡车最前排的，是卡车前面的钢梁压着了他们的头和身体。大概因为他们两个都比较胖，吃了午饭上车很快就睡着了，没意识到已经翻车，所以没有避让而被大梁压着了。实在是非常惨的。

本来张雪森同志是打前站的，他坐在前面驾驶室给司机带路，但是因为王永干晕车，他就把驾驶室的位置让给了王永干。

可是走了一段，王永干怕驾驶室的汽油味，要换出来，正好我坐在前排靠边，副排长徐刚就说："段老师，你和他换吧！"

这样我就坐进了驾驶室，夹在正副司机中间。不然，也许压死的就是我。他们都说我命大。也许是妈妈的魂灵在冥冥之中保佑了我。

其实，即使在驾驶室里也不是安全的。

据说，坐在驾驶室里，翻车时往往更危险；因为翻车时汽油会溢出来，车头常常起火燃烧，起火之后车门打不开，里面的人就会被烧死。

幸好那天汽车刚刚开了不久，马达还没有烧热，所以没有起火。

翻车时我感到很突然，整个身体头朝下脚朝上，头顶被车顶碰了一下，晕晕乎乎，只感到脸上、衣服上被弄上一种液体，不知是什么东西。司机先打开车门爬出来，我最后也爬了出来。

还好，没有很重的伤员，我们排队步行回到了分校。后来有几个受内伤较重的人，到南昌住院检查、治疗了几天。

领导要开追悼会，让我写追悼会的悼词。我赶写了一篇，连夜走很长的路，送到校部去审查；一个人单独走黑黑的很长的夜路，真有点不寒而栗。

我和张雪森同志都是1954年从上海考到北大的，又一起留在中文系教书，感情比较深，我就在悼词中写了一些抒情的悲伤的话。分校领导、六十三军参谋长是个老同志，听后说："调子太低沉！我们部队打仗，死人是经常的，都这样凄凄惨惨戚戚怎么行。"

这篇稿子就没有用，不知现在还找得到找不到了。这倒是一篇很好的历史资料。

王永干的父亲是上海的一位老工人，几个儿子还没成人就都死了，只剩下这个儿子，也遭此横祸，实在是非常悲惨的。

张雪森的夫人在农场小卖部工作，他们有一个儿子，还在读书。

他们也在会上发了言。

经过一段休整，我们还是去了井冈山铁路地区，作了一些新闻采访，写了一些报道的文章。去井冈山之前，我和张少康、周先慎三人，还到南昌郊区的部队报道组，请人给我们讲新闻报道的写作经验。

我们在下面分别采访农村和工厂的新人新事。来去都是步行，非常艰苦。记得有一次采访，我们来到一个新建的小高炉，一个学员还爬上去看了看。就在我们离开不久，只听到一声巨响，又听到一片哭声，可能小高炉发生了爆炸。当时我们已经走得很远，还有别的任务，也就顾不上他们了。如果爬上小高炉的学员晚走一个小时，说不定就危险了。

当时还在搞"文化大革命"，只讲革命，不讲科学，主观主义瞎指挥盛行，因而常常发生工伤事故。我们在途中就常常碰见一些捧着逝者遗像、哭丧的队伍。很可能就是事故的一些受害者。

## 千里野营到安源

到 1970 年年底，全国学习解放军进行备战拉练。

所谓拉练，就是带着全部装备长途行军锻炼。解放军是每年都要举行这种训练的，现在我们也要拉练了。这是学军的一门课。

江西分校全体师生，统一行动，在 8341 部队和六十三军军宣队领导下，千里野营拉练去安源。

我们中文系师生是一个独立活动的小单位。大家背着不小的背包，每天行军几十里。开始是五十里，逐步增加到六十里、七十里，后来竟然可以一天行军九十多里。学习老红军的革命传统，虽然很累，情绪却很高，一路上唱唱歌，喊点口号，也能坚持下来。

唱歌有合唱，有独唱。谁高兴起来，张嘴就唱。唱得最多的是语录歌、毛主席诗词、红军歌曲，还有些苏联革命歌曲。如语录歌《下定决心，不怕牺牲，排除万难去争取胜利》、毛主席诗词《长征》、井冈山老红军歌曲《红米饭，南瓜汤》，还有苏联的《一条小路曲曲弯弯细又长》，等等。

一路上，也有聊大天、说笑话、讲故事的。走走说说，就忘掉疲劳了。

最累的要算陈贻焮先生了。他年纪最大，管伙食，挑一副伙食担子，到了宿营地还要忙着做饭、开饭。学员们往往抢着帮他挑担子，他还不让，说自己挑得动。其实，他的腰受过伤，挑担子是相当吃力的。他爱讲一些老北大的笑话，有时还吟诵毛主席诗词。

我负责办一个油印小报，到一个地方就抓紧采访，还要组稿、编辑，放下背包就到处跑，起早贪黑，非常紧张。诗人徐刚是我的得力助手，他笔杆子来得快，写了不少诗，有一篇还比较长，占了一个头版。在整个拉练过程中，小报出了好几期，受到了表扬。

在安源，我们参观了新建成的高大的安源革命博物馆，还下煤矿到掌子面和矿工一起挖煤，一起在石头砌成的很大的澡堂浴池中泡澡。我们行军刚刚到达安源时，就享受到了这种优惠待遇。那天我们行军很累，进了浴池，池水又清又烫，真是非常解乏。

在安源我们还带领学员采访老工人，了解安源工人运动史，参观了安源工人俱乐部的旧址，工人代表和资方谈判的地方。当时，刘少奇已经被打倒，但是，老工人仍然念念不忘他。他深入了解工人的要求，非常巧妙地进行了有理、有利、有节的斗争。"从前是牛马，现在要做人"的口号深入人心。工人们说得非常动情。后来许多安源工人跟随毛主席上了井冈山。

# 行军走上井冈山

离开了安源，我们继续行军，沿着毛主席当年走过的道路，上井冈山。大家都非常高兴。

第一站，就是三湾改编所在地三湾。

在三湾，我们三个班，分别住在老乡家里，受到热情的欢迎。我们帮助农民干活，同时上党史课。

我是主讲教员，并没有带多少书，好在当地有许多革命历史资料，当地一些宣传干部也介绍了三湾改编时的情况：毛主席怎样制定"三大纪律八项注意"（开始只是六项，后来逐步完善）；怎样遣散了少数动摇分子，使革命队伍更加精干；后来又有个别领导人企图叛变投敌，幸好这封信在刚解放的县城邮局中被我们发现了，真是极端危险。革命初期队伍成分复杂，常常打败仗，险象丛生。三湾改编把"党的支部建在连上"，加强了党的政治工作，在井冈山找到了根据地，成了人民解放的星星之火。

我们在三湾改编的地方学习党史，参观当年毛委员开会的地方，和老赤卫队员座谈。在这里待了好几天。一个晚上，我们在毛主席常常讲话的枫树坪，告别了三湾的乡亲们，大家用老乡送给我们的毛竹扁担，挑起行李，开始夜行军，往井冈山腹地进军。

一路上，我口占了一首小诗《别三湾》：

> 枫树坪下别三湾，
> 乡亲送我竹扁担。
> 井冈翠竹光闪闪，
> 革命路上挑重担。

夜行军是第一次，大家很新鲜。想到红军、解放军都是夜间行动，体验一下这个滋味也是很好的。

夜行军的滋味确实不好受，走到十点以后，就有些困了。行军时要跟着队伍的步伐，不能落后，有时困得不行了，就不自觉地打起瞌睡来。在打瞌睡的时候，两条腿还习惯性地往前走。有一次，走着走着，发现我的扁担碰到了右边的大树，睁开眼一看，吓了一大跳，旁边就是黑黢黢的山坡，再走错一步就可能连人带行李全都滚下去了，后果不堪设想。幸好，老天爷帮忙，感谢路边的大树救了我。

在井冈山，我们几乎走遍了最重要的地方。

在井冈山的中心茨坪，我们住了好几天，参观了新建的井冈山博物馆，查阅了许多档案材料。毛主席在茨坪的旧居是一个小草房，我们可以随便进去参观，在毛主席写《井冈山的斗争》的靠窗的两屉桌前，坐下来写写字，体验一下当年艰苦斗争的情形。

在大井，我们在毛主席坐着看书的大石头上坐了坐，向老赤卫队员问询当年毛委员在井冈山的情况。还到朱总司令挑粮休息的大树下瞭望曲曲折折的山路和重重险峻的高山。

我们还到黄洋界哨口去看看井冈山的天险。当时黄洋界山头建成了一个巨大的火炬形台子，叫"五星台"，挺壮观的。后来被撤掉了，听说可能是因为它的建设同林彪有关，也可能是因为它影响黄洋界山头防御工事的景观。

当时我还大发感慨，写了一首小诗：

> 五星台上看井冈，
> 巍巍群山不寻常。
> 铜墙铁壁在哪里，
> 工农大众心坎上。

后来第一句改成了"黄洋界上看井冈"，意思没变。

井冈山大学派汽车送我们到朱砂冲等五大哨口考察，使我们有机会饱览井冈山美景。看到高山悬崖挂着瀑布，非常壮观，于是我又口占一首小诗：

井冈泉水清又清，

飞流直下天地惊。

星星之火可燎原，

五洲四海听知音。

井冈山大学校车的司机因为路熟，在山路上开得很快，使人提心吊胆的，但总算没有遇到什么危险。

茅坪是井冈山的一个最重要的红色据点。我们在这里就住在八角楼旁边的老乡家里。附近的一个大祠堂里，曾开过一次苏区代表大会，会上谭震林当选为政府主席。

八角楼是一座木楼，并不很大。毛主席在这里写出了《星星之火，可以燎原》，这是为解答林彪等人"红旗到底能打多久"的问题而写的。

茅坪一条街相当长，有商店、学校、练兵场……在这里我们曾会见过工农红军高级指挥官袁文才的夫人。她个子不高，很朴实，像个老农妇。

在井冈山下的宁冈，我们住在毛主席办的教导团里，我在教室里还讲了一次党史课。这正是当年毛主席讲课的地方。

宁冈城外的会师广场很大，这是当年毛主席带领的部队和南昌起义过来的朱德、陈毅带领的部队，湘南起义的农军会师的地方。会师后成立了中国工农红军第四军。朱德是军长，毛泽东是政委。由此，中国革命进入了一个新的阶段。


## 到韶山、长沙游学


下了井冈山，我们又开始了新的长征——去湖南韶山。

在韶山，我们瞻仰了毛主席旧居、韶山农民协会、毛主席幼年读书的私塾等地。

然后，到长沙，住在湖南第一师范学校，参观当年毛主席住过的地方、上课的课堂、洗冷水澡的石井……

还参观了清水塘，观看毛主席和杨开慧一起在党的湘区委员会、新民学会编《湘江评论》时期工作的房子。

我们登上岳麓山爱晚亭远望，想象青年时代的毛泽东同蔡和森等人在此进行风浴、雨浴、露宿的情景。

大家在橘子洲头的南端，放声朗诵毛主席的《沁园春·长沙》，对着迎面而来浩浩荡荡的江水，体验"湘江北去……层林尽染，漫江碧透，百舸争流，鹰击长空，鱼翔浅底……"的意境和"恰同学少年，风华正茂，书生意气，挥斥方遒，指点江山，激扬文字，粪土当年万户侯"的伟大气魄，以及"到中流击水，浪遏飞舟"的崇高志向。

尧何人也，舜何人也，有为者，亦若是！我们决心学习和继承毛主席的革命精神，为人民的幸福奋斗终生。

在江西、湖南的游学生活结束了，我们又回到了鲤鱼洲。

回校后，就学习庐山会议的文件，批判陈伯达的"天才论"。

那时我们已经集中在八连，和汤一介、郝斌等人一起写批判文章。我写得比较快，汤一介曾对此加以表扬。后来出了一期刊物，在头版登了我的文章，文科的教员都表示钦佩。其实，我是搞民间文化的，批"天才论"是老本行。

在八连，我交流较多的是郝斌同志，我把我在安源、井冈山等地抄录的一些材料送给了这位党史专家。我以为这对他更有用。

当时图书馆调来了许多参考书，放在大仓库的一角，我常常去翻看。这里有不少内部资料，如考斯基的《唯物史观》（内部出版）以及匈牙利事件的许多原始文件。我在讲《关于正确处理人民内部矛盾的问题》的历史背景时，发现了这些非常珍贵的重要史料。

我从这些史料中看到，匈牙利党的领导拉科西等人犯了极其严重的官僚主义，引起广大人民的不满和反对。匈牙利的作家组织——裴多菲俱乐部在首都布达佩斯组织了学生的特大游行。这种形势被敌人所利用。美国中央情报局资助了这些活动，还组织发动流亡在奥地利的匈牙利贵族、官僚和反动军官们带着大批武器进入匈牙利，在布达佩斯武装攻打并占领了共产党的领导机关，把许许多多公安警察和共产党员打死吊在大街上……由游行示威演变成了反革命暴乱。这当然是非常深刻的历史教训。由此我对毛泽东"反右"时的思想有了更深入的认识。现在看来，毛泽东是把中国和匈牙利混为一谈了。其实，中国和匈牙利当时的情况是有很大不同的。把好心好意给党提意见的人都当成敌对分子，在全国划了好几十万右派，实在是一个很大的错误。

毛泽东是一个伟大的战略家，他的一些理论，如预防资本主义复辟、文科要以社会为工厂，等等，是有一定道理的。然而，由于他后来脱离实际、脱离群众，在具体执行中，往往产生许多片面性的严重错误，结果常常适得其反，造成了极其巨大的损失。主观与客观、动机和效果的严重背离，这是一个很大的悲剧。对中国和对他个人都是一个很大的悲剧。于此可见马列主义的实践是多么困难，而理论联系实际又是多么的重要。当然，这是我后来的认识，当时对毛泽东还是充满崇拜和个人迷信的。

我们"以社会为工厂"的游学活动，北大江西分校的教育革命试验，到"九一三"事件之后就停止了。鲤鱼洲农场撤销，移交地方。我们全部回到了北大总校，和北京的工农兵学员合在一起，混合分班。我们去报社、电台实习，下工厂、农村"开门办学"，但拉练、游学，已经没有了。

以上是我根据自己的印象、回忆匆匆撰写的，没有来得及去查看当时的笔记进行核对，但大体上是准确的，希望大家补充、订正。我当时记了好几本笔记，一时找不出来，等以后再详细地写吧！

2010 年 10 月 6 日于中关园

# 《歌谣周刊》创刊 60 年纪念会

前排左起依次为：吴组缃、杨成志、常惠、钟敬文、常任侠、王力；
二排左起依次为：阎云翔、林庚、杨堃、马学良、贾芝、季羡林。

　　《歌谣周刊》是中国第一本民间文学刊物，1922 年 12 月 17 日创刊，由北京大学歌谣研究会主办。1982 年 12 月 24 日，北京大学召开了庆祝《歌谣周刊》创刊 60 年的纪念会，会议由副校长季羡林主持。北京大学王力、吴组缃、林庚、段宝林、阎云翔、刘亚虎等老中青学者，中国民间文艺研究会常惠、钟敬文、贾芝、马学良、王文宝、刘守华、吴超等学者，及兄弟单位的有关同志参加。季羡林在讲话中希望在北京大学建立一支民俗学研究队伍。

　　会上，段宝林宣布北京大学民俗学会正式成立，并聘请参会学者担任民俗学会顾问。

（原载《中国社会科学报》，2012 年 10 月 17 日《学林》）

# 回忆北大民俗学会

2008 年是北京大学发起"征集歌谣"90 周年，也是北大民俗学会成立 25 周年。在当今全球和全国非物质文化保护的热潮中，回顾北大的这一段历史，有很强的现实意义。

北大之成为中国民俗学、民间文艺学的发源地，就源于 1918 年 2 月 1 日蔡元培先生在《北大日刊》头版发表"校长启事"，征集中国近世歌谣。当时还成立了歌谣征集处，由刘半农负责编注"歌谣选"，在《北大日刊》逐期发表。李大钊、胡适等许多新文化运动的先进人物参加了记录歌谣的工作。1920 年又成立了北大歌谣研究会，归国学门领导。1922 年《歌谣周刊》创刊，胡适在 1936 年的"复刊词"中说：

> 歌谣周刊编辑最出力的是常惠先生、顾颉刚先生、魏建功先生、董作宾先生一班朋友。这个周刊持续了两年半，共出 97 期，字数至少一百万。其中有研究古今歌谣和民俗学的论文，有各地歌谣选，有歌谣专集。据徐芳女士的统计，歌谣周刊发表的歌谣总数是 2226 首。无疑的，这个周刊是中国歌谣征集上研究的唯一工作中心。

《歌谣周刊》在全国影响很大。远在广东海丰教书的钟敬文先生也受到影响，并在 1924 年 11 月的《歌谣周刊》上开始发表他的"歌谣杂说"。

顾颉刚先生 1919 年回苏州养病，记录了几百首民歌，在《晨报副刊》发表，后集为一本很厚的《吴歌甲集》，胡适、俞平伯、周作人、沈兼士等名教授为他作序。后顾颉刚 1927 年又在广州中山大学主持成立民俗学会，发行《民俗》周刊。这一切都源于北大，源于 1918 年的蔡元培"校长启事"的发动。

这当然不是偶然的。一方面是由于北大是"五四"新文化运动的中心，一方面也是因为蔡先生在欧洲学习的主要是民族学（人类学、民俗学）。

1923 年，北大又成立了风俗调查会和方言调查会，顾颉刚、林语堂、容肇祖等为骨干。江绍原先生在北大讲授宗教民俗学，他的《发须爪》是中国民俗学的经典，受到国内外的重视。方纪生的讲义《民俗学概论》在 80 年代还曾由北师大历史系重印了一回。

北大有民俗学研究的光荣传统，直到 60 年代，全国各大学都取消了民间文学课，当时也曾让我改教现代文学。但导师王瑶先生说："民间文学很重要，我的导师朱自清先生在清华就讲过'歌谣研究'的课，你还是以教民间文学为主。"

这就使北大硕果仅存，是 60 年代唯一坚持讲民间文学课的大学。1978 年 10 月在兰州召开的"中国少数民族文学教材编写暨学术讨论会"上，我作了两个多小时的《民间文学在文学史上的地位与作用》的报告，引起强烈反响。会上普遍认为，这个报告"为新时期民间文学事业的腾飞擂响了开台锣鼓"，"打下了民间文学起飞的学术基础"。

1982 年 12 月 24 日，为纪念北大《歌谣周刊》创刊 60 周年，在北大临湖轩隆重召开了一个纪念座谈会，由副校长季羡林先生主持；《歌谣周刊》主编常惠先生已 90 高龄，仍兴致勃勃地到会讲话。他说："看到这么多后起之秀，把北大的民俗研究振兴起来，特别高兴，希望寄托在你们身上。"

季羡林先生说："北大《歌谣周刊》六十周年，是一个重要的事情。当时北大在全国带了一个好头，但没有坚持下来。今天开会庆祝，就是重新开始，把它们振兴起来，把这个空白学科抓起来。"

中国民间文艺家协会的三位副主席钟敬文、贾芝、马学良先生都在会上发言，他们讲道，"《歌谣周刊》使自己擦亮眼睛来看民间的东西，开创之功，影响深远"，所以现在"谈到民间文学，就想到《歌谣周刊》，就想到北大。对北大来说是一件非常光荣的事情"。

中文系王力教授、吴组缃、林庚教授都非常高兴地参加了这个纪念会。他们说，朱自清先生在清华中文系开"歌谣选读"专题课，就是受到北大《歌谣周刊》的影响。吴先生还举了一个例子说明"群众的智慧是了不起的"，民间文化要好好研究。他说当年顾颉刚先生、魏建功先生、刘半农先生都出过大力，可惜他们都不在了，我们要继承他们的事业。

作为北大民俗学会筹备组负责人，我在会上宣布："北京大学民俗学会正式成立，学会决心把这一空白学科的研究振兴起来。"学会聘请季羡林先生为名誉会长，各位在座的先生为学术顾问。于是，北京大学民俗学会在一片热烈的掌声中宣告成立。它预示着北大民俗学研究的光辉前景。

北大民俗学会成立时，有各系各单位会员一百多人，还有外地校友及同行参加，我为会长，副会长为图书馆陈文良研究员，秘书长是社会学系夏学銮教授。学会成立后，开始编辑出版《北大民俗通讯》，发表学术文章、报道民俗研究情况，普及民间文化知识，发动师生员工记录民俗、民间文学作品，内容甚为丰富。到 1989 年，《北大民俗通讯》共出版 17 期，后并入《北大人类学民俗研究通讯》，又出版 40 多期。

北大民俗学会成立之后，组织会员从事民俗研究与调查工作，陆续编辑出版了许多著作。如 1985 年修订再版了《中国民间文学概要》教材，在国内外影响较大，1986 年获意大利巴勒莫人类学国际中心的"彼得奖"（大奖）。1983 年，北大民俗学会发动编写《民间诗律》，1987 年出版，接着又编印了《中外民间诗律》（1991）、《古今民间诗律》（1999）。这三本书把全国 56 个民族和国外的 20 多个国家主要的民歌、曲艺、史诗的几百种诗歌体式和诗律，都作了全面的研究，这是全国各民族诗歌、语言研究者共同努力的结果，作者有百人以上。许多民族是没有文字的，就用国际音标记音，引诗采用国际音标记音、直译、意译、民族文字等四对照。这一成果受到王力、冯至、臧克家、贺敬之、公刘等诗人学者的高度评价。在全世界这是少有的、空前的，恐怕也是绝后的。

北京大学民俗学会除组织"民间诗律"研究外，还以图书馆为依托，编了一些重要的资料工具书，如《世界民俗大观》（段宝林、武振江主编），把国内外的有关资料，按民俗分类做了科学编排，出版后很受欢迎，很快再版，对于改革开放、了解全世界各国民俗帮助很大。如此编排，难度之大，在国内也是罕见的。

北大图书馆馆藏的地方志数量很多，在全国是数一数二的，许多善本非常珍贵，一般不外借。我们北大民俗学会会员利用工作上的方便，从几千种地方志中，摘出各类民俗材料，编成一套《中国地方志民俗资料》巨著，共十大本，在书目文献出版社出版，多次加印，很受欢迎，凡是研究中国民俗史和民俗理论的，几乎没有不加以引证的。此书由图书馆丁世良、赵放等多人编写。资料极其珍贵。

北大民俗学会还主持了《中华民俗大典》（原名《中国民俗大全》）的民俗普查和编写工作。我撰写"总序"（见《新华文摘》1997年第1期和"凡例""编写提纲"），后由中国民俗学会主办，全国几百位会员专家进行编写，内地每省（自治区、直辖市）一卷共31卷，加港澳台和海外华人各一卷，共35卷，每卷约百万字，总共约3500万字，为几千年来中国56个民族传承下来的民俗文化的调查研究资料的总汇。按统一体例编写，内容全面、具体，按"民俗的本质是生活美"的新理念和立体描写的科学方法进行编写，这在国内外都是一种创新，其规模与内容，都是空前的。此巨型丛书从1994年启动以来，得到各地同人热烈支持，已完成十六卷，其余多卷也接近完工。这是全面保护非物质文化遗产的重大收获，引起了领导和专家们的重视和好评，认为它对新文化的建设和文化产业的发展将起重要作用，是"民族文化根基"，不可或缺。

北大民俗学会还组织了多次"民俗讲座"，非常受欢迎，在最大的教室几乎总是"客满"。我们请中国民俗学会副主席王文宝校友、学长来讲"北京大学与中国民俗学"、《歌谣周刊》。请中国民俗学会副主席、校友、学长宋兆麟（中国历史博物馆）研究员讲"中国巫术文化"。请西北"花儿王"、著名歌手苏平来讲"甘青花儿民歌"，她边讲边唱，介绍了花儿在劳动中和花儿会上的精彩创作，大开了我们的眼界。还请江西大学胡江非教授讲古代民间歌曲，请西德梁雅贞博士和罗德教授、加拿大何万成博士讲外国民俗学教学与研究的情况。我们的学会成员还开设了全校性选修课"民俗学""中国民俗"等课程，因内容生动、丰富而受到文理科各系学生的热烈欢迎。每年会收到学生们调查民俗的作业好几百份，这些作业已作为重要资料档案加以保存。我也把几十年来努力搜集的一万多册民俗图书无偿捐献给北大图书馆，如今已在图书馆新楼三层建起了"民俗文化资料中心"，供读者使用，成为北大民俗研究的一个基地。

国际民间叙事研究学会是全世界研究民俗民间文学的中心，每五年（后改为三年）开一次世界大会。1980 年我作为中国的第一批会员入会，参加国际学术活动，有的论文如《论民间故事的发展前景》《论民间笑话的美学价值》在国际上曾起到了带头作用，引起学会领导的重视，成为下次会议讨论的主题。我们也得过不少国内国际学术大奖。这些都是北大传统的继承。

如今北大师生已恢复了北大民俗学会的工作。社会学系和北大人类学民俗研究中心更是实力雄厚。相信一定能继承北大歌谣研究会成立以来的光荣传统，把民俗研究的崇高事业搞得更好，在全国、全世界民间文化的研究中发挥更大的作用。这是时代的使命，人民的期望。

# 纪念北大民俗学会成立五周年

1982年12月，北大民俗学会正式成立，至今已经五年了。在校系领导的关怀下，出版了《北大民俗通讯》16期，举办了多次民俗讲座，演讲人有国内外的著名学者。北大民俗学会的会员们，这几年进行了许多调查研究，硕果累累。如《中国地方民俗资料》（六卷本，300多万字）、《民间诗律》《中国民间文艺学》《中国民间文学简史》《民间文学词典》（5000多词条，130多万字，协作）、《中国民间文学概要》（修订再版）、《中国古代文化知识》《中国俗文学概要》《曲艺概论》《巧女故事集》《阿凡提故事评论集》《歇后语大全》（四卷本六万多条）、《中国民间故事类型索引》（翻译）、《高尔基论民间文学》《马恩列斯论民族文学》等许多论著和有关民俗学、民间文学基本理论的《民俗与迷信》《中国传统节日民俗的形成》《民俗中的象征》《论民间文学的立体性特征》《加强民族民间文学的描写研究》等几十篇文章，提出了许多具有理论意义和现实意义的观点和问题。我们还在北大开设了十多种民间文学、民俗学的课程，四名会员取得了民间文学专业的硕士学位，毕业后，有的在中国社会科学院、中国民间文艺研究会、中央民族学院等单位从事研究和教学工作，有的到美国哈佛大学人类学系继续深造。还有的会员利用各种形式进行了大量的调查，编印了五本《采风集》和八本《扬州采风录》，足迹远到新疆、滇西、广西、黔西和川西，寒暑假回乡调查的接触面更达于南北各地。

我们的工作受到了国内外民俗学界的重视和好评。中国民俗学会主席钟敬文、副主席杨成志、杨堃、马学良等老教授，多次表扬《北大民俗通讯》，认为它在全国高校中起了积极作用，对全国民俗学研究作出了贡献，希望扩大发行。全国各省市的民俗学者和大学生们，对我们的工作也给予热情的支持和鼓励，如有的学校要求每期购买刊物 60 本，作研究参考。不少单位和个人寄来了调查研究成果进行交流。美国、苏联、日本、印度、泰国、加拿大、联邦德国、罗马尼亚、南斯拉夫、刚果等地的专家和留学生，来校学习和访问，对我们的民俗学研究和教学颇有兴趣，希望进行学术联系。我们因人手不足，校内的组织发动工作十分欠缺，在工作繁忙的情况下，只力所能及地做了很少一部分工作。今后要进一步加强学会的工作，把北大各部门对民间文化研究有兴趣的同志都发动起来、组织起来，有系统、有计划地对国内外民俗进行更深入的研究，加强与国内外民俗学界的学术交流，使我们的研究与教学工作能够与世界的发展同步。

民俗学在我国是一门新兴学科，要做的事极多。我们希望全校师生更加关怀和重视这门学科，有更多的人参加到我们的队伍中来，从事民俗学的调查和研究。我们要更好地组织起来，为我国民俗学的发展和社会主义现代化的建设，为国际文化交流和各国人民的友好交往，作出更大的贡献。我们要踏踏实实地努力，坚持不懈地奋斗，继承"五四"时期北大"歌谣周刊"的光荣传统，为振兴中国的民俗学尽可能多地做些实际的工作，作为对北大民俗学会成立五周年的纪念。

（原载《北大民俗通讯》，1987 年）

# 啊，北大雄风！

## ——北大《歌谣周刊》70年有感

记得1980年日本口承文艺学会代表团的权威专家们来北大访问，代表团秘书长加藤千代教授当时曾提出："希望看一看原版的北大《歌谣周刊》。"这给我留下了深刻的印象。

确实，对于研究中国民间文学或中国民俗学的学者来说，北大《歌谣周刊》是神圣的。正是北大《歌谣周刊》开辟了中国民间文艺学与民俗学的广阔道路，使北大成了中国民间文艺学与民俗学的发祥地。故而不管是中国学者还是外国学者，到北大访问时往往有一种追根溯源、朝拜圣地的感觉。

前几年，《中国俗文学五十年》的作者，台湾谣、谚学权威朱介凡老先生在信中表达了他对北大的向往，说他特别想看看北大图书馆的俗文学藏书。由于《歌谣周刊》的巨大影响，北大图书馆的俗文学收藏是非常丰富的。别的且不说，就说变文、宝卷以及"马氏藏书"等珍藏，就是别的大学无法比拟的。60年代曾在北大进修的苏联科学院通讯院士李福清先生的博士论文《中国的讲史演义与民间文学传统》出版后，他曾亲手将此书奉赠给北大图书馆一部，并在题词中感谢图书馆对写作此书所给予的宝贵支持。

1918年2月1日，蔡元培发表"校长启事"征集近世歌谣。不久在《北大日刊》连载刘半农教授主编的《歌谣选》，每日一首共发表148首。

1962 年，北大副校长魏建功教授曾从一百多期《北大日刊》上把它们亲笔抄录下来，由中国民间文艺研究会的内刊《民间文学参考资料》第三辑重新发表。这些都已成为非常珍贵的历史文物了。

《歌谣周刊》曾多次重印。20 世纪 20 年代由北大研究所国学门歌谣研究会汇集出版。1963 年上海文艺出版社又将北大《歌谣周刊》分三卷影印出版。1985 年中国民间文艺出版社又重新影印了全套《歌谣周刊》。我国台湾学者娄子匡先生主办的东方文化书局也影印了全套《歌谣周刊》，在国外影响不小。日本加藤千代教授看的就是台湾版的《歌谣周刊》，所以到了北大总想看看原版的刊物究竟是什么样子。这种心情完全可以理解。

一种刊物，反复重印多次，可见其学术价值之高。《歌谣周刊》在民间文学界乃至社会上是有口皆碑的。它培养了一代又一代杰出的学者，成为中国民间文艺学和民俗学的学术渊薮。顾颉刚先生在《歌谣周刊》的影响下搜集出版了《吴歌甲集》，并在刊物上征集孟姜女故事异文，写出了极有分量的研究专著；朱自清先生主要根据《歌谣周刊》上的资料，在清华大学开设了中国最早的歌谣研究专题课，其讲义《中国歌谣》后来由浦江清、王瑶教授整理在作家出版社出版；钟敬文教授也是在《歌谣周刊》感召下从事民间文学研究的，他曾将《歌谣周刊》上的论文汇编为《歌谣论集》，由北新书局出版。乌丙安教授曾经对我说，日本学者认为中国的民间文学研究属于"《歌谣周刊》学派"。这是引人深思的。

《歌谣周刊》是我们学习中国民间文艺学的必读经典之一。正是在《歌谣周刊》的鼓舞下，在纪念其创刊 40 年时，我开始了对民间文学价值论的研究。在当时各大学的民间文学课纷纷下马之际，我以此为精神支柱，孤军奋斗，得以坚持此课并编印了教材，构筑了新的理论体系。1978 年在兰州会议上，北大学者发表了三篇论文，几占大会论文的三分之一。其中《民间文学在文学史上的地位与作用》一文，被会议主持者认为是"纲领性的文件"，安排在大礼堂作了近两小时的报告，引起强烈反响。一位蒙古族学者说："我因采录了史诗《嘎达梅林》，十年动乱中被斗挨打，脊梁骨都打坏了，我曾发誓以后再不搞民间文学了。听了这个报告，认识到民间文学的价值，知道那么多伟大的作家都重视学习民间文学，今后我一定更努力地从事民间文学的教学和研究。"此文在北大1978年"五四"科学讨论会时曾寄发各省市文艺部门，对新时期民间文学事业的大发展起了积极作用。这些都是《歌谣周刊》的影响所致。最近听到上海社科院文学研究所原所长姜彬先生的研究生说，他们学习期间，把《歌谣周刊》作为主要教材之一来学习。十多年前钟敬文教授曾对我说过，应该建立一门"'歌谣周刊'学"，使它成为专门的学问。

确实，《歌谣周刊》是值得深入研究的，其优良传统更是应该继承、发扬。当时北大"歌谣研究会"团结了北大各系的师生从事歌谣搜集和研究。如今北大许多系、所、中心都有一二人从事民间文化的研究。但苦于力量单薄、分散，急需在学校领导下成立一个"民间文化研究中心"，把各系力量组织起来，使教学与研究更有成效，以适应祖国现代化的需要。

中国的现代化从辛亥革命开始解冻，到"五四"吹起了"科学与民主"的雄风。这股雄风是从北大开始吹起来的。《歌谣周刊》面向大众、研究大众，正是"科学与民主"的产物，是北大"五四"雄风的一翼。这雄风曾吹绿了中国民俗文艺学的原野，吹向全国，吹向世界。我们欢庆《歌谣周刊》70岁生日时，要以实际行动进行纪念。让这股北大雄风吹得更加强劲些吧！

啊，北大雄风！——北大《歌谣周刊》70年有感

# 我的创新与立体思维

不知不觉之中，从北京大学中文系毕业从事民间文学、民俗学教学和研究，已经整整 50 年了。50 年在匆忙中度过，没有偷懒，生活紧张而愉快。虽然充满曲折与坎坷，但总算一道道关卡都闯了过来。回望过去，作一个小结是十分必要的。

我除编写了二三十本书和讲义之外，还写了 400 多篇文章，有论文，有散文，还有些杂文随感。这些文章大多是为了教学或社会需要而写的。我坚持实事求是的原则，绝不写空头大论和虚夸的文章，而是力求创新，在前人的基础上有所突破。

我的有些文章是争鸣性的，指名或不指名地批评了某些学者的观点，但至今未见到有针对性的实质上的反批评。对此，我很不满足，很希望有机会引起学术争鸣和讨论。"真理愈辩愈明"，"在真理面前人人平等"基础上的"百家争鸣"，才是正常的、健康的学术发展，才有利于学术繁荣和进步。

我所从事的专业是人们不甚了解也不很关注的"冷门"——民间文学与民俗学。最近几年，情况似乎发生了很大的变化，"保护非物质文化遗产"成了全国、全世界引人注目的大事，但对于"什么是非物质文化遗产""如何保护"这些根本问题，似乎还存在着巨大的分歧。这说明普及民间文学、民间艺术、民间文化、民俗学乃至文化人类学的知识，还是非常迫切的任务。

在写作中，我坚持理论创新，绝不照搬教条，用简明易懂的文字写作。我以为，照搬、照抄土洋教条，写空头大论的文章是容易的；而从事实出发，进行实实在在的研究就不容易了，深入浅出则更难。

非常高兴的是我的这些做法受到了许多读者特别是青年读者的欢迎。最近有位中文系毕业后改行的同志甚至给我写信说重读我的书，常常有新的心得，是一种"艺术享受"，在一片虚夸浮躁的文风之下，"青菜萝卜却成最可口的了"。他的感觉很好，我的文章就是"青菜萝卜"，但绝不是"陈芝麻烂谷子"，而是有所创新的新鲜之作。冯骥才同志也在信中说："又读你的文章，真是高兴，每读宏文，皆有启示。"这是对我的肯定，也是对我的鼓励。我就是要以内容取胜，深入浅出。

在民间文学理论上，我最大的创新在于论证了民间文学的"立体性特征"。1985年《论民间文学的立体性特征》在《民间文学论坛》发表后曾引起轰动，并荣获"银河奖"，后又选入《20世纪民俗学经典·理论卷》。台湾中国文化大学中文系教授程树臻认为，这是中国民间文学理论创新的代表，所以专门写了两篇很长的文章分析立体性的意义与重要价值。

我第一次提出了民间文学内容上的特征，即"直接人民性"。这种理论概括被钟敬文教授所写的《中国大百科全书·民间文学》条目所采纳。我在《中国民间文学概要》教材中的广义故事分类法（把神话、传说包括在"故事"之内）被《中国民间故事集成》分类体例所采用。

在神话学中，我提出"创世神话"的概念取代过去的"开辟神话"，还论证了神话思维特点和"两结合"的创作方法。在传说学中，我提出了"新闻传说"的概念范畴，并进行了论证。在笑话学中，对笑话美学价值的分析，突破了西方喜剧美学的传统观点，受到国际民间叙事研究学会主席劳里·航科的高度评价。

在民间诗律的研究中，突破了《辞海》《现代汉语词典》《文学概论》等权威著作中对"押韵"的定义。我指出，民间诗歌中押韵的方法很多，绝不只是"句尾的韵母相同"。

在民间长诗的研究中，我首先提出了"民间抒情长诗"和"神话史诗""民间故事诗"的分类范畴，把史诗放在民间叙事诗之内而不是把不同层次的两个概念并列起来，这是比较科学的分类，更符合实际情况。

在方法论的研究中，我提出了记录民间文学作品的"立体描写"的科学方法，影响较大。

在价值论的研究中，我首先提出民间文学的"三大价值"，1964年就在《北京大学学报》上作了论证，受到魏建功的鼓励，为此他给我写了长信。后来，我又发现了文艺上的雅俗结合律，这是一个重要的文艺规律。

在俗文学研究中，我的俗文学定义被许多教材和权威人士采用。

在民俗学的研究中，我提出了"民俗的趋美律"和"民俗的本质是生活美"的新观点，这是对西方认为民俗是"历史残留物"理论的突破与发展。在论证中，我提出了"生活美"的概念，认为"美的就是可爱的"，民俗的本质就是生活美，突破了西方美学的框框。还用辩证法分析了"相对的美和绝对的美"，对当前流行的西方"文化相对论"作了原则性的批评。这是为建设民俗学理论体系所作的创新。

从对民间文学立体性与立体描写的分析中，我发现了立体思维的重要性；在研究中实际运用立体思维，对民间文艺、民俗与文艺理论所作的创新，都非常有效。立体思维可以运用在各个方面，可以成为一种普遍适用的科学的思想方法。

新时期以来，我的许多文字有理有据地批评了认为民间宗教信仰全是"迷信"或"封建迷信"的观点。科学是来不得半点虚夸的。不管是谁，违背了实事求是的科学原则，一定失败，这已是几十年来反复证明了的一个真理。故而实事求是就是我进行研究、写作的准则和追求。因为只有如此，这些研究和写作才能经受住时间的严峻考验，不会过时。请大家严格验证之，特别是对一些缺点和错误更希望明确指出，以便改正。

# 民俗学的命运

《中华读书报》最近刊载了吴小如先生的《为民俗学呼吁》一文，深感"目前治民俗学已成绝学，只有钟敬文先生不顾年高体弱，每年犹在第一线指导若干研究生"，这是令人痛心的。我深有同感，接着这个话头，谈一点自己的深切体会。

吴先生总括了治民俗学"吃力不讨好"的几大因素，非常深刻。除这几点之外，我还可补充一点。因民俗学属社会基层文化，治民俗学往往会受到封建文人、贵族化学者的轻视和歧视，甚至会受到笑骂和打击。"五四"时期北大征集歌谣拉开了中国民俗学的序幕，这是现代学术史上光辉的一页。但当时也遭到一些封建遗老的贬损，只是由于北大校长蔡元培先生在欧洲留学时主要研究民族学而具有民俗学的深厚素养，才使北大的民俗学运动兴旺发达，未受干扰。大革命时期，北大进步教授南下广东，在中山大学也开展了民俗学研究，曾热火了一阵，却因校长朱家骅的压制而遭受厄运。此人是官僚，对民俗学一窍不通，必然如此。看来民俗学的命运很大程度上决定于领导者的民俗学素养，这是一个规律。

最近有一种所谓的"新视点"很流行。这种新理论把民间文化与精英文化对立起来，实际是说民俗文化是"非精英文化"，是与精英文化相对的糟粕文化。在这类"精英"人物领导之下，民俗文化都作为"过时的糟粕"而受到歧视，这就使不少大学的民俗学教学面临厄运，甚至难以为继。这是一个现实问题，绝非危言耸听。

就拿北大中文系来说吧。我们几十年来坚持民间文学教学，曾被钟敬文先生说是"有张志新精神"。我们每年带领学生下去采风，到全国各地乃至国外搜集民俗民间文学资料，著书十多种，开课十多门。我曾在80年代开"民俗学"选修课，许多学生反映民俗学是大学生必备的基础知识，所以选课者除文科学生外还有不少理科学生（包括研究生、进修教师）。因听课的人太多，换了三个教室，最后换到当时北大最大的二教203，300个座位还是坐不下，一些人（包括作家班的作家们）还坐在过道上和讲台旁听讲。我们在民俗理论上也多有创新（如对民俗本质特性、雅俗结合律、立体描写的理论与方法等等），受到国内外专家的赞许，著作多次在国内外获大奖。

民俗文化是非精英文化吗？非也。

萧兵先生的巨著《中国文化的精英》写的就是民俗文化中的精英，这就否定了把民俗文化笼统地说成是"非精英文化"的所谓"新视点"。这本书被中国比较文学学会评为"一等奖"，可见比较文学专家们站在世界文化的高视点上，是完全赞同萧兵先生的观点的。记得去年季羡林先生曾向我借过此书，说他也有这本书，但他的书太多一时找不到了。乐黛云先生也很重视民俗文化，评奖时，也曾为此力争过。而那些对民俗文化不甚了解的人，以"精英"自许，高视阔步，视民间文化为"过时的糟粕"，必欲践之踏之而后快，似乎在他们的西装革履或长袍马褂之上，简直沾不得一点儿"土"，当这类"精英"掌握大权的时候，民俗学的厄运就临头了。

民俗学是研究人民生活文化的科学，它包罗万象，涵盖了人类的物质生活、精神生活和社群生活、民间文艺、民间科技等各个方面，故而应为文科各系乃至某些理科学人必备的基础知识。国外大学多有民俗学系或人类学系，而我们却没有，许许多多知识分子缺少民俗学知识素养，大大局限了他们的学术视野，再不改变民俗学的厄运，行不？

（此文原载《文学自由谈》1999 年第 2 期，

《民俗研究》1999 年第 1 期）

# 第一个参加国际学术组织

我是 1979 年由美籍华人丁乃通先生介绍参加国际学术组织的。当我到国家教委去登记时，他们说，还没有先例，你是第一个参加国际学术组织的人。当然，我想，这只是改革开放以来的第一个吧，以前肯定有人参加过国际学术组织的。

我参加国际学术组织，首先要感谢俞伟超先生。1978 年 7 月 23 日，俞先生当时还没有当上中国历史博物馆（国家博物馆前身）馆长，还在北京大学历史系考古专业教书。他介绍他的亲戚美籍华人丁乃通教授同我在北京大学接待外宾的临湖轩见面。丁乃通先生是美国伊利诺伊大学英语系的教授，原来是研究英国浪漫主义作家的。有一次，在研究济慈的长诗《拉弥尔》中的蛇女时，要与中国对比。但是他从文人作品和大藏经中，都找不到蛇女的影子，后来却在民间文学中找到了。于是他对中国民间文学产生了极大的兴趣。他集中研究中国民间故事，跑遍了世界各大图书馆，找中国民间故事资料，辛辛苦苦，花了八年时间编成了一本《中国民间故事类型索引》在芬兰出版。他当时回国是想把这本书送给我们，并向我们介绍国际上研究民间文学的情况。

他说，国际上有一个民间文学的学术组织——国际民间叙事研究学会，总部在芬兰，每五年举行一次世界性的学术研讨会。下一次大会将于 1979 年在英国苏格兰的爱丁堡大学召开，希望我们能够参加。他说："外国学者都说我是代表中国的，但是我是美国人，不能代表中国，还是要你们去。"

我当时介绍了我们进行民间文学教学和研究的情况。当他知道20世纪60年代，全国只有我一个人坚持民间文学教学，苏联科学院的著名汉学家李福清听过我的民间文学课，他的博士论文也是我指导的，丁教授就对他爱人许丽霞教授说："他是李福清的先生。"

许教授说："了不起！了不起！"

这当然是因为在他们的心目中李福清了不起，而且这是对我的客气话。我说："不敢当！不敢当！"

我送了他一篇我写的论文《民间文学在文学史上的地位与作用》。用这篇文章我后来在全国第一次民间文学、少数民族文学研讨会——兰州会议上，作了一个90分钟的长篇报告，被大家称为"擂响了改革开放后民间文学的开台锣鼓"！

丁乃通先生翻了一下我的文章，说："你们都是第一流的学者，应该参加国际学术组织。我可以做介绍人。"我当然很感谢。我又介绍丁先生和我的导师贾芝同志联系。贾芝同志当时是中国民间文艺研究会的负责人，是1960年北大请何其芳同志帮我找的导师。这样丁乃通先生就与中国民间文艺研究会建立了联系。我们也开始了通信联系。

1979年7月3日，丁先生在信中说："你信上的话，很多是可以鼓舞我国友人的。我打算8月中旬到苏格兰爱丁堡去参加国际民间叙事研究学会，在会上找个机会宣传一下，相信对国内同人在海外建立信誉可有帮助。您如果不愿意公开，望早日示知，我自当从命。这个学会各国学者都有参加的，尤其是欧洲（包括苏联、东欧）学者最多。祖国的民间文艺研究会中，没有人去参加，十分可惜，希望下届能有人去。加入学会要有两个人介绍，您如果愿意，请通知一声，我当开始替你办手续。"

他还说："读了您在《民间文学》复刊后第四期41—44页上的一篇纪实文章，更深切了解'四人帮'对祖国传统文化为害之深，同人工作之不易。祖国民间文学的丰富是世界少有的，同人的艰苦英勇、坚毅不屈，也实在可以作许多国家的模范。"

在信中，还附了一张在北大的合影。

于是我即向中文系领导汇报。后来管外事的副系主任向景洁同志让我到国家教委登记，登记处的同志说："参加国际学术组织，过去还没有先例，你是第一个，可以用副教授的头衔去参加！"于是我填表参加了这个国际民间叙事研究学会。

1984年这个学会在挪威的卑尔根大学开会，因为经费没有批下来，我只写了一篇论文《民间笑话的美学价值》，请人译为英文，寄给了大会。此文是用中国的阿凡提等机智人物是美的、聪明的、正义的为根据，来补充西方几千年来传统的喜剧美学，从亚里士多德到车尔尼雪夫斯基、柏格森等人都认为喜剧人物是丑的、愚蠢的、邪恶的、僵化的等观点。当时，丁乃通教授不大同意我的做法，认为我们中国人第一次去就批评西方美学，不太好。我则认为我们既然去了，就要拿出新的研究成果，不能重复西方的观点。因为我未能参会，学会主席劳里·航科教授希望丁乃通先生替我宣读论文。丁先生不肯得罪人，就让他的夫人替我宣读了，结果得到了西方学者的欢迎。他们认为不同意见是对西方学术进步有好处的。航科教授说："我们西方学者，总以为我们的美学观点是适合全世界的。现在看来，要多动脑筋才好。"似乎已经对西方中心论发生了怀疑。

后来，许多中国学者都参加了这个学会。学会又决定，以后多到东方国家开会。

1995年1月召开的世界民间叙事研究学会第十一次大会在印度的南方古城迈索尔召开，在季羡林老师的大力支持下，我和贾芝、过伟同志参加了大会。以后我又到德国的哥廷根大学、澳大利亚的墨尔本大学、希腊的雅典大学参加了几次世界大会，还到非洲的肯尼亚内罗毕大学参加了专题讨论会。

参加国际学术组织，使我们得以了解整个世界民间文学研究的动态，结识了不少外国的学者。我还在《国际学术动态》《中华读书报》等报刊，发表了一些报道和观感文章。后来，学会主席劳里·航科教授还率领芬兰学者和我国广西学者进行联合调查。在北京还由贾芝同志主持召开了一次关于新故事的专题学术研讨会。许多外国学者反映，当世界各国的民间故事都处于萧条衰退的情况下，没有想到中国的新故事却欣欣向荣，故事报刊有几十种之多，最多的一种发行量竟然达到700多万册，成为世界之最。这给他们很大的鼓舞。

我还主持翻译了丁乃通先生编的《中国民间故事类型索引》，1986年和2008年两次出版，起了很好的作用。可惜，同时翻译成的《世界民间故事类型》（国际通用的民间故事 AT 索引工具书）则因为出版社怕赔钱，至今未能出版，还压在我这里。（直到我退休时，拿到一笔住房公积金，才给译者付了稿酬。）

1996年，经过国际学者的评选，我获得了意大利人类学的最高奖——彼得奖，奖金450万里拉。这说明我们中国的研究成果是得到国际承认的，确实对国际的学术进步产生了好的影响。

这些成绩的取得，首先得益于我们祖国的民间文学非常丰富生动，我们中国人民聪明智慧；还要感谢北大和教育部领导，特别是季羡林先生的支持；同时也要感谢积极介绍我们参加国际学术组织的丁乃通教授，是他蓬勃的爱国热情鼓励、帮助我们在改革开放之后，打开了通向世界的大门。

2015 年 9 月 25 日星期五
于北京大学五道口嘉园

# 回忆李福清院士

李福清院士不幸去世了，这是国际"汉学—中国学"界不可弥补的巨大损失，令人十分悲恸。

今年 7 月 20 日，我在莫斯科到他家去看望他，给他颁发东西方艺术家协会的"终身成就奖"，并且带去了会长娄德平先生的题词："成就非凡，名扬世界！"这对他是非常合适的评价，也是客观的事实。这个评价，他当之无愧。我给他带去了不少中药和保健材料，希望他能够康复起来，没有想到他这么快就离开了我们。他是永远使人怀念的我们最好的朋友和同志。

记得 1996 年，在丹麦哥本哈根大学召开的"中国现代口头文学国际研讨会"上，李福清是被大会安排第一位演讲的重要学者，这反映了国际"汉学—中国学"界对他的高度重视。他确实是国际上研究中国民间文学的著名大家，德高望重，成果辉煌，令人敬仰。最令人感动的是，他在演讲时说的第一句话就是："今天非常高兴，在座的有我的两位老师，一位是我的汉语老师司格林教授，一位是我的民间文学老师段宝林教授。"

这一席话是发人深思的。我曾经写过一篇文章《礼失而求诸野》在《岭南民俗》（即《神州民俗》）杂志发表，后又收入我的文集《民间文艺与立体思维》下册。我之所以特别重视这件事，是因为"尊师重道"正是我们中华文化的重要美德，如今有些人往往不够重视，而李福清同志却如此念念不忘。这是真正掌握了中华文化的精髓，特别值得我们好好学习。

1965年10月至1966年8月，李福清在北大进修，由我指导他写博士论文。开始他准备写《中国章回小说与民间文学的关系》，我感到内容太多，一篇博士论文容纳不下，建议选一部小说来写。后来他缩小了范围，选了《三国演义》。我希望他特别注意关于三国演义的民间传说、评书评话和小说之间艺术形象的比较研究，从文学上作细致的分析。他对此非常认真地去研讨，经过很大努力，写出了很好的论文。他的著作都有一个很大的特色，就是从来不说空话，总是搜集大量的资料，用事实来说明问题，分析有条有理，往往有新的发现，所以科学性很强。这篇博士论文《三国演义与民间传统》写好后，很受好评，普罗普教授等学者对论文评价都很高。他还告诉我说，美国有人正在把它翻译为英语在美国刊物上连载。1997年此书的中文版已经在上海古籍出版社正式出版。据研究苏联民间文学很有成就的马昌仪研究员说，这部博士论文是他的众多著作中最好的一部。

他在北大还听了许多课程，包括我的民间文学课，他是从头到尾都听了的。他认为很好，还告诉外语学院的外国留学生，让他们也来听课。我的讲义《中国民间文学概要》1981年在北京大学出版社正式出版后，他特别高兴，还告诉德国洪堡大学亚非学院院长梅薏华博士："这是一本好书！"梅博士就写信来向我要这本书。梅薏华也是北大校友，我曾经指导她写毕业论文《歌谣和劳动的关系》，所以我们比较熟悉。1996年，这本书获得了意大利巴勒莫人类学国际中心的大奖"彼得奖"，李福清也特别高兴地向我祝贺。

1982年我在新创刊的《民间文学论坛》上发表了一篇《狼外婆故事的比较研究》，李福清看到以后，认为很好，很快就介绍给德国《世界民间故事百科全书》研究所，帮助德国学者和我们取得了联系。这对我们的改革开放、开阔眼界和国际学术交流，都有很大好处。

李福清院士在国际上享有盛名，经常参加国际学术会议，和许多著名学者有友谊交往。他的学术著作等身，在学术界享有崇高的威望。他曾经应我国台湾"清华大学"（曾经留学法国的）王秋桂教授的聘请，到台湾教授中国民间文学，一共讲了六七年。这期间他还在台湾出版了好几本专著，例如他接受学校调查台湾少数民族神话的科研任务，写出一本很好的著作《神话与鬼话》等。他的许多学术著作在国际上得到普遍的重视和高度的评价，被誉为中国民间文学研究的领军人物。

李福清院士不但在俄罗斯介绍中国文化和改革开放的信息，而且多次在北大和中国其他许多大学讲学，他的学术创新和卓越贡献，得到中国不少高层次的学术奖励。由于李福清院士出色的学术成就和国际威望，在北京大学庆祝留学生教学 50 周年成就的盛典上，他是最受重视的校友之一，在会上和纪念文集中，对他的成就都作了突出的重点介绍，他是我们北大的骄傲。

李福清院士是中国人民最好的朋友，我们的友谊是久经考验的。他1981 年作为第一个苏联自费旅游者来到北京，第一个要见的是我，北大外事处破例专门派汽车到远在玉泉路的航天部宿舍去接我。他见了我第一句话就是："我没有写过一篇反华的文章！"这句话掷地有声，反映了李福清对中国人民极其深厚的感情。当时在苏联大使馆举行了盛大宴会来答谢中国对他的接待。那一次，他带了 400 多本书回莫斯科。

李福清院士的一生，是为学术而兢兢业业、辛勤劳动、艰苦奋斗的一生，直到病重仍然奋斗不息。我去看他时，见到他的书房中堆满了书，他在非常拥挤的书房中安排了一张床，就这样卧床工作。李福清院士的一生也是为中国民间文化学术研究事业、为中俄两国人民的友谊作出巨大贡献的一生。

李福清院士和他的著作定将永垂不朽，他的学术生命也将万古长青！

（原载《北大校报》，2012 年 10 月 26 日"未名风"）

# 国际友人的中国情结令人难忘

　　改革开放 30 年来，我们接触了许多外国学者，同时跨出国门，到五大洲 20 多个国家开会、考察，碰到许多感人的事情。这些激动人心的事情，归结到一点，可以说是"中国情结"。

　　1978 年改革开放初见端倪，美籍华人丁乃通教授就通过考古系的俞伟超先生找到了我，在北大临湖轩见面，向我介绍了国际上民间文学研究的许多学术动态。他说："国际民间叙事研究学会是世界性的学术组织，总部在芬兰，每五年开一次会。这种世界大会就是民间文学界的'奥林匹克大赛'，他们非常希望中国参加。有人说我代表中国，其实我不能代表中国，还是要你们自己去才行。"他看了我们的一些论文之后，对我说："你们都是世界一流学者，应该入会。"于是他介绍我和贾芝同志参加了国际民间叙事研究学会。当我到国家教委去注册时，发现我竟是参加国际学术组织的第一个人。

　　丁乃通先生在 1978 年以后，几乎年年回国向我们通报国际学界的研究情况。1979 年在英国爱丁堡开第七次世界大会，他希望中国学者出席，但未能如愿；1984 年在挪威卑尔根大学开第八次大会，我们虽未能出席，但提供了论文《民间笑话的美学价值》，此文是批评西方喜剧美学不够全面的。丁先生怕它会得罪西方学者，说最好换一篇文章。我说时间来不及了，已寄了出去。开会时学会主席劳里·航科教授却对这篇文章评价甚高，一定要丁教授替我宣读，丁教授有顾虑，由丁夫人宣读了。后来劳里·航科说："西方的学者们颇相信他们的美学范畴普遍适用，民俗学者在这个问题上要多动脑筋才好。"（《北欧民俗研究所通讯》，1987年第2期）1989年在布达佩斯开第九次世界大会，中心议题就是"从美学和文学角度研究民间叙事"。劳里·航科教授说："我们已经感到把西方的美学和诗学观点强加在世界不同文化的民间文学上是冒失和欠妥的。"（参见段宝林：《笑话——人间的喜剧艺术》，第3页，北京大学出版社，1991年。）

　　这个事实说明，丁教授的顾虑是多余的了。西方学者为什么迫切地希望中国同行参加会议，不只是为了多了解一些中国的资料，更重要的是为了交流科学研究成果，在追求科学真理的事业中，共同携手前进。他们不但不害怕不同意见，而且欢迎新的研究成果，并且对"西方中心论"并非一味护短而是发生了怀疑。他们对中国学者的意见是尊重的。为了更好地了解东方学术，国际民间叙事学会1992年在奥地利的因斯布鲁克召开的第十次世界大会上，作出了一个决定："以后多到东方国家开会！"虽然在布达佩斯、因斯布鲁克的两次大会上，都有多名中国学者参加，中国会员已发展到二十多名，张紫晨、乌丙安、过伟、刘守华、叶春生、刘铁梁、陈勤建、李扬等人都已入会，但是他们认为还不够，还要多到东方国家开会。1995年1月第十一次大会在印度古城迈索尔召开，贾芝、过伟、王炽文和我参加了大会。我宣读论文时，会场满座，还有一些人站着听。我论文的题目是《民间故事的发展前景》，这是一个非常现实的问题，引起了高度重视，学会领导还决定下一次大会的中心论题就是"民间叙事的未来"，也就是"发展前景"，几个参考题也是我的文章中提到的。1996年又在北京召开了一次关于"新民间故事"的专题讨论会，到会人数超过了预定人数。学会主席瑞蒙德说："许多国家的故事早已冷冷清清，而中国的故事却欣欣向荣，出版了那么多'民间故事集成'和'故事书刊'，这种情况真是令人鼓舞，受到了很大启发。"

　　1996年，我收到意大利巴勒莫人类学国际中心主任瑞果里（A. Rigeli）教授的通知，说准备提名我的《中国民间文学概要》等书参加"彼得奖"的评选，后来又得到正式通知，说经过国际著名学者组成的评委会的评选，决定授予我"彼得奖"。彼得是意大利人类学的创始者，彼得奖是一个大奖。我到意大利领奖时，曾到彼得民俗博物馆、图书馆参观，并到巴勒莫大学讲学，讲民间故事专题。他们说，他们正在编西西里民间故事，讲中国专题时，他们要我用中文来讲；当然，他们听不懂中文，但很想听听中文的发音，对中国充满了好奇心。同时，对中国也充满了友好的感情。

在印度开会时，丹麦的易德波教授宣读的论文是研究扬州评话的最新成果。她曾多次到扬州调查扬州评话，写了厚厚的一本研究扬州评话的专著。1996年她主持召开了一个"中国现代口头文学国际学术讲座会"，几十位研究中国民间文学的学者，会聚哥本哈根大学，她还邀请了扬州评话的王筱堂等五位著名艺人参加大会，作了精彩的表演。在国外召开中国民间文学的学术研讨会，开得那样热烈，是令人难忘的。到会的有俄国科学院通讯院士李福清博士，他是国际汉学家中的佼佼者，很有威望，大会让他第一个发言。他在发言时的第一句话就说："我今天非常高兴，在座的有我的中国民间文学的老师段宝林教授。"李福清院士是中国人民的老朋友，早在30多年前他在北大由我指导写博士论文时，系统听过我的民间文学课。1981年他作为自费旅行者来华是当时苏联的第一人。他对我说：在中苏冲突的过程中，他始终坚持对华友好，没有写过一篇反华文章。他确实是中国人民的忠实友人。他那次回国时带回去几百本新出版的书刊，编了几本当代小说选出版，并作了多场报告，介绍中国改革开放的情况，影响很大。后来他又去我国台湾地区讲学数年，在台湾出版了好几本厚厚的专著。他还把俄国收藏的《红楼梦》珍贵版本和许多中国年画介绍到中国来，和王树村先生合编了一本年画集。他常来中国，为中俄文化交流作出了许多可贵的贡献。

2004年1月6日，是我的70岁生日，想不到在异国他乡，有好几百人为我欢宴"祝寿"。这是一个巧合，当时我在泰国某大学教书，1月5日正好是文学院教职员工旅游聚餐的新年盛会，在一个山间风景游览胜地的酒宴上，人们可以自由表演文艺节目。我也上去唱了一首英文歌曲《美丽的梦神》，并说："明天是我 70 岁生日，很高兴给大家唱一个歌。"歌声刚落，马上响起了"祝你生日快乐"的大合唱。热情活泼的外国朋友举起酒杯，高声歌唱向我敬酒祝寿，那热烈的情景大出我的预料。这种对中国人民的友好情谊，是令人永生难忘的。

# 捐献民俗文化藏书仪式上的讲话

尊敬的朋友们、同志们：

我在北京大学从事民间文学、民俗学、俗文学的教学与研究，近五十年。这是一个冷门，稀有人问津，所以图书馆认为看的人少而很少买这方面的书。为了教学，只好自己买。几十年来，积累了万余册。房子小，放不下，收藏在好几个地方：我家中有两千多册，放在西三旗我女儿处约五六千册，放在民间文学教研室和中文系资料室约两千多册。此外放在社会学人类学研究所资料室有几百册，因资料员退休，已很难查找。

如此存放容易散失，并且使用不易，因此希望集中存放使大家都能看，以补图书馆藏书之不足，有利于学科的发展，也有利于图书的保管。经过图书馆同志们的努力，亲赴各处看书，腾出了一片很好的地方存放，供阅览，我非常感激。

北京大学是中国民间文艺学与民俗学研究的发源地。为了继承和发扬北大的优良传统，创建世界一流大学，我们应该有最充足的图书资料。个人的力量虽然有限，但我自信我的藏书在同行中还是比较全面的，民间文学与民俗学的各个方面全有，内容十分广泛。

"民间文学"方面：

概论性的书（民间文学总论、价值论、方法论）

神话学

传说学

故事学

歌谣学

谚语学

谜语学

歇后语学

对联学

民间长诗学

曲艺学

戏曲学等学科的理论研究与作品。

"民俗学"方面（包括理论与调查资料）：

民俗学理论（总论、价值论、方法论）

物质民俗：消费民俗——衣、食、住、行

　　　　　生产民俗——农、牧、渔、林、手工艺

制度民俗：民间组织、制度

　　　　　民间礼仪——交往礼仪、人生礼仪：生育、寿

　　　　　　　　　　诞、婚恋、丧葬礼仪、民间节日

精神民俗：民间信仰（民间宗教、禁忌、风水、祭祀等）

　　　　　民间文艺（民间文学、民间艺术——民间年

　　　　　　　　　　画、岩画、壁画、剪纸、泥塑、木

　　　　　　　　　　雕、石雕等方面及歌舞艺术等）

　　　　　民间科技（民间医药、卫生、体育……）

　　　　　民间游戏、杂技等

　　由于民间文化是新兴学科、边缘学科，人们不甚了解，所以在图书分类上，往往缺少"民间文艺学"与"民俗学"的理论这一类。只有作品。而把理论混入文艺学、社会学中去，读者很难找到。建议将"民间文艺

学"独立一类，包括民间文学与民间艺术，先理论，后作品，作品也按体裁分类，不要混在一起。建议将"民俗学"独立出来，按物质民俗、制度民俗和精神民俗三个大类的细目分类，先理论后资料（调查成果）排列。希望北大图书馆带个好头，在国际、国内的图书分类中进行创新。

民间文化（包含民间文学、民间艺术、民俗学、人类学）作为一门学科虽然鲜有人知，但前程却是远大的。因为这是人民创造的生活文化，关系广大人民的生活，有深厚的群众基础，是民族文化的根基。根基是处于地下的，鲜为人知，却是必不可少的；它对新的文艺创作和文化产业的建设将发挥重要作用，并逐渐为人们所理解。我们有全校性选修课"民俗学"，80年代我上这门课时，选课的人多，没选上的人也来听，连换了三个教室，从化学楼101（175人）换到二教201（200人），又换到二教203（350人），才勉强坐下，还有人坐在讲台边和走廊上。我问一位理科学生为什么要听这门课。他说："你所讲的都是每个中国人应该知道的，但是我们不知道，所以要学习。"

如今联合国教科文组织通过了"保护非物质文化遗产公约"（2003），我国早已成为缔约国，并展开了大规模的保护工程，人民热情很高。但不少人并不很了解非物质文化遗产主要是什么，为什么要保护。其实，急需保护的主要是民间文化，像鲁迅写过的社戏，是不识字的农民唱的，没有文字记录，人一死就失传；但是现在却并未组织记录，文化部门对此不理解，他们首先保护昆曲、古琴这些文人文化，而它们早已保存在书本上了。这个事实说明，连文化部门都不理解，可见普及民间文化的工作是多么重要，它需要更多的人去了解、去学习民间文化，因为非物质文化主要是民间文化。

我把我的藏书捐献出来，主要就是要使更多的人可以看到它们，了解民间文化是多么博大精深，是多么值得重视和研究。

我们是民间文化研究的发源地，理应走在前面。我希望不断充实它的藏书，我准备把十套民间文艺集成出齐，再把《中华民俗大典》35卷配齐。

藏书中有不少是我从很远的地方背回来的，大多是我节衣缩食买回来的，虽然心疼但还是忍痛割爱。

其中有不少内部刊物和会议论文，需要整理、装订。编目、分类、整理的工作量很大，非常感谢图书馆的同志们，他们为此将要付出巨大的劳动。

我希望建成全世界最好的民间文化图书专藏，为创造世界一流大学贡献一份力量，虽然我曾得过一个世界性大奖——意大利人类学国际中心的彼得奖，两次得过"山花奖"（国家级，与金鸡奖、牡丹奖等同），然而我感到自己有很多不足，我还有更多的著作要写，我要更加努力为创建世界一流大学贡献自己的力量。

谢谢大家。

2007 年 12 月 25 日上午九时

## 附录：温儒敏：《有感于段宝林教授捐书》

2007 年 12 月 25 日，北大图书馆会议室举行了一个小小的仪式，段宝林教授把他的一万多册藏书捐赠给北大图书馆了。这是个义举，对北大图书馆来说，又是个大好事。段宝林先生是中文系的著名教授，也是我的老师与同事，我赞赏和支持他这一义举，同时也很受感动。我知道此刻段先生的心情是复杂的。一个读书人，书就是他生命的组成部分，段先生捐赠的不止是书，也是他的心血。这些书是半个世纪来，段宝林教授日积月累，一本一本地搜集得来的。在过去那个物质相对贫困的年代，他只能节衣缩食，从不多的工资中"扣"出钱来买书。还有许多书是他花费许多精力从各种途径得到的。比如有些外文书，是他多次参加国外学术会议，千里迢迢"背"回来的。而有些地方民俗调查方面的书，原来是所谓内部发行，是他从民间"淘"来的，尤足珍贵。这些书陪伴着段教授几十年，支撑着一个学者的学术追求，每一本书都渗透着它的主人的体验与记忆。现在要捐赠出去了，真是"忍痛割爱"，多少是有些"悲壮"的吧！但是，段先生年岁毕竟大了，他的书能捐赠给图书馆，让读者和研究者来分享，应当是最好的归宿。所以我又要对段宝林教授和北大图书馆都表示祝贺！

北大是民间文学与民俗学的发祥地，早从 1918 年周作人主持歌谣调查开始，北大就不断倡导和实践这个重要领域的研究。到 50 年代，在中文系建立了民间文学这一学科。1958 年段老师毕业后，一直从事民间文学与文化的研究，他的一生都和这个学科紧紧联系在一起了。这并不是一个"显赫"的学科，但段老师一进去就始终全副投入，默默耕耘，终于成就了许多重要的著作，培养了许多学生，成为当今国内民间文学研究界最具特色也最有成就的大家。几年前他获得意大利关于民间文学研究的奖项，就是一个有力的证明，我们为北大拥有段老师这样优秀的学者而骄傲。

段老师 73 岁了，大概也意识到要"交班"了，他把心爱的书捐献出来了。这件事让我敬佩，也让我似乎有些寂寞。段先生和他那一代许多老师，包括中文系 50 年代毕业的那批学术界扛鼎的人物，都逐渐变老了。段老师是学问中人，性情中人，是校园传奇人物，他对学问的痴迷，他的许多"故事"，是大家都晓得的。有人说段老师是"大事清楚，小事迷糊"，那是因为他太执着于学问了，其他身外之物都不太关心。在现今物质化的年代，像段老师这样痴迷学问的人、这样有个性的人，好像越来越少了，校园的传奇故事也越来越少了。这能不寂寞？

但我还是要提醒自己，对于时代的变化与学术的进步，应当有信心。一代有一代之学术。就拿民间文学来说，虽然现在成为一个"弱势"的学科，它的研究对象发生了很大变化，边界不那么清晰，正处于新的探求时期，但我相信这个研究领域有许多新的生长点，在科际整合过程中可能涌现新的生机。这肯定也是段宝林教授所期望的。而他的那些书放在北大图书馆，读者将有更多的机会接触民间文学这个学科的历史脉络，了解段宝林教授这一代学人的精神风采，这也许是北大图书馆收藏段宝林图书的另一种意义吧。

（根据 2007 年 12 月 25 日段宝林捐赠图书仪式上的发言整理）

# 北大遇仙记

八仙过海，各显其能。

八仙中有一位残疾人——铁拐李。他是用铁拐渡过大海的。

中国残疾人联合会组织残疾人艺术家在北大演出《我的梦》音乐歌舞晚会，引起了热烈的反响。

残疾人艺术家的表演是那么美，那样感人，引起人们心灵的震撼，使我不由自主地想起了迎风渡海的仙人铁拐李！

大幕拉开，在云雾缭绕之中，千手观音的形象闪闪发光，众手舞动，金碧辉煌。啊！真乃神仙境界，婀娜多姿，充满慈祥，千手千足的合力，把人世间的苦难化为一片光明美好，这是人类灵魂腾飞的美梦。不，比梦更美，令人消魂，令人陶醉。

《春在我心中》，绿色的旋律飞舞，这是祖国欣欣向荣的形象，是绿色的万里长城在赶走沙漠，是青山绿水的舞动带来一片鸟语花香。

《生命之翼》在翩翩起舞，是五位肢残人手扶双拐在翻滚、侧立、造型，金鸡独立，双翅腾飞，凌空而上，多么美，又多么崇高，无怪乎在日本的国际舞台上赢得了舞蹈大奖。

轮椅上坐着一位从小患软骨病的二胡演奏家，看上去又矮又小，只有三四岁大，非常瘦弱，似乎无力活动。然而拉起二胡来，立刻神采飞扬，引起热烈的鼓掌。蒙古长调民歌的迷人旋律把我的心带到了大草原上，琴声忽而如马头琴的低泣，忽而又像万马奔腾，音调铿锵，在我的面前耸立起一位顶天立地的钢铁巨人，像一座高山，伟大而坚强。

一位穿蒙古缎袍的西部盲人，尽情歌唱自己的家乡。一曲《天堂》，使草原的精魂漫天飞舞，蓝天、白云，还有一位美丽的姑娘，这是人间的宝木巴天堂。这是心的舞蹈，心的呼唤，心的歌唱。

一位穿燕尾服的盲人钢琴家，坐定入静，突然高举双手扑向琴键，于是李斯特《匈牙利狂想曲》的热情旋律轰然而起，灵巧的手指在琴键上飞舞，清脆、美妙的音乐像山间的清泉潺潺流动，如万千明珠倾落玉盘，又好像风驰电闪的雷鸣，震撼着我的心灵。这是多么神妙的音乐，似从仙山云上天外飞来。

一条飞龙昂首游动，向着闪亮的宝珠，蜿蜒飞舞，忽而盘旋，忽而翻飞，这精彩的龙舞是几位轮椅艺术家表演的。他们虽然下肢残疾，然而龙的精神却更加昂扬，他们有强健的龙心虎胆，如龙腾虎跃、龙凤呈祥。这是人间奇迹，是东方巨龙和合精神的灼灼闪光。

黄土地，"黄土黄"，这片土地培养了中华儿女的成长，战鼓雷鸣，受苦人高举红旗走向解放。曾记得在天安门前，新中国的腰鼓队是多么壮美，昂首挺胸，腰鼓声比重炮还响；而今舞台上，聋人腰鼓表演气势更足，鼓点更强。他们听不到声音，但鼓槌敲在心上，惊天动地，像滚滚雷鸣风云激荡。他们眷恋黄土地，他们向往光明的太阳，他们的鼓声激励绿色新苗的生长，呼唤神州大地，早日成为人间的天堂。

有位天生的智残人，仿佛长不大。他出生在四月一日愚人节，只能停留在二加二等于四的水平上。可是他对音乐却有天生的悟性，迷醉于世界名曲之中，成了交响乐队的指挥。这是一位奇异的超人，仙风道骨化为美妙的音乐。他面对观众站在台前指挥，北大学生交响乐队从乐池里缓缓升起，只见他挥手舞动，美妙的音乐就喷涌而出，交响和鸣，把观众带入缥缈繁花的仙境。他指挥的姿势丰富多彩，随情感的变化而不时改变。他手指前方，音乐画出五彩云雾；他双手划着大圈，音乐之波也弯弯而出跟着他奔向江河海洋。他的指挥棒把人们带入伊甸园中漫游，看群仙起舞，看万花开放，使人进入神奇的梦乡。

在中国人心目中，众人是圣人，能人是仙人。美好的天堂不在天上，而在人世间；不在来世，而在今生。许多杰出人物为民造福，被尊为"本主""大仙"，受到崇拜，受到热爱。世间万物有"互补律"。当一种器官受到损害时，另一种器官往往能得到突出的发展，把损害的功能尽量补上。眼睛看不见了，但耳朵却更灵；与造型艺术无缘，却在音乐艺术中出神入化，成为古今少有的大家。如无锡流离失所的道士瞎子阿炳，即是受世界乐坛崇敬之乐仙乐圣。双手有残疾，而脚却能执笔写字画画成为艺术好手。耳朵听不到声音，而眼睛则可以看到手语；只见那手语千姿百态达意传情，令人眼花缭乱，而聋哑人却了如指掌，心领神会，令人叹为观止。因某一种官能残缺而使另一种官能在磨炼中得到超人的发展、产生神奇技艺的情况屡见不鲜，这种官能互补是令人赞叹的奇迹。它是人类精神美的升华，在艰苦的艺术劳动和创造中，神妙无比，使凡人成为仙风道骨的艺术家。正是他们的精彩演出，把我们带入美好的神仙境界。

当然，这些奇迹的产生，离不开社会的关爱。残疾人联合会的良好组织，仁慈而杰出的艺术家的辅导教诲，都为艺术天才的腾飞铺平了跑道。正是他们的辛勤劳动与不断创新，圆了神奇的美梦。就像一位道人引导唐明皇登上彩虹的天桥进月宫，聆听了神妙无比的《霓裳羽衣曲》一样，我们北大人有幸欣赏这台《我的梦》的精彩演出，得遇才华横溢的各路仙人引领我们的心灵进入神妙的境界，领略龙腾虎跃、鸟语花香、红霞与绿树齐飞、孔雀在追赶太阳。这美妙的梦、彩色的梦，将永远活跃在我的心中。

2001.11.18

# 歌唱的幸福

## ——庆祝北大教授合唱团成立 15 周年

工作着是美丽的，歌唱着是幸福的。这是我几十年来的深切体会。

小时候躺在床上，给妈妈唱歌，妈妈特别高兴，说我唱得好，我也特别高兴。

妈妈去世后，我常常一个人，爬上城墙对着大运河唱歌，得到了心灵的慰藉。

在扬州中学土风合唱队，史的、黎英海老师教我们唱他们作曲的新歌《五千年的古树开了花》《王贵与李香香》大合唱。唱出了解放的欢乐。史的老师还教我们用脚趾自己打拍子，说合唱时有用，别人看不见。还说在生活中随口歌唱是很快乐的事。

唱歌使我在生活中得到欢乐。我常常在盥洗室高声歌唱，不仅自得其乐，而且也感染了别人。

那都是自发的歌唱。

自从我们中文系的工会文艺委员介绍我参加了北大教授合唱团，有专业的声乐老师教我们美声唱法，改变了过去的大白声。又有全国著名的合唱指挥王老师、顾老师给我们指挥，并进行艺术上的指导。我们的《祖国，慈祥的母亲》曾经在北京市的一次比赛中得奖。我们还在中央电视台文艺频道的春节晚会上演出，和可爱的少先队员们同台歌唱，唱出了人生的交响。

我们不只唱中国歌，而且也学习外国歌。这对于七八十岁的老人来说，难度较大，但也正是锻炼脑子的好机会，还可以预防老年痴呆症。我们反复练习，终于可以熟练地演唱了。有一次，还发生了一个奇迹。

　　2004年1月，我的七十岁生日是在泰国过的。居然有几百人给我祝寿，一起为我唱《祝你生日快乐》。这个奇迹的发生，也是源自我的歌唱。

　　当时我所在的泰国商会大学在一个旅游地举行新年聚餐大会，有几十桌人。席间我乘兴在餐会上拿起麦克风说："非常高兴，明天是我的七十岁生日，我给大家唱一个歌。"

　　于是我用英文唱了《美丽的梦神》，引起了热烈反响，于是出现了几百人合唱《祝你生日快乐》为我祝寿的欢乐场面。

　　那些热情的泰国教师们的真诚合唱和祝福，永远令人难忘。歌声把人们的感情融合在一起，是非常幸福的。

　　现在，我们又有了一位杰出的年轻的靳指挥，他的男高音纯净嘹亮。他教我们科学发声，使我们学会了不少练习呼吸和共鸣的技巧，大大提高了我们声音的质量，同时也提高了我们的肺活量，增进健康。他对歌曲感情的处理，也是细致入微的。

　　此次我们的"欢乐人生光明行"合唱音乐会，就是一次很好的展示。我们几十年来在生活中懂得了"为善最乐，天天快乐""以苦为乐，终生快乐"的道理，深深感到为人民做好事最快乐，尽情地歌唱最幸福。

　　让我们一起来歌唱吧！

2014年5月29日于五道口嘉园

# 八十感怀

**编者按**：经历了苦难的童年时代，少年段宝林参加了革命，做绝密电报翻译，后来到作协当机要秘书，再到报考北大中文系，他的人生舞台就这样从军旅到校园，角色也从军人转换到学生，再到后来的北大教授。一路走来，到 80 岁的时候，段宝林先生这样总结自己的"快乐人生"哲学——天天快乐、终生快乐。这位快乐的北大学者有着怎样的人生经历呢？本报将分期刊登段宝林先生的回忆文章，以飨读者。

## 一　青年求学琐记

我今年已经 80 岁了。我深深感到我的人生是快乐的。

不过我也有过苦难，正是因为有过非常艰苦的生活，所以才更能够体验到人生的快乐。

### 童年的痛苦生活

我的童年是非常凄苦的。日本强盗使我和许许多多的中国人一样家破人亡了。

1944 年我 10 岁时，就已经成为孤儿，只好在外婆家过着寄人篱下的生活。没人照顾，冬天虱子都爬到棉衣外面来了，给人家笑话。孤儿心灵上的创伤和痛苦是一般人难以想象的。

当时我走在故乡扬州那用大石块铺成的大街上时，曾经感到很奇怪：为什么太阳光都是这样惨白惨白的？

这反映了我当时痛苦悲惨的心情。

有一次，还是在小学读书期间，我感到生活特别痛苦，就不想活了，想触电寻死。可是当我从病床上爬起来去触摸电线铜丝时，却被电流一下子强力打了回来，没有死成。要不然，今天就没有我了。

我还是要寻死。想起小学常识课上讲过，人如果 5 分钟不呼吸就要死亡。于是我就憋气，可是憋到 4 分多钟就憋不住了，又没有死成。

于是，只好活下去。苦难的生活，养成了我孤僻的个性。整天一个人孤苦伶仃与书本为友，再不然就爬到城墙上去，对着城外的大运河唱歌解闷儿。

### 小鸟出笼的快乐

我命运的根本转折是在 1949 年年初，扬州解放了。我常常到市中心辕门桥的新华书店去看解放区出版的新书，从中得到了极大的快乐，并且看到了人生光明的希望。

我记得，我在新华书店的阅览室里看书，看到丘东平的小说集《茅山下》，描写新四军在江南的抗日斗争，有一首"卷头诗"对我震动很大，给我指明了出路。这首诗我现在还能背出来：

> 莫回顾你脚边的黑影，
> 请抬头看你前面的朝霞，
> 谁爱自由，
> 就得付出血的代价。
> 茶花开满了山头，
> 红叶落遍了原野，
> 谁也不叹息道路的崎岖，

我们战斗在茅山下！

还有一首诗对我影响也很大，我也能背出来：

鱼啊！
地狱式的池沼，
生活是苦还是甜？
秋雨落了，
到处掀起了争自由的狂潮。
去吧！
跟着流水东去，
不要在浊水中徘徊！

正是在这种形势下，我毫不犹豫地参加了革命，成为解放军中的一员。1949 年 6 月经过考试参加了华东医学院。后来因为我又瘦又小，被退回了学校。3 个月后，我第二次参军，是团市委推荐的，到了苏北军区机训大队，后来调到三野司令部青年干校学习中国近代史和机要译电业务。

在部队里，我像刚出笼的小鸟，有一种解放的感觉。穿着军装，戴着"中国人民解放军"的胸章，感到特别的自豪。后来我调到上海中共中央华东局办公厅机要处搞密码翻译电报的工作。离开部队时，给我发了军属证，这不是很奇怪吗？为什么呢？原来当时讲明：虽然调到了党委机关，离开了部队，但仍然保留军籍，如果打起仗来可以随时调回军队。

我在工作中看到的都是党中央、毛主席和各级地方党委的绝密电报，开始非常新鲜，虽然我只是团员，却能够看到绝密电报，感到这是党对自己的莫大信任，内心里特别幸福。虽然当时正是五大运动时期，运动来得急，电报特别多，几乎天天要开夜车。工作紧张影响了身体，为了照顾我们，规定身体不好的人可以吃中灶，这是团级干部的待遇呀。我们感到特别幸福。

机关的精神生活也很丰富。经常听首长的时事报告。我记得，有一回华东局秘书长魏文伯同志给我们讲抗美援朝的情况。讲到美国兵怕死，投降时瘫在地上翘起双腿，把枪挂在脚板底上缴枪。他当场表演，这位又高又胖的老革命老首长，当时就躺在椅子上翘起双脚来，模仿美国兵的样子，特别可笑，让人印象深刻。

机关的民主空气也很浓。梁科长是跟着周总理搞过地下工作的老革命。每月总结工作时，大家可以自由发言，为了工作甚至可以批评领导同志，所以大家心情很舒畅。

那时我们每周日看一次电影，这些电影都是讲苏联和中国发生的"新的人物、新的世界"，特别鼓舞人心，所以每次从电影院出来，都非常兴奋。当时上海的旧书很多而且便宜，我常常从淮海电影院回机关时在思南路地摊上买好多旧书回来看，更是感到特别高兴。机关成立了工会，给大家买了许多体育器械，我每天去翻双杠，锻炼身体。我爱唱歌，订了一份《广播歌选》，闲下来就唱个没完。我还参加了华东局机关合唱团，在晚会上进行表演。

当时的领导同志保持着老八路的作风，特别关心同志们的生活，我真是感到在党的怀抱里生活成长，绝对是无比的幸福快乐。

### 我的大学梦

后来，有些地方也让我感到不够满足。我爱学习，从小就有大学梦。当时逐渐感到收报（从数码翻译到汉字）或发报（从汉字翻译为数码），这译电工作就像机器一样，缺少创造性。当时我不到 20 岁，正是求知欲旺盛的时候，就有点不安心工作了。

我们机关的领导都是新四军军部的老同志，对我这个孤儿特别爱护，为了满足我的学习欲望，就让我业余管理机关的图书室，把卖废报纸的几百块钱给我，让我到上海最大的福州路新华书店去买书，并说："你喜爱什么书，就买什么书。"我还订了几十种杂志。这就有了很好的学习条件。但是我总也忘不了我的大学梦，总想做创造性强的工作，所以在思想上我还是不太安心工作。于是就被调到华东作家协会去当了机要秘书，进了另一个新天地。

在作家协会，接触的都是夏衍、巴金、章靳以等著名作家，和秘书长柯蓝、孔罗荪在一个办公室工作，学习条件更好了。作协党组和上海市文艺界的全国政协委员开会时，我作记录。从当时上海最著名的作家、艺术家身上，我确实学到许多书本上学不到的东西。不过，我还是梦想着上大学，曾经天真地想，如果我上了大学，一定要在一个星期里把图书馆的书都翻上一遍。正好 1954 年大学扩招，高中毕业生不够，号召年青干部报考大学，于是我三个志愿都报了北京大学，最终如愿以偿进了北大中文系。

### 进了北大就挨批

进了北大，完全没有想到，一开始我就成了全年级的批判典型，成了"名人"。

当时，我每天都如饥似渴地看书、听课，一点时间也不浪费，在等待老师讲课的课堂上，也抓紧时间写一点素描。我曾在"马列主义基础"笔记本的扉页上，描写了辅导老师的形象。在检查笔记时，我交上去被发现了。据说刚刚从复旦大学毕业的女教师，看到我描写她的"小辅导员"如何如何美的素描，竟然哭了。汇报上去被认为是调干学生不尊重老师的典型，因为那一年调干生很多，于是学校拿我开刀，在全系进行批判，以教育大家。在团支部大会上，大家声色俱厉上纲很高，可是我想起在上海听陈毅同志报告时他说的话，知道革命者要"过五关斩六将"，要过"倒霉关""胜利关""金钱关""美女关"等，抱着"有则改之，无则加勉"的态度，当作这是一个对自己考验的机会，所以情绪一点都没有受影响。受过批判，并没有低下头，还是非常高兴地学习、思考、锻炼，不久，还当上了班里的体育委员，组织全班锻炼。在中文系第一届运动会上，获得了个人总分第一名和全班团体总分第一名的好成绩。我还被吸收加入了学校的长跑代表队，代表北大去参加北京市的高校运动会。第二年又因为门门功课全优，成为全班唯一的一个优秀生和三好积极分子。当时是口试，"马列主义基础"这一关是非常难通过的。

我抽了一次题，回答很好，老师还是不放心，又让我抽了一次题，我没有准备却滚瓜烂熟地回答了出来。老师只好给了我 5 分——满分。这才得了全优，获得一个铜质奖章。（按当时规定，第二年全优，就可以得银质奖章，第三年得金质奖章。可是碰上了"反右派"运动，这一切都冲掉了。）不久，1955 年 12 月，我第一批加入了光荣的中国共产党，获得了久已盼望的极其宝贵的政治生命。

在大学学习中，我深深感到自己的青春是非常幸运的，决心要以战斗的姿态如饥似渴地来学习好功课。每天一大早我就赶去文史楼三层的第二阅览室看书，一路怀着极其兴奋的心情，老远就看到文史楼的三楼窗玻璃上每天都有一个新鲜的太阳，印象很深。晚上下自习了，学习劲头正旺，总是不愿离开阅览室，直到管理员来熄灯才恋恋不舍地起身。从图书馆走回宿舍的途中，我想到我们正在幸福地学习，马上回宿舍就要进入梦乡去安睡享福了，而我在上海的战友们也许还在开夜车忙于翻译加急的电报呢，无形中感到自己身上的担子更重了，因为他们没有机会来大学学习，实际上我也代表了他们在学习呀。我知道，翻译电报是非常艰苦的工作，要强记密码本上的许多汉字，工作时译电要求快速、保密、准确，一个字也不能错，不然甚至可能造成"人头滚滚，血流成河"的巨大损失。所以精神高度紧张，时时刻刻战战兢兢地干活。

这种工作经历也养成了我"以苦为乐"的习惯。不怕吃苦，再大的苦也不怕，确信克服了困难，坚持到底就是胜利！——"以苦为乐，天天快乐"这个信念和经验，是我快乐人生的重要秘诀之一。


## 二　研究、教学初体验


### 学年论文创建新理论

学习是非常快乐的，不但可以满足自己的好奇心、时时获得新的知识，而且在学习中发现了问题，就打开了创新的通道。创新，这当然是更大的快乐！

1956 年，正是党提出"向科学进军"和"百花齐放、百家争鸣"伟大方针的时候，我作为校团代会代表，起草了一个《学生也能够向科学进军》的发言稿，由张钟在团代会上作了大会发言，广播台还反复向全校作了广播。

　　说干就要干，我就真的干起来了。我在写学年论文时，发现苏联的文艺理论有严重缺陷：莫斯科大学的文艺理论权威季莫菲耶夫教授的教材《文学原理》认为，文艺的特性是形象性。我认为这是忽视了文艺的内容特性，是形式主义的。我看到世界顶级小说家列夫·托尔斯泰晚年在总结自己的创作经验的《艺术论》中提出："文艺是交流感情的工具。"我认为感情就是艺术的特殊内容。而俄罗斯文学大师别林斯基却认为，文艺和科学的不同，只是一个用艺术形象来表现思想，一个用抽象概念来表现思想，"但是他们表现的是同一个东西"。这种"形象思维论"正是苏联文艺理论的理论根据。我认为，他们忽视了艺术内容的特殊性，抛弃了艺术的灵魂——感情，故而这种流行的权威观点是不全面、不科学的，也是不符合实践论的科学思维规律的。我在二年级的政治课"中国革命史"中，记住了教条主义的危害，学习了反教条主义的著作《实践论》《矛盾论》，认识到一定要从实践出发，根据事实得出的结论，才是科学的。于是我努力从许多作家的创作经验中探索艺术的特殊内容，作了系统的分析，这篇学年论文写了一年，竟写成了 5 万字的一篇大文章《论艺术性》。

　　初生牛犊不怕虎，竟然向世界最大的文艺理论权威提出不同看法，这真是"大逆不道"。当时苏联就代表马列主义，所以辅导我写论文的助教陆老师不同意我的观点。于是她请文艺理论教研室的两位老先生审阅，不料钱学熙教授看了，非常同意我的观点。我文章中有一个观点认为，周扬说托尔斯泰、巴尔扎克的世界观和创作方法有矛盾，这是不符合事实的。创作方法怎么能战胜世界观呢？事实上，这是作家世界观内部的矛盾。教研室主任兼系主任杨晦教授后来也认为我"在文艺理论上也有一套呢"，并在我毕业时把我留在北大做了他的助教。

　　1958 年，我刚留校不久，就被调到北京市委大学部（高校党委）去办教育革命展览。干了几个月,展览结束时办公室的领导同志要把我留在市委,我没有同意。我说,如果这样还不如不上大学呢。于是又回到了北大。

## 主动请缨教民间文学

当时民间文学课没有人开,我正好对苏联那一套教条主义的文艺理论不满意,于是主动要求去教民间文学,以便对文学作更全面的了解。然后,再回过头来搞文艺理论。杨先生非常好,满足了我的要求。于是我就和1956级的"瞿秋白文学社"的同学们一起从几百本书中选出并编成了《中国歌谣资料》十几本(作家出版社出版了三本,其余为油印资料本),然后又和他们一起编写《民间文学概论》新教材,建立了新的体系。这个新的体系以理论和作品为纲,与苏联的《人民口头创作》以历史为序大不相同。这就是现在通行的民间文学理论体系。

当时学校通过中国科学院文学研究所所长何其芳同志,找了贾芝老师做我的指导教师。贾老师是李大钊同志的女婿,他和李星华同志对我进行指导。我的讲义他们看过,提了不少意见。贾老师很重视田野作业,首先让我同中国民间文艺研究会的张帆、张文同志一起,于1959年春天去河北安次县张士杰的家乡和武清县等地调查义和团故事传说;1960年3月又同文研所的孙剑冰、卓如、祁连休,中央民族学院的耿予方、佟锦华、王尧等同志在民族宫图书馆馆长马扎布同志的率领下,组成中央民委工作组到西藏调查史诗《格萨尔》等民间文学和文物,在拉萨、日喀则、拉孜、黑河等城市农村调查了几个月,每天在下面奔波劳碌,有时骑马或爬山,一走一整天,虽然非常疲劳,但是心里却特别高兴。

7月回北京就参加了第三次文代会,和冯至、老舍等人在一个小组开会。回校开学后即给苏联和东欧的留学生讲授民间文学课。从1960年到1966年"文化大革命"前,总共给中外学生讲过7遍。当时全国只有我一个人系统讲这门课,所以钟敬文先生说我有"张志新的大无畏精神",并说他自己也没有讲过那么多遍民间文学课。其实,我之所以能够坚持,主要是我的导师王瑶教授的全力支持。当时因为教育部把民间文学课由基础课改为专题课了，于是就让民间文学的教师去教现代文学课，全国刮起了民间文学下马风。而北大是民间文学研究的发源地，虽然也有人让我在王瑶教授指导下搞现代文学，可是王瑶先生认为民间文学很重要，加上外国留学生也要学习中国民间文学，于是我就成了整个中国坚持民间文学教学的唯一一人。我的讲义《中国民间文学概要》在 60 年代油印了多次，经过修订，1980 年 2 月交给北京大学出版社，1981 年 1 月出版，全国通用，不断修订，现在已经第 4 版，共印了几十次。此书 1996 年获意大利巴勒莫人类学国际中心的大奖——"彼得奖"。1997 年我去意大利领奖，并在罗马、西西里岛、庞贝古城、米兰等许多地方进行了民俗文化考察。我的工作受到国内外的肯定，说明对人类文化有好处，这当然是非常快乐的事。我实现了去欧洲考察民俗的梦想，这就更加快乐。

不久前我到台湾地区调查民间文学与民俗，在台湾大学图书馆看到我的几本《中国民间文学概要》都翻烂了，说明看的人很多。在"中国文化大学"、台湾东华大学见到一些中青年骨干教授，他们都说是读我的书开始喜爱民间文学的。我这次从台湾地区带回了两箱神话学和民俗、民间文学方面的书。

## 三 创新与奉献之乐

### 学术创新是最大的快乐

学术创新是我追求的最大的快乐。我认为，马列主义的根本特点就是创新，不然就不是马列主义而是教条主义。所以我按照实事求是的原则，不断发现民间文艺学、民俗学理论上的重要缺陷，进行了许多重大的理论创新。

在民间文学理论上，不仅创建了现在通行的民间文学教材的理论体系，而且提出了许多民间文学的基本概念范畴。

如民间文学的"立体性特征"的提出，是民间文学本体论的重大突破，于 1985 年获中国民间文艺研究会《民间文学论坛》的"银河奖"。21 世纪以来，这个理论创新得到了广泛的运用和研究。在民间文学的价值论方面，我在 1978 年 10 月召开的兰州会议上作的长篇报告《民间文学在文学史上的地位与作用》引起轰动，吸引了许多学者参加到民间文学的教学和研究队伍中来。我的论文《大作家与俗文学》1991 年在台湾第一届民间文学研讨会上发表，也引起同样的反响，起了很好的作用。我的《文艺上的雅俗结合论》1987 年 12 月 15 日在《光明日报》发表，它提出了文艺理论上的一个基本艺术规律，受到作家艺术家的广泛好评。《〈白毛女〉和民间文艺》是一万多字的长文，2013 年在《民间文化论坛》发表后，得到了该剧作者、著名诗人贺敬之同志的高度重视。

在民间文学研究的方法论方面，我和苗族民间文学家燕宝（王唯林）同志共同提出了"立体描写"的科学方法，突破了过去只研究文本的老方法的局限，大大提高了民间文学研究的科学性，在"民间文艺十套集成"的普查工作中得到了广泛运用。

在民俗学基本理论上，我突破了西方民俗学家普遍认为的民俗是"历史残留物"的老观念，在《中华民俗大典·总序》等文章中提出并论证了民俗的本质是生活美的理论。

在美学方面，我研究阿凡提，发现西方传统美学喜剧理论的重大缺陷。从亚里士多德到车尔尼雪夫斯基，往往认为喜剧人物是丑陋的甚至还是愚蠢的、邪恶的。可是，我发现我们的阿凡提等民间故事中的喜剧人物却正相反，他们不仅不是丑陋的，反而是绝顶聪明的，是打抱不平、坚持正义的。

后来我又对笑话美学进行了更深入的研究，写成了一本专著《笑话美学》。因为被北大美学教研室主任杨辛教授收入他主编的"艺术教育与美学研究丛书"，1991 年在北京大学出版社出版时，按照副主编张文定同志的统一设计，改名为《笑话——人间的喜剧艺术》，后来获得国家级大奖——中国文联"山花奖"一等奖。

不只是喜剧美学有问题，整个西方美学理论都有根本的缺陷：一是只研究艺术美，不研究生活美；二是整个美学理论都是从某一个哲学理论推导出来的，而不是从实践出发进行的理论概括，所以必然是不全面的，往往是一些空洞的概念和教条，严重脱离实际。这当然是不科学的。所以我早就提出了美学革命的任务。要把美学建立在事实的基础上，不能再搞教条主义。

**为什么要捐书呢？**

我有幸在北大读书教书，这是我最大的幸福之源。

我的创新成果能够得到发表，是很不容易的。我的许多文章是在《北京大学学报》上发表的。北京大学出版社对我帮助也很大，从恢复建制的一开始，麻子英社长就向我约稿，后来又把我的《中国民间文学概要》拿到莱比锡图书博览会去展览。他回来跟我说："就是你的民间文学的书最受欢迎。"北京大学出版社出版了我的三十几本书，有的部头很大，有的是别的出版社不能出的。这是对我极大的帮助，我深为感激。

北大图书馆对我的帮助当然也很大。这是我的伊甸园。不过，自从我搞民间文学教学之后，因为图书馆经费有限，而民间文学又是冷门，民间文学的书只有很少的人看，所以北大图书馆很少买。我的最大爱好就是看书买书，所以买了好多书，许多书是图书馆所没有的。

自从 2003 年联合国教科文组织通过了《非物质文化遗产保护公约》以后，（因为非物质文化就是民间文化）民间文化成了热门。为了让更多的人能够看到民间文化、民俗学、民间文艺学等方面的书，也是为了感激北大对我的恩情，我就把我的一万多册书（包括几千册杂志和剪报资料）捐献给了北大图书馆。如今放在北大图书馆，不仅对大家很有用，而且我自己找书也更方便。我很感谢北大图书馆专门开辟了一个民间文化阅览室来存放我的图书，以后我还要把我正在用着的两屋子书全部捐献出来。我希望我们北大无愧于中国民间文学研究发源地的光荣，在民间文学、民俗学、人类学研究上走在世界的前列。

现在，已经有很好的基础和苗头。我们曾经获得过国际大奖和不少国内大奖，现在我们中文系民间文学教研室又光荣地获得了北京大学和北京市"教学一等奖"的荣誉。这是表彰我们 30 年坚持带领学生进行民间文学和民俗调查实习的先进事迹。组织集体的田野作业是很艰苦的，在全国也是绝无仅有的，就如同我们20世纪60年代独自坚持讲授民间文学课一样。我们的民间文学教学和研究不断得到国际上的认可和好评。

**战胜烦恼的快乐**

我的态度是对一切都"只问耕耘，不问收获"。相信真理一定能够战胜谬误，作品发表与得奖是迟早的事。我参加评奖，但是不抱希望，因为希望总是和失望相连，不抱希望就不会有失望。如果作品发表或得奖了，那就是意外的惊喜。我还是得了不少国内外大奖。系主任温儒敏等同志甚至说我是"得奖专业户"。得奖，说明自己的劳动成果起了好作用，当然是令人高兴的。不过并不是我所刻意追求的。"君子坦荡荡，小人长戚戚。"坦荡荡的心情是非常快乐的。

身体健康也是快乐人生的必要条件。我在新中国成立前体弱多病，每年都要在床上躺一段时间，病痛起来非常难受。参军以后，我注意了锻炼身体、加强营养，身体就慢慢好了起来。几十年来，我每天坚持锻炼，现在虽然已经80岁了，但精力还很旺盛，一天用电脑可以写五六千字。现在我连续工作几个小时，也不感到累。我还可以跑步、骑自行车、爬山、游泳，人们说我不像80岁。这是心情好、身体好的结果。只要我们的心不老，我们的身体也是不容易老的。

我赶上了好的时代——人民解放的伟大时代。我感谢党和人民的培养，感谢北大的老师和同学们，教育我建立了科学的世界观、人生观。有了这种科学的世界观、人生观，就可以勇敢创新、无私无畏，不怕任何困难挫折，不断取得一个个新的胜利，从而不断得到一个个新的快乐，经常生活在快乐的氛围之中。

总之，我的体会就是为善最乐、助人为乐、与民同乐、和谐最乐、创新最乐、进步最乐、劳动最乐、以苦为乐，这样也就天天快乐、终生快乐。

（载于《北大校报》，《八十感怀》分三篇刊登，至此刊登完毕）

# 走向世界　为国争光

中国的民间文学蕴含丰富，饱受各国学者青睐，也给我们的肩头加上了沉重的分量。

有一种庸俗社会学的论点，认为中国经济落后，所以我们的民间文学及其研究等一切都落后，连平等对话的资格也没有。

其实，马克思早就论证了文艺发展与社会经济发展的"不平衡律"。我们在经济上虽然总体落后，但在文化上的某些方面却不一定是落后的。

我们有马列主义的科学方法，这是辩证的、唯物的，因而也是最有创造性的方法，这是我们的思想优势。我们有优越的社会主义制度，这又是我们的组织优势。正是因为发扬了这些优势，我们的民间文学普查和十套民间文艺集成的编印，被誉为"中国文化的万里长城"，这是西方和日本学者非常羡慕而又不可得的。

我们用辩证唯物主义的立体思维分析民间文学，提出了许多新的观点，补充了西方某些理论的不足。当西方的故事衰竭之时，中国的故事却欣欣向荣。这又使西方人开了眼界。

美国加州大学教授邓迪斯说："来自中国的信息最多！"作为美国的权威学者、美国民俗学会的前主席，他很重视中国。前几年他终于来到了中国，在北京见到我第一句话就说："我一到北京就找你的著作。"这句话不禁使我感到震动。后来想想，他说这话自有他的道理。我们只有自己尊重自己，人家才会尊重你。所以也不必妄自菲薄。

俄罗斯科学院通讯院士李福清 1996 年在哥本哈根的"中国现代口

头文学国际学术讨论会"上说："今天很高兴，在座的有我的中国民间文学老师段宝林教授。"他忘不了这一段历史：1965 年 9 月到 1966 年 7 月，李福清在北大进修，系统地听了我的"民间文学"课，并在我指导下写博士论文。他原想写"中国章回小说与民间文学的关系"，我给他开了长长的书目，并告诉他要针对哪几部小说进行研究和写作，于是他集中研究了《三国演义》，写成了博士论文。他还接受了我的意见，在研究中特别注意文艺规律的探索。他的博士论文 1997 年已由上海古籍出版社"海外汉学丛书"出了中文版。在自序中他两次提到在北大进修对他写此书的重要作用。我想他念念不忘北大是很自然的吧。此外，我们关于笑话的喜剧美学研究新突破也引起西方学者的重视。我们中国学者在布达佩斯、因斯布鲁克等地举行的"世界民间叙事研究学会"国际学术讨论会上的论文也是很受重视的。1992 年大会决议以后多到东方国家开会，也不是偶然的吧。

下面就我所知的情况具体地从头谈一谈这一历史过程。

民间文学是国际性的学问，中国民间文学蕴藏丰富，但西方学者对此了解很少；因此，各国民间文学专家都非常希望中国学者多去参加学术交流活动。美籍华人丁乃通教授原是讲授英国文学的专家，对 19 世纪英国浪漫主义诗歌很有研究。在研究济慈的《拉弥尔》时，为了与中国文学比较，在古书中遍找蛇女的故事而不得，最后却在民间文学中找到了很好的材料。于是他开始专门从事中国民间故事研究，用八年时间编成了《中国民间故事类型索引》一书。1978 年他的书在芬兰科学院出版，他通过俞伟超先生找到了我，向我传达了国际学术信息，希望我们参加国际民间叙事研究学会的活动。

我感觉丁乃通先生的意见非常好，又碰上了改革开放的大好时机，就赶紧向领导申请参加这一国际学术组织。各级领导都很支持，我到国家教委去拿批件时才知道，我的申请是头一份，过去还没有人申请参加国际学术组织。经过慎重研究，他们同意我以"副教授"的身份参加。于是我就成了国际民间叙事研究学会的第一批中国会员，和中国民间文艺研究会副主席贾芝同志一同被通过入会。此会每五年召开一次世界大会，进行全球性的学术交流。

国际民间叙事研究学会于 1984 年在挪威卑尔根开第八次大会，我写了一篇《民间笑话的美学价值》，对西方喜剧美学提出了一些批评性的补充意见：从阿凡提等正面喜剧人物的广受欢迎，可以看出西方传统喜剧美学的大师们（从亚里士多德到车尔尼雪夫斯基、柏格森等）都认为的"喜剧的本质是丑"的观点是不全面的。当时丁乃通先生认为中国人第一次参加西方的大会就批评西方，似乎容易引起反感。他劝我换一个题目，如介绍一下中国的曲艺之类。但时间已来不及了。我以为，研究中提出新的见解，批评过去理论的缺陷应该会受到欢迎的。如果不能对西方学术提出新的看法，参加讨论的意义就不大了。果然此文受到学会主席劳里·航科教授的热烈欢迎。虽然我因经费等问题未能与会，但他们还是请人代为宣读了我的论文，后编入大会文集首卷。1987 年在巴黎召开的执委会上，委员们感到"从美学和文学角度研究民间叙事"是一个重要方面，于是把它作为 1989 年在布达佩斯召开的第九次大会讨论的中心议题。在会上劳里·航科主席还说了这样一段意味深长的话。他说：

> 民间叙事的审美观念和诗学是一个有待解决的课题。我们已经感到把西方的美学和科学观点强加在世界不同文化的民间文学上是冒失和欠妥的。由于西方的文学历史家颇相信他们的美学范畴普遍适用，民俗学者在这个问题上要多动脑筋才好。①

这就是说，我关于喜剧美学的文章，批评了西方美学观念，不但没有引起反感，反而受到了很大的重视，甚至使一些西方的著名学者、权威人士对"西方中心论"的学术偏见产生了怀疑，这倒是我始料未及的。后来我出了两部书进一步深入研究，这就是《笑之研究——阿凡提故事评论集》（新疆人民出版社，1988）和《笑话——人间的喜剧艺术》（北

---

① 《北欧民俗研究所通讯》，1987 年第 2 期，译文见《民间文学》，1988 年第 3 期，第 46 页。

京大学出版社，1991；台湾素馨出版社，1992）。1992年奥地利因斯布鲁克召开国际民间叙事研究学会第十次代表大会，中国有许多人参加并受到了重视。代表们进一步感到东方的重要，此次大会作出了一个重要决定：过去的大会都是在欧洲召开的，以后要多到东方国家开会。

1995年1月，国际民间叙事研究学会第十一次大会在印度南方古城迈索尔召开。贾芝、王炽文、过伟同我一起前往。会议讨论的中心议题是"变动世界中的民间叙事"。我写了一篇《民间故事的发展前景》在大会宣读。文章中以中国的大量事实和研究成果，批驳了"故事消亡论"，说明故事在今后信息社会中，传播手段更多了，在许多方面会有新的发展，民间故事永远也不会消亡。

此文引起强烈反响，会议室满座，有些代表站着听讲。会议决定1996年在中国召开一次专题讨论会。原定50人，但报名者已达60多人，后来北京开了一次近百人的国际学术讨论会。许多学者看到中国民间故事书刊、广播、电视节目之繁荣，大为惊异。学会新任主席瑞蒙德教授说，西方许多国家的民间故事久已消歇，想不到中国的民间故事却如此繁荣昌盛。

关于民间文学发展前景的论文引起了学会领导专家的重视。执委会决定，1998年在德国哥廷根召开的第十二次大会讨论的中心议题就是"民间叙事的未来"。此会有二百多人参加，五大洲学者就民间故事的社会功能、传播方式、发展前景及对策等问题，进行了热烈的讨论。这些问题都是我的论文中涉及的。[①] 这就说明我们的研究在国际上起了某种带头作用。这在某些人看来似乎是不可思议的事，然而这是事实，是否定不了的。

其实，这并不奇怪。中国虽然在经济上、科技文化上还比较落后，但在思想上、学术上却有我们的一定优势。我们的马列主义世界观是最有创造性的，我们的辩证唯物主义思想方法、研究方法是最科学的，在

---

① 关于会议情况，我写了一篇详细报道《民间叙事——活的艺术》，在《国际学术动态》1999年第5期发表。

长期调查研究基础上得出的新结论，当是有启发性的。中国并非在所有方面都落后，我们也有先进的地方，我们也应该力图"引导学术新潮流"。我在对民俗的研究中提出并运用了"立体思维"的新思维模式，这是六维的立体。除长宽高多角度的三维静态的立体外，还有时间一维成动态的立体；第五维是多层面的内部本质，探讨事物的本质规律；第六维则是事物的外部生态环境。如此的立体思维可以对事物进行多角度、多层面、多时空的全面考察，是辩证唯物主义的最新运用，是最科学的思维模式，用它对复杂的民俗现象进行立体研究，当会取得较理想的效果。

过去的故事研究一般多局限于对故事文本的比较和分析，用立体思维去观察就会对故事与社会、故事与文艺、故事的传播、故事与人民等问题作更全面的研究，把故事看成一种"活的艺术"，从而打开了民间叙事研究的一个新天地，理所当然地受到各国学者的重视与欢迎。哥廷根会议的事实正说明立体思维在实践中经受住了考验，说明辩证唯物主义是最科学的研究方法。这也是对世界的一个贡献。

我们的研究成果对科学发展起了一定促进作用，受到了国际学人的重视。1996年我接到意大利巴勒莫人类学国际中心寄来的一封信，说他们正在进行人类学评奖工作，希望我把著作寄去参加评奖。我寄去了《中国民间文学概要》《笑话——人间的喜剧艺术》《当代讽谏歌谣》《民间诗律》《民间文学词典》等书，1997年1月收到了该中心主任瑞果里教授的信，说经过国际评审委员会的研究，决定授予我1996年度"彼得奖"。这是一个国际大奖，曾授予美国民俗学会主席、加州大学教授邓迪斯和苏联科学院院士梅列金斯基等学者。过去西方学者是不大看得起中国人的。经过十多年交往，他们已逐步改变了西方中心论的偏见。这是令人欣慰的。

民俗学是一门国际性的学问。为了较全面地了解外国民俗，北大民俗学会组织编写了《世界民俗大观》一书，由我和图书馆期刊部主任武镇江共同主编，北京大学出版社编审江溶亲任责任编辑，出版后很受欢迎。

为了研究和了解国外民俗，我先后到十多个国家进行考察与学术交流，所到之处计有：菲律宾的马尼拉、宿务、棉兰老岛、马荣火山和北吕宋岛巴纳威的伊富高山地，印度的加尔各答、新德里、班加罗尔和古城迈索尔，丹麦的哥本哈根、欧登赛（安徒生故乡）、埃斯堡，瑞典的斯德哥尔摩，荷兰的阿姆斯特丹，德国的科隆、法兰克福、汉堡、汉诺威、哥廷根、魏玛、柏林、莱比锡、波恩、慕尼黑、卡塞尔，奥地利的维也纳，卢森堡的新旧城，法国的巴黎、马赛、图卢兹、尼斯，摩纳哥的蒙特卡洛，西班牙的马德里，葡萄牙的里斯本、波尔图、科英布拉，意大利的罗马、佛罗伦萨、米兰、威尼斯、比萨、那不勒斯、庞贝古城、西西里岛的巴勒莫等，梵蒂冈，加拿大的温哥华、渥太华、多伦多、蒙特利尔、纽芬兰岛的圣约翰斯，美国的芝加哥、洛杉矶等地。亲身观察体验了各国的民俗文化，许多知识是书本上绝对学不到的。因为年轻时身体锻炼得较好，可以乘一整天火车或长途汽车也不累，步行参观也乐而不疲。在同各国学者的学术交流中，我们弘扬中国文化，受到了重视和热情的欢迎。我在意大利巴勒莫大学讲学时，最大的教室挤得满满的。1999 年，我又收到英国剑桥大学国际名人录传记中心的来信，通知我已入选"二十世纪杰出人物"，并颁发金质奖章。

　　20 世纪即将过去，一个新的年轻的世纪在等待着我们。我要以更年轻的心去迎接各种挑战，为咱中国、为人民多做一些有益的工作。

（《广东民俗》，1999 年）

# 新华赋

朗朗乾坤，巍巍中华，
红日高照，盛开百花。
曾记否漫天血雨腥风赤县难明，
看如今九州丰衣足食史实不忘。
李大钊望饥民而含泪痛哭，
方志敏洒鲜血写《可爱中国》。
董存瑞举炸药爆破封建碉堡，
黄继光堵枪眼开辟和平通道。
焦裕禄种泡桐在兰考绿化治沙，
孔繁森钻帐篷跑阿里看望藏胞。
无数先烈为民献身兮勇抛头颅，
亿万劳人为民造福兮汗润禾土。
老红军草鞋踏破兮雪山草地，
举大刀横扫倭寇兮解放黎庶。
小米步枪兮战胜飞机大炮，
人民战争兮突显人间奇迹。
官兵一致兮方可所向无敌，
除旧布新兮岂不摧枯拉朽。
推倒三座大山兮人民当家做主，
升起东方红日兮照亮千年黑洞。

北京古城兮飞舞五四红旗，

镰刀斧头兮开辟新天福地。

百废待兴兮制定政策为"四面八方"，

筚路蓝缕兮理清建设之"十大关系"。[①]

叹前路之崎岖曲折兮会有坎坷与弯路，

勇改错而眼明心亮兮更能稳健而阔步。

革命巨流兮汹涌澎湃，泥沙俱下兮难免混杂。

亿万群众兮心知肚明，共产党员也有真有假。

"三大作风"兮明写天上，

此乃照妖宝镜兮能辨真假。

腐败叛变以权谋私之区区蟊贼，

岂能遮掩东方红日之熠熠光华。

观全球危机纷乱兮五洲云水翻腾，

赞中华稳操胜算兮因为我们有党。

党为人类之天理良心兮亦为人民之忠诚卫士，

调查研究之火眼金睛兮更胜过高倍望远神镜。

党乃民主之集合兮烈火中百炼成钢，

全赖群策而群力兮使巨龙飞腾直上。

党为科学之明镜兮于迷雾中定准航向，

引领龙飞凤舞兮弘扬五千年古国之光。

处处实事求是兮才能百战百胜，

事事拨乱反正兮澄清冤假错案。

改革开放振兴中华兮人民各得其所，

民主制度人民做主兮引向共同富裕。

---

① 1949 年年初，党提出"公私兼顾，劳资两利，城乡互助，内外交流"的政策，调动了各方面
的积极性，当时称为"四面八方政策"。1956 年毛主席在最高国务会议上作《论十大关系》
的报告，根据深入而全面的调查所得到的事实，用辩证法分析经济建设中的各种关系，提出
实事求是的科学思想，成为中共八大正确路线的思想基础。可惜 1957 年以后，受到"左"
的干扰，未能贯彻执行。直到 1978 年改革开放以后，才得以逐步实现。

党能战无不胜兮靠秉承群众路线，
人民群起创新兮当犹如原子爆发。
由"中国制造"进而"中国创造"兮，
世界喜迎万年古树开出之火红新花。
新华新华，灿烂如花。
东方红日，照亮天涯。
巍巍新华兮盛开百花，
花香四溢兮誉满天涯。
誉满天下兮赞我新华！
巍巍中华兮鲜艳如花！

2009 年 9 月 22 日初稿于北大

11 月 7 日改定

2011 年 4 月 28 日三稿

# 井冈四咏

### 井冈泉水

井冈流水清又清，
飞泉直下天地惊。
星星之火可燎原，
五洲四海听知音。

### 井冈山是革命的山

井冈山是革命的山，
山高路险行路难。
老红军的阳关道，
白狗子的鬼门关。

### 登黄洋界

黄洋界上看井冈，
巍巍群山不寻常。
铜墙铁壁何所在，
工农大众心坎上。

## 别三湾

枫树坪下别三湾，

乡亲送我竹扁担。

井冈翠竹光闪闪，

革命路上挑重担。

（1972 年 2 月于井冈山行军道中，夜行军挑行李，碰崖边大树。）

# 致天安门前的哨兵

向你致敬，

天安门前的哨兵。

每当我走过你的身旁，

总忘不了你闪光的眼睛。

你是来自波涛汹涌的南海前哨，

还是来自喜马拉雅的崇山峻岭。

你挺立在天安门前，

全世界都看到你头顶的红星。

你是雷锋的亲密战友，

也是张思德的后辈精英。

你手握董存瑞、黄继光的钢枪，

捍卫人类的幸福和安宁。

你们在炎夏的烈日下站岗，

在寒冬的风雪中值勤。

带着万里长征的风尘，

迈开整齐的步伐向前挺进。

你是人们关注的焦点，

身边走过五洲四海的嘉宾；

在他们亲切温暖的目光里，

常有一份自豪和尊敬。

浩荡的东风，

吹拂你草绿色的衣襟；

北京的曙光，

映照你雄壮的身影。

你日日夜夜，

站在第一线守卫着北京；

升起第一面五星红旗，

迎接新世界的黎明。

向你致敬，

天安门前的哨兵。

每当我走过你的身旁，

总难忘你闪光的眼睛！

2007 年 6 月 26 日

抄于北大中关园

# 北大赋

## 扬鞭跃马，振兴中华

巍巍中华，五千年文化，光耀我北大。

五四火炬，科学民主，引领新华夏。

沙滩红楼，西南联大，人才辈出灿如花。

岁月如歌，青春似火，未名湖水映彩霞。

五湖四海，兼容并包，东西南北共饮茶。

百家争鸣，追求真理，自由探索靠大家。

埋头苦读，学海泛舟，千难万险全不怕。

跋山涉水，揽月摘星，学术红旗顶峰插。

为民造福，求实创新，桃李芬芳满天下。

日日为新，扬鞭跃马，振兴我中华。

# 未名湖之歌（应征"新校歌"）

穿过历史的风霜，

我们相聚在未名湖旁；

湖面倒映着彩霞，

这是青春的绚丽光芒。

是烈士的鲜血，

点燃了新中国火红的太阳；

是老师的汗水，

浇灌出燕园的桃李芬芳。

高举红旗，攀上世界科学顶峰，

是人民的殷切期望；

挺起胸膛，做信息时代英雄，

是我们的热烈向往。

巍巍兮书山崎岖曲折，

我们日夜攀登；

浩浩乎学海汹涌澎湃，

我们结伴去闯。

为民造福是我们最大的幸福，

为国争光是我们最大的荣光。

未名湖是我们心中的湖，

湖水荡漾着红楼的灯光。

我们永远年青，永远进取。

未名湖之光，

永远在我们心中闪亮。

未名湖之光，

永远在我们心中闪亮。

中文系段宝林（54级）

# 党啊，我的母亲

党啊，我亲爱的母亲，

你给了我一双明亮的眼睛，

使我在黑暗中看到光明，

使我在奋斗中炼出火红的心。

党啊，我的母亲，

你教导我为善最乐一心为民，

为人民做好事最快乐，

天天做好事天天快乐欢欣。

党啊，我的母亲，

你告诉我以苦为乐烈火炼真金。

刀在石上磨，人在苦中练，

吃得苦中苦，方为革命人。

用汗水清洗世界洗刷心灵，

用烈火焚毁腐败冶炼纯金。

藏民为什么叫解放军是"活菩萨"？

就因为共产党救苦救难一心为民。

你领导着人民推翻六座大山<sup>①</sup>，

---

① 六座大山：除压在人民头上的帝国主义、封建主义、官僚资本主义外，还有贫穷、落后、无
知三座大山。

全靠我大中华亿万黎民百姓。
你不断克服缺点纠正错误，
因为有神圣的批评与自我批评。
苦不苦，想想红军两万五，
甜不甜，想想苦难的解放前，
累不累，想想雷锋张秉贵<sup>①</sup>，
行不行，东方巨人大步不停！
党啊，我的母亲，
你给了我一双明亮的眼睛，
你给了我一颗鲜红的心，
我们战无不胜永远快乐，
过雪山过草地永远前进！

---

① 张秉贵同志是北京市百货大楼劳动模范，百货大楼门前有他的铜像。

# 题照

白鹭涉秋水，
月照黄花睡。
甘泉尽兴饮，
日出共霞飞。

（1955 年）

# 爱人在远方

爱人在远方，
钢笔在手上。
火一般的爱情，
燃烧在笔尖上。

（1961 年）

# 爱情是什么？

爱情是什么？
阳光下，
红灿灿的
朝霞一片。
如果离开了太阳，
爱情啊！
就成了灰溜溜的
乌云一卷！

（1978 年）

# 礼炮

"东方二号"
是我们的礼炮，
让我们
永远和卫星赛跑。

（1961 年 8 月 6 日结婚。
"东方二号"是苏联卫星，正好这一天发射成功。）

# 给大姐

背一个红十字挂包，
穿一件白色外套，
星星和朝阳，
天天看到你
日夜操劳。
你的眼睛里，
闪光着婴儿的红脸蛋儿；
你的脸上，
映照着母亲的甜蜜微笑。
你像新世界的园丁，
为人间乐园培育花草。

（1972 年）

# 扬州火车站

走进扬州火车站第一站台，

去北京的火车一字排开。

我正在找我的车厢何在，

眼前出现了一个醒目的小牌牌：

"1—9 车厢在这边，

10—18 车厢在那块。"

一目了然，

多么清楚明白。

请别小看这块小牌牌，

它反映了一个追求：一切都要快，

一切都要方便旅客，

一切都追求尽善尽美让人开怀。

如果人人都追求尽善尽美，

如果事事都追求只好不坏。

那就处处都有美，都有和谐，

那将是一个多么美好的世界。

（扬州—北京，2007.4）

# 夏天进北大东门

走进北大东门，
就像进了炭火盆。
一个个行人，
都烤得大汗淋漓，
据说这就是新潮的"以人为本"。
赶紧走过一大片水泥沙漠，
终于来到了文史楼前。
葱茏的大树绿荫如盖，
多么凉爽呀透心地甜。
五十年代的绿化实实在在，
"以人为本"在人们心间，
想起中关园北墙边的一排大槐树，
那槐花的清香多令人留恋。
可惜前几年砍倒了一棵棵大槐树，
东门内又添了一大片沙漠烤炉。
什么时候北大才恢复五十年代的绿化传统，
"以人为本"的东门亦变成绿荫马路。

# 蟹岛噪音

睡在蟹岛度假村的高级水床上，
怀念十三陵农民家的土炕。
机器的噪音吵得不能入睡，
真向往那寂静的农村睡得真是甜美。
天气已凉爽还要那空调干什么？
回归大自然那才是生命的陶醉！

2006.8.29 夜 2 时 35 分
于北京蟹岛"绿色生态"度假村

# 生命之光

我是一滴水，
投入大海中；
我就是大海，
力量无穷。
我是一缕光，
融入太阳中；
我就是太阳，
要把一切照亮。
在海中，
在天上，
我永远欢乐，
我永远歌唱。
歌唱这永恒的青春，
歌唱这生命之光。

（2000－2016）

# 为什么笑口常开

## ——给女儿的信

红霞吾儿如晤：

收到你五一来信，很高兴。你的情绪很好，字里行间可以看得出来。以后你要多写信，谈谈你的生活和心情。

我们很好，心情好是最重要的。为善最乐，天天做好事，当然天天快乐。我每天早上四五点钟就起来写东西、看书，为人民做好事，尽力而为，是非常令人高兴的事。我在《人民日报》（海外版，2016.1.15）发表了一篇《中国情结》的文章，写我在国外受到国际友人欢迎的情况，他们是热爱新中国的。最近，5月3日我又在《光明日报》发表了一篇书评文章《谈谈民间文学研究的科学性——评〈二十世纪民间文学学术史〉》受到好评。我还写了一些小诗，抄点给你看看：

> 为什么笑口常开，
>
> 整天都欢乐开怀？
>
> 因为我天天做好事，
>
> 为人民做好事，
>
> 永远欢乐开怀。
>
> 为什么做好事，
>
> 永远为人民做好事？

因为我们是

共产主义者。

共产主义为民造福，

要消灭剥削、压迫，

把温暖的阳光，

带给全世界。

这是无私的爱，

人类最大的爱。

谁心中有共产主义，

他一定笑口常开。

如何？

请你提提意见。

如果你也写一点诗或散文，写写你的生活和心情，一定是很好的事，对吧。

我等着你的创作。林老师说你有写作的才华，我也有同感。你要努力发挥你的天才，多写点感动自己的事，也会感动别人的，对不对？

专此即祝

健康快乐！

父亲

2016.6.16

# 与金煦通信

## ——关于立体描写

金煦同志：您好！

非常高兴地收到巨作《中国芦墟山歌集》，这非常珍贵的吴歌经典文献，在民间文学三套集成的基础上，又前进了一步，是很有价值的，一定会发生深远的国际影响。我最高兴的是此书在民歌的"立体描写"上有了一些明显的进步，把民歌和有关的民俗生活联系起来进行调查，在"概述""简介""附记"之中对山歌的流行情况、演唱目的与方式，山歌的演唱者、记录者及曲词等都有记述，这就照顾到民间文学的立体性特征了，也是一个新的成果、新的进步。如果没有深入的调查是很难做到的。

从理想化的要求看，似乎还有提高的余地，当然，这是今后的任务了。我建议在"山歌的立体描写"方面还可以尝试一种散文记述形式，把"活的山歌"面貌记录下来，即把一首或一场山歌演唱的全过程——为何演唱、有关民俗背景、歌手情况、如何开始（唱什么歌，全文记录）、如何对唱、如何结束、群众反映……把民俗和作品全面记录下来。如船歌如何配合摇橹、划船等动作，游戏歌如何结合动作，祭祀歌的全过程仪式与演唱记录，等等。更完整的立体描写可能对民歌活的形态留下更好的科学记录。

是否可行，还望指教。望多保重，为国珍摄。

敬祝康乐！

段宝林上　2004.8.8

山歌出自民俗，振兴山歌若与民俗结合，把山歌活动深入各节日、喜庆民俗生活之中，才有生命力。此点还望多多实践。又及！

# 段宝林教授荣获国家级大奖"山花奖"

2009年10月31日，中国文联、中国民间文艺家协会在宁波举行"山花奖"颁奖典礼，我校中文系段宝林教授获"终身成就奖"。这是国家级大奖"山花奖"中的最高奖项，以表彰他几十年来在民间文艺事业中的诸多成就和贡献。领奖时，段教授等六人与发奖的国家领导人合影留念，接受了获奖证书与奖牌。

在颁奖典礼晚会上，冯骥才先生说：获奖的民间文艺家是埋头苦干的，大多默默无闻，但他们都是文艺界的明星。

这是很深刻的评语。段宝林教授五十多年来，坚持民间文学、民俗学教学与研究，开课十多门，编写教材和著作二三十种，多次获国内外大奖。2006年又把自己从国内外辛苦搜集的一万多册图书，无偿捐献给了北大图书馆。

他虽然年过古稀，但仍然为民间文艺和民俗学事业奔忙不息。去年出版了《非物质文化遗产精要》等三本书，今年又出版了《中国民间文学概要》教材的第四版，增加了不少新的内容。另两本书《神话与史诗》《民间文艺与立体思维——兼及文艺本质之探索》也即将出版。

今年6月，他还去希腊雅典出席了国际民间叙事研究学会第十五次大会，并去奥林波斯山、迈锡尼古城、德尔菲的阿波罗神庙和克里特岛文化遗址考察。同时他还顺访了土耳其和以色列，对东罗马文化、阿凡提遗迹和耶路撒冷老城、死海边的罗马古城，对各地民俗文化进行了考察与体验。7月又赴云南昆明参加了世界人类学大会、丽江茶文化研究会成立大会。最近又去湘西山区，边城花垣，参加主持全国蚩尤文化学术研讨会。他受到同行学界广泛好评。2008 年日本英文刊物《亚洲研究》还发表了美国马克教授等人评论他的《中国民间文学概要》《中国民间文艺学》的文章，给予很高的评价。（于明）

（原载《东方文化》，2009 年报道）

# 段宝林教授获意大利"彼得奖"

　　1997 年 11 月中下旬，北大段宝林教授到意大利领奖、考察。他得的是意大利巴勒莫人类学国际中心授予的"彼得奖"，表彰他在人类学研究上的成绩。获得此奖不是偶然的，是他四十多年努力的结果。

　　他的专业是民间文学与民俗学，在国际学术界属人类学范畴。1958年在北大中文系毕业后他即从事民间文学教学工作。1960 年以后全国各大学（包括北师大）的"民间文学"课都停开了，而北大则硕果仅存。当时他曾给外国留学生和中国（文学专业）学生讲授民间文学课达七遍之多，直到 1966 年 6 月方停。钟敬文教授说他有"张志新精神"，并说自己过去也没有讲过这么多遍。他曾编印油印讲义，60 年代印过几次，当时王瑶先生认为可以出版，但直到 1981 年 1 月经几次修改的讲义才由北京大学出版社正式出版。这即是《中国民间文学概要》，印了两万多册，外销 800 本。乐黛云教授在美国看到后曾写一书评，季羡林先生当时也说："谁说没有好书呢，这就是一本好书。"国内许多大学和日本东京外国语大学等外国大学曾用作教材。1985 年增订再版，加入新的研究成果，后又印过两次，在国内外影响较大。此次得奖即以此书为主，兼及其他著作。

　　1978 年 10 月，在兰州召开的"全国少数民族文学教材编写暨学术讨论会"上，段宝林先生作了两小时的主题报告《民间文学在文学史上的地位与作用》，反应热烈。一位蒙古族学者说："我因采录了史诗《嘎达梅林》，十年动乱中被斗挨打，脊梁骨都打坏了，我曾发誓以后再不搞民间文学了。听了这个报告，认识到民间文学的价值，知道那么多伟大的作家都重视学习民间文学，今后我一定更努力地从事民间文学的教学和研究。"兰州会议是拨乱反正的全国性大会，对改革开放以来民间文艺的振兴起了重要作用。1984年在石家庄召开的中国民间文艺家协会全国代表大会上选举理事，他的得票数列第二位，比第一名只差一票。这说明各地民间文学工作者对他的赞同与信任。最近由他任总主编的《中华民俗大典》三十五卷巨型系列丛书（内地省、自治区、直辖市各一卷，加香港、澳门、台湾地区及海外华人各一卷，每卷50万—100万字），也得到各地同行的热情支持，有十卷左右已基本完成。（他写的总序在《民俗研究》发表后，又由《新华文摘》1997年第1期全文转载。）在国内他的著作曾多次获奖。（参见附录）

段宝林教授在1979年参加了国际民间叙事研究学会，此学会每五年开一次世界大会，他曾写文参加，有两次影响较大。一次是1984年在挪威卑尔根开的第八次世界大会上，论文《民间笑话的美学价值》受到学会主席航科教授的特别重视。此文根据中国阿凡提笑话等作品的美学分析，论证了西方喜剧美学的严重缺陷，受到好评。航科教授在筹备下一次大会时说："我们已经感到把西方的美学和科学观点强加在世界不同文化的民间文学上是冒失和欠妥的。由于西方的文学历史家颇相信他们的美学范畴普遍适用，民俗学者在这个问题上要多动脑筋才好。"（参见《民间文学》1988年第3期第46页。）

此会随即将从美学和诗学角度研究民间叙事作为下次世界大会讨论的中心议题。这是突破"西方中心论"而重视东方的表现。1992年在奥地利开的世界大会又进一步决定，以后开大会要多到东方国家去。另一次是1995年1月，在印度召开的第十一次世界大会上，段宝林教授宣读了《民间故事的发展前景》的论文，根据中国的情况批驳了"民间故事衰亡论"，论证了民间故事除传统的口述方式外，中国的报刊、书籍、广播电台、电视台、录音录像播放等形式都有活跃的故事、评话等活动。此文在宣读时吸引了许多人，会场满座，反响强烈。丹麦的易德波教授表示要在丹麦开一次中国口头文学学术讨论会，希望得到支持。后来会议果然于 1996 年 8 月在哥本哈根如期召开，这对向西方宣传中国文学起了积极作用。（段先生在此会上作了《论中国民间故事与评估的历史与未来》的学术报告。）他在印度大会上提出的"民间故事的发展前景"问题引起各国学者重视，将于 1998 年 7 月在德国哥廷根召开的下次世界大会讨论的中心问题即是"民间叙事的未来""民间故事的传播方式"等。

以上事实说明，段宝林教授的研究具有一定的超前性，在世界民间文学研究中起了某种带头作用。

1996 年 6 月，他收到意大利巴勒莫人类学国际中心的来信，说他们要进行国际学术评奖，希望他寄书去参评。于是他寄去了几本著作。10 月 2 日接到评委会主席瑞果里教授来信，说以《中国民间文学概要》及歌谣、笑话等研究著作参评。1997 年 1 月 8 日又收到瑞果里教授的来信，说经过国际学者参加的评委会研究决定，段宝林教授获得了"彼得奖"，奖金 250 万里拉，但要到巴勒莫亲自领奖（或请中国大使馆派人代领）。

彼得是意大利人类学的奠基人，"彼得奖"是一个大奖，授予国际上杰出的人类学家。美国民俗学会前主席邓迪斯、苏联著名民间文艺学家梅列金斯基等人曾获此奖。

段宝林教授在意大利领奖及考察情况是怎样的呢？

原定于 1997 年 10 月 25 日至 11 月 2 日授奖，后延期到 11 月 12 日至 19 日举行。11 月 8 日收到寄来的机票，段宝林教授于 11 月 10 日动身到罗马，受到我驻意使馆教育处王永达参赞的热情接待和帮助，并向他们汇报了情况。12 日到达巴勒莫。西西里首府巴勒莫是意大利人类学、民俗学的发祥地，也是意大利人类学的研究中心。到达巴勒莫后，段教授即参加巴勒莫人类学国际中心的下一届评奖工作，并参观了该中心附设的收藏丰富的人类学图书馆和彼得人类学博物馆。在该中心书记卡斯特格里翁陪同下参观考察了一些文化古迹和民俗设施，使他对西西里古城的历史和民俗文化有了具体的了解。他还应邀在巴勒莫大学最大的教室向该校师生作了两次学术报告。题目是《新中国的民俗学》《民间故事在中国》，受到热烈欢迎。11 月 18 日在巴勒莫市政厅举行庆祝典礼，由市长接见。11 月 19 日在西西里省政府大厅举行授奖仪式。这是一个非常豪华的古典式大厅，学界名流满堂。段宝林教授是第一个领奖者，由省议会主席亲自给他授奖（一张很大的奖状和奖金 250 万里拉）。除"彼得奖"外，同时获其他奖的还有五人，他们得到了奖牌。在每人领奖前，评委会主席瑞果里教授都对获奖者作详细介绍，气氛庄严、热烈，领奖后，有著名钢琴家的表演和丰盛的晚宴酒会。

领奖活动后，段宝林教授又到罗马、那不勒斯、庞贝古城、佛罗伦萨、威尼斯、米兰、比萨等地参观考察，对意大利人民的生活方式、民俗文化有了更多的了解。11 月 30 日，段教授离开罗马回国。

告别时，他们说 1998 年还将邀请段宝林教授访问意大利。

此次领奖与考察活动，说明西方学者对中国的重视。他们意识到人类学与民俗学是世界性的学科，要突破西方中心论的局限才能进一步发展。同时也说明，坚持马列主义、毛泽东思想的唯物辩证的科学方法，严格地从事实出发，研究工作为人民服务，密切联系人民生活，这些基本原则正是我们的思想优势，因为马列主义是最有创造性的，是与一切教条主义水火不相容的；这正是中国特色，是受到国际学者青睐之所在。我们要坚持不懈地把民俗文化的调查研究搞好，为改善人民生活、建设社会主义美好社会贡献力量。整个考察过程中，处处体现了意大利人民对中国人民的友好情谊，令人大开了眼界，对中国的民俗研究工作有很大帮助。这些活的知识是书本上得不到的。段教授还带回十多斤意大利书刊，并在国际学术交流上做了许多工作。

（1998 年 2 月 1 日）

**附：段宝林主要编著目录：**

1.《西方古典作家谈文艺创作》 段宝林编，辑录凡 43 家，北京大学中文系 1979 年 2 月印，春风文艺出版社，1980 年出版，获优秀著作奖。

2.《中国民间文学概要》 段宝林著，北京大学出版社，1981 年 1 月初版，1985 年 10 月增订本，获意大利人类学国际中心 1996 年度人类学研究彼得奖。

3.《中国民间文艺学》 段宝林、王树村、耿生廉、胡克、谭美莲、侯晓枫、阎云翔、陈晓红、靳玮等九人合著，文化艺术出版社，1987年7月。

4.《民间诗律》 段宝林、过伟编，北京大学出版社，1987年11月，获全国首届少数民族文学研究最佳著作奖。

5.《中外民间诗律》 段宝林、过伟、刘琦主编，北京大学出版社，1991年8月，获广西第二届民间文学优秀编选奖。

6.《古今民间诗律》 段宝林、过伟、刘琦主编（待出版）。

7.《笑之研究：阿凡提笑话评论集》 段宝林编，新疆人民出版社，1988年8月。

8.《民间文学词典》 段宝林、祁连休主编，河北教育出版社，1988年9月，获北方十省区民间文学一等奖。

9.《世界民俗大观》 段宝林、武振江主编，北京大学出版社，1989年1月。

10.《笑话——人间的喜剧艺术》 段宝林著，北京大学出版社，1991年8月；淑馨出版社（台北），1992年，繁体字本。获北方十省区民间文学一等奖。

11.《当代讽刺歌谣》 段宝林编，辽宁人民出版社，1993年4月，获北方十五省市民间文学二等奖。

12.《中国山水文化大观》 段宝林、江溶主编，北京大学出版社，1995年1月，获北京大学"505"中国文化奖特别奖。

13.《中国俗文学概论》 吴同瑞、王文宝、段宝林主编，北京大学出版社，1997年1月。

14.《立体文学论》 段宝林著，文津出版社（台北），1997年4月，繁体字本。

15.《澳门民间故事集》。

（《中国少数民族文学学会通讯》，第24期）

# 将中国研究成果带到国际
## ——段宝林喜获意大利人类学研究"彼得奖"

意大利一个人类学研究国际中心，每年主办一次人类学研究"彼得奖"，表扬全球各国研究人类学有卓越成绩的学者。澳门大学文学院教授段宝林，刚获得去年的"彼得奖"。从此，澳门在西方学术史上，留下了流芳百世的名字。

现任澳门大学文学院教授的段宝林，是中国著名的民俗文学研究者。1958 年在北京大学中文系毕业，随后一直在北大教授文学，现任中国故事学会副会长、北京市民间文艺家协会副主席、中国民俗学会副会长、中国俗文学学会副会长、国际民间叙事文学研究学会会员等多职，著有大量关于民俗文学的论著。于半年前来澳任教。

## 民俗文学属于人类学

很多人或许不了解，段宝林教授是研究民俗文学的，为何会得到国际性人类学研究奖？

"人类学是研究人类的科学，大致分两种：一种是自然体质的人类学，另一种是文化人类学。文化人类学又大概分为物质文化、社团文化、精神民俗三种，我所研究的民俗文学就属于精神民俗这一类。就因为现时有很多人不了解何为人类学，所以我一直研究下去，让更多人了解这门科学。

"这个'彼得奖'，主办单位在事前了解后，才发信通知各学者拿出作品正式参加评审，至于意大利方面如何了解我的情况，可能是在八十年代初，我写的《中国民间文学概要》八百本输往外国，就这样传到主办单位手中。"

现年六十三岁的段宝林解开了记者疑困。

## 1983 年首次获邀评审

原来，意大利人类学研究国际中心早在 1983 年就发信通知段宝林，希望拿出作品参加评审。但他表示，当时觉得自己的外语水平很差，思想未够开放，于是搁置一边。今次考虑到国家已改革开放多年，很应该将中国的研究成果带到国际上，就参加了评审。

## 将研究澳门民俗文学

段宝林教授把《中国民间文艺学》《中国民间文学概要》《民间诗律》《中外民间诗律》《笑之研究》《民间文学词典》《世界民俗大观》《笑话——人间的喜剧艺术》《当代讽刺歌谣》等本人著作或参与主编的作品等寄给主办单位。经过评审，便获得"彼得奖"，奖金有二百五十万意大利里拉（约一万多港元）。

"获奖后，更使我积极研究民俗文学，特别是澳门的民俗文学。还有，这个奖项，真正地把中国有关人类学研究成果推到世界上，让全球学者了解了我们的成绩。至于奖金，可作为到意大利旅行的费用，领取奖金后顺道游览。意国是我向往的国家，现在趁此机会，可完成自己的心愿。"

段宝林细谈得奖感受。

# 澳门民俗文学有特色

　　谈到澳门民俗文学时，段宝林道出，澳门民俗文学很有自己的特色，这种特色体现在两大方面。第一是大量保留了中国内地的民俗习惯。例如"醉龙"，这种活动是由中山传来，现时那里已没人举行，但在澳门却是一项盛事。第二是汇聚了中西民俗特色。比如婚俗，中国人认为白色是不吉利的，但这边很多中国人都披着白婚纱举行婚礼，这是文化交汇的特色。现时本澳似乎没人研究本地的民俗文学，因此有必要唤醒更多学者研究这门极有意义的学科。

记者　李兆灯

（《澳门日报》，1997 年 3 月 6 日）

# 段宝林获柏拉图奖等国际大奖

2009 年，剑桥《世界名人录》传记中心授予段宝林"柏拉图奖"，进入"世界教育界顶尖人物 100 名"行列。以下是该中心发给段宝林教授的信函原文：

19$^{th}$ June 2009
Professor Duan Baolin
Dept of Chinese
Peking University
100871 Beijing
China

Ref. IPLA/rev

Dear Professor Duan

## The International Plato Award for Educational Achievement
## Iconic Achievers

It is my great pleasure to renew the invitation I made to you recently regarding The International Plato Award for Educational Achievement. To

THE INTERNATIONAL
PLATO AWARD
FOR EDUCATIONAL ACHIEVEMENT

ICONIC ACHIEVERS

become an Iconic Achiever, to scale the heights from which you inspire and to lead by the standards you have attained are no ordinary accomplishments and have led to your just and deserving arrival at this point. I am pleased to have been observing for at least some of the journey.

The raison d'être of the International Biographical Centre, Professor Duan, is to discover, acknowledge, publicise and reward individuals of potential and proficiency. I am happy to say that none of this has been necessary in your case — we merely pay homage in a unique way to one of the brightest stars in our firmament. The Awards Board of the IBC are proud to bestow on you, as an Icon within the field of education, the auspicious and beautiful International Plato Award for Educational Achievement. We trust you will accept this with the humility for which you are known.

The enclosed literature describes this stunning testament to achievement in more detail but in this personal announcement letter I would merely like to say the following: the iconic Plato was a Classical Greek philosopher, who, together with his mentor, Socrates, and his student, Aristotle, helped to lay the foundations of Western philosophy. Plato was also a mathematician, writer of philosophical dialogues, and founder of the Academy in Athens, the first institution of higher learning in the western world. I feel most reassured then, that by selecting you as a recipient of the International Plato Award for Educational Achievement in recognition of your varied talents recognised by all, we are keeping to the register of his memory, reputation and the generosity of his work.

Your avocation, enthusiasm and reputation are responsible for this magnificent recognition. I sincerely hope you accept this opportunity and when you do I shall be delighted to authorise the commissioning of your unique hand-finished International Plato Award for Educational Achievement, bearing the portrait of the great philosopher himself. Further details are given in the accompanying information.

# 美国马克·本德尔教授对
# 《中国民间文学概要》的书评（译文）

段宝林，首屈一指的民俗研究专家，他是 1949 年中华人民共和国成立以来就以民俗研究为事业的一代人之一。

段宝林来自江苏省扬州。他循着顾颉刚、郑振铎、钟敬文——那些在"五四"时期受到西方和日本学派影响，创立了现代中国民俗学的学者们的脚步，在中国的河北、江苏、西藏、云南、广西和内蒙古等许多地方进行了基于口头传承的民俗实地研究。现在，他是北京大学的一名退休教授，他教授民俗课程已经超过 40 年。

作为 20 世纪八九十年代倡导中国民俗研究发展与实践的中心人物，段宝林阐述了一个宏大而深刻的理论——中国的民俗学是由庞杂的地域、多民族的传统构成的。

在他的研究成果当中，最具影响力的就是他致力于中国民间文学的实地调查与研究而写成的著作《中国民间文学概要》，现在已是第三版。

第一版写于"文革"（1966－1976）结束后不久。在那个时期，基本的忠实和完整的关于收集的方法方面的原则得以重申。

随后的版本继续发展了关于收集、归档、口述民间文化、口述文学的调查研究方面的务实策略和搜集方法。该版本包含了一些源自西方文化及风格的内容，像民间故事、民间歌曲、史诗和民间谚语。此外还有更具有文化特异性的，内容涵盖歌唱、对白和音乐的专业评书（戏曲）

艺术。就其本身而论，此书和近来出版的姊妹篇《中国民间文艺学》一书，为开辟和进入日益辉煌的中国民俗研究提供了优秀的起点。

《中国民间文艺学》一书由段宝林主编，参与写作的还有其他的中国民俗学者（阎云翔、陈晓红、靳玮、王树村、耿生廉、胡克、谭美莲和侯晓枫）。该书长达460页，包含14个章节以及导论和参考书目。

此书前四章阐述了中国民俗研究的基本途径和历史背景。以马克思主义的观点和角度，概述了民间文学和民间艺术的特点，以及与文学类、艺术类和科学研究类等作品的区别。

然而这样比较研究的意义，尤其是当比照段宝林对于中国民间文献的介绍时，就具有了更为详细的理论，来分析那些复杂的情况。比如口口传承的记载和文字记载之间的关系，文人艺术与民间艺术的结合（雅俗共赏）。

在那些关于民俗艺术的文献当中，最令人感兴趣的一点，是段宝林和他的合作者们不仅致力于扩大民俗学的领域，使其超越民俗学口口相传的民间文学传统范围，而且在于他们通过对中国传统文学艺术和大作家笔下的历史古迹和人物的讨论，阐明了难以划定界线的非物质文化遗产的标准。

第九章论述的曲艺流派特别引人关注。因为这种题材的艺术门类既有口头文学又有书面文学。

此书的另一个优点是章节中涉及了其他一些非物质文化艺术形式，比如戏剧、舞蹈和音乐。

两个作品都为中国民俗学领域、中国民间文学和民间艺术的研究，提供了普遍的、广泛的，具有学术高度的评介。重要的是，书中提供了一些发生在中国民俗学学术领域里的转变的证据，其中的许多问题和观点都来源于对之前一些作品的重新审定以及对国内外新的理论的整合。

（原载日本英文刊物《亚洲民族研究》，2008年）

# 辛勤创造的六十年

陈　真

段宝林教授自 15 岁参加革命工作以来，为人民的幸福而努力学习、辛勤工作了 50 多年。为了提高效益，他在入大学后即学习马恩列毛等人的工作方法，学习他们如何从实际出发，进行全面的调查研究和理论创造，努力树立科学的世界观，掌握科学的方法论，并在学习与工作实践中不断创新，力争做一个对辩证法唯物论"运用自如"的革命者。

1956 年他写学年论文时由大量文学创作的实践资料中研究文艺的本质，发现了当时流行的文艺理论的重要缺陷。当时从苏联引进的理论认为，"文艺的特征是形象性"，只着眼于文艺的形式特征，而忽视了本质特征。当时他广泛收集资料，写了五万字的论文，论证"文艺是交流感情的工具"这一本质特征。认为："形象是为交流感情服务的，是手段，其目的是为了交流感情。只有摆正二者的关系才能搞好文艺创作与批评。"这篇文章曾在 1958 年的"双反"运动中受到批评，却得到系主任杨晦教授的肯定，在他毕业时留为自己的助教。后来他又不断搜集材料，深入思考，写出《文艺特性剖析》发表在《澳门写作学刊》（1996）和《河池学院学报》（2007）上，《文艺本质新探》发表在人民文学出版社的《立雪集》（2005）中。这对提高文艺创作的艺术质量，克服公式化、概念化发挥了重要作用。从这里他深深地体会到马列主义的本质是实事求是，要实事求是就必然要创新。

北大毕业后，他从事民间文学与民俗学的教学与研究，在 50 年的实践中进一步认识到马列主义的另一要点：群众路线。

民间文学是广大人民群众的集体创作，曾受到士大夫阶级的歧视，认为它"不登大雅之堂"。这是很不公平的。段宝林在长期研究中发现：人民群众的创造力是无限的，民间文学在文学史上发挥了极大的作用，它是文人创作的先祖和奶娘。所有最重要的文学体裁（如四言诗、五七言、词、曲、话本小说、戏曲乃至白话新诗）最早都是由民间文学中创作出来而为作家学习、提高的；所有世界第一流的大作家（如屈原、李白、白居易、关汉卿、罗贯中、施耐庵、曹雪芹、鲁迅、荷马、但丁、莎士比亚、歌德、普希金、拜伦、托尔斯泰、巴尔扎克、莫里哀、高尔基等）都对民间文学进行过认真的学习；完全可以说民间文学是文学的根基。由此他提出了文学创作的艺术规律：雅俗结合律。1972 年批判林彪"天才论"时，他写了长文《民间文学在文学史上的地位与作用》，当时被认为是"宣扬封资修的右倾回潮"，但他知道建立在事实基础上的研究是颠扑不破的，在编《西方古典作家谈文艺创作》一书时又补充了不少材料。1978 年该文章在北大"五四"科学讨论会和兰州会议（全国少数民族文学教材编写暨学术讨论会）上发表后引起热烈反响，认为是新时代民间文学繁荣的"开台锣鼓"，对各地民间文学工作有很大的鼓舞作用。1987 年 12 月 25 日，他在《光明日报》上发表了《文艺上的雅俗结合律》长文，把这一新的艺术规律作了全面的论证，由民间文学扩展到民间艺术。在此基础上，他又与民间艺术的权威人士合作主编了《中国民间文艺学》一书，在文化艺术出版社出版（1987 年初版，1997 年在澳门大学再版，2006 年在北京增订再版）。这是中国第一部把民间文学与民间艺术结合起来的理论著作和教材，具有开拓性。

段宝林针对社会上贬损马列主义的思潮，认为把马列主义看成是保守的教条是莫大的误解。他认为，马列主义是教条主义的死敌，是最有创造性的。他在民间文学和民俗学研究中不断有重大的创新。如在本体论上，提出了民间文学的立体性、直接人民性等根本特征；在方法论上，提出了立体描写方法；在民俗本质问题上，他指出西方的"文化遗留物"学说是不全面的，民俗的本质是生活美；在笑话研究中，他对西方喜剧美学提出挑战，得到国际民间叙事研究学会主席劳里·航科教授的肯定。

《笑话——人间的喜剧艺术》（北京大学出版社，1991）以新的美学理论研究笑话，获中国文联、中国民间文艺家协会颁发的"山花奖"（国家级）一等奖。民间文学教材《中国民间文学概要》获意大利人类学国际中心"彼得奖"（大奖），2002 年第三版已印 14 次，很受欢迎。2007 年出版了第一本论文集《立体文学论》，近百篇文章跨越四十多年，说明按马列主义进行研究是经得起时间考验的。

在民俗学方面，段教授突破了"文化遗留物"的流行理论，提出了"民俗的本质是生活美"的新定义。在《庙会的民俗本质》（1994）一文中，用六维的立体思维分析了庙会的"宗教美""市场美"和"艺术美"。这"六维的立体思维"是普遍适用的思想方法。这就是说，在观察任何事物时首先要从正面、反面、侧面考察它的各个方面，这是长宽高三维的静止的立体；第四维时间，要考察事物产生、发展的全过程；第五维内部空间，要由表及里、由浅入深掌握事物的本质（发展规律）；第六维外部生态环境，也关系事物的生死兴衰。如此六维的立体思维是最科学的、最全面的，是唯物的又是辩证的。

在保护非物质文化遗产的工作中，他的论文提出了重要观点，被文化部"苏州论坛"论文集（上下册）列为第一篇。他认为非物质文化遗产主要是民间文化，其保护方法有二。一是全面的静态保护：全面调查编写详细的民俗志书，普遍建立民俗博物馆；二是动态保护：重点保护尚有生命力的传统民俗，加以发扬，使其继续存活下去，必要时在传统基础上加以适当改造和创新，以延续其生命力。他的理论已被普遍接受。最近，他的《非物质文化遗产精要》一书已由中国社会出版社出版（2008.1）。他 1994 年就发动中国民俗学会几百名专家调查编写《中华民俗大典》（35 卷本），现已完成 17 卷，他是第一总主编。这是几千年来人民创造的民俗文化的资料总汇，对中华文化的创新、先进文明的建设将发挥文化基因库的作用。其内容是《永乐大典》《四库全书》中所没有的，这也是中国文化创新之典籍，影响深远。

总之，段宝林教授认为，马列主义的两大要点：实事求是、群众路线，是永恒的真理，也是革命与建设胜利的保证。永远都不会过时。

# 钟情民间文学

## ——记国际人类学"彼得奖"东方第一得主段宝林

过　伟

意大利西西里省会巴勒莫市，高敞豪华、古色古香的省政府大厅，1997 年 11 月 19 日，在这里隆重举行国际人类学 1996 年度"彼得奖"颁奖仪式。评委会主任、巴勒莫人类学国际中心瑞果里教授作长篇发言，介绍段宝林教授《中国民间文学概要》和在笑话、民间歌谣研究方面的杰出成就。西西里省议会议长给段教授授奖——很大的一张奖状和 250 万意大利里拉奖金。

彼得是意大利人类学的开拓者、奠基人，被称为"意大利人类学之父"。巴勒莫人类学国际中心所设的大奖，即以他的名字命名，是权威性的国际人类学大奖，该奖授予国际上杰出的人类学家。美国民俗学会前主席邓迪斯、苏联著名民间文艺学家梅列金斯基等人曾获此奖，北京大学教授段宝林是该奖项之中国也是东方的第一得主。

段宝林，1934 年生于江苏扬州城内一户商人之家，因日军侵略战争家里的生意破产，8 岁丧父，10 岁丧母，成为孤儿，寄居外婆家。扬州自古文人荟萃，并富于革命传统。在传统文化与革命氛围的影响下，少年段宝林 15 岁便投笔参军，刻苦自学，1954 年考上北京大学。大学时代开始迷于文艺理论，以在部队与机关养成的"紧张"精神治学，获全班唯一的优秀生与"三好"积极分子。大学三年级时探讨艺术性问题，写了 5 万字的长篇论文；辅导他的深受苏联文艺理论影响的年轻助教不同意他的论点，而教授们却欣赏他的真知灼见与学术朝气。1958 年毕业时，获得系主任杨晦教授的器重，被留下来做助教。当时是"大跃进"时期，青年学者正在学术道路上勤学奋进，学文艺理论、美学理论，也学人民口头创作，如骏马奔驰，如神龙腾飞。可是 1960 年由"大跃进"转入调整时期，大学民间文学课程改为高年级专题课，"下马风"刮得很厉害，各高校（包括民间文学的重镇北京师范大学）的民间文学课程都停开了。这时段宝林以他特有的优势，得到杨晦、林庚、王瑶等名教授、老学者的支持，仍将民间文学课程列入教学计划，别人不上便自己上，编写"民间文学概论"教材的工作坚持下来了，直到 1966 年"文化大革命"爆发，连续讲了七遍。

19 年后，1979 年在北京师范大学举办的全国民间文学讲习班上，民间文学泰斗钟敬文教授说，全国唯独北京大学坚持民间文学教学，赞誉段宝林具有坚持不屈的"张志新精神"，号召民间文学工作者、民间文学教师向他学习。"文革"十年浩劫（1966－1976）是学术的严酷的寒冬，他却十年埋头苦读，从西方古典作家的传记、作品、书信中记下不少重要言论，"文革"后编成《西方古典作家谈文艺创作》（50 万字），为写作《民间文学在文学史上的地位与作用》一文，和提出"雅俗结合律"理论，打下了坚实的基础。

党的十一届三中全会的召开，迎来学术的春天，他更不断到各地调查，脚印遍及河北、西藏、云南、广西等 20 多个省、自治区、直辖市。他持续为本科生，进而为研究生开设 12 门课程，从助教、讲师发展为副教授、教授、研究生导师。他先后指导过不少外国学者研究中国民间文学，俄罗斯人李福清 1965－1966 年间在他指导下写成博士论文，后来成为苏联科学院通讯院士、国际知名汉学家、中华民间文学研究家。他还指导过日本早稻田大学牧英田二教授、原苏联科学院东方研究所司徒洛娃研究员、美国达特茅斯大学白素贞教授，以及日本、德国的博士生、高级进修生，为弘扬中华文化、增进中外文化交流作出了贡献。

《中国民间文学概要》是段宝林的首要成果。这部著作原是他在北大的讲稿，1960—1966 年，他讲了七遍；讲一遍，修改一次，其中大改三次。北京大学中文系也印了三次。1981 年经再次重大修改后，由北京大学出版社出版，初版印 21000 册，外销 800 册。日本广岛大学加藤千代教授对此书评价颇高，多次引用。日本东京外国语大学还用为教材。1985 年，段宝林再作增订，北京大学出版社出版了增订本。此书累计印行 5 万多册。其资料之翔实、定义之清晰、体例之严谨、论述之精要受到学界广泛好评。

段宝林教授在学术道路上继续探索前进。1995 年他邀约我合作《中华民俗大典》丛书，由中国民俗学会主办，内地每个省、自治区、直辖市一卷，加上港、澳、台地区各一卷，海外华人一卷，共 35 卷，每卷 70 万字，80 幅照片。他写出了颇具特色的"调查、编写提纲"和"大典总序"。总序提出了民俗的"六维立体思维"和"民俗趋美律"。邀请各省、自治区、直辖市民俗学界权威学者撰写。经过各位学者共同努力，第一批已完稿广西、吉林、云南、广东、山东、天津、河南、宁夏、四川、内蒙古、湖北、澳门等 12 卷，占三分之一。2000 年可望出版第一批。这是一个世纪之交中华民俗文化总结性经典之作，一个宏伟的中华民间文化工程。

（原载《出版广角》，1999 年第 12 期）

# 段宝林：以热心肠做冷学问

每天凌晨 3 点，北京大学中文系教授段宝林的书房就会亮起灯。他已习惯在伏案阅读、写作中开始新的一天，虽至耄耋之年，仍有一颗年轻之心。他生活俭朴，文章也"俭朴"，称自己的文章就是"萝卜白菜"，以内容取胜，且简明易懂，"绝不写空头大论和虚夸的文章"。

## 献身民间文学研究

50 多年前，在北京大学中文系读大学三年级时，段宝林以一篇 5 万字的论文《论艺术性》闻名燕园，并获时任中文系主任杨晦先生好评，毕业后留校任助教。其后，段宝林开始在民间文学、民间文化的研究园地中耕耘。

段宝林回忆道，我国民间文学研究发源于 1918 年，蔡元培先生在北京大学提倡搜集歌谣之时。1949 年前，只有魏建功先生在北大开过一门民间文艺课。1955 年北大开设民间文学课程，段宝林 1958 年毕业后接手了这项工作。

20 世纪 60 年代，民间文学在全国高校中遭遇"下马风"，段宝林也被派去讲现代文学。但他的导师王瑶先生说："民间文学很重要，我的老师朱自清先生就开过'歌谣研究'的课，你还是应该以讲民间文学为主。在现代文学研究方面就看看《鲁迅全集》，研究鲁迅是如何看待民间文学的。"当时，全国高校中只有段宝林坚持讲授民间文学，没有改行。

1996 年，段宝林成为"国际人类学彼得奖"（该奖项是意大利巴勒莫人类学国际中心所设的权威国际人类学奖）的首位东方得主，并得到一张奖状和 250 万意大利里拉奖金。他将这一荣誉视作对中国民间文学研究的重视与鼓励。

今天，段宝林的书桌抽屉满满地装着资料摘抄。这些"笔记"分门别类，正在关注、研究的题目，都放在手边，这样不翻书就可以参考、写作。

## 科学开发民间文学"第三资料库"

段宝林评价，民间文学具有三大价值：实用价值、科学价值和文艺价值。科学价值在于它是"第三资料库"。在他看来，第一资料库是书面文献资料；第二资料库是自王国维先生以来所重视的考古发掘的文物；第三资料库是以口传民间文学为主体的民间文化。

民间文学堪称丰富的"活材料"。我国古典文学研究中，文本研究较多，联系民俗材料研究神话、楚辞、唐诗宋词等，只有闻一多先生等大家做到了。段宝林认为，文化要发展，只有载于书面的文人文化是不够的，掌握民间文化这座宝库的特点并进行科学开发，也是文化创新发展的重要动力。因此，提高人们对开发第三资料库重要性的认识，增进对民间文化的了解，宣传民间文化的价值，颇有意义。

### 调查与文献结合　作立体研究

多年来，凡是有民间文学、民俗现象的地方，段宝林都会带着兴趣去调查。他说，实地调查与书面材料调查结合起来的研究，才是立体的而不是片面的、平面的。

他主张以立体思维研究民间文学，因为民间文学与作家文学不同，具有立体性——民间文学的产生离不开当时的环境，有些还有音乐、舞蹈的配合。因此，在方法论上，对民间文学的记录必须有立体描写。

段宝林曾自愿将自己搜集、珍藏的 1.5 万多册民间文学、民俗学等领域的图书无偿捐献给北大图书馆，方便读者研读。他将自己的人生准则概括为三句话：为善最乐，天天快乐；以苦为乐，终生快乐；助人为乐，大家快乐。

（原载《中国社会科学报·大家印象》，2015 年 2 月 21 日）

段宝林：以热心肠做冷学问

# 北大日记选录

## （1954—2002）

　　我爱写日记，但不是每天都写，往往是三天打鱼两天晒网。并不是记行政事务，而是记一些我认为重要的事，有时也记一些心事、感想，主要目的是为以后的创作留下一些素材，并作为一种练笔的方法；往往是忙时顾不上写，稍闲时，有所思考，作些追记。"文化大革命"中也未停顿，我觉得没有什么可怕的。幸好两派学生都对我宽容，没有抄我这个逍遥派的家，日记得以保存下来。朱家雄先生编北大日记，屡次热情约稿，盛情难却，只好把过去的日记翻出来，摘录一些应命。因为时间长，数量多，选材未必恰当，还望读者见谅，并对内容批评指正。

### 1954 年

#### 8 月 31 日

　　今天到了北京，是乘的上海—北京"新生北上团"专列，超员 10%，人很多，但组织得很好，一路说说笑笑，虽然走了三天三夜，但并不感到累。

　　想到在上海乘三轮车到北火车站的路上，一路和年轻的车夫谈话，这是我破天荒地第一次谈这么多话，而且大声说话。他是我们苏北老乡，在南京路大光明电影院门前看到梁祝的电影招贴画，他说他看过这电影，还知道是袁雪芬演的。他特别羡慕我能到北京上大学，还能见到毛主席。他把我一直送到车站的最里面，嘱咐我"路上小心，一路平安"。他扶着车把，迎着太阳，眯着眼，仰着头，目送我提着行李，消失在人群之中。

### 9 月 7 日

开学了，走进教室，在文史楼 107 朝北的小教室，游国恩教授给我们讲"中国文学史（一）"。多么激动，多么高兴，一只五千年的百宝箱，将要在我面前开放。我激动，就像 8 月 18 日那天在《解放日报》上找到了自己的名字那样。（当时发榜在报纸上。）我好像走进花房，玫瑰和丁香在我眼前开放，我闻到了中国文学迷人的馨香。

### 9 月 8 日

晚自习后从文史楼回来，多么不想走，无奈图书馆的铃声老摇，不能不离开。

走在路上，感到特别幸福，又感到肩上担子的沉重。

我总忘不了三轮车夫在告别时深情的目光。我是幸运者，要代表我的同龄人上大学。又想到上海的战友们，他们此时可能还在办公室为电报而加班，可能又要干一个通宵。我是多么幸福，如愿以偿地上了北大，怎能不加倍努力，在肩上担起他们的一份。

### 9 月 22 日

刘绍棠向王磊说："写作不能间断，如间断了一个时期，笔就要生锈了。"他是小说家，中学就写小说，在《光明日报》《中国青年报》上发表，有一篇还被叶圣陶选到高中语文课本中去。现在虽然一周 32 节课，他还是抽空写小说的。

### 9 月 25 日

（当时学苏联，"六节一贯制"，中午到一点多才吃午饭。）

中午走到大饭厅，很多人拥在桌旁打菜，炊事员特别紧张，把勺子甩来甩去。忽然，大木桶"空，空"地响了，"菜没有了，去拿！"。却好久也没拿来，大约要重新做了。大家等得很苦，有的就骂开了，"怎么搞的？""真糟糕！""事务长要打屁股！"。我不理这些，咬着饭团就干起来了，这样就干掉了半碗饭，边干边想些愉快的事。我想到，有一次舞会上，我和她跳完舞后，她对我仰着脸含情地一瞥，真使我神魂颠倒如入云中，唱着柔美的歌，我周围有多少世界上最美丽的姑娘，扎着小辫子穿红绒线上衣，粉嫩的脸白里透红，白的或花的衬衫领子翻出来，眼睛总是活泼而天真的、智慧而多情的……想着想着，不禁微笑起来。这是多么好的事，在人们着急、生气的时候，我倒是最幸福的。

## 10 月 2 日

昨天凌晨三点就起床，吃了饭就集合到清华园乘火车进城，参加天安门国庆大游行。

最幸福的一刻，多年向往的一刻，令上海、南京的同志们羡慕的一刻终于来到了。

我们高举花枝，跳着，叫着"毛主席万岁！"从天安门前走过，可惜眼不好，未能看清台上的贵宾们——赫鲁晓夫、胸前满是勋章的布尔加宁、金日成元帅、贝鲁特同志等外国领袖们，也没找到朱德副主席、刘少奇同志和周总理，甚至连毛主席也没有看清楚。我们走在第一列，最靠主席台，但人们把花举得老高，挡着了视线，人们跳着，挤成一团，拼命叫"毛主席万岁！"。听他们说，毛主席拿着帽子，向我们一共挥动了三次。我只看到毛主席站在正中，他两旁空着，很显目，我一看就看出了他熟悉而巨大的身影，但就是看不清他的脸。天安门是太高，离得太远了呀！

这有什么关系？我作为群众的一分子，来参加游行是为了庆祝祖国的国庆五周年，庆祝第一次全国人民代表大会胜利闭幕，是为了庆祝我们祖国第一部宪法胜利通过，庆祝我们的骄傲——中国共产党的领袖们胜利当选，庆祝日内瓦会议的胜利。我们在外国贵宾面前表示中国人民的友谊与保卫和平的决心与力量，表示我们解放台湾的坚决意志。我们是六亿中国人民的代表，并不是每个人都能在毛主席面前走过的。我又想起上海那个三轮车夫的话："这些事是不敢想的呀！"我也代表着他，代表着千千万万工农大众及其他热情而纯朴的人民。我们是多么幸福啊！

队伍从南池子经过北海与中南海之间的石桥到西四牌楼即散了，我们又走回红楼去休息。北海的石桥较窄，人多，天安门观礼的首长们乘汽车回中南海，我们看到汽车里的彭德怀等同志，汽车走得慢，看得很清楚。

在红楼民主广场，看到一匹马在地上打滚，古尔巴扎克（是我辅导的蒙古留学生）指给我看说："你看，这马在做体操，锻炼身体呢！"

晚上到天安门去参加联欢晚会，经过东单中国书店，发现很多"四部丛刊"的影印善本书，并不贵，即买了两本《分类补注杜工部诗》（后来又去买了李白和苏东坡的诗集）。

在长安街上，看到很多去参加晚会的人。在中国青年艺术剧院门前，看到一队打腰鼓的年轻人，那英雄气概真是把人羡慕死了。那高大英俊的小伙子，头上是白毛巾打的英雄结，穿滚边的白绸子中装，用红绸子把腰鼓束在腰间，目光炯炯，鼓声咚咚。那动作特别优美带劲，打几下，右手抬过头顶亮一个相，有力而英武，充分体现出新中国人民的英雄气概，令人永远难以忘怀。

我们五点钟就到了天安门，狂欢的人们已围起一个个圈子，在跳集体舞。我们也进去跳了一通，尽情地跳，忘了害羞。今天我穿了在上海做的花式夹克衫，吃饭时张圣康大感新奇，唐沅向他摆手。施泽群说："当一天花花公子！"我不管他，这是我最美的衣服。他们都说好看，一定要我穿！就当一天"花花公子"吧。想绕广场一周看看全景，但刚出圈儿就挤得透不过气来。不少圈子里有专业文艺团体在演出，水平很高的。我们扶着前面人的肩膀，结成一条龙，应着音乐声，跳着前进。

夜八点，随着咚咚的炮声，天安门前五彩缤纷的焰火就连续不断地在天空开花。有四个台子，每隔十几秒就放一次，中央则是不断喷发的焰火喷泉，有红有绿有白有黄，显得特别明亮。四周有强力的探照灯在空中形成一束束光柱，有时聚合在一起，有时又分散开来，特别好看。五彩缤纷，心花怒放。每一颗火珠代表一颗心，代表中国人民千千万万闪光的心。它又使人想到战斗，想到为革命献身的千千万万烈士的红心。我们是多么幸福，满怀信心地高举烈士留下的旗帜，为消灭贫穷落后，建设理想的幸福乐园而奋发前进。

> 同志们，向太阳向自由，
> 向着那光明的路。
> 你看那黑暗已消灭，
> 万丈光芒在前头。

虽然很累，但仍然昂扬地唱着歌，踏上了归途。

## 10 月 8 日

这几天，每天夜里都梦见毛主席。梦是很容易忘记的，但这几个梦却记忆犹新。

我梦见，回 24 斋宿舍，毛主席和一群人从对面走过来，穿着蓝制服，个子比别人都高，见到我们像见到小孩子一样，躬下腰来和我们亲切地交谈（在天安门上毛主席弯腰和献花的两个少先队员讲话可能是引发的素材）。

我又梦见毛主席在阅览室和我们一起看书，就坐在我对面，用手托着下巴，在沉思着，然后又到管理员那里去换来一本。我还记得他站起来的姿势，那蓝色的棉制服……（可能是毛主席过去在北大图书馆工作过，我还见过他穿棉制服的照片引发的。）

昨天梦得更多，梦见他在随便地谈着问题，是那么深刻、明朗、滔滔不绝。不禁使我怀疑，是谁说毛主席守口如瓶，不轻易发言的？我还拍了一下别人的肩膀请他听毛主席讲话（可能是毛主席在人代会的照片引发的？昨天在汽车上我拍了一下别人的肩膀，请他看北京展览馆）。

又梦见在一个大房子门口，毛主席从我们身边走过，我们机要处的年轻人，走过去之后才发现是他，很后悔没和他谈几句话。在后悔之中，我眯眯地醒了，多甜蜜呀（在上海时，我们住三井花园，苏兆征同志的灵柩放在我们楼下，据说毛主席曾来看过，行过礼。但我们是事后才听说的）。一会儿，又似乎梦见党中央集体领导，反对个人崇拜，在怀仁堂客厅门口，有朱德、刘少奇、周恩来、陈云，毛主席和每一个进来的代表握手，代表们就围成圈子坐下……

昨天进城配了一副眼镜，125度。戴上眼镜，才发现北京的天是那样蓝，太阳是那样明亮，房子、树木好像都镀了一层金。美丽的祖国在阳光下向我闪光，我似乎走进了天堂。

## 11月8日

到中国作家协会去听立陶宛诗人的报告。跑着到中文系办公室去拿票，差一点人家就下班了。是作协的请柬，和冯文元一起去，忘了拿眼镜，又跑回去取，跑得满头大汗。他在汽车站等过了两辆汽车，着急了。一位好心的北京人告诉我们，到南河沿不要乘1路，乘3路可以直达。

## 11月12日

张虹（团支部书记）找我谈话，说我在"马列主义基础"笔记本的扉页上描写了祝老师（她是从复旦刚毕业的年轻女教师，辅导此课）。她在检查笔记时看到了，哭了，反映到系里和团总支。"你怎么把笔记交给她自己看呢？是有意的吗？你描写人家'小辅导员太忙了，一个人辅导八九个班，圆圆的脸渐渐尖了下巴……是啊，变了，不太美了，但品质上不知美了多少倍，多美的人，这样努力干党交给的任务'。对老师怎么能这样写呢？这是侵犯了别人的人格，不尊敬师长，不能容许的疏忽。"

我解释我是在上课前老师未到时随手作的素描、写的感想，本是写给自己看的，绝不是给她看的，谁知她要检查笔记，我也就交了上去，当时早把这事给忘了。没想到会产生如此后果，实在太意外了，太突然了。张虹很严肃，她是从部队来的，原则性很强，说我是小资产阶级思想，形式主义的美学观点，不尊敬老师……我只有低头反省。而她的批评却声色俱厉，使我胆战心惊，只好全部承认，说自己是犯了一个错误。她说你平时表现还不错，作风踏实，社会工作负责，这还不能说是品质问题，但要引起高度重视。

夜深人静睡不着，翻来覆去考虑，终于分析出一个眉目来。我感到我没有什么感情上的错误，只是一时的疏忽。但不少描写是不尊重师长的表现，后果不好。如果是只给自己看，那是完全可以的，但交给老师，就严重了。

组委华炎卿找我谈话，他同意我的意见，又说向支部反映，不要再追究了，可是晚上支部大会对我的批判躲不过了。大家声色俱厉地批评我"上课时胡思乱想，不好好学习"，"用轻薄的语言描写老师，还送给老师看……简直不能容忍……"。我实在接受不了，也不好解释，只好"有则改之，无则加勉"吧。

张钟在全年级二百人大会上又讲了我的事。我成了"名人"。新闻专业都知道了。

### 11 月 20 日

选学代会代表，大家给学校提了不少意见。

张钟说课多自学时间少，没法按1∶1自学。宋浩庆说不发讲义不好。沈泽宜说代表要力争，讲义问题一定要解决，不发讲义不行。我提出要加强政治教育，经常展开批评与自我批评，常作一些政治报告。沈建图（新华社记者，后在亚非会议前夕牺牲）关于日内瓦会议的报告就很好……

大家还提到"天桥"（当时哲学楼南有一条胡同，北大架了一座木质的天桥通向大饭厅和棉花地新区）以南需要大规模绿化，多种树……

对班会不活跃，"老夫子班"也提了意见。

### 11 月 25 日

想到在外文楼听苏联著名作家卡达也夫、斐定等人的报告，他们说在高尔基文学研究院教学中有一个规律，凡是达到优秀成绩的人并不是在写作时感到容易的人，而是在写作中感到困难的人。因为只有不回避困难，才能想一切办法克服困难，对自己提出最严格的要求，才能写得好！

对初学写作者来说，宁肯少，但要好，是最关键的。并不是人人都乐意这么做。

## 11 月 28 日

今天下雪了，南方来的同学第一次见到这满天洁白的雪，高兴得大喊大叫，打开了雪仗，把脸打得红一块白一块的。用青紫的冻手把雪团捏紧，放在碗里带回宿舍去。

## 12 月 31 日

除夕晚会迎接 1955 新年。

请外国留学生一起吃晚饭，这是团年饭，蒙古、朝鲜、罗马尼亚的留学生都来了。他们都穿上节日盛装，到大饭厅来会餐。虽然菜并不多，但大家吃得很开心，很热闹。

吃完晚饭，去文史楼开联欢会，中央人民广播电台还来录音。

杨晦教授（系主任）也赶来参加，他还作了热情洋溢的发言，谈得很随便，句句话都那么亲切而有深意。他说，以前在快乐时不能谈进步，好像那是不适宜的，对不起头来，而现在就要谈，只有进步才能真正快乐，不进步又如何快乐呢？……最后他以"君子坦荡荡，小人常戚戚"结尾，祝大家新年进步、快乐。然后是留学生讲话，朝鲜留学生都照讲稿念，罗马尼亚的江东妮却等中央人民广播电台的人走了以后才讲，她说怕录音。她的北京话很流利、很生动，深情地说，和你们在一起过年才幸福，你们就像我的兄弟姊妹一样……最后她引用一位苏联艺术家来北大访问时讲的一句话作结："幸福是什么？幸福就是当他感到他的祖国需要他。"孙波同学讲话，讲他从工农速成中学来到北大，同学们都热情地帮助他学习，老师们像自己的爸妈——游国恩先生像妈妈，很耐心、细致，对他照顾得无微不至，而周祖谟先生则像爸爸，很严格，发现做得不好的地方就严肃地指出……这位从小参加革命部队的文工团员——大学生，含着激动的泪水向大家拜年，表示衷心感激之情。

文娱节目开始，朝鲜同学跳起了"道拉基"双人舞，她们柔和的手一弯一屈、一转一动，都那么优美、有力、激动人心，我们有节奏地拍手、唱歌，为她们伴奏，李金素和金贞素跳得真好。古尔巴扎尔唱了很有草原风味的蒙古民歌。江东妮唱了两首中国民歌《草原上升起了不落的太阳》《在那遥远的地方》，她唱得那样自在、俏皮，引起阵阵掌声。

刘绍棠讲了一个故事《乔太守乱点鸳鸯谱》。他说，中国的短篇小说很少，但很好。他把冯梦龙《三言》中的这个段子看了六遍，从头至尾，把这个故事讲得头头是道，曲折动人，许多语言似乎是小说原有的，他"背书"下了好大的功夫。人人都说他是"天才神童作家"，而他自己说，这全靠自己下苦功夫。他看了六遍，这耐心是惊人的，而出于爱好，并不太累。刘绍棠记忆力极佳，他复习联共党史，看了几遍，就可以讲得头头是道。

会后到大饭厅去参加联欢舞会。

当1955年新年钟声敲响的时候，幕布拉开，马寅初校长满面红光，在舞台上向大家拜年，他说："我刚从中南海参加团拜回来……祝大家身体健康。"他还介绍了自己洗冷水澡和到颐和园爬山锻炼的经验。说先用热水泡，然后用凉水一激，把脏东西都从毛孔里挤出来了，血管的弹性也得到了锻炼。他还说他已写了一篇文章谈这个问题，可是学报主编蒉先生不让登，你看他身体那么瘦弱，还不重视体育……表示不满意。

（后来马老活到100岁，如不是1958年他的《人口论》受到无理的批判，肯定能活得更长。他曾说毛主席是同意他的观点的，后来是康生来北大开大会批判他。）

# 1955 年

## 1 月 24 日

考试完毕，有惊无险。考"马列主义基础"遇到麻烦，第一次抽考答两个题回答得滚瓜烂熟，王玖芳先生还不放心，让我再抽一签，又烂熟如泥，只好给了五分（优等）。文学史感到轻松，但还是出了小问题，又重考才得优等。游先生要求很严的，自己有些麻痹了。俄语是轻车熟路，在备考的三天中，还抽两天看了一部小说《远离莫斯科的地方》。

进城玩了一天，见到所有从华东局调到中央来的同志（当时华东一级机关要取消）。又到故宫参观。宝贝太多，记不住，记住十分之一就好了。

晚上在第三阅览室看杂志，对面坐着两个姑娘，一个用书盖着脸在哭，一个却在大笑。我看到那个哭的是个腿不好的残疾人，那个笑的则是每天推着她上课的同学，她们似乎比姊妹还亲。每当在路上看到她们，我就想：我们时代的青年，是历史上最好的青年……但她为什么哭呢？可能是看小说感动得哭了，而另一位却在笑她。见我发现了她们，笑的姑娘笑得更起劲了，我禁不住也跟着笑了起来。而我旁边一位邻座却正埋头看他的英文书，并没有觉察到眼前这一幕有趣的活剧。

### 1月25日

去六郎庄生产合作社，亲眼看一看农村五年来的变化。

新中国成立前六郎庄贫雇农占一多半，亩产水稻408斤，现在已有608斤了。过去缴租240斤，农民自己粗粮也吃不饱，日伪时期只能吃麸皮。有个金大力，是个雇农，就活活给拖病了，死了。

土改后农民分到地、浮财，也不知节约，天天吃白面，做一身新衣服，喝酒……到1950年生产就靠政府借贷了。开了机井，挖了十六条大沟。大家都很热心。1953年成立了农业社，得了丰产奖状，后来中农也加入了。

### 1月30日

学期终了座谈会。要我谈谈在尊师问题上的体会和进步。我说我们这个年级调干学生很多，抓一抓尊师问题很重要，我是有这方面的缺点。大家的帮助虽然用了斗争会的形式，有些过火，但对我触动是很大的，深刻地教育了我，使我认识到在学校里不能放松思想改造。

**2月9日**

丁玲来北大作报告。她说，二十多年前她想上北大，进不来，只能偷偷听课，现在你们的校舍比城里更漂亮，你们太幸福了，怎么还有人感到枯燥呀！

她介绍了到苏联参加作家代表大会的情况。

会开得很民主。发言时并不说什么"基本同意"，而是一开口就提批评意见，你什么地方不对，什么地方没讲到。大家对爱伦堡意见比较多，苏尔柯夫的报告也批评他，但他就是"不同意"。他白发苍苍，听到批评一点也不紧张，很安闲地上台反驳。"反批评又来了。"他似乎无所谓。

苏尔柯夫、西蒙诺夫的报告都受到批评。肖洛霍夫批评西蒙诺夫什么都写，就是创造不出人物。老作家革拉特珂夫（《土敏土》的作者）、法捷耶夫都批评他，但他无所谓，不理不问。苏联诗人发言的多，儿童文学作家有30多个，发言的也不少。波列伏依作儿童文学的报告，《钢铁是怎样炼成的》《青年近卫军》《普通一兵》《真正的人》……都列入儿童文学之中，范围比中国广。孩子们吹号打鼓列队上台，讲话先是感谢，然后就指名道姓地批评作家："马尔夏克同志，你在干什么呢？"……不断引起笑声。

会场上还有漫画壁报，一幅是"作家考试"，考官是马雅可夫斯基、普希金、托尔斯泰等人，下面应考的是一个很小的形象，当代作家。可能是别林斯基说："你口试很好，就是笔试不行。"还有一幅叫《批评家》。一个穿理发师衣服的人，手拿一把大剪刀，长椅子上坐着一排人，有高有矮，有男有女，有光头有烫发的，他不管三七二十一，一剪刀下去把他们剪得一样齐……

丁玲批评公式化、干巴巴，不敢写私生活和感情。说《夏伯阳》中的政委就对妻儿很有人情味。说她这次回湖南就是因为写的一个人物还差一点点，要写一个明朗的人，到生活中去再体验一下（在老家有这样的人）。不过她很忙，最近又要写批胡风的文章。她说她不同意胡风"哪里有生活哪里就有斗争"。过去胡风在重庆写的文章不大好懂，不过要学习就要看他的文章，他是庸俗社会学……

### 2 月 18 日

开学了，大家选我当军体委员，说我受批评后一点没有影响情绪，表现好，冬天还穿汗衫短裤跑步，零下十三度还能坚持，不简单……结果以绝对多数"入阁"。

我接受蒋缜、邵炘同学的建议，每天锻炼时点名，公布考勤，果然有起色。大家都到东操场参加锻炼，先集体跑一圈，然后分组活动。张圣康借了垒球，他们打得很起劲。连不爱活动的刘绍棠也参加了跑步。他年纪最小，但留着鲁迅的一字胡，使得体育老师在体育课上见他动作做得不够好就说："那个年纪最大的重来一次。"把大家逗笑了。

### 3 月 12 日

听说毛主席在《山东大学学报·文史哲》上看到李希凡、蓝翎两人批评俞平伯《红楼梦研究》的文章，感到很好，就让各报刊转载。《文艺报》转载时加了按语，对文章吹毛求疵。毛主席看了，找到周扬问他，你看《文艺报》有没有问题？周扬说，还没有研究。毛主席说，那你去了解一下。

第二次，他又找周扬，周扬说："《文艺报》的问题，我看是党性不强。"

毛主席说，我看党性很强，那是资产阶级党性。于是就展开了批判运动，让袁水拍写文章"质问《文艺报》"。

周扬同志说，年轻人要有战斗性，不要只是重复别人的话，要独立思考，自己去想，要有创造性。

列宁说："要用批判的态度去领会知识，使自己不被一堆无用的垃圾充塞着，而是为现代每个有学识的人所必备的一切实际知识所丰富着。"

马雅可夫斯基说："做一个共产党员——这就是勇往直前，有思想，有志气，敢作敢为。”

爱迪生说：“所谓天才，灵感只占百分之一，而百分之九十九是艰苦工作。”

尼·奥斯特洛夫斯基说：“灵感是在劳动时产生的。”

柴可夫斯基说：“灵感只有从劳动中和在劳动时才产生。即使一个人天分很高，如果他不艰苦地操劳，他不仅不会作出伟大的事业，就是平平的成绩也不会得到。莫扎特、贝多芬、舒伯特、门德尔松、舒曼等人写出了不朽的作品，就像皮匠做鞋一样，一天一天地干，大部分是接受人家的订货。”

巴甫洛夫说：“科学非毕生从事不可，假如你有两个生命，那对你还是不够的。科学需要一个人付出巨大的精力和热忱。”

马克思说：“在科学的探索上，没有平坦的大道可走，只有那在崎岖的小路上不畏艰险奋勇攀登的人，才有希望到达光辉的顶点。”

皮萨列夫说：“应该牢牢记住，现成的看法和观念，是向好朋友借不来的，书店里也买不到的。只有通过你自己的独立思考，才能推敲出来。”

毛主席说：“继承和借鉴决不可以替代自己的创造，这是绝不能替代的。”他又说：“科学的东西随便什么时候都是不怕人家批评的，因为科学是真理，绝不怕人家驳。”

谚语：“经验就是所犯错误的总和。”

列宁在斯维尔德洛夫大学的讲演中强调：“最主要的，就是养成独立处理问题的本领。……只有这样，你的信念才能坚强，才能在任何时候、任何人面前确有把握地坚持这种见解。”

### 3月16日

开小组会，我是小组长，对每个人都提了意见，我以为是诚恳的对人的帮助。刘绍棠给我提了一个尖锐的意见，说我“口气太大，不虚心，毫无协商之余地，只讲缺点，看不到别人的优点，对别人尊重不够”。这确是我的缺点，我把过去部队机关的一套搬来了。唐沅说：“我们都缺少社会经验。”很对。必须立即纠正，从说话的口气，对人的态度上开始。

## 4 月 5 日

多云。春假的第二天。昨天痛快地玩了一整天。和新闻专业二年级三班联欢。活动计划由文化干事、军体干事已商定。上午到颐和园划船，在十七孔桥那里我也大声唱起了《红水手》，然后在树下一起做游戏，围成圈子，追，并学前人的动作，怪状百出。我这个不善于表演的、沉默寡言的人也被弄起两次作怪相，使他们笑得特别厉害。我也尽情欢笑，看他们出洋相。宋士杰在草地上来了个前滚翻，邵炘学不上，大家笑得不行。沈泽宜正伸手指前上方，新二的姑娘却从他左边跑走了……然后我们三个军体干事去看爬山地形，准备分三路向上爬。还不到时间，华炎卿就说："开始了！"我板着脸请他们回来，可能态度很不好。结果我们这一路虽然准时在约定时间出发，却比他们两路都晚到。宋士杰、冯文元上了山就头发晕，新二一同学未到终点就站不起来了。看来身体不锻炼真是不行。吃完饭，自由活动，沿湖边散步向西向南走到玉带桥那一边去，风景真是太美了。玉泉山的泉水从这里涌出，融入昆明湖的绿水之中，这是水的源头，水真清，生命之源。路上汪浙成把我的洋瓷碗碰破了，不太高兴，这是学校发的捷克瓷碗，挺实用的。他说："我也不是有意的，不知怎么碰到石头上了。"休息时在石亭里和树下又开了两次联欢会，表演节目，幸好没有叫我，我想唱也不敢唱，太害羞了。有些人在桥下摸螺蛳、蚌壳，何立智、汪浙成用篮子网鱼，捉了三条小鱼，大的只二寸长，还有两三只小虾，一个小蚌，装在我的碗里，后来又倒掉了，放生了。

晚上大饭厅有舞会，本想休息一下，把叶高林的《论艺术内容和形式的特征》看完，但二、三、四班联会向我们一年级的弟弟妹妹们发了请帖。班长陶尔夫说："我们不去，他们等不到我们，不好。"我们又到女同学宿舍，拖她们一起去。"到那边看看也好。"果然看到非常精彩的场面——一队高山族台湾同胞，身穿鲜艳的民族服装跳舞、合唱，那忧伤的旋律凄楚动人。然后跳集体舞，大哥哥大姐姐们热情欢迎我们加入，我们合着愉快的节奏，尽情地跳了起来，学会了一个个集体舞。我真没有想到，跳舞能给我带来这么大的愉快，随着音乐，转啊转啊，我像是要飞天了！

我今天才明白，真情实感是怎么回事。这是要在生活中体验的！

## 5月1日

我的小闹钟本学期第一次闹起来了。这是节日的钟声。三点起床。

中队长张虹先进城了，要我集合队伍。我吹了一次哨子，又来回叫了几次才拖拖拉拉出来了大半，还有几位老兄如冯文元等不动声色。我怕大家少带了东西（花枝、校徽、防流感药片、午饭、口罩等等），多说了几句，人家六斋八斋队伍都走了，而楼上俄语系的灯光还亮着。到了集合处，彭力一（班长）说："怎么来这么慢？连个队也站不好，怪不得部队有些人看不起知识分子，说知识分子自由散漫，什么也不行。"出发了，晨星在朝霞中消失，东方已发白，地平线边缘是高高矮矮的树影和零零落落的村庄。到了清华园车站，农业生产合作社的姑娘们穿红戴绿，比我们的女同学多而美。上了火车，前面是敞车，火车转弯时只见一大车一大车的大红花，满满当当，接着又是粉红花、紫花。我不觉叫了起来："看，花车，装满花的车。"大家都到窗口伸出头来看。铁路两旁也有许多人在看着这满载鲜花和歌声的列车开进城去，向列车摆手。

语言专业的女同学坐在车厢末尾，不断用清脆的声音唱着《小路》《小杜鹃叫咕咕》，男声也逐渐加入，气势就大多了。最有趣的是，他们用非常淘气的声音唱《波兰圆舞曲》中的"我已饿了两天，请你救救我，给我点吃的吧……"，而唱到第2段"请你爱上我"时则含糊其辞。我站起来，转身看她们的表情，只见她们很不在意地笑着点头，唱得非常尽情，是那么自信而愉快。下面又接着唱《列宁山》……我看到车窗外已是城墙，这些不知疲倦的"夜莺"还在用二声部唱着动听的歌，直到东直门车站。

在民主广场看到古尔巴扎尔，他塞给我两块糖，多热情的蒙古同志。来而不往非礼也，我打开饭包，把带的干粮——一个大对虾给他尝尝，他连声说"好吃好吃"。他戴上了有色眼镜，达赖（也是蒙古学生）拿他开玩笑，说："看，他多会打扮！"忽然来了一个非常活泼的中国女生，穿西装上衣及裙子，都是黑底白条的，用俄文向达赖打招呼，并用俄文交谈起来，然后就拉他去打秋千。古尔巴扎尔指着两人在秋千上谈话的样子，对我说："他们在上面开会了！"原来她是莫斯科大学学习回国的华侨（可能是孙维世的妹妹）。

十点，天安门前奏起了国歌，放了二十多响礼炮，最后是《国际歌》雄壮的歌声，把我们的思绪引向天安门城楼。我似乎看到毛主席正和波立特同志（英国共产党主席）愉快地交换着眼神，世界各地的工人此时也正在进行国际劳动节的游行和集会，有的可能还要同警察的水龙、警棍搏斗。而我们的警察今天穿上了新的米黄制服，雪白的袖套闪闪发光，在为我们游行队伍维持秩序。

北大的队伍已出去了，却又被堵了一下，我们是队尾，留在最后走不了。团委书记胡启立是"安全组长"，负责断后。他对我们说可以先坐下歇歇。我们坐下听广播，刘绍棠见张虹烫了发，就问她可以保持多久。她说："七个月。"刘说："七个月？火烧的也不行啊！"张虹不自在了。刘绍棠又同殷淑敏开玩笑去了。殷淑敏大姐（是作家郭梁信的爱人）穿了红毛衣、红裙子，像个小姑娘。刘绍棠指手画脚，不知和她说了些什么，这位年轻的母亲听了要打他。刘敬圻穿一身浅蓝色的连衣裙，扎两个翘角的小辫儿，迷住了街边一个十岁左右的小女孩，她盯住刘敬圻都快看呆了。唐沅指给我看，我说："她太天真了！"

走到南城根，刘绍棠指着"国民党革命委员会"的牌子说："如果只看'中国国民党'那真臭到家了，要再看'革命委员会'，行了。"沈泽宜补充说："国民党这个牌子要砍碎，烧成灰。"

民族学院在我们后面，他们男男女女都穿着五颜六色、各式各样的民族服装，就像一个大花园。我们回过身去，仔细看这些非常新鲜而又好看的服装，前面队伍走了，我们还不知道，叫一声，紧跟上去。张钟在后面教训开了："哎，别看迷啦！"一会儿又停下了，我们又回头去看。邵炘或是季恒铨，总之是个活宝，喊了一声："走了！"我们都急忙转过身去，一看，原来前面一点也没有动。张钟又说："也别太紧张啦！"我有点反感，这算什么，好像拿着鞭子赶人似的，谁吃你这一套。

队伍走近了天安门广场。这次我有了眼镜，看得可清楚了。毛主席、朱总司令、刘少奇、周总理……都看得很清楚。我看到毛主席向我们的队伍举了两次手。当然，也可能是向民族学院的队伍招手呢。走到台前正中，我看到毛主席低下头正在仔细看着什么，当然，不会是看我，但我仍直着嗓子高呼："毛主席万岁！""共产党万岁！"张虹却不喊口号，只顾看。

在观礼台上，我们还看到不少熟人。朝鲜同学吴世根大尉，虽然个子不高，却挂满了勋章，高举双手，踮起脚来向我们欢呼（后来我曾和他同屋住，这是一个非常好的朝鲜人，曾参加抗日联军在中国战斗）。德国留学生白定远（原为德军士兵，被苏军俘虏后进步较快，成为民主德国留学生，成绩一直很好）也向我们欢呼跳跃，不停地招手。我们还看到了蒋副教务长和高名凯教授（他是北大工会主席）。据说马校长也在天安门上，他一看到北大队伍来了就去招呼毛主席看，但我却没能看见他，可能是他个子较矮之故。毛主席右边有一位穿浅灰衣服的人，我以为是波立特同志，戈登夫人不知在哪里。

我们走过了天安门，一群外国记者对我们拍照，其中一人振臂高呼："毛主席万岁！"我们一起欢呼，整个队伍始终情绪饱满，这可能是他们不少人难以理解的。队伍这么整齐、秩序这么好，可能也是他们不可想象的吧！赫鲁晓夫曾对我们的热烈情绪和组织天才而大为感动。这是很自然的。你看，天安门前成了鲜花的河流、鲜花的海洋，我们旁边是北京一中，他们在天安门前放了三个大气球，拖着三条大标语："中国共产党万岁！""毛主席万岁！""世界和平万岁！"他们有的戴红领巾，女的头上围了一圈红色花环，简直像天仙一般；他们的队伍中有一个大地球仪，周围飞舞着一群白鸽。再南边是航空学院的队伍，他们的彩绸是鲜艳的蔚蓝，银色的米格战斗机模型闪闪发光，似乎要昂首直上蓝天似的。我们三井花园的同志吴显麟、林亚可能也在队伍中吧，我是多么羡慕他们……

回去的路上，小孩子向我们要花，有的就上来抢，特别天真可爱。

下火车后，我穿着大皮鞋和黄俊圃（曾学过飞行，北大万米跑冠军）一起跑回学校，洗个澡，吃好饭，不但不脏了，而且也不累了。"无精打采的休息不如积极的休息。"列宁喜欢早晨练拳，他每天之始都是充满活力的，应该学习。

"不会休息就不会工作！"而善于休息就能加倍地工作。

哦，对了，还有一件重要的事差点儿忘了。

早晨游行出发之前，周培源教务长向我们讲了许多富有诗意的激情的话，这同他平时讲话的风格大不一样。他说，我们要把"五一"的精神、把节日的感情、把天安门的炮声，带到我们整个的学习过程中去！

说得多么好！要使每天都像劳动的节日一样！

### 5月4日

今天开先进班发奖大会，周培源教务长号召大家都争取做"优等生"，全校169个班都成为先进班。会上有几个发言，最有意思的是物理系一个没有评上先进班的代表上台说："我代表未来的先进班集体讲话。"

引起了哄堂大笑，整个大饭厅都轰动了，大家以热情、响亮的掌声回答他这充满自信的话。最后他建议最好半年评一次模范班，可以及时检查学习和工作。周培源教务长说评委会一定严肃地考虑这个建议。

我们的学生会有"意见工作组"，很重视及时反映学生的意见。我们关于绿化种树的意见就及时反映上去了，如今已开始在校园里种各种树。

团员宣誓大会有一百多个团员举行入团宣誓仪式。他们在团旗和党旗面前高举拳头，宣誓接替老一辈的革命者，将革命进行到底！这些年轻人燃烧着革命的热情，开始了自己的政治生命。党委副书记张群玉同志讲话，强调发展各人的个性，她说："共产主义总目标是一致的，可是各人有各人的特点，要充分发挥自己的特长，敢作敢为作出突出的成绩来。绝不能要求大家都一样，四平八稳……"

为了督促大家锻炼，我画了一个"锻炼表"，希望大家每天填。唐沅很反感，刘绍棠也说"太机械"，但我认为这也是一种意志与韧性的锻炼，身体最重要。墙报上登了温端政的《我的一次早晨跑步》，他每天早晨跑5000米，多么了不起。明天我跟他学，也跑5000米。

**5 月 15 日**

听陈毅副总理报告。

在大饭厅北边，我看到陈毅同志从汽车里出来，感到更加矮胖了。在上海三井花园的大草坪上，他清晨打太极拳的样子似乎更加英武。

陈毅讲话很随便，却极生动有力，内容丰富，令人难忘。

陈毅同志的报告有血有肉，毫不空洞，要多听几个就好了。这真是"活的马列主义"！

**5 月 18 日**

周祖谟先生非常值得学习，他干什么都非常认真，写板书一笔不苟，自己刻油印讲义，也是一笔不苟，直到最后一个字。最近他到天津去给两千多大中学教师作报告，是民盟、民进及教育工会主办的，不去不行，准备了四天，只讲了三个钟头。多么认真。在课堂讨论时，他总是启发大家独立思考，自己去解决问题。

**7 月 9 日**

考五门，考完一门去颐和园游一次泳，倒也不太累。

这一年学习紧张，政治上收获也很大。去年刚开学就听师哲报告、江副校长报告关于四中全会反对高饶分裂党的斗争情况，听胡绳报告、丁玲报告和陈毅副总理的报告。要学习活的马列主义，独立思考。

**10 月 25 日**

我要更快地进步，更好地向大家学习，决定和各方面好的人进行单项比赛：宋士杰、李万春——文学史；温端政、黄俊圃——长跑；唐沅、张虹——文艺理论；陶尔夫、张钟——群众工作方法；彭力一、薛鸿时——善于热情待人；沈泽宜——记忆力、英文；李丰楷、周义敢——热情大胆负责任；刘敬圻、李万春——埋头苦干、按部就班；邵炘——自然科学；王磊——写诗；张虹、张钟——原则性、尖锐性。首先长期虚心而主动地、兢兢业业地向他们的优点学习，然后，就赶过他们，绝不落后。

### 10 月 26 日

这几天田径队大运动量锻炼，当时很累，过了一天就休息过来了，不但胸部不痛，而且脸发红，精神很好。（我在劳卫制［劳动与卫国体育制度，系苏联首创——编注］测验 3000 米时，体育老师说我成绩可以，让我加入北大校代表队练长跑。曾参加高校运动会的 3000 米比赛，第二名要超过我了，大家为我加油，我说："还有一圈呢！"成绩不佳。当时北大王立安成绩好，他跑 5000 米。）

情绪好是关键，不怕苦不怕累，不怕困难，信心十足，热情勇敢是多好的品质啊！

### 11 月 3 日

夜间狂风呼啸，寒潮来了，门窗格格响。他们说，穿棉袄可能还会冷。我不管这些，踢掉被子就出去跑步。开始不感到冷，可是来了一阵冷风，就打寒噤了。不管它，坚决脱下衬衫，只穿汗衫、短裤，竟一点也不觉得冷了。冷风吹在身上，好像春风一般温暖了。

### 12 月 5 日

今天我终于实现了多年的愿望，成为一名光荣的共产党员了。在群众座谈会上和支部大会上大家给我提了不少意见，最主要的一条还是我联系群众差，只是独善其身，就难以发挥党员作用。如何在生活上、学习上与大家更好地打成一片，克服孤僻的毛病，是努力方向。

我门门五分，成为班上唯一的优秀生，得到了"三好积极分子"奖章。其他一些人文化课门门五分，但体育不行，当不了优秀生。我要好好干体委的工作，使大家都成为优秀生。

### 12 月 20 日

卅斋的暖气没装好，屋里杯子里的水竟结了冰。我夜里当了"团长"，有点咳嗽。同屋吴世根看在眼里，在我睡着后悄悄把他的大衣盖在了我身上。我醒来时感到特别温暖。吴世根是抗联战士，得过许多战斗奖章，他给我带来了革命军队的温情，使我像年幼时睡在慈母的怀抱中一般温暖，我是多么幸福而甜蜜呀！

### 12 月 22 日

班主任叶竞耕先生找我，要我总结一下，争当优秀生的经验体会。

我总结了几点，主要是"党的教育、集体的帮助"——过去在部队和机关已初步确立了对革命事业的信念，为革命而学习劲头很大。过去搞机要工作，埋头苦干养成了习惯。刚来时在尊师问题上的教训给自己敲了警钟，对自己的要求更严格了。看到大家学习很好，自己不甘落后，努力赶超，不断改进学习方法，提高效率，克服困难，全面发展。锻炼之后，精力更加充沛……

# 1956 年

### 1 月 1 日

《人民日报》元旦社论的题目很好：

又多又快又好又省地发展自己的事业！

引了康藏公路开辟者的口号：

高山也要低头，河水也要让路！

### 1 月 10 日

滑冰，不紧张，自然地滑，进步快。充满信心而心不在焉地滑，效果好。

### 1月12日

吴世根说，人大历史系教授尚钺（《中国通史讲义》的作者）是共产党员，30年代前期到东北一小城市教中学，以躲避敌人搜捕。他的学生中有金日成，金元帅受尚钺影响很大。

### 1月15日

冯文元在"团员日记"（团支部有一本"团员日记"，大家轮流记，主要是为了汇报思想、交流意见）上说："开完了除夕晚会有些不高兴，一是自己准备了节目，没有勇气报上去，成了旁观者。二是自己的一份礼物抽签又抽回来了……"

### 1月26日

明天考西洋文学。复习时有一个体会：开始信心不足，感到材料太多，记不住。

半天才搞完古希腊史诗与悲剧，还没记住，感到一定要列表。于是把作家生平、时代背景列了一个表，很快记住了。然后又列情节的表，把要点罗列出来，反复记两遍，连《神曲》也记得很清楚。现在又把所有"思想性""艺术性"归纳了一下，记了一遍。有信心考五分。"少而精"就好记，熟悉了材料，再归纳重点、列表，就不容易漏掉要点了。

早晨玫瑰色的晨曦在东方照耀。我头脑清醒，精力充足。吃饭回来，在28斋前的广场上听广播，听到毛主席召开国务会议，讨论农业发展纲要远景规划。我看着远方，发现西方也有玫瑰色的晨曦（看傅东华翻译的荷马史诗，其中多有"玫瑰色的晨曦"的描写）。一双双的鸟儿由南向北飞去，在初阳下扑闪着翅膀。朝阳下西山的一道道山沟像巨大的手指，近处的村庄笼罩在炊烟之中，高处是金黄色的炊烟直上云霄，前景多么美好……

我听毛主席说的，决定一切的是干部，是精通技术、有很高文化水平的干部……要赶上世界先进的科学水平。我是多么激动啊，祖国和人民是这样期待我们哩！

## 2月9日

早晨去农村访问，见到两个老社员。一个 81 岁，姓张，胡子还没全白，像 60 岁，就是耳朵有点不好，眼睛却能看清三里以外的几个人。他每天练"推砖"——砖有六斤重，先正推出去，再反拉回来。一只手 60 下。"有人说很容易，却 30 下也推不到。"他把双手十个手指叉在一起，俯下身去，一直按在地上，而腿一点不弯。他跑几十里路也不累，还跑得挺快哩。他说，他本来有块匾让儿媳妇打碎了。匾上写了三个大字：精、气、神。人就是要有精神。"我什么都有兴趣，还想上点学哩！"他手中总拿着一对铁球在转，据说有六斤重哩。他把我们一直送到大门外，说："我这儿是慈幼三条五号，常来玩……"他说话极快，可利索了。这时走来一个老农民，拄着拐棍，一边走一边哼哼，老得不行了。张老指着他对我们说："看！他才 74 岁，比我小好几岁哩……"那老人说："不行喽，我要死喽……"同学们看到这两个典型，感到锻炼的重要，都说我会长寿的。

## 2月10日

我们释放了美国女特务密含瑞。她在香港说："中国是爱好和平的国家。"记者们怀疑她成了共产党人。她说："不是，我哪里配做共产党……那是要具备非常严格的条件才行的，我不配……"她在中国待了四年，由敌视新中国到认同"诚实的共产党人"和"极优良的新社会"。

## 3月3日

杜甫诗"语不惊人死不休"写于成都草堂，他善于提炼口语！独创！
破除迷信，独立思考！
打倒教条主义与个人崇拜！
"我天分差，所以更要努力，别人学一小时，我学 90 分钟！"——华罗庚。
你呢？更要下劲了吧！

### 3月9日

我不知道什么叫满足，每天都闷闷不乐——计划总是完不成。怎么办？

奥斯特洛夫斯基是最爱幻想的，他能把五十年后的生活看成就在眼前。他说，没有幻想他一天也活不下去。我也有这个体会。午睡时幻想古希腊的神灵来到身边，同他们遨游，阿波罗在弹六弦琴、缪斯在唱歌……高康大爬上了巴黎圣母院的房顶，特来美的青年男女与北大同学联欢……我是多么高兴，好像进入天堂一般……这是多么幸福啊！我整天都精神焕发。

### 4月5日

春假，大家自由结合到西山八大处远足。途经西郊机场，看到小小的"机窝"……一直爬到最高峰，看到山后的石景山发电厂和钢铁厂的许多高低粗细的烟筒与一片浓浓的青烟，永定河一片大大的水湾，小小的卢沟桥……还看到昆明湖，有脸盆大，未名湖和水塔几乎看不到。一路上谈得很多。张钟谈东北一个小城的人民 1945 年自发起来抗日的故事，还谈他小时候在泥里打滚，用黑土把脸涂满，只露出两个眼睛，打野鸡、抓大雁。吕乃岩讲八路军一个团突破敌人几个师的包围，到敌人后方与李先念的新四军会师，一个旅打败了国民党几个师的故事。冯文元、刘敬圻讲了几个童话，史官（宋士杰）说要记下来，开发这个"宝库"。

中央政治局讨论了"个人在历史上的作用问题"，发表文章讲党的批评与自我批评的必然性、永久性，讲对斯大林的评价问题，讲教条主义的危害，讲领导方法的原则。

### 4月7日

乘火车去官厅水库旅行，丰沙铁路是世界上隧道最多的铁路，全程六七十个山洞，最长的走了 7 分钟。水库真大，一眼望不到边。拦河大坝简直是一座大山，足有 100 多米高，200 米长（据百度百科介绍，坝高四五十米，坝长四五百米——编注）。发电厂是劈掉半个山建起来的，这工程真是伟大。工人伟大，新中国伟大。

法国让－保罗·萨特几年前还是个存在主义者，是个反共作家。最近几年他参加了和平运动，到中国来参观，临走时为《人民日报》写文章说："法国好像已经寿终正寝，停滞不前，而中国人则生活在五十年后的未来……"他回国后又反对《世界报》对中国的污蔑，他的剧本《涅克拉索夫》讽刺美国的反苏宣传，很流行的。

要独立思考，破除迷信，打破教条主义的研究风气。

### 4月11日

"文明行为运动周"，中文系饭厅板报漫画很热闹。有一漫画画的是春节顶着木桶抢面条，有的女同学辫子被夹住了，拉不出，有的挤掉了鞋子，桶外也洒满面条……

以前的运动周也挺热闹，有提倡穿花衣服的漫画，"莫怪孔雀不开屏""妈妈消失在蓝色的大海里"等都使人难忘。

彭力一（党小组长）对我提了两个意见，很好。1.学习抓得太多，门门照顾，影响团支部的工作。2.作为团支书与党小组联系太少，汇报、研究不够。这是我的毛病，比以前张虹当支书差多了。要改。

### 4月18日

看冯至《杜甫传》，李白、杜甫二人在744－745年秋天一起漫游，分别后李白海阔天空，诗中再没提杜甫，而杜甫则一往情深，经常写诗"怀李白"，一次比一次情深。李杜在当时知音甚少，而杜甫的诗一首也没选入当时的选集《河岳英灵集》《中兴间气集》，但他的诗记下了许多史书未记或记得不好的重要史实。后来就受重视了。

### 5月6日

看到柯蓝的《上海散记》，其中有句曰："能够用劳动创造一切的人，任何时候，都会生活得很好的，不管是现在，或是未来。"

想起在华东作家协会与他同屋办公的情景，他是秘书长，很忙，但总不忘创作，生活的雷声总在他的心云上隆隆不绝（当时我是机要秘书，得到他的照顾，他曾签名送我一本《红旗呼啦啦飘》）。我还想到石灵同志，他是新四军的老作家，有极重的心脏病，但是他爬上二楼，走到我的桌子跟前说："我叫石灵，最近有什么党刊？我想看！"于是我把中宣部的《宣传工作》和华东局的《斗争》等给他看。他还问我的情况、爱好。我很怀念他，可能他早已去世了。我要继承他的事业，永不辜负党的希望。

（后来在《文艺月报》5月份看到石灵同志的遗作《友爱》和唐弢的悼文。唐弢当时是《文艺月报》的编委、上海市政协委员，尚未入党。一次上海市文艺界的政协委员们开会讨论宪法草案时，我作记录，但赵丹、熊佛西等人未去听报告，要我传达。我的脸红到耳根，还是唐弢给我解了围，作了传达。唐弢很了解石灵同志，石灵同志曾和郑振铎先生一起在暨南大学教书，主编《文汇》副刊、《世纪风》《鲁迅风》等刊物。《友爱》是他在病中熬了几夜写出的儿童文学作品。）

### 5月10日

上海华东局办公厅机要处的同志们改供给制为薪金制了，发了第一个月的薪金，他们就给我买了许多衣物寄来，有笔记本、棉毛衫、外衣等，不下40多元。我一个月的调干助学金只25元啊！我感到无限温暖，这种同志之爱超过了亲兄弟姊妹，也感到非常内疚，我又欠下了一笔债，要好好学习，双倍地完成学习计划呀！

昨天听赵树理同志的报告《谈创作》，他首先谈"生活与政策"。他说，强调政策不能抽象理解而要从生活中理解它的来由，才能写得好，靠笔记中的人物不行，我的人物在我脑中不知转了多少回了；下去体验生活只是访问、观察不行，要共事，交朋友，要有社会主义的热情，少了还不行；我对"糊涂涂"这种人是发过不少脾气的，在共事中，对人的了解才深入。

他还说民族形式问题是群众观点问题，是要不要让群众喜闻乐见的问题。

### 5 月 14 日

看《黄河大合唱》的材料。冼星海在延安一年半，写了六七部大合唱，一百多首歌曲和一个歌剧。他是鲁艺音乐系系主任，有许多教学工作和行政工作，创作只有晚上和零碎时间。《黄河大合唱》写了七天，后来作了不少修改，但《黄河怨》音调还太高，李焕之又作了整理改动。

### 5 月 23 日

科学协会成立大会，周培源教授报告，科研要发现科学间的联系、新的规律，解释新的现象……发现了"反质子""反电子"（正子），电子计算机每秒 8000 次，导弹发出后可以计算出它的轨道，并可以再发个导弹打落它。

日本物理学家 1933 年开始研究原子科学，1937 年他们也学辩证唯物主义，听说毛主席有《实践论》，很惊讶。1942 年发现了"介子的假定"，并发现两种介子，达世界水平。

想起"五四"校庆时江隆基副校长的讲话："发挥独立的个性，更勇敢地去创造！"要好好去做，一定。

冯雪峰讲鲁迅，说他是吸取了全世界天才的创造才成其为中国的天才，他对中国和外国古典文学都下过苦功夫，所以写得成！你们要用全世界最好的文学来培养自己。我们民族能产生天才，时代要求出天才。

曹禺讲话，说鲁迅等文学大师的作品百读不厌，教我如何看人、看材料……

冰心说，希望你们看文学书，好好地看，细细地看，不然，看得再多也没用。她还说，我年轻时爱读旧诗，也爱背旧诗，从深切的体会中，不知不觉学到许多……

### 6 月 14 日

看《十五贯》，语言好，演得也好。是周总理救活了昆曲。"一个剧目，救活了一个剧种"，不然，昆曲要失传了。是黄源当浙江省委宣传部部长时抓的。他是"左联"老作家，也是《文艺月报》编委。

**6月16日**

列宁写《俄国资本主义的发展》，看了五百八十三种书。写《帝国主义论》时又看了所有能找到的有关帝国主义的资料。他说："其中的每一句话都不是凭空说出，而是根据浩繁的历史和政治材料写成的。"这是成功的奥秘。

华罗庚也说过，不要急于求成，"一步不懂，不要走下一步"，不然要摔跤！！

**7月9日**

总结这两年的学习，深感独立思考之重要，要打破平庸，自己去钻。

扔掉拐杖，

    自己上山吧！

前进！

    一定要有自己的

        创造！

飞出来吧，

    笼中的鸟儿，

用自己独特的歌声，

    参加百家争鸣！

**7月15日**

每次看我们党的历史材料总抑制不住心的急跳。我们的这些父辈们是英雄中的英雄，创造了奇迹中的奇迹，多么令人崇敬。我要了解他们每一次斗争的具体情况，我妄想写一部长篇史诗来歌颂他们。让革命烈士的鲜血在祖国的每一寸土地上都开出鲜艳的花朵。我的缪斯要把前辈们的每一滴鲜血和母亲们的每一滴眼泪，都变成青年们心中青春的烈火与共产主义的鲜艳花朵。

## 7月18日

萧伯纳呼唤艺术的独创,反对个人崇拜。1937年7月10日他写给黄佐临的题词很深刻:

> 一个"易卜生派"是一个门徒,不是个大师!
> 一个"萧伯纳派"是一个门徒,不是个大师!
> 易卜生不是个"易派",他是易卜生,
> 萧伯纳不是个"萧派",我是萧伯纳;
> 如果老黄想有所成就,你切勿做个门徒,
> 必须本着你的自我生命,独创一格!
> 起来,中国!
> 东方世界的未来是你们的,
> 如果你们有毅力和勇气去掌握它,
> 那个未来的圣典将是中国的戏剧。
> 不要用我的剧本,要用你们自己的创作。

## 7月28日

莫扎特的天才令人惊奇。他3岁能琢磨和弦,5岁开始作曲,6岁到巴黎、维也纳、伦敦巡回公演,8岁试作交响乐,11岁作庞大的歌剧,12岁指挥德国著名的乐队。

他父亲是个穷苦的乐师,为培养儿子不惜倾家荡产。但是,这样的天才却始终贫困,35岁即贫病而死。他的天才是艰苦劳动的结果。他说:"如果以为我的艺术是那么容易得手的,那他根本就想错了。"他始终穷困痛苦,然而乐曲却欢快、乐观,为什么?傅雷的文章说什么得之天外(我曾写《莫扎特是忍耐的天使吗?》寄《文艺报》,傅雷有长篇回信,说"此问题现在还没有人解释得了"。过分了),李凌在《新观察》13期的文章引莫扎特自己的话说得很好,莫扎特的创作是追求美的。他说:"生活本来是美丽。但是那些僵尸、妖魔狠毒地吸着美的生活的血液,

它们要扼死她、蹂躏她……而我的音乐是从生活的根底上生出来的，她在奔涌着一股使妖魔鬼怪攀援不到的喷泉；生活在歌唱着，不顾一切地歌唱。有一天，当她清除了一切障碍和刽子手，重新歌唱之时，她就会像音乐本身一样充满了无限的欢乐。"

这是乐观的浪漫主义的宣言书，鼓舞人民为美妙的理想生活而斗争。

还记得伏契克在《绞刑架下的报告》中的话吗？"为欢乐而生，为欢乐而死！"

莱蒙托夫的《姆采里》（《童僧》）也如此说："只要尝到一点蜜，死也甘心了。"

### 9月1日

又开学了。迎新办公室通过团委要大家写迎新的对联，我写了一副，交给赵振忠，没想到竟写成很大的美术字，制成两块大牌子，放在西校门两侧，成了主流口号了。这两句是：

> 高举红旗　攀上世界科学的顶峰
> 挺起胸膛　做个原子时代的英雄

### 10月2日

参加天安门狂欢之夜，我和何立智、任彦芳、宋士杰、华炎卿像兄弟一样，手拉手走进欢乐的海洋，感情的烈火把我的心熔化了。任彦芳说："到纪念国庆十周年时，要写出三本诗集。"我说："你的长诗应当作为国庆十周年的献礼。"他说："那当然，你呢？你的毕业论文已达到博士水平！"我说："那当然，我要写三篇论文，至少！"

### 10月12日

最近看了几本马雅可夫斯基的传记，要学习他善于背诗、写诗。

### 10月13日

听物理系主任褚圣麟教授讲费米、爱因斯坦的学术，作了详细笔记。

晚上看四部电影《殒石》《人类进化》《宇宙》《和平利用原子能》，未及时作笔记，忘了不少，后悔。

## 10 月 14 日

听董希文讲国画。他说他是画油画的，但喜爱中国画，在敦煌也待过几年。

"外师造化，内得心源。"中国画家的个性最鲜明。

## 10 月 15 日

星期天五点半起床，到先农坛体育场看奥运会选拔赛。在天桥买两个猪脑子夹大饼吃。下午参观历史博物馆，古物上的小画特好，描了几幅射箭、划船的。

太平军中有外国人，美国人、意大利人及黑人均参加战斗，牺牲不少。英人著有《太平天国革命史》。

## 10 月 20 日

司汤达说："品格卑鄙的人可以成为博学之士，但总难成为艺术家。"（《绘画史》献辞，给拿破仑）

阿拉贡、聂鲁达都是共产党员，写了很好的颂党诗篇。阿拉贡说："党啊，这是人类的眼睛和良心。"聂鲁达在《给我的党》一诗中倾诉对党的爱：

> 你让我拥有一切活着的人的生命活力，
> 你让我重新有了祖国，好像重新诞生一次。
> 你给了我孤独的人所没有的自由，
> 你给了我树木所不能缺少的正直。
> 你教我懂得，见解不同的人们如何团结在一起，
> 你让我看到，个人的痛苦怎样消失在大伙的胜利里。
> ……
> 你让我看到了世界的光明和欢乐的前途，

你使我变得不可摧毁。

因为在你的怀抱里我就不再为我自己。

党啊，这是人类光明的灯塔，我们永远在党的怀抱里，幸福而欢乐地前进。

前天到团中央礼堂去听鲁迅逝世 20 周年的纪念报告会，见到茅盾、老舍、周扬、郑振铎、郭小川、臧克家等人。都很朴素，只是周扬显得特别严肃，不苟言笑。老舍穿栗色西装，和周扬坐在后排，他是活跃的。茅盾很朴素自然，一直在看讲稿，很认真地在听。老舍不看讲稿，有时看看台下，有时看天花板。

记得川岛先生说过，鲁迅很朴素，做事很认真，下课之后即把黑板擦干净，自己现在也这样做，学习鲁迅先生。

### 10 月 25 日

苏联《真正的人》的作者波列伏依报告，在哲学楼 101。他的题目是《苏联文学中的真人真事》。他说，高尔基的"母亲"、绥拉菲莫维奇的《铁流》、奥斯特洛夫斯基的《钢铁是怎样炼成的》、法捷耶夫《青年近卫军》，还有"海鸥"（事情发生在他的故乡）、长诗《卓娅》……以及你们国家的《高玉宝》《把一切献给党》……都是写的真人真事。因为在生活中、斗争中不断有新的英雄人物出现，就像雕刻家拿一块大理石，找一个英雄人物照着他就能雕出一个出色的作品来。这种事在过去是根本不可能的。据说对"无脚飞行员"是否真有其人其事，1946 年莫斯科外长会议期间一位捷克记者曾与美国记者打赌，美国人怎么也不能相信没有脚的人能开飞机打下德国人的飞机。结果真把无脚飞行员马拉斯耶夫找来，让他们看，并幸灾乐祸地看着美国人把一大笔美金交给捷克同行。

他说《真正的人》的细节尽量真实，只是一些人名有改变。

### 10 月 26 日

昨天《鲁迅全集》20 万册，几小时即订购完毕。

《三国演义》三卷集，也很快抢购一空。

### 11 月 11 日

任彦芳脚底生了一个瘊子，外科医生说要开刀，两个月好，不能走路。

可是他在天桥，找到一个专门拿瘊子的郎中，只花了十几分钟就把瘊子拔出来了，没流血，一点也不痛，还拔出了两个根。

他说，这全靠"艺"。这是先进的技巧。天桥真是个神奇的地方。

### 11 月 15 日

前天在大饭厅看匈牙利人民军合唱团的演出。其和声无伴奏合唱极佳，每一声部都清清楚楚又非常和谐。

周副校长最后讲话时，讲到"中匈人民友好万岁！"时鼓掌热烈。讲到"社会主义万岁！"他们却不鼓掌。我写了个条子，希望全场合唱《国际歌》，学生会主席领着唱，他们开始还唱，后来也不唱了，不知何故。（当时已发生匈牙利事件，情况很突然。）

看《新青年》第二卷，有文讲《马赛曲》是索塞尔应司令之请在一夜之中写成的，作曲和词（六段），名曰《战歌》。第二天军乐奏之，马赛全城都唱，又传到巴黎，全国都唱开了，后成为法国国歌。此灵感乃技巧与生活感情之结晶也。

### 11 月 24 日

到陆颖华先生家谈论文事，请她介绍些中国古代的文论。

从镜春园 78 号走出来，雪景真美。白的树、蓝的天、金色的太阳，跳跳蹦蹦的孩子们在打雪仗……在岛亭新华书店，用半小时看完了纳赛尔的《革命哲学》一书，书中讲他革命的历史与策略，还说到英国一手培植起以色列是为了控制阿拉伯。

### 11 月 31 日

刘大杰、陆侃如二先生晚上作报告。然后到林庚先生家座谈。

**12 月 1 日**

许幸之谈意大利文艺复兴三大画家，一直讲到罗丹。

**12 月 2 日**

南斯拉夫谚语，有的真深刻：

　　常常问路，不会迷路。

　　能节俭就能诚实。

　　要是你不养猫，你就会养老鼠。

**12 月 8 日**

　　法国科学电影师放映了自己的七部影片《海马》《吸血蝙蝠》《水母》《鲨鱼》等等。前天和沈泽宜、何立智、张钟去北京展览馆看《夜半歌声》。很尖锐。

**12 月 15 日**

《光明日报》刊登老诗人汪静之论新诗的诗，其中有如此的句子：

　　打破了

　　　　旧的枷锁

　　却顶着外国的石臼

　　　　　　跳舞

　　是诗的囚徒。

　　　　　　　　　　　　（《新诗的宣言》）

**12 月 20 日**

看了两次高尔基的《小市民》，"谁给我权利？权利是争取来的！"多好！

### 12 月 22 日

又看了一次《夜半歌声》，音乐真美，有些曲子是冼星海自己演奏的，三支插曲都流传众口："热血""黄河之恋"和"风凄凄……"

### 12 月 23 日

在临湖轩参加文学研究所的《红楼梦》讨论会，何其芳与人有交锋。王佩璋（俞平伯的助手）脸色苍白，不断地抽烟。

想起周培源先生的话："我那些不进行锻炼的老同学，有些已不在人世了。"要坚持锻炼。

### 12 月 26 日

进城到人民艺术剧院看《雷雨》，真感人。出了剧院，我和华炎卿骑上自行车，我歪歪扭扭，他吓了一跳，怕我不会骑。原来我腋下夹了两本书。路上修链条，丢了一副手套。到海淀吃饭后，自行车钥匙找了半天才在笔记本中找到。急坏了。

# 1957 年

### 1 月 4 日

胡乔木同志报告：

"公鸡以为太阳是它叫出来的。后来它悲哀了。"

"文学的教育作用是复杂的。歌德说：'生活之树是常青的，理论却是灰色的。'文学培养我们对社会生活的兴味。'知之者不如好之者，好之者不如乐之者。'爱好最重要。"

"假如我还能做个学生，我一定到北大中文系来学习。"

### 3 月 23 日

贺敬之报告，从他童年在山东天主教学校讲起，讲延安生活，很具体。谈毛主席的身体、鲁艺生活和《放声歌唱》的写作，说当时没考虑形式，只考虑怎么表达出感情怎么好。

### 3月24日

范文澜谈历史研究问题。他说对毛主席两篇哲学著作和整风报告要反复看，"读断三根皮带"如孔子学易"韦编三绝"一样。说教条主义不是真马列主义。

### 4月18日

传达毛主席在宣传工作会议上的讲话。说社会大变动，各种思想活跃。社会主义改造也包括我们知识分子在内。知识分子过去学的是资产阶级的东西，要改造世界观，多接近工农。国际、国内是两家，一资一无；党内是三家：修正主义、教条主义、马列主义。文章不带片面性是不可能的，但辩证法愈多愈好。章太炎在那么困难的时代还办刊物，今天还怕什么？不敢写文章。马列主义、人民政府是批评不倒的，不怕！19 世纪以前资产阶级是不怕批评的，后来就不行了。《草木篇》也不怕，一百篇也不怕。要争，但是方式不好。知识分子爱国主义好，但不了解马列主义，不了解工农——不好。

### 4月19日

在古希腊，体育是教养的象征。著名人物如柏拉图、索福克勒斯、优里比德斯（欧里庇得斯——编注）等人都在体育比赛中得过奖。雕刻家米龙据说可以背起一头牛，还可以从后面拉住马车。

谢妙诺娃说列宁是整齐和朴素的典范。他往往提前几天就把接见人的安排写在一个条子上叫她通知，到当天再提醒一次。总是准时接见。白衣领、黑西装总是十分干净的。

### 5月10日

庾信《马射赋》中的句子"落花与芝盖齐飞，杨柳共春旗一色"变为王勃《滕王阁序》中的"落霞与独鹜齐飞，秋水共长天一色"。更美了，但有学习继承！从根上否定苏联文艺理论的出发点，即艺术特性为形象性，而坚持"文学的本质是人们交流感情的形式，目的是使别人也发生同感"。作新的理论探索是多么不容易啊！每写一个字都是对以前自己所学理论的背叛，都要用很大的意志力来鼓励自己。自己的信念越来越强，但下笔时又发生怀疑。难以下笔，写了又划掉；夜不成眠，忘了吃饭；困难，一定能克服；思想，会整理出来；新理论，一定会诞生。希望从容一些，使它更美貌，更逗人爱。

### 5 月 18 日

美学讨论。蔡仪认为"美是客观的"。朱光潜认为"美是主客观的统一"。李泽厚认为美的社会性是客观的。我以为美是客观存在，但需要人去发现、感受。艺术的任务是不断发掘自然与社会中的美。当然，它是受社会局限的。

神话说明人类先在感情上认识自然，然后再逐步从理性上认识它。先认识它的美后认识它的理。

### 5 月 25 日

歌德谈思想与艺术："他们问我在《浮士德》中想表现的思想，好像我自己能知道和解说似的……实际上，这倒是个不错的主意，如果我真能把《浮士德》中如此丰富灿烂和极端复杂的生活缩小为整个作品的一贯思想的细小导线。"——可见，作品中的生活内容是极其丰富多样而复杂的，而思想则是某一方面的、单线的。艾克曼问歌德《塔索》的思想时，歌德说："思想，我怎么不知道，我所看见的只是塔索的生活。"（《文艺对话录》，第 182 页）

人们常说世界观与现实主义创作方法有矛盾，我看没有矛盾，只是世界观内部的矛盾或动机和效果的矛盾，感情与理性的矛盾，感到了不一定理解到。

去找钱学熙先生谈心得（他家在中关园平房），他点头同意，说我看了许多书，我说我最近记了好几本笔记。

周勃不懂只有先进的世界观才能忠于现实。艺术创作不是纯客观地"写实"，而是表现作者自己的感情。林希翎则要以作家思想中的进步因素作为评价作品的唯一客观标准，这是以主观代替客观，与周勃忽视世界观的作用，正好是两个极端，都混淆了创作过程和作品分析这两回事情。

### 5月30日

今天终于抄完了学年论文《论艺术性》，共五万多字，提出了新的体系，是下了功夫写的，送陆先生家去了。文艺特性问题对创作关系甚大，这是艺术规律的根本问题，用思想代替感情必然缺少艺术性，这是公式化、概念化的理论根源。茅盾在《文艺报》第一期谈创作计划时也说：要去体验新的生活，但先写以前熟悉的生活。不熟悉肯定写不好，这是感情问题。

我分析了艺术的两重本质——1. 社会本质：共性。2. 艺术本质：个性，特殊性。

### 7月28日

开始放假，进城到丁克成、蒋春兴同志那里，一起去东直门爬城墙。城墙十公尺宽，上面可以开四部汽车，可看到西山远景。北京城内绿树成荫。新砌的大楼，脚手架很多。我们在城墙上一起高唱《红豆词》《我们是民主青年》《战马排成队》《歼灭了黄伯韬》等青年干校的歌。向他们每人借20元，要害得他们不能回家了，很内疚，一定要快还。小丁真好，他还把他爱人的来信给我看，很自豪的。到一老乡家去，他从农村来的，说："'小房子，满街走。'（公共汽车）、'电驴子，直放屁。'（指摩托车），北京真好玩啨！"

### 7月29日

买到8月1日361次往返车票，17.15元。回来吃饺子50个。得校刊稿费1元。请冯文元吃巧克力，他很高兴。路上买一西瓜，三毛七，是冰冻了的。

### 8月2日

下午到泰安，即去爬泰山，卓如身体不好也跟着爬。有石阶，还好。夜间有明月，路边有松林和泉水流过。沈泽宜说："明月松间照，清泉石上流。"是很美的。山顶风大，很冷，到玉泉观过夜，特冷。四点即起，去看日出，只见大雾万马奔腾却见不到日出。沈泽宜睡得香，李万春说别叫他了，黄俊圃和我还是叫了他。

### 8月3日

到曲阜看孔庙、孔林。"先师手植桧"真古老苍劲。大成殿前为杏坛。多隶书字，汉人所写。

# 1958 年

### 2月22日

到镜春园陆先生家去，她小儿子十个月了，还没有起名字。她说，他哥哥叫山鹰，准备了一个海燕，希望有个女儿，想不到又生了个男的，叫争鸣吧。他爸爸姓胡，"胡争鸣"要变成右派了。中文系右派真不少，中文系《当代英雄》八仙过海，出了八个右派。又说，你那个论文叶竞耕先生看了，钱学熙先生正在看，我们三个人准备跟你开个会。我说："哎呀，我怕，怕见了老教授吓得话也说不出来。""怕什么，钱先生很和气，比我们还和气哩。""这不太耽误先生们的时间了？""不，我们也正在研究这个问题，意见还没统一，叶先生和我一致，钱先生对美学感兴趣，有独到见解。"

### 4月22日

去十三陵水库劳动，中文系编为"方志敏团"，团长是杨扬，小八路。在命名、誓师大会上，先朗读方志敏同志的遗言：

我相信中国民族必能从战斗中获救……中国一定有个可赞美的光明前途。中国民族在很早以前就造起了一座万里长城和开凿了几千里的运河，这就证明中国民族伟大无比的创造力！中国在战斗之中一旦斩去了帝国主义的锁链，肃清自己阵线内的汉奸卖国贼，得到了自由与解放，这种创造力，将会无限地发挥出来。到那时，中国的面貌将会被我们改造一新。……朋友，我相信到那时，到处都是活跃的创造，到处都是日新月异的进步，欢歌将代替了悲叹，笑脸将代替了哭脸，富裕将代替了贫穷，康健将代替了疾苦，智慧将代替了愚昧，友爱将代替了仇杀，生之快乐将代替了死之悲哀，明媚的花园将代替了凄凉的荒地！这时，我们民族就可以无愧色地立在人类的面前，而生育我们的母亲，也会最美丽地装饰起来，与世界上各位母亲平等地携手了。

这么光荣的一天，绝不在辽远的将来，而在很近的将来，我们可以这样相信的，朋友……假如我还能生存，那我生存一天就要为中国呼喊一天；假如我不能生存——死了，我流血的地方，或者我瘗骨的地方，或许会长出一朵可爱的花来，这朵花你们就看着是我的精诚的寄托吧！在微风的吹拂中，如果那朵花是上下点头，那就可视为我对于为中国民族解放奋斗的爱国志士们在致以热诚的敬礼；如果那朵花是左右摇摆，那就可视为我在提劲儿唱着革命之歌，鼓励战士们前进啦！

亲爱的朋友们，不要悲观，不要畏缩，要奋斗！要持久地艰苦地奋斗！把各人所有的智慧才能，都提供于民族的拯救吧！(《可爱的中国》)

中文系总支书记蓝芸夫同志，走上台去，这位从延安走来的老战士在讲话之前却泣不成声，讲不出话来。他断断续续地说："方志敏同志已经向我们讲过话了，我……没有什么可讲的了！我们……要时刻记住方志敏同志的临终遗言，把我们的祖国建设好，绝不辜负烈士的希望!……"

我们的眼泪也大粒大粒地往下滴,不少人把眼镜拿下来擦眼泪。

我们用十月革命的歌曲《华沙未央卡》的调子填了新词《方志敏团团歌》,每天扛着红旗唱着歌去大坝挑土、推车,用汗水来浇灌祖国的花朵、清洗我们的灵魂,要像革命先辈那样去生活、去战斗……

### 7月1日

请师大中文系孙一珍、张恩和两同学来介绍师大集体科研的经验。他们组织起来和老师一起重新编文学史教材,七天就写出了细纲,发现了不少新的材料(如黄巢的诗、太平天国民歌等),这是"像十三陵水库一样"干出来的。临走时,张恩和提出要北大校庆60周年(1898—1958)纪念章,给他们一人一个作纪念。

和吕乃岩、沈天佑、谢自立等到中关园蓝芸夫同志家去汇报师大情况。他胃出血正在休养,但还是仔细听完了汇报,热情地支持我们新编文学史教材,要我们不要简单化地划阶级,要用马列主义历史主义观点分析作家作品。

### 7月3日

总支开会讨论,我作了有声有色的汇报,认为应学习师大。杨晦先生说师大与我们不同,我们不行。程贤策副书记说,有不同,但主要方面是一致的。教授可以同他们辩论,不怕他们反驳。冯钟芸先生说先辩论两周再干。也有些同学怕古书难啃,程贤策同志说:"师大能干,我们也能干,一定能赶上他们。"林庚先生是文学史教研室代主任,他坚持布衣寒士是文学史的主要力量,大家不同意,他还坚持。(后来我写了一篇《从〈盛唐气象〉看林庚先生的治学方法》,是根据他当时在学报发表的文章写的,杨晦教授看后认为可以发表,即在学报上登了出来。)

### 7月10日

我们分工:张钟、唐沅、周述曾搞"当代文学"去了,我和孙庆昇、张雪森参加古典组，还有张虹（楚辞）、汪贤度（神话）、胡祥达（诸子散文）、宋士杰（诗经）……借教室、借书，一路顺风，大干起来。雨后，红专路特别光亮（当时大饭厅前的马路是用红砖竖起来铺成的，按谐音，叫"红专路"）。

下午到"红湖"去游泳（"红湖"在校景亭之北，当时用半个月把池塘修成了游泳池，是北大的第一个游泳池，当时英国留学生说20天修不好，两年还差不多）。

晚上开夜车，看完《战国策》，发现不少民主思想（如王斗见齐宣王等），明天突击《国语》，胡祥达借了几本神话书，记了许多卡片（"国语"中也有"召公论谤"，还有不少不听谏而亡国的）。

### 7月20日

编成大纲，在冯钟芸先生家讨论，开夜车直到夜两点。一组的大纲太细，就像讲稿，太多，念了很久。程贤策同志亲自参加，不停地抽烟斗，夜间成了他最好的工作时间，而我不行，不知不觉打了许多瞌睡。要我写"绪论"，干吧！

### 7月25日

作鉴定，准备毕业了。写的文学史提纲与部分初稿交55级接着干，很舍不得，也没有办法，要毕业离校了。我们集中力量编成了《当代文学》和《文艺思想斗争史》。

# 1959 年

### 1月8日

彭佩云同志陪杨述（北京市委宣传部部长）视察教育革命展览北京馆（当时我是此馆编辑，市委大学部办公室主任彭佩云是主要负责人）。看到化工学校"全面结合生产进行教学，以生产为纲进行讲课"，彭佩云说，这些提法有问题。杨述同志仔细看了看说，你看物理课都取消了，用电子学来代替。彭佩云说，是啊，怎么代替得了？这样对物质的整体概念都没有还行？知识并不能只从生产实践中得到，大部分知识要从书本上得到。杨述同志说，你看列宁《论共青团的任务》，他反复说要学习书本知识——人类的一切文化成果和亲身参加社会主义建设两个方面，一点也不片面。彭佩云说，我们要保卫物理学。

看到对马寅初的批判时，彭佩云问，游国恩、王瑶呢？杨述说：没有上。彭佩云说，好，幸亏没有上，只有一个马寅初，还好。杨述问，这眼镜里画的是什么？张着大嘴？我说，他是见人口不见人手，是康生同志在北大说的。

北师大中文系唱对台戏部分。杨述说，民间文学为文学史的正宗，这提法不好！彭佩云说，综合馆已经改了，改成以民间文学和进步的现实主义作家文学为正宗。杨述对我说，你们北大编的中国文学史里也有这样的问题。如何实事求是地全面看问题，真是个长期锻炼的目标。"一二·九"的干部（杨述是一二·九运动骨干分子）就是水平高。

北大化学系黄子卿教授订了一个制造"燃料电池"的一年计划，准备先看国外资料，然后试制，但学生们和青年教师若干，一起找国外资料，共同研究试制，半个月就把燃料电池搞出来了……

## 11月1日

去六郎庄劳动两天。老农民李荣贵76岁了，满脸白胡子，照样干活，说"咱村人见活眼红"，特爱干活。这"见活眼红"和"见钱眼开"可大不一样啊。他说他每年干的工分和小伙子差不离。他把我当干部了，对我们说："一亩地打十多万斤粮，我才不信，就全堆也堆不了这么多呀，庄稼和人似的，尽在一堆挤着不透气哪行啊……"

休息时他们说"柴堆三国"。听完说书回来就坐在柴堆上说，可起劲啦，说什么"曹操命大"，"是嘛，几次危险也没死"。又说刘备"三让徐州，多仁义啊！"。

"谭大爷是义和团头儿，尽给我们说这类笑话（故事），那会儿跟洋人打仗，还骑小黄马哩。义和团尽拿大刀、扎枪，见了洋人就砍，咔咔地砍呀，洋枪给闭住火，打不响，后首皇上御封了，就不灵了。这洋人才占了北京，七月二十一么，那年闰八月，也是庚子，整整六十年了。"

"鬼子那时候，西苑是日本宪兵司令部，里头坑的人就多了，万多人不少，在大操场那儿，杀多少人啊，颈子那儿用刀一抹，一捅，心出来了……"

农民是历史的见证人，他们口头传说的历史可多哩。

## 12月8日

第一次踏上大学讲坛，讲"新中国的民间文学"，要讲四次，讲稿写了一本，上去讲了十分钟才讲了两张纸，不行，离开讲稿讲主要的。这上二、三、四年级和全体外国留学生的合班大课，未名湖边第一食堂楼上大教室全坐满了。58级的孙华等课前都要我"嗓子大些，别像蚊子嗡嗡"。我便大声嚷嚷起来，讲得比较快，删了许多材料，但主要内容还是讲出来了。课前学生告诉我王瑶先生讲得太简单，是在讲史，而严家炎则像念论文，当代文学比现代文学详细些。讲了新诗歌，本来不会背的，一讲会背了："太阳出来世界明，清水浇花花更红。中国有了共产党，老马脱毛变成龙。"还讲了《一车高粱米》《红军的布告》的情节，引起学生兴趣。按计划讲完，还讲了谚语俗语，打铃即下课。严家炎说："你求全了，中心不突出，谚语可以不讲。讲得太快，又没有写讲稿，准备不够。"是的，我准备不够，缺少重点概括，但说我没写讲稿，太冤枉。讲稿写得太散，是个缺点。他们都鼓励说，第一次讲课不错了，同学们都盯着我看，记笔记不多，他们认为考查可以少记，考试就要多记。

晚上严家炎告诉我，为了使党的领导深入教研室，下午总支决定成立教研室党内核心，由吕乃岩、彭兰、严家炎和我组成。并决定我和陈贻焮一起做教研室秘书。（教研室包括四段文学史和民间文学，主任是游国恩，副主任是林庚、彭兰。）

## 12月30日

上午是全系新年大会，58级演出水平真高，他们是在门头沟煤矿锻炼过的。刘锦云等演出《大鼓调合唱》，回忆矿工生活，特有感情，"曾记得，汗水洗煤出井口……曾记得，半夜挑灯写矿史……"。这是我参加了的，真动人，我快流泪了。还有快板剧《两个苹果》等。

下午，教研室工会小组在颐和园听鹂馆会餐，是严家炎他们交来的集体稿费，由我具体操办的，我是工会小组长。老头子们兴致勃勃地上颐和园去，章廷谦听说每桌只 25 元，有点不快，但菜还不少，也很有质量的。章先生是著名的美食家，对有名的饭馆都很熟悉的，大概是沾了他的光了。敬酒时，张仲纯（系副主任，老干部）最活跃了，来回在两桌之间和老先生们干杯。季镇淮先生也来给大家敬酒。王瑶先生说："林庚先生今天特别爽快，过去他是不肯喝的。"大家都说林先生有"少年精神"，他红着脸，摆摆头，很得意的样子。可是出去之后，冷风一吹，上了石舫，不行了，脸发白，要吐，要躺，陈贻焮把他扶了回去。

回来时，吴组缃、章廷谦、吕乃岩等一起看长廊上画的故事、人物，往往是吕乃岩先认出来："这是聊斋上的。""这是三国里的。""这是西游记的场面。""这是樊梨花。"……吴组缃很佩服他。张仲纯同志大谈西洋画法的透视、解剖……王瑶说："西洋对人体考察得非常科学，中国则对自然、山水、鸟兽考察得非常细致。"我说："这和传统有关系，古代一开始即是如此。"严家炎也同意我的观点。看到画的"桃花源"，大家都说技巧高。吴组缃指着最靠大门的"空城计"等画面说："从城头上画下去，有透视感，这是西洋画法。"沈天佑说："画工不打底子，随手画上去，有的有些匠气，但也有的有生气。令人惊奇的是，这么多风景，没有一幅是重复的。"张仲纯说："在清代，这长廊是集中了几百个画家来画的，比这些水平还高。"今天玩得很痛快，会餐前我还讲了几句话，念了给冯钟芸先生的信（她当时在匈牙利讲学）。大家说有内容、有感情，尤以季镇淮先生和何国治同志为甚。当我念到："今天上午我们全系开会……"大伙大笑，说有点浪漫主义，念到"现在我们在颐和园会餐"，更是大大地鼓掌，最后是："相信 1961 年元旦时，我们将听到你的笑声！"

想到在联欢会上，团支书石安石说："现在请民间文学专家唱西藏民歌。"弄得我特别紧张。张雪森用上海话唱"在那遥远的地方"，变成了"在那遥远的角落头……"，引得哄堂大笑。何耿丰和梁惠陵对唱客家山歌，很有民间风味。张主任的讲话也很有鼓动性，很有感情。他说1960 年就要来到了，1860 年是圆明园被烧的年代，100 年后，新中国发生了翻天覆地的变化，我们要超过英国，成为世界强大的社会主义国家……任重道远啊！

# 1960 年

### 3 月 4 日

我们教研室组织了一门新课"文学史讲座"，由每位先生讲一次，讲自己最拿手的东西。他们说这是你提出来的，你来打头炮！好吧，我就讲"'大跃进'民歌中的巨人形象"。讲稿写了两个星期，搜集了全部新民歌的材料，还看了一些美学书，写成一万多字的讲稿，修改了两三次，这是我第五次讲课，老练多了。下午讲课，中午却睡不着。结果讲得比较稳，有表情也有力量。但有的地方还有些快，同学们记不下，纷纷来问："讲稿印不印啊？"有人就来抄民歌，说艺术性很高。我激动时就放声大叫，讲了两个小时嗓子也讲得有点哑了。（这是在哲学楼 101 阶梯教室，55、56 级全体合上。）

严家炎说："段宝打响了头一炮！全教研室同志都鼓掌，同学都鼓掌！"支书的鼓励令人感到温暖。吴同瑞（他当时尚未毕业，但已内定留下做我的助手）说："很好！基本上是成功的！"

### 3 月 5 日

邵岳见到我，热情地说："昨天你讲得不错，同学们反映'段老师讲得好'。程贤策说：'哪个段老师啊？'一想是你，真不错，好好干！"

想到美学革命，要倡立共产主义美学和劳动美学，这是历史任务！

秦川（56 级）来借书，问他同学的反映，他说："你那个课反映很好！""怎么好法？""热情充沛，例子很说明问题，很精粹，结论也很自然，很恰当，就是理论分析还不够深。……你的课改变了大家对新开课的看法！”

我一点也不慌，下面全是文四、文五的同学，几百双眼睛盯着你。

（前几年碰到孙绍振等55级和56级同学，他们还提起“'大跃进'民歌中的巨人形象”，可见印象颇深。有的说："太热情了，听得很激动，洪子诚说要起鸡皮疙瘩了。"）

### 4月4日

由格尔木出发乘大轿车赴西藏，等车等了十多天，逐渐适应了高原气候，这两天没有什么反应。随着海拔增高到4000米以上，民族学院的同志带的一球胆氧逐渐变大——终于爆破了，在车内大家赶紧吸呀，能吸多少呢。阿耿（耿予方同志）高原反应厉害，他是多次进藏了，可能是心理作用，他的头疼得像针扎，到5600米的唐古拉山温泉时，他疼得在椅子上打滚了。我没有什么反应，一直做气功，还唱唱蒙古草原调。马扎布（民族宫图书馆馆长，蒙古族人）说："草原调哎，你怎么学会的？"他很惊奇。我说我喜欢就学着哼呗！在温泉我下车活动，试着跳了跳，他们更惊奇了，说："看，小伙子还跳哩！"

### 4月8日

昨天到了拉萨，住布达拉宫对面的西藏交际处，是最好的招待所了，也只是几排平房而已。隔壁是"西藏铁路局筹备处"，他们是准备修铁路的，只是冻土层比较难办，铁路一压，路基要融化就不结实了……

在拉萨3600米海拔，走快了还是要气喘的。

### 7月2日

从日喀则坐两天汽车回到拉萨，没有班车，只是搭顺路的货车。有个藏族女干部很活跃，是在咸阳西藏民族学院学习过的，会讲汉话。她说："青稞糌粑酥油茶，不用筷子用手抓。"她还说农奴制很黑暗，农奴主可以随便把农奴卖了甚至杀了，没人管的。有个农奴主的小孩要吹喇叭，就用人的大腿骨来做，两头包上银子。看哪个农奴姑娘漂亮，就要她的大腿骨，活活把大腿割下来……挖眼珠的刑罚很残忍，把一个大石头帽子给人戴，眼珠就自然突出来，就割掉……

所以农奴们对解放军（金珠玛米）很有感情。我们到下面记录民歌，他们要我们好好记录，到北京唱给毛主席听。他们盼望解放。有首民歌说：

> 如果手是自己的，可以摘下天上的月亮。
> 如果脚是自己的，可以走上美好的天堂。

我学会了一首，也是很好听的："天上的白云啊，你要是一匹快骏马，我要骑上你，一天就走到了北京城，看望领袖毛主席。"

### 7月22日

作为特邀代表参加第三次全国文艺工作者代表大会，与马学良、周汝诚住一屋，在西苑旅社。周汝诚是纳西族老人，58岁却是满头白发，白胡子很长，像80岁了。吃饭时同黎锦熙坐在一起，他说："黎先生，你的《葡萄仙子》很好，我们从小就爱唱的。"黎先生大吃一惊，他已70岁了，头发还没白，而周先生却是白发白胡子了。他说："这是学习民间音乐改编的，学院派的人很反对，但大家喜欢就好。"

### 7月25日

小组讨论，我是记录员，组长是冯至、老舍两位先生。冯至先生特别和蔼可亲，看我整理记录很紧张，甚至亲自给我倒茶，说："段宝林，喝水！"（我的"巨人论"学报曾请他审稿，他看得很仔细，提了许多意见，大概对我还是有印象的吧。）老舍说话特幽默，表情也很丰富。

和马烽一桌吃饭，李学鳌说："过去和他一起开会，他是小白脸，现在下去了，成了黑大汉，活脱一个农村干部，脸又黑又圆了。"

晚上看《天鹅湖》，真美。在天桥剧场看到郭信和同志（她是郭绍虞同志的女公子，1954年我在华东作协的同事，她在主席室当秘书，我在秘书长室当机要秘书）。回来时刚下汽车，听见喊"抓小偷"，就看到一个黑影窜到树林中去了。我马上跑上去抓，他跳过小树丛，我也跟着跳，他三绕两绕跑没了，没有抓着，但我的英雄金笔却跑丢了，回来才发现的，已找不到。（多少年后，在80年代李学鳌还曾提起此事，他还记得。）

### 7月29日

在人民大会堂听陈毅同志报告。坐在王昆、魏喜奎旁边。王昆特活跃，有点像小孩子，她坐的椅子发出像猫叫的声音，她叫魏喜奎听，又坐了一次，听后哈哈大笑。

### 8月1日

晚上歌手联欢会，周扬、赵树理同志都来了。歌手各有地方特色，嗓子好（王昆对此赞不绝口），但大部分人都拿着稿子唱，这是一个值得注意的新现象。

宝音德力格尔的蒙古长调特别是"灰色的鹰"多美啊！康朗甩则像念书，旋律性不强，但文学性强，是互补的，语言艺术与音乐艺术互补。

晚上回来，周汝诚先生在浴室洗澡唱歌，他情歌特多，一直唱至一点钟。人家都睡了，他还在尖声尖气地唱，听起来像十几岁的小伙子，绝不会想到是白发苍苍的老人唱的：

> 一盘练子九十九，哥拴脖子妹拴手，
>
> 哪怕官家王法大，出了衙门手拉手……

他说他会300多首，还有人会3000多首哩。又说《广岛之恋》电子音乐太怪，像机器的声音，突然来个高音，真刺耳。还有阿飞舞的音乐，乱喊乱叫，真难听，还是民歌好听。真有意思，周老先生白天晚上还没唱够，夜梦之中又大唱起来。这个纳西人。

### 8月24日

昨天乘火车到密云，参加故事员会议，先学"讲话"，听业余创作的报告，然后就讲故事，大家提意见修改。先选一个较成熟的讲，大家帮着改，我结合修改讲故事的文学特点，然后大家再去改，有的改了五六次。我趁机到平头大队去跑了一趟。

上午等吃饭等到九点多，人多，炊事员少，我等不及了，就走了。有30多里，走到半路太阳真凶，口渴得想喝沟里的浑水，忍住了。一直是大路，坐汽车最好，我没有，练练腿劲嘛。既渴又累，想到毛主席说的"农村中英雄何止千万，我们的文学家还没有去找他们"，就浑身来了劲。一路上碰到的老乡都很热情，一路问到沙坞，但我走上了岔路，结果绕了一个大圈子，最后胃疼起来了。手按摩不管用，又没带吃的东西，怎么办？路边白杨树丛中两个小女孩在嬉戏玩耍，又闹又笑，可天真了，看着她们满地爬呀滚呀笑呀叫呀，我也禁不住大笑起来。真怪，奇迹出现了，胃马上就不疼了，不久就到了平头。

这儿靠水库，有电灯，有广播，较先进，这里有个学《毛选》先进分子姚俊如。当我找到他家时，见到一个面孔紫红个头不高的小青年，头发不整齐，见了我头也不敢抬。我们自来熟，谈得很亲热。当他们知道我走了长路，早饭还没吃，副支书崔地全就说："派饭就在他家了。"他祖母给我做面条。她未穿外衣，用芭蕉扇捂着胸部。他祖父开始说他："这孩子心直，实在。"谈到学《毛选》的情况，他们说俊如身体不好，15岁就半瞎了眼，去年还上北京开刀，没治好，从北京往回走，一直走到夜里十二点多才到家。他学《毛选》全靠人家念，他记性好，记得很扎实，学了就做，比谁都好，成了先进人物。

虽然很累了，下午又跟他们一起下地。俊如虽然眼不好，但干得很猛，我也跟着猛干，但并不太累。他说："你的劲蛮大，能干活。"我看到他们队干部走路都挎着粪筐，成了习惯。我帮着俊如铲粪，群众都惊奇地张望，我毫不在乎地干，也就不算什么了。俊如背上粪筐讲话都气喘吁吁了，我忙把粪筐抢过来背，发现并不太重，脏和累更不在话下了。我感到和他一起劳动，再脏再累也是痛快的。

# 1966 年

## 1 月 8—30 日

回淮阴 12 天，路上走了 3 天。

这次素梅"四清"回来，有半个月假，在甘肃农村，生活太艰苦了，需要好好休息一下。我也趁机好好休息休息。然而不知为什么，在家中总感到闷得慌，感到整天吃了睡睡了吃的生活非常无聊，精神沉闷，甚至连吃肉也不香了，把喝下的肥鸡汤（多鲜啊）和虾仁、狮子头等一股脑儿吐了出来。亲戚太客气，不停地给你夹菜，吃得过多，也是一个原因，胃病反而加重了。

回到学校，胃病又好了，真奇怪。看来还是吃食堂的命，我感到大食堂的豆腐熬白菜要比家里的熬鸡汤要可口有味呢，你说多怪。

## 5 月 25 日

今天大饭厅东墙上贴出了第一篇大字报，轰动起来了。聂元梓等责问陆平、彭佩云等在"文化大革命"中究竟干了什么？不久，响应的大字报纷纷贴出，哲学系的最多，中文系的也不少。

文二（四）抬着大字报，齐呼口号而来，又集体朗诵了毛主席关于大字报的言论，高呼："毛主席万岁！""保卫党中央！"等口号，群情沸腾。

要擦亮眼睛，做一个有战斗力的战士。

同时，要有策略，有办法，能团结人，政治上充分敏感。

学习毛主席，学习列宁，做个成熟的布尔什维克……

## 8 月 13 日

这十多天来，到北大串联的人川流不息，北大校园人山人海，热闹极了。

特别是中学的少先队员，一人背一个小网兜，里面放一本语录，一个本子或票夹，看大字报，抄大字报。

他们大多从城里步行而来，"我们没有钱，也要闹革命，没钱乘车，步行去！"。走到半路上，走不动了，歇一歇，学语录，再向前走。

他们在北大一待几天，啃馒头，睡露天，风餐露宿，尝尝长征的滋味。学习老革命，少年闹革命。

东郊一教员大谈毛泽东思想是可以"一分为二"的。学生们跟他辩论，辩不过他，把他拉到北大来辩，从东郊步行到北大，一路斗过来。在北大 32 斋东门前辩论了一宿，直到夜里三点多。

少年的革命热情特高，当然也有些幼稚，如某中学把所有教员全斗了，戴了高帽子。后又叫教员打工作队的耳光，来报复一下。又把工作队的行李从窗户里扔出去，在大雨中淋，赶走了工作队。有的小学把教员抓去游街。这是过火了，学会运用阶级分析方法是要有一个过程的。

在斗争中孩子就会成熟起来。

被斗错了，是光荣的，同学们全自己来纠正。

# 1970 年

## 12 月 5 日

在江西鲤鱼洲农场。

早晨四点多起床，打好背包，和工农兵学员一起到井冈山铁路工地进行教学实习。

我本坐在大卡车上面，因小于（工农兵学员，晕车）在驾驶室中感到不适，要和张雪森换。张雪森在车上已脱了鞋，我下车方便，徐刚（副排长，工农兵学员）要我去换，我就坐进了驾驶室，夹在正副司机当中。因大堤公路泥泞，走了两个多小时，才走到清华船厂旁。前面南京牌小嘎斯车滑下坡两个轮子，上面的人还不下来，这多危险，我大叫"快下来！"司机还说没事，我们坚持才下来了。用大车把小车拉上来，大家又把它推过了这一段泥路。大车要走时，我向司机建议，人先不上车，走过这段危险地段再上。他说关系不大，车停在泥里不行，还是上。

走到小车滑坡处，果然又滑了下去，我又叫"人快下来"。清华的拖拉机来拉，滑得更多，差点把罗金灵和副司机压住，幸亏他滚了出来。

中午去清华吃午饭，油炸小鱼，挺有味。清华党委副书记、革委会副主任亲自帮我们推汽车，打电话要农场派"东方红"履带式拖拉机来拖。刚开始还好，到了一处路边堆了石子的路段，拖拉机拉着解放牌大卡车，司机说："这玩意倒挺好，不费劲。"不过刚走不远就发生了不幸的事，翻车了。先是一个后轮滑下，拖拉机不知道，照样拉，越拉越歪，整个车子慢慢倒斜下去，最后翻到了坡下，坡虽不高，但卡车全翻了过来。我在司机室里头朝下，等司机从窗户里出去后我也爬了出去，赶紧抬车帮，人少抬不高，等清华战友来到，先抬起车把人一个个往外拉，然后把车整个翻了过去，发现车底下还趴着两个同志——张雪森和王永干。王的头已压扁，张是内出血，都牺牲了……

想起"草棚大学第一课"，我讲文艺特性，说到"文艺魅力"，被批为修正主义，而王永干却笑嘻嘻地对我说，我们心里其实觉得这并没有什么，是哲学系的人会上纲，批什么"神秘主义"。这个上海工人的孩子，就这样牺牲了，多么可惜。张雪森是1954年和我一起从上海考到北大的，也是一个老好人。他们两个都是胖子，吃完午饭就在车上睡着了，要是醒着可能就好了。

## 2002 年

### 1 月 1 日

昨晚看报纸，不知不觉到了一点，已静悄悄地进入2002 年了，真是莫名其妙。我就是好奇心重，兴趣主义，又生怕自己落后于时代，于是对各种新事物老想追，追，追，努力追上时代，但这多么费劲，往往劳累而无大功效。

以后还是要注意按时作息，按计划行动。看报刊之类不能影响正业。要克服兴趣主义。

早晨起床已快八点，只听到红霞（二女儿）和强强（小外孙）嘻嘻哈哈地说笑，真是欢乐的早晨，欢乐的新年。

### 1月8日

这几天看《中国民间文学概要》第三版的校样。这本书1981年1月初版输出外销800本，乐黛云在美国见了写了书评发表。季羡林先生见了也说："谁说没有好书呢？这不是一本好书？"日本外国语大学等还用作"中国民间文学"课的教材，这是屈育德同志听一位从人大到北大旁听她的民间文学课的日本留学生说的。乌丙安同志说日本学者也很重视这本书，铃木健之对"民间笑话的美学意义"一节评价很高，加藤千代教授也多处引用此书。1985年修订再版，增加了"立体性"等新内容。到20世纪90年代被许多大学和电视大学用作教材和重要参考书，几乎年年加印，印数5000册至7000册不等。2001年又大改一次，第三次重版，努力把新的研究成果写进去，这也是"与时俱进"的行动。

9点出发去世纪坛看毕加索画展。展览会不仅有许多素描、油画等，而且还播放毕氏生平的纪录片，很有启发。不了解他的生平历史，很难理解他的绘画。原来他对传统绘画下过苦功，但他为了表现自己的感情和个性，大胆创新，这种创新完全是生活感受即感情所需要的。他的画有社会性，同时也重视表现个人的心灵。他有多次恋爱经历，这都对他的创作有较大影响。他始终热爱年轻的女子，有的刚十六七岁，就成为他的情人，他甚至同时有两个情人。这个住在法国的西班牙人，有南欧人的风流浪漫，他的画也体现了性的观念。照流行的术语来说，他表现的是强烈的"生命意识"，是有普遍的感染力的。他不停地画画，画了几万张。德国法西斯占领法国时，他躲在法国南部一小镇搞创作，同时参加正义的斗争，1944年加入了法国共产党，成为最富有的党员。他对共产党很有感情，以新的立体主义去表现法西斯的暴戾和人民的反抗精神。当有人动摇，退出共产党时，他毫不动摇，维护共产党的事业。

10点30分到中央电视台东门口，又转到西门，来拍春节科教片"过大年"，这是冯骥才主持搞的。等了半小时，才二三十人，要100人齐了才准进，又等 20 分钟。在摄影棚外休息室碰头，拿本子，讨论，但主持者怕听不同意见，所以匆匆结束，就吃盒饭了。于是又等，我是第三板块，光看白化文、李燕等第一板块的表演，直等到晚饭后才轮到上台。电视台发了时兴的中式上衣，穿起来他们说"真漂亮"，是有些"富态"的样子。原只讲春节饮食，但我坚持把春节的"精神"作了解说，主持人年轻，怕走火，但观众为我鼓掌了。我以为春节不只是热热闹闹，之所以这种传统几千年来绵绵不断，是体现了我们的民族精神的，这是一种中和精神、创新精神和向往美好生活的不懈追求与坚定信念。它不是抽象的，而是通过一个个过年的民俗事项生动地体现出来。如元宵（汤元）为团圆、圆满的象征，芹菜豆腐有勤劳与富裕的喻义……孔夫子关于蜡祭的分析使子贡茅塞顿开。他说："文武之道，一张一弛，张而不弛，文武弗能也，弛而不张，文武弗为也！"多么深刻，多么辩证。去年不是有人认为现代化了，春节等旧俗要淡化了吗？其实老百姓并不淡化，春节民俗与时俱进，不断有新的生活美使春节过得更加红火、美妙。

最后离开时，导演组长坚持把我送出大门，并说："以后多联系，这次我们发现了金矿。"把我看成"金矿"了，愧不敢当，令人汗颜。

### 1 月 11 日

雪梅来电话说钟老（钟敬文教授）已经去世。晚北京电台打电话来采访，我谈了三点：

1. 钟老自学成才，很不简单，他读书只读到中专——陆安师范，但是却到大学里教书，还成了少有的一级教授，这是值得学习的。

2. 80 年来他一直坚持民间文学与民俗学事业，开始是搜集，后来是研究与教学，组织民俗学会。直到去世时，百岁老人还带着 12 个博士生，而我们 64 岁就退休了，虽然过去指导过 5 个博士生，但过了年龄就不让招博士生了，所以我们永远也赶不上他。

3. 钟老的思想是不断进步的。开始他按人类学派的观点，认为民俗是"文化遗留物""民间文化是原始文化"，后来接受更科学的思想，逐渐改变了看法。开始他主张"分工论",调查的人管调查采录,研究的人专搞研究,后来认识到研究离不开调查,研究者也要去调查……他是与时俱进的,虽然99岁了,精神上还是年轻的。中秋节我去友谊医院看他,他精神很好,对我主张的"立体性"新理论,又一次表示赞同,并说:"你把民间文学比喻成水中之鱼,是很生动恰切的。"

我还记得2001年5月,在师大六楼的一次常务理事会(中国民俗学会的会)上,钟老同意把我和过伟同志主编的《中国民俗大全》(三十五卷本大型丛书)纳入民俗学会主办的工作之中,并说了一段令我十分感动的话。他说:"我们这里有人说段宝拉山头,处处想做皇帝,我看这样的皇帝还嫌少。有人说我'胳膊肘儿往外拐',都是中国嘛,能拐到哪里去?"

这表现了钟老对我的关怀和鼓励,也可看出他博大的胸襟。

素梅说我对钟老的"评价不够",我觉得有些人瞎吹瞎捧,说什么钟老是"中国民俗学创始人""中国民俗学之父"等是不科学的。钟老是1924年11月才在北大《歌谣周刊》上发表文章的,而1918年2月北大已发起歌谣征集,开始民俗研究了。蔡元培、刘半农、顾颉刚从事民俗学事业要早得多。为此,我还写过一篇纪念顾颉刚先生的《中国民俗学之父》在《工人日报》发表,受到日本学者加藤千代的肯定。我是主张恰如其分的科学评价,既不贬低也不抬高,这是对事业有利的科学态度。

### 1月15日

去师大开常务理事会,研究在八宝山的追悼活动,听说有一挽联,意为斯人已去"此道穷矣"之语,有人认为不妥。虽然钟老的地位非常重要,他们也是好意,但总觉对今后感到灰暗,于是主张中国民俗学会一定要制一副挽联把继承遗志、发扬光大的意思强调一下。拟了一个,平仄不调和,王文宝又请马振(即马萧萧,中国楹联协会老会长)拟了一个,也不恰切,于是请赵世瑜、萧放再斟酌推敲一下。到钟老家,书房兼客厅已变成灵堂,行礼之后,拍了两张照片。钟少华送一本钟老最后的书,但说连树生正在刻一图章,等盖了再拿。我托萧放给我保留一本。

（过几天我又去，钟老女儿取了一册，盖了图章，这是很宝贵的纪念。）

### 1月18日

去八宝山开钟老追悼会。有四五百人参加，北京市民协通知了一百多会员，来了不少。车上和潘乃谷（潘光旦先生最小的女公子，现为北大社会学系人类学研究所负责人）坐在一起，聊了起来。

我认为蔡华（接王铭铭任北大人类学民俗研究中心主任者）在研究云南摩梭人的母系家庭时，能突破列维·斯特劳斯等西方流行的家庭理论，受到法国和美国人类学民俗学领袖人物的赞扬（包括列维·斯特劳斯本人）。她没有提不同意见。

在排队进灵堂时，旁边有个小青年对我说，我听过你的"民间长诗学"，很爱听，后来又听过"新诗与民歌"的课，分析贺敬之的诗时，您竟然流下了热泪，使我们非常感动。他认为我的路子正。他是人民大学的学生，到北大来听课是不容易的。我送了他一张中秋国庆我去病房看望钟老的合照，和一张茅盾先生给我的信的复印件留念。

### 1月24日

晨7点出发到奥林匹克饭店给台湾教师访问团讲北京民俗，他们很感兴趣，热情地提问，并要我签名，交换名片，还请我访台。最后夏潮基金会的负责人还送我一面精美的锦旗，上书两行大字：

两岸同心，
振兴中华。

# 段宝林自写年谱简编

**1934 年，1 岁**

1 月 6 日生于江苏省扬州（当时为江都县，1949 年改名扬州市）的一户商人家庭。祖父段润之在东关街开钱庄、米店，雇用两位奶妈哺育我，我是吃劳动人民的奶发育成长的。

**1938 年，4 岁**

春，开蒙读书，专门做了一个高高的学凳在澡堂巷张家书房就读。

**1939 年，5 岁**

秋，在琼花观小学读一年级。琼花观小学在琼花观的对面。

这一年，在日寇统治下，家中遭土匪抢劫，不久祖父病死，父亲吸鸦片败家，商店、钱庄破产关门。祖母到她娘家生活，我和母亲、弟弟三人寄居外婆家。

**1940 年，6 岁**

9 月，在天主堂达德小学读二年级。

母亲曾跑单帮到上海，贩卖副食品和文具，在北河下摆小摊子，勉强维持生活。

**1942 年，8 岁**

父亲段永安（1912－1942）已沦为乞丐，冬季，因鸦片烟脱瘾，加之冻饿，死于花机所的一个土地庙中。

### 1944 年，10 岁

阴历五月十六日，母亲陈广珍（1911—1944）因积劳成疾，患干血痨（可能是肺结核）不治而死，时年 33 岁。

### 1945 年，11 岁

7 月，在达德小学毕业。

9 月，在私立扬州中学读初一上，一学期后转学崇德中学读初一下。

### 1946 年，12 岁

9 月，在省立淮安中学读初二，曾获得英语背诵比赛全年级第一名，全校第二名。一学期后又回到崇德中学（已改名崇实中学）读了一年。因为王履安老师调到江都县中，我也跟着他转学县中。

### 1948 年，14 岁

1 月，在江都县中读初三下，先在 3B 班，期中考试得了第一名，转入 3A 班，直到毕业。

9 月，考入省立扬州中学高中部，入普一乙班。一年后升入普二甲班。在江树峰老师的教导下，写过一些小说、诗歌习作。

10 月，祖母因生活困苦，在东关城外巴巴窑（回民公墓）跳运河自杀身亡。她曾留下一皮箱段家的历史材料。我参军后，那皮箱不知下落，可能当废品处理了。

### 1949 年，15 岁

1 月，扬州解放。在新华书店阅览室看了许多新书，受影响很大。

5 月，参加中国人民解放军华东医学院 6 队，学习 20 天；因为个子太小，面黄肌瘦，被认为有"心脏病"，退回扬中。

8 月，参加团市委办的"学生之家"政治学习班，由杨遂久、胡兰芬介绍加入新民主主义青年团，候补期 3 个月。

9 月，参加扬州市第一次人民代表会议，做接待服务工作。会后即由团市委介绍参军。26 日到军分区招待所集中，第二天乘轮船到泰州苏北军区机训大队报到，住泰州西门老百姓家，军训、政治学习。

11 月，发棉军装。扬中转来团的组织关系。

12 月，行军随苏北军区迁往扬州，驻观音山，后迁至新北门内的吉祥庵。在扬中操场出早操。学会指挥唱歌、演出抗美援朝活报剧。当选革命军人委员会的经济委员。

### 1950 年，16 岁

6 月，由扬州乘船到南京三牌楼的三野司令部青年干校 10 队学习近代史，曾担任学习辅导工作，兼任《野直小报》通讯员。写过一些小文、小诗。

11 月，在青年干校 6 队学习机要业务：密电码翻译电报的技术。

### 1951 年，17 岁

1 月，在上海，中共中央华东局办公厅机要处任译电员。离开部队时，给我发了军属证，讲明我"保留军籍"，随时都可能再调回军队。这个单位原来是新四军军部的机要处，处长肖光同志是老红军，科长梁毓哲、股长汪挺在上海跟周总理一起工作过。许多老同志十分爱护我的好学精神，让我管图书室，又让我参加华东局合唱团。我在延安西路 200 号学会了游泳，还是机要处排球代表队队员。每个星期都要去电影院看一次电影，途中去新华书店买了许多苏联出版的马列原著。地摊上旧书极多，我还买了不少文学艺术的书；虽然当时供给制每月津贴只有一斤猪肉，后来加了技术津贴一斤猪肉。

党的光辉温暖着我，我每天都感到特别高兴，好像回到了母亲的怀抱。

### 1954 年，20 岁，在上海

3 月，在华东作家协会任机要秘书。在党组开会时为夏衍、柯蓝、孔罗荪等同志作记录。这些革命的老作家，对我都非常亲切。有一次在党组开会时，新文艺出版社社长李俊民同志还问我有什么书稿需要出版。作协资料室有许多巴金捐的书，我看了很多，对"文艺的特性问题"很感兴趣。

当时作协人事科提出可以改为薪金制，每月 67.5 元，比包干制多一倍。我说我是干革命的，不拿旧人员的薪金制，仍然过供给制的艰苦生活。

8 月，考取北京大学中文系，为华东区第 4 名；作为"调干"，不拿工资，每月生活费 20 元，家庭困难补助 5 元。每月寄给弟弟段松林。

9 月，在北京大学中文系文学专业 1 班学习，住七斋 101，任留学生辅导员，辅导蒙古留学生古尔巴扎尔和波兰进修生扬雅娣。

### 1955 年，21 岁

9 月，因考试成绩全部（包括体育课）都是 5 分，获北京大学"优秀生"、三好积极分子奖牌一块。

12 月，由彭力一、仇国华介绍加入中国共产党，为候补党员。一年后转正。在班上先后任体育委员、团支部组织委员、团支部书记。

### 1956 年，22 岁

党中央发出了"向科学进军"的伟大号召，并提出"百花齐放，百家争鸣"的政策。

6 月，参加北大团代会，起草发言稿《学生也能够向科学进军》，由张钟在会上宣读。开始写学年论文《论思想性和艺术性的关系》。

### 1957 年，23 岁

集中全部精力紧张写作学年论文，10 月写成《论艺术性》，共五万字，对苏联的文艺理论从根本上提出了一系列不同的看法。辅导的助教陆颖华老师不同意，即请钱学熙教授审阅，他评价很高；又请杨晦主任审阅，他当时未表态，后来得到他的认可，1958年我毕业时，他留下我做他的助教。

1957年暑假，同邵昕、卓如、黄俊圃及刚刚成为"右派"的沈泽宜同学一起登泰山、看日出。当时没有把"右派"当成大问题。然后到扬州、淮阴看望舅舅，和表妹陈素梅开始建立通信联系。

### 1958年，24岁

春天"双反"运动时，因为"只顾自己埋头写论文而对'反右'不积极，思想'右倾'"，文艺理论上又有"否定苏联马列主义理论"等问题，受到班内同学大字报的批评。毕业分配时在全体人员名单上名列倒数第一。

5月，《北京大学学报》第3期发表了我写的《从〈盛唐气象〉看林庚先生的治学方法》一文。

6月，我和沈天佑作为1、2班的团支部书记去北师大中文系取经，学习他们集体编写《中国文学史》的经验。后参与领导文学专业两个班同学编写新的《中国文学史》的集体科研。我们在老师指导下，已经写出了提纲和初稿；因为毕业在即，就移交给55级去干了。后来，他们写出了很好的"红色文学史"，由人民文学出版社正式出版。

9月，毕业留校，在文艺理论教研室做杨晦教授的助教，参加学术批判，写了关于游国恩、王瑶等人的文章，在《北京日报》发表。后来因为民间文学课教师缺人，而我对苏联那一套教条主义的文艺理论已经不感兴趣，于是主动要求去教民间文学课。当时想：搞文艺理论也需要有民间文学的知识，将来还可以回过头来再搞文艺理论。

调到文学史教研室搞民间文学。曾作为冯钟芸先生的助手，参加红色文学史的修订工作。

9月，借调到北京市委，参加"教育革命展览"北京馆的组织和编辑工作，和高校党委（即市委大学部）的车孤平、彭佩云、夏瑜、萧峰等同志一起工作。

**1959 年，25 岁**

1月，在《读书》杂志发表《评〈中国民间文学史〉》一文。这是对北师大中文系学生编写的新书优缺点的评论，是我的第一篇民间文学论文。

2月，回校，去河北省武清县、安次县农村调查义和团故事传说。和中国民间文艺研究会的张帆、陶建基、张文在一起，吴同瑞还未毕业已内定做我的助手，所以也一起参加调查。调查成果后来由中国民间文艺研究会油印了几本资料，并由作家出版社正式出版了一本《义和团故事》。

5月，调查回校后，即组织领导北大中文系56级"瞿秋白文学会"的王其健、唐天然、秦川、周宏兴、刘辉等同学一起搞集体科研。此前他们已经编写出版了《郑振铎学术思想批判》《钟敬文学术思想批判》等书，我没有参加。我搞的是同民研会合作编选《中国歌谣研究资料》，从北大和民研会资料室保存的上千种古今歌谣集中挑选出有代表性的歌谣作品，在贾芝、陶建基、常惠、游国恩、魏建功、顾颉刚等老先生指导下，编成《中国歌谣研究资料》（古代一本、现当代上下册两本）共三本，在作家出版社正式出版；又有油印补充资料12本，作内部研究参考。

9月，完成歌谣资料的编辑工作之后，我们接着又开始了《民间文学概论》的教材编写工作。56级学生曾经上过朱家玉老师的民间文学课，有一定的基础；不过当时"人民口头创作"课程的体系是从苏联引进的，从原始社会的民间文学开始，一直讲到半封建半殖民地民间文学……

我们决定作根本的革命。课程改名"民间文学"。内容体系由按历史时代为序，改为以理论、作品的阐述为序。分为总论和分论。总论讲民间文学的范围与概念、民间文学的价值、民间文学与生活的关系、民间文学与作家创作的关系、民间文学的艺术特点、民间文学工作中的两条路线斗争、民间文学的搜集整理等章节；分论讲民间文学的各种作品，分为民间故事、民间歌谣、谚语谜语、民间长诗、民间曲艺、民间小戏等章节。这个体系后来成为各种民间文学教材的基础，被广泛采用。经过反复讨论、修改，最后写成初稿，约50万字，油印作讲义用。科学出版社曾经想出版，后来因为形势改变未果。

9月，参加当代文学课，讲"中国当代民间文学""当代少数民族文学"各2学时，有讲义。这学期开始接替陈贻焮同志为文学史教研室秘书。协助教研室主任游国恩、林庚，副主任冯钟芸、冯兰的工作。

12月，在《诗刊》发表《读马雅可夫斯基有感》一文。

### 1960年，26岁

4—7月，当时陆平提出："年轻人不能独立门户！"而北大没有民间文学的导师，于是通过文学研究所所长何其芳同志找到贾芝同志担任我的导师。贾芝重视调查，即安排我到西藏调查民间文学4个月。我同中央民族学院的藏语专业教师耿予方、佟锦华、王尧、陈践践、科巴和中国科学院文学研究所的孙剑冰、卓如、祁连休，以及中国民间文艺研究会的安民和民族宫图书馆馆长马扎布等同志，在马扎布领导下组成了一个"中央民委工作组"赴西藏调查搜集文物和民间文学作品。

我和耿予方、科巴分在一个组。先在拉萨调查，后又去日喀什则拉孜县扎西岗农村进行民间文学调查，对阿古登巴笑话、文成公主传说和仓央嘉措情歌最感兴趣，作了重点调查。回北京后写成《阿姐甲莎——在西藏听到的文成公主的故事》《西藏的春天》散文，在《光明日报》1961年1月21日、3月18日发表，《西藏的歌声》在《人民日报》1961年4月21日发表。

1960年8月，回北京参加第三次全国文代会，在人民大会堂开了20多天会，与老舍、冯至、李岳南等人同组。担任北京代表团秘书工作。

9月，开始给北大中文系外国留学生班系统讲授"民间文学"课一学期。

11月，《民间文学》月刊发表我的论文《义和团反帝斗争的光辉记录》，责任编辑是西南联大毕业的黄女士，汪曾祺的同学。

### 1961年，27岁

8月6日，和陈素梅在淮阴结婚。这一天正是苏联"东方二号"飞船上天的日子，它成了我们的"结婚礼炮"。

10月，借调到"红二方面军战史编委会"做文字工作，和老红军王绍南、樊哲祥、金仲湘等将军以及大校马森、陈梦还等老八路在一起讨论编写中的问题。对"左倾"中央代表夏曦在"肃反"中错杀了段德昌、段玉林师长、柳直荀主任等许多好同志的事，是否要写，曾发生争论，最后大家同意：为了总结经验教训，使亚非拉人民在革命斗争中不致重犯这类错误，还是应该写上。

### 1962 年，28 岁

1月4日，《阿凡提和他的兄弟们》在《北京日报》发表。

中文系在精简工作中，曾有人提出把我调到附中去，在总支讨论时杨晦主任说："段宝林在文艺理论上也有一套呢！"就没有调成。

当时因为教育部规定民间文学由基础课改为专题课，于是全国各学校都把民间文学教师调去教现当代文学、写作、文艺理论等课程，中文系没有把我调走，也要我改教现代文学。可是王瑶先生认为民间文学很重要，让我还是以民间文学为主，看看《鲁迅全集》中鲁迅是如何重视民间文学的。

回校给文学专业 2 年级、4 年级共 4 个班上大课讲民间文学。中文系教学行政的领导人严格要求所有的课程都要编讲义，于是我在《民间文学概论》油印稿的基础上重新写了讲义，打印发给学生，到 1966 年共印了三次。这是教材《中国民间文学概要》的雏形。

8月1日，建军节，中央人民广播电台"阅读与欣赏"栏目广播了我的文章《红色歌谣老子本姓天》。由夏青朗诵，甚为感人，中央台后来又多次重播。1964 年收入《阅读与欣赏——现代文学第二册》，在北京出版社出版。

本年中国民间文艺研究会"民间文学参考资料"第 2 集收入我的文章《社会主义民间文学的特征问题》和上课时学生讨论的情况报道。

9月，移交秘书工作给袁行霈同志，就任 62 级的级主任兼 4 班班主任。

12月，本已决定好好庆祝北大《歌谣周刊》40 年。因贯彻八届十中全会决议，加强阶级斗争，校长陆平亲自决定取消对这个资产阶级知识分子办的刊物的大会纪念活动。

### 1963 年，29 岁

5月，《文学评论》第2期发表《读〈农民歌手诗抄〉》评论一文。8月写成《西藏仓央嘉措情歌的思想和艺术》一文给《北京大学学报》，送国家民委审查时，一位干部说："达赖喇嘛不是叛逃了吗，怎么还发表研究他的诗的文章？"这是把六世达赖当成十四世达赖了。

### 1964 年，30 岁

5月，《北京大学学报》第3期发表我的论文《民间文学的社会价值》，提出并论证了民间文学的"三大价值"。

5月，《民间文学》第3期发表《关于歌谣的注释说明》。这是在压了多时后，因为胡乔木同志对贾芝讲话中谈到北大《歌谣周刊》的经验，其观点与我的文章完全一致，而特别加了"编者按"发表的。1964—1965年间，《光明日报·文学遗产》专栏和《天津晚报》副刊曾发表了我的《论义和团歌谣的战斗性》《说古代寓言》，以及散文《收集歌谣丢了乌纱帽》《死联变活联》《一首天津工人的解放曲》等数篇。

在这几年中，我是全国唯一坚持讲民间文学课的人，对中文系本科生和外国留学生共讲了七遍。这主要是北大的传统和王瑶先生指导的结果。王瑶先生不仅指导我的教学，亲自听课，还审阅我的全部讲稿。他认为已经达到了出版水平，让我给出版社看看。上海文艺出版社钱迅坚曾来联系。因"文革"在即，未能出版。

1964年9月，随中文系4、5年级学生到江陵搞"四清"（即社教），在滩桥公社张黄大队4队任工作组组长。因搞不出"四不清"干部，工作很不顺利，加之每天只吃两顿稀饭，犯了严重胃病。

### 1965 年，31 岁

2月，回北京过春节后，即留校搞"四清"，为北大的社教工作组保管文件。除给留学生讲民间文学课外，还给在校的三个低年级开文艺评论课，参加华北区文艺调演的评论工作。

### 1966 年，32 岁

2 月，参加中文系燕南园整风，身体不好。

4 月，由 19 斋 122 集体宿舍搬到北大清华园 4 公寓 307，搬家时因整书劳累，早饭后胃十二指肠大出血 4 个加号，大便全黑。住校医院两周而疾愈。这是生平唯一的一次住院。

6 月，"文化大革命"开始，我是努力紧跟的。曾写了一篇批判吴晗《海瑞罢官》的文章，被北大党委编在北大批判吴晗文集的第一篇。因为是从艺术和思想的结合上进行批判的，上纲太低。后来被有些人说成是"陆平假批判的急先锋"。"文革"中，写了一些大字报，揭发批判"陆平黑帮"，参加"新北大公社"为第一批社员。

10 月，对两派打内战不感兴趣，和唐作藩、刘烜、洪子诚、严子其、吴宗蕙、符淮青等人到上海、长沙、韶山、重庆、贵阳、昆明等地进行大串联。

### 1967 年，33 岁

2 月，回校后，聂元梓的校革委会安排我和北大中文系李庆荣，历史系林华国、李玉等人去调查朱德、邓小平、杨尚昆的材料。我和李庆荣一起在北京向团中央胡耀邦同志，在成都向四川省委的工业书记、统战部长等多人进行了调查讯问，没有得到什么反党的材料。

然后到校革委会教改组任副组长，和中宣部教材办公室的人合作，编过一本批判周扬教育思想的言论资料。

因为对校革委会的不满，即退出"新北大公社"，上了"井冈山"。我们不搞大批判，也不写打派仗的文章，和曹先擢、朱德熙、袁行霈、彭兰、倪其心与学生邵敬敏、涂元保等人组成了一个"为人民战斗队"，集体学习讨论编写《毛主席诗词注解》。每天在中关园平房的彭兰家开会。我起草了《娄山关》《长征》《到韶山》等篇。此书稿在福建、辽宁等地铅印了很多本，又被很多地方翻印，影响较大。

### 1968 年，34 岁

4 月，因为北大两派武斗，四公寓地处北大、清华之间，每天打内战的大喇叭震天动地。为避乱，即随怀孕的爱人一起回她在淮阴邮电局工作的父亲家，成了名副其实的逍遥派。

9 月 9 日，大女儿段雪梅出世。此时工人宣传队已进驻北大，通知我回校。因产妇没有满月，于 10 月 10 日才到校。看到大字报要我作为"知情人"好好揭发恶毒攻击江青的"吕乃岩反革命小集团"，说我已经离反革命不远了。经过"清理阶级队伍"，我到了文一 2 班，接受学生审查。还好，没有发现什么问题。

### 1969 年，35 岁

10 月，林彪的"一号命令"下来，我同 1、2 年级学生和杨晦、吴组缃、林庚、王瑶、王力、魏建功、岑麒祥、朱德熙等老先生，到北京平谷县鱼子山劳动，主要是上山背柿子。后来又到山东庄在一大片堆满石头的河滩地上造田，准备在上面种半斤一个的大梨。师生混合分班，我在文二 3 班的一个小班当班长，住老百姓家。劳动沉重而艰苦，天黑就睡。与学生在一起，心情愉快。

### 1970 年，36 岁

2 月，调回北大搞大批判，批"四条汉子"和他们所搞的"国防文学"。我对大批判不感兴趣，想补一下农业劳动课，就要求去江西鲤鱼洲劳动锻炼，得到批准。于是把家从四公寓搬到永定路航天部宿舍。整个"文革"中，我没有损失一本书，裘锡圭去江西前处理图书，我还收罗了他的几本书。但在搬家途中，一位青年要买我的一部《三国演义》，因为他非常恳切，不怕"四旧"，就打了六折卖给了他。

3 月，到鲤鱼洲劳动，虽然胃不好，但是劳动还是很努力的，一次挑砖 24 块（120 斤）在很滑的泥泞地上，可以走好几里地。打瓦（打制水泥的瓦块)、挑秧苗下田、弯腰插秧、开镰收割、双抢大忙(抢时间边收割,边耕种)都干得很起劲。鲤鱼洲农场原来是鄱阳湖底的低地,夏天没有一点风,太阳直晒,晚上特别热,不动也汗水直流,大家都睡在露天,只有我一个人坚持在大草棚里睡。我不怕热,用井水冲凉后即钻进蚊帐,睡得很好。

7月,领导决定在鲤鱼洲办北大江西分校,招收上海、江西和广东三地的学生,学校派我去广东招生。开始在广州与清华、北大8341军宣队的几人在一起,后来我一个人去湛江专区,骑车到高州深山中招到一名插队的广州高中生。后又顶着烈日走几十里路到南山岛招生,因其水平不够,没有录取。当时没有想到危险,后来有人说,如果在荒无人烟的路上中暑,那是要送命的。

9月,和工农兵学员徐刚一起讲"草棚大学第一课",全校的师生代表都来旁听。开始还受学员欢迎,可是过了几天,哲学系一上海学员说我宣传"文艺神秘论",于是动员大家批判,收获了100多张大字报。"四条汉子在哪里?就在我们的脑子里!"这是周先慎的大字报中的话,现在我还记得。

后来我成为教学组长、讲政治课的"五同"教员。当时已经取消了系统的课程,干什么,就学什么。

11月,赴井冈山铁路工地进行教学途中,江西分校中文系师生乘坐的解放牌大卡车在鄱阳湖大堤上翻车,教师张雪森和上海工人学员王永干被压死。我也在车上,幸免于难。一个月后又去了井冈山铁路地区。

### 1971年,37岁

2月至4月,江西分校几百名师生千里野营拉练去安源。之后,中文系又单独上井冈山三湾、茨坪、大井、茅坪、宁冈、永新和长沙、韶山等地,进行党史和写作课教学。我是党史教员,边行军,边讲课。当时正是巴黎公社100周年纪念,我还在井冈山地区讲了巴黎公社的历史和马克思的著作。在宁冈的教导队旧址毛委员讲课的地方,讲了朱毛会师成立红四军的历史。

5 月，回到鲤鱼洲调到八连和汤一介、乐黛云、郝斌等人一起写批判陈伯达"天才论"的文章。我写得较快，文章登载批判集的第一篇，受到他们的好评。

10 月，调回北京，任中文系 70 级学员二排排长。后带领八班到石家庄、张家口等地报社、广播电台实习。我还巡回给二排四个班讲政治课：马列的六本书。

**1972 年，38 岁**

2 月，回学校，仍教政治课，曾在最大的教室 2 教 203 给中文系学员讲《共产党宣言》，党委副书记张学书参加了听课。

在揭批林彪、陈伯达反革命纲领"天才论"的时候，写了一篇长文《民间文学在文学史上的地位与作用》，却被不指名地说成是"右倾回潮"的表现。

5 月 23 日，写关于民间文学教学的意见，建议集体编写如下教材：

1.《马克思主义经典作家论民间文学》

2. 编选《民间文学作品选》

3. 编写《民间文学概论》教材

4. 编选《民间文学论文选》

还建议：经过认真准备，开设民间文学课。

同时，给郭沫若同志写信，建议恢复中国民间文艺研究会。此信 9 月 23 日发出。

7 月 30 日，连夜写成《新民歌的新发展》6000 字。

编印了两本铅印讲义《民间文学教学参考资料》《民间歌谣选》，受到好评。

10 月 24 日，次女段红霞出生。

**1974 年，40 岁**

在"批林批孔"运动中，曾带领学员到特殊钢厂开门办学，在季镇淮、吴小如等先生指导下注解法家著作。其间曾被调到"梁效大批判组"

帮上钢五厂修改批判反动谚语、三字经等的文章。住苏联专家招待所，吃得很好，有西瓜、夜餐，和孙庆升以及高级党校的同志在一起改稿。我提出："批判谚语不行，谚语是劳动人民的创作，不能批！"后改为批反动谚语；其中有"宰相肚里能撑船"等不少条都不是反动的，全都被我们删去了。两个星期改完了文章，我看到大批判组什么学术书刊资料都没有，就坚决要求离开，提出我是教学组长，要回去安排教学。当时领导不让走，说是"首长看后还要改的。你回去就要下工厂农村"。我说："我是搞民间文学的，很想下去。如果还需要修改，随时可以回来。"听说最后也没有用这些稿子。我回去不久，就带着几个工农兵学员到了人民机器厂开门办学。在一次劳动中，我从梯子上摔下，碰坏了两颗大门牙。

这个工厂原来是公安部部长谢富治劳动蹲点的地方，遇罗克就是在这里被抓去枪毙的。我来这里一定是他们安排好的。不过，他们没有抓到我的什么把柄。我的劳动和群众关系都很好，大家都说："段老师是老革命，是无产阶级知识分子。"他们还让我作了几次"批林批孔"的报告，批判"上智下愚""劳心者治人，劳力者治于人"以及"克己复礼"、大搞资产阶级复辟的罪行。

### 1975 年，41 岁

人民机器厂创办了一个"工人大学"。中文系有文艺创作和文学评论两个班，请了北大和文学研究所的同志来讲课；我对大批判的文学评论不感兴趣，即在创作班。我从北大图书馆借来许多作家创作的书，抄了许许多多创作经验的材料。（后来编成一本教材《西方古典作家谈文艺创作》上下集。）

### 1976 年，42 岁

继续在人民机器厂。因为给工会组织写的小说提了很多意见，工会主席即让我和一个农民学员搬到一个很小的木板房中去住。冬天极冷，夏天奇热。但是，我照样努力看书。

4 月，发生天安门事件，人民机器厂的民兵带了武器在工人文化宫内随时待命，后于一个夜间，他们随同军警，把人民英雄纪念碑周围的许多纪念周总理的诗词，全部清除。因为我骑车回家时路过天安门广场，工厂保卫部门就怀疑我写了"反动诗词"，后没有查出什么东西。工人学员对我还是很好的。

11月，"四人帮"垮台，我们也回到北大。开始揭批"四人帮"。审查我与梁效的关系时没有发现问题，顺利过关。

12月，去江苏招生，跑了徐州、盐城、淮阴等专区，发现"走后门"情况严重，生源质量难以保证。回北京后，去《人民日报》文艺部找徐刚，见到傅冬菊同志（傅作义的女儿），曾经向她反映，建议改革招生办法。

### 1977年，43岁

继续揭批"四人帮"，消除他们的遗毒。写了"四人帮"迫害老党员吕乃岩同志的情况。

给创作班讲"创作课"，编了一部教材《西方古典作家谈文艺创作》上下册，中文系1979年印出后给茅盾先生寄去一套。春风文艺出版社要出版，我请茅盾先生写序。他回信说："此种工具书，目前甚为需要，而且您编辑此书，花了很大功夫，令人敬佩，嘱写序言，我有困难，一则左目失明，右眼仅0.3视力，看五号字用放大镜仍需在强烈光线下方能勉强看几行，所以如果要读大作，恐怕要很长时间；二则我杂事甚多，又有写回忆录的任务，来访亦多，实在抽不出时间，恕不能遵命为歉。"

于是请他题写了书名，1980年在春风文艺出版社出版。

1983年再版。（再版稿费8元，因为需要的人多，我为了送人，买了4本书，又寄去2元。）

6月23日，写"关于批谚语、三字经问题的揭发"材料。

9月，给76级讲"民间文学"课。这是新时期全国的第一次。

编了一本《民间苦歌选》，精选民间诉苦歌谣300首。未出版。

**1978 年，44 岁**

1—7 月，找贾芝、李星华、张文、吴超等同志，希望恢复中国民间文艺研究会。得到他们的赞同。李星华同志感动地说，好多年了，许多老同志都很长时间不来往了。你是第一个来看我们的。我说："贾芝同志是我的导师，我早就该来的。"

6 月，中国民间文艺研究会开始恢复，在内刊《民间文学通讯》上发文，提出要抢救民间文学和老艺人。

8—9 月，我和留校的青年教师王卫国等去山西、陕西调查民间文学。到过陕西延安、米脂、绥德、佳县，过河到河曲记录许多信天游、山曲，见了韩起祥、李发子，还在汾阳、文水见了刘胡兰的母亲。后来在《民间文学通讯》上发表了《访问老艺人李发子》等文。（此文后来在《山西民间文学》1985 年第 1 期公开发表。）

9 月，去秦皇岛姜女庙调查。

10 月 21—28 日，在兰州西北民族学院参加"中国少数民族文学教材编写暨学术讨论会"，提供了三篇论文，占 30%。会议主持人认为，《民间文学在文学史上的地位与作用》是"纲领性的"，请我在大会上作报告，参加者有西北民族学院语文系和兰州大学中文系的全体师生一千多人。报告以大量事实说明民间文学的重要，受到热烈欢迎。一位蒙古族教师特古斯说："我因采录了史诗《嘎达梅林》，十年动乱中被斗挨打，脊梁骨都打坏了，我曾发誓以后再不搞民间文学了。听了这个报告，认识到民间文学的价值，知道那么多伟大的作家都重视学习民间文学，今后我一定更努力地从事民间文学的教学和研究。"有些人说："这个报告擂响了民间文学振兴的开台锣鼓！"大会受到肖华和宋平同志的接见并合影留念。新华社发表了《抢救各民族民间文学的呼吁书》。

大会还希望我就"西藏仓央嘉措情歌的思想和艺术"写一文。

**1979 年，45 岁**

3 月，《交城山风——华国锋的故事》在《广州文艺》发表。

《民间文学》复刊，发表我纪念周总理的文章《最好的风气》，强调发扬学术民主。

4月，《姜女庙纪行》在《民间文学》发表。

8月，参加中国音乐家协会《中国民间歌曲集成》湖北卷、山西卷的审稿工作，为特约编审。我向一同工作的贾芝同志建议："民间文学也应该搞集成，进行民间文学普查！"后来中国民间文艺研究会决定编《中国民间文学三套集成》。

9月，给78级讲"民间文学"课。

11月，参加全国第4次文代会，当选为中国民间文艺研究会理事。

12月，《西藏仓央嘉措情歌的思想和艺术》在《北京大学学报》第6期发表。

### 1980年，46岁

5月，《从李大钊同志收集的民歌谈起》在《民间文学》发表。

7月，《谜语的起源》在《人民日报》发表。

9月，给80级讲民间文学课。

### 1981年，47岁

1月，《中国民间文学概要》在北京大学出版社出版。

《笑话随笔》在《山西民间文学》创刊号发表。

3月，《民间笑话的美学价值和结构方式》在《辽宁民间文学》创刊号发表，提出了对西方戏剧美学缺陷的批评。

5月，参加中国民间文学研究会第一届年会，发表《蔡元培与民间文学》。

6月，《民间文学在文学史上的地位与作用》在中国民间文艺研究会编的《民间文学论丛》上正式出版。

参加在湖北咸宁召开的"全国机智人物研讨会"，发表《阿凡提故事的美学价值》，此文后在《北京大学学报》1984年第4期发表。

8月，中国少数民族学会在成都成立，我当选为常务理事兼副秘书长，负责学术研究工作。编选了一本《马克思恩格斯论民族文学》，内部铅印发行。

**1982 年，48 岁**

1 月，《高尔基与少数民族文学》在《民族文学》创刊号发表。

2 月，《加强民族民间文学的描写研究》在广西、青海等地的内刊《民间文学工作通讯》发表，又在《南宁师范学院学报》创刊号和贵州《山花》等公开刊物发表。

5 月，《狼外婆故事的比较研究》在中国民间文艺研究会的《民间文学论坛》创刊号出版。

6 月，《蔡元培与民间文学》在《北京大学学报》和中国民间文艺研究会编的《民间文学论文选》（湖南人民出版社）发表，并入选中国少数民族文学学会编的《少数民族文学论集》第 1 册。

《昌黎秧歌剪影》在河北《俱乐部》杂志发表。

《关于文化馆的民间文学专干问题》在《民间文学通讯》发表。提出每个文化馆都要有专门干部负责收集民间文艺作品，民间文学专门干部大有可为。

7 月，参加云南"傣族文学讨论会"，发表《傣族文学中的因果报应问题》一文，收入大会文集，1982 年中国民间文艺出版社出版。

11 月，《民俗与民智》《糍粑与糌粑》在江苏《乡土》杂志发表。

12 月，《再访姜女庙》在《民间文学》发表。

《蔡元培与民间文学》在《北京大学学报》第 6 期发表。

《做科学研究的开路先锋》在北大校刊发表。

12 月 24 日，在临湖轩召开北京大学《歌谣周刊》60 周年纪念会。此会由北大副校长季羡林教授主持，参加并发言者有《歌谣周刊》编辑常惠先生，中国民间文艺研究会副主席钟敬文、马学良先生，常务理事常任侠先生和北大中文系教授王力、林庚、吴组缃，还有吴超、王文宝、刘守华，以及当时的研究生刘亚虎、阎云翔等许多重要人物。我代表筹备组报告工作并宣布北京大学民俗学会正式成立，并当选为首任会长。

**1983 年, 49 岁**

2 月,《什么是民间文学?》《什么是史诗?》在《中国青年报》"文学百题"发表（后者 1985 年在上海文艺出版社结集出版）。

3 月, 北京民间文艺研究会成立, 阮章竞任主席, 张紫晨和我为副主席。《马雅可夫斯基与民歌》在《民间文学》发表。

《阿凡提的性格特征》在《少数民族文学研究》发表,《民族文艺报》1985 年 3 月转载。

《史诗研究方法论》在西宁第一届史诗学术研讨会和《民族文学研究》增刊"史诗专号"发表。

6 月,《要重视向民间文艺学习》在《文艺报》发表。

《让英雄传奇插上翅膀!》在《故事报》发表。

8 月, 为《中国大百科全书·中国文学卷》写"民间文学"条目 8 条。

10 月,《民间文学的庐山真面目——谈民间文学的搜集整理和翻译》在《新疆民间文学》发表。

**1984 年, 50 岁**

1 月,《青年们, 快快来采风!》在《中国青年报·星期刊》发表。

2 月,《孟姜女故事的演变和流传》在《民间文学论坛》发表。

3—4 月, 参加河北省张世杰作品研讨会, 发表《张世杰与民间文学》。

6 月, 中国俗文学学会成立, 当选为常务理事, 后任副主席、顾问。

7 月,《传说与历史》在河北《俗文学知识》第 1 期发表, 谈任彦芳搜集的刘少奇之死的传说之真实性问题。

11 月, 中国故事学会成立, 当选为副主席。

10 月, 为《俗语故事》（曹广志）写的序在河北人民出版社出版。

**1985 年, 51 岁**

1 月,《民间文学为什么受欢迎?》在河北《民间故事选刊》发表。

《说民歌体》在《民间文学研究》发表。

3 月 4 日，《活着的荷马》在《人民日报》发表。

《阿凡提性格简述》在内蒙古《民族文艺报》发表。

6 月，《民间歌谣简述》在《文学知识》发表。

"扬州民间文学三套集成"总序，在中国民间文艺出版社出版。

7 月，《中国民间寓言选》（曹廷伟编）序在辽宁少儿出版社出版。

10 月，《中国俗文学的开拓者——赵景深与俗文学》在《俗文学通讯》第 4 期发表。

《民间笑话的美学意义》在《文学评论丛刊》25 辑发表。

《呼伦贝尔的歌声》在《呼伦贝尔艺丛》发表。

11 月，《论民间文学的立体性特征》在《民间文学论坛》发表，引起轰动，当即经读者投票获得第一届"银河奖"。

## 1986 年，52 岁

1 月，《迷信与民俗》在《岭南民俗》创刊号发表。

《关于寓言的定义问题》在《南通师专学报》发表。这是对陈伯吹照搬西方定义的不同意见。

《阿凡提故事的美学价值》在《新疆民间文学研究》发表。

2 月，《故事家描写研究的反思》在《民间文学》发表。这是在中国故事学会上的报告，引起了日本关敬吾教授的重视，认为日本应该学习中国的描写研究方法。

《比较诗律学刍议》在《民族文学研究》发表。此文是 1985 年夏参加中国比较文学学会成立大会的论文。受到季羡林、乐黛云等老师的肯定。后来又收入《中外民间诗律》（1991）一书。

《民俗中的象征》在《岭南民俗》第 2 期发表。

6 月，《寓言三题》在《民间文学》发表。

我主持翻译的《中国民间故事类型索引》（丁乃通编著，芬兰原版）在中国民间文艺出版社出版，我是责任编辑，请丁先生校对，他很认真，进度较慢。我还编了中文索引，很费劲。此书是研究民间故事的工具书，辽宁的一个出版社抢先出版了一个没有索引的简本，因为是刚刚学习英语不久的研究生翻译的，错误很多。丁先生给我写信，希望辽宁不要再印了。可是北京这边出版社负责人说："辽宁已经出版了，我们就不出了。"我请钟敬文、贾芝同志写了长序，才得以出版。

《世界民间故事的类型》是世界名著，对比较文学、民间故事比较研究很有用，在北大民俗学会支持下，我也请英语系的几位资深老师翻译出来，但是至今未能出版。

12 月 13 日，《振兴曲艺漫议》在《北京日报》发表。

### 1987 年，53 岁

4 月，《论民歌的诗律和体式》在《民间文学论坛》第 2 期发表，后收入《民间诗律》一书。

5 月，《为立新风下功夫》在《岭南民俗》第 5 期发表。此文提出了民俗变化的规律是"不立不破"，而不是"不破不立"。

《论〈五姑娘〉的典型性》在《江苏民间文学》发表。

10 月，《民间诗律》一书获中国少数民族学会"最佳著作奖"。

《民俗的趋美性》在《岭南民俗》第 8 期发表。

《曲艺与文学》在河南《文艺百家》发表。

10 月 17 日，《真正伟大的艺术》在《中国艺术报》发表。

11 月，《民间诗律》（与过伟合编）在北京大学出版社出版。此书是北大民俗学会主持的民歌研究项目，我和过伟同志合编的论文集，收入33 个少数民族和十几篇汉族的民歌、民谣、唱词、史诗等韵文格律的论文，王力、臧克家先生的两篇序，予以很高评价。台湾地区谣谚学大师朱介凡先生说此书"开前人所未有"，是很大的学术创新。编辑此书一方面是为了填补这一学术空白，更重要的是为了诗人学习民歌、创造出毛泽东所说的"新体诗歌"。

12 月 15 日，《文艺上的雅俗结合律》在《光明日报》发表，该文提出了一个普遍的艺术规律，证明文人艺术离不开民间艺术。

### 1988 年，54 岁

8 月，《民间文艺学的中国特色问题》在《民间文学论坛》第 4 期发表。

### 1989 年，55 岁

1 月，我作为第一主编的《世界民俗大观》在北京大学出版社出版。

《故事家的描写研究问题》在云南《山茶》1989 年第 1 期发表。

《王派水浒的比较研究》在江苏《艺术百家》1989 年第 3 期发表，这是为纪念扬州评话艺术大师王少堂而举行的学术研讨会的论文。

《论蔡元培——中国蔡元培研究会文集》收入《蔡元培先生与俗文学》，北京旅游教育出版社，1989 年版。

### 1990 年，56 岁

《苗族史诗与史诗分类问题》在《贵州苗族研究》1990 年第 1 期发表。

《民间文艺生态学与描写研究》在贵州《苗岭风谣》1990 年第 7 期发表。

### 1991 年，57 岁

《中外民间诗律》（与过伟、刘琦合编）在北京大学出版社出版。此书由冯至先生作序，周祖谟教授题签，包含了世界几十个国家与中国汉族、少数民族的民间诗律，特别是中国三大史诗的诗律。

5 月，《笑话——人间的喜剧艺术》在北京大学出版社出版（1992 年台湾淑馨出版社出版繁体版）。此书获中国文联、中国民间文艺家协会"山花奖"一等奖。

《大作家与民间文学》在《文艺报》1991 年 9 月 21 日发表。后此文被邀参加在高雄举行的台湾第一次民间文学研讨会，因两岸尚未实行"三通"而未能成行，但文章入选《民间文学首届学术研讨会文集》。

### 1992 年，58 岁

因为《民间文学论坛》和《南风》上连续发表了否定"传统民间文学

理论"的文章，并以我的教材《中国民间文学概要》为代表，我于是起而反批评，发表了下列文章，指出他们否定民间文学阶级性的理论是站不住脚的，其指责全部是莫须有的。这些文章有：

《关于民间文学内容特征的论争》在《南风》1991年第1期发表。

《评一种民间文学新观念——与刘锡诚同志商榷》在1992年2月2日《文艺报》发表。

《真金不怕火炼——对于民间文学若干理论问题的答辩》在《北京社会科学》1992年第4期发表。

《关于民间文学理论更新问题》在《南风》1992年第2期发表。

《延安精神万岁——纪念中国民间文艺研究会成立40周年》（未刊），这是中国民间文艺家协会为纪念毛主席《在延安文艺座谈会上的讲话》50周年约稿而写作的。寄出之后，如泥牛入海。

《在阿古登巴的故乡听阿古登巴的故事》在《炎黄春秋》1992年5月号和《西藏民俗》1994年第3期发表。

《中国文化的万里长城——十套民间文艺集成》在1992年7月7日《北京晚报》发表。

《北大〈歌谣周刊〉与中国俗文学》在《民间文学论坛》1992年第6期发表。

《文学民主化的先锋——刘半农调查民歌的故事》在1992年5月10日《北京大学校刊·纪念刘氏三兄弟》专号，《燕都》1992年第5期发表。

《首届中日民俗比较学术研讨会纪实》在《民俗研究》1991年第3期发表，这是报道在北京大学举行的中日民俗学比较研究讨论会的长文。日本民俗学大家伊藤清司、野村纯一和钟敬文、张紫晨等人参加了研讨。

为了纪念北大《歌谣周刊》创刊70周年，写了《中国民俗学与北京大学》长文，在《北京大学学报》1992年第5期发表；《民间文学论坛》1992年第6期转载。

### 1993年，59岁

在郑州举行的轩辕黄帝学术研讨会上，发表了《论轩辕黄帝的出生及其历史内涵》一文，后在《中国文化研究》1994年春季刊发表。

《中国民俗学之父——纪念顾颉刚先生诞辰100周年》在1993年9月19日《工人日报·星期刊》发表。这是对流行的观点的一种争鸣。我实事求是地以大量事实证明：只有顾颉刚先生才真正是"中国民俗学之父"。

### 1994年，60岁

《难忘的黄金时代》收入"中国名人青年时代丛书"之《青春似火》一书，中国友谊出版公司1994年出版。

我在北京大学中文系讲民间文学课几十年，从1983年开始，每年有两个星期的调查实习，此传统已经成为规范，传承至今。我们曾经在山东水泊梁山调查。在江苏调查时发现了不只是苏南有宝卷，苏北靖江也有佛头唱的宝卷，当地的同志已经作过不少调查。我写了《活着的宝卷》一文在《民俗研究》1994年第3期和台湾地区《汉声》民俗画刊发表（在台湾地区发表的文章是和靖江的同志们合写的）。

《庙会的民俗本质》在《民间文学论坛》1994年第3期发表，这是一篇充满创造性的文章。文中对西方传统美学作了系统的清理，认为西方美学只研究艺术美，不研究生活美，是不全面的；于是以事实来证明民俗生活中的宗教美、市场美和艺术美。对宗教美和市场美的理论，是对"左倾"思想的大胆突破。

《说龙》在教育部面向世界的杂志《神州学人》1994年第6期发表。当时中央电视台与北大合作，摄制150集电视教育片《中华文明之光》，第2集就是《说龙》，曾多次播出；后收入北京大学出版社1995年《中华文明之光》第一册。

应新疆人民出版社之约，开始启动《中国民俗大全》三十五卷本的调查编写工作；作为总主编，我与各省市民俗学家联系。在中国民俗学会几百位专家的支持下，各省市一卷，每卷近百万字。没有经费，全靠各地自己解决。大家积极性很高，很快写成了六卷：广西、吉林、天津、河南、广东、山东。其他总主编开始是宋兆麟，后来是过伟和白庚胜同志。

### 1995 年，61 岁

1月，去印度古城迈索尔参加"国际民间叙事研究学会"第十一次代表大会和学术研讨会。论文是《民间故事的发展前景》。此文在会上受到热烈的欢迎，原来人们认为故事正在不断衰竭之中，而我却以中国的事实说明，故事的调查收集和出版、运用，都正欣欣向荣。于是引起了各国学者极大的兴趣，会场满座，还有不少人站在后面听。学会决定，下一次大会的主题就是"民间叙事的未来"。这说明我们中国学者在国际学术界确实起了带头作用。此文在《澳门日报》1996 年 2 月 28 日发表。

6月，在北京成立了"刘绍棠乡土文学研究会"，刘绍棠一定要我当会长。我为此写了几篇文章，如：

《乡土文学与艺术规律》在《中国文化报》1995 年 10 月 1 日发表。

《乡土文学在文学史上的地位》在《文艺研究》2000 年第 4 期发表。

《中国山水文化大观》（第一主编）一书在北京大学出版社出版。

9月，开始在澳门大学中文系讲学两年，任客座教授。给高年级和研究生讲授"文学导论""中国文学理论""现代文学""乡土文学""民歌与新诗""中文写作"等课程。通过作业，让学生调查记录了澳门的许多民间故事、歌谣和民俗资料。这在澳门历史上是第一次。谭达先生原来以为澳门没有民间文学，看到我的大量材料，大吃一惊。于是我们合作，共同编选了《澳门民间故事》《澳门民歌、谜语与谚语》二书。

我主编的《蔡元培文集·文学语言新闻卷》在台湾锦绣出版公司出版，这是北大蔡元培研究会主办的一个十八卷的巨型文集。我作为理事，负责选文、注解，又请中文系古代汉语教研室的张连荣、张猛注解蔡元培的怪八股，难懂之处还向吴小如先生请教。后来研究会又以编年体出版了《蔡元培全集》二十卷本（浙江人民出版社）获国家图书奖最高荣誉。这是蔡元培研究会的集体功绩。

### 1996 年，62 岁

8月，在丹麦哥本哈根参加"中国口头文学国际学术研讨会"，这是我在印度听了丹麦学者易德波关于扬州评话的调查研究论文后，向她建议召开的。她邀请了我和扬州评话的五位艺人、专家参加，并参观了安徒生的故乡和她在海边的家。我同时还到巴黎、瑞典参观考察。

12月，《中华民俗大典》总序，在《民俗研究》（季刊）1996年第4期发表；《新华文摘》1997年第1期全文转载。

《论故事／评话的历史和未来》文集，在《中国说唱文学》（丹麦科学院 curzon 出版社），《天津曲艺论坛》1997年第3期，广州《东方文化》1999年第1期发表。

### 1997年，63岁

《立体文学论》1997年4月在台北"文津出版社"出版，这是我的第一个论文集。十年后，2007年在北京高等教育出版社增订出版。

8月，回到北京大学。

《论澳门婚俗的中西文化交融》在《澳门》杂志1997年秋季号发表。

9月30日，《中韩开国神话的比较研究》在韩国首尔檀国大学50周年校庆学术研讨会发表，后收入会议文集。

《民俗的本质是生活美》在1997年11月20日天津《今晚报·博导晚谈录》发表。此文提出民俗学的全新命题，在200篇文章中获优秀奖。

12月，《论澳门的文化优势》在《澳门》杂志1997年12期发表。

《文艺特性剖析》在《澳门写作学刊》1997年第11—12期合刊发表。

### 1998年，64岁

《雅砻文化中的文化交融》在《中国文化研究》1998年夏之卷发表（此文1993年在西藏山南文化研讨会上宣读）。

《八十年历史回顾与反思》在《民间文学论坛》1998年第2期发表。

《蔡元培先生与民俗学》在《民俗学博物馆学刊》1998年总第7期发表。

《中国民间文艺学概要》在澳门大学图书中心出版。

**1999 年, 65 岁**

《蔡元培先生与人类学》发表在《北大人类学民俗研究通讯》第 45—46 期,《中国民俗学年刊》1999; 收入《蔡元培研究集》, 北京大学出版社, 1999 年出版。此文获得中国蔡元培研究会首届学术评奖唯一的论文一等奖。

《老舍先生与民间文学》在《北京文艺》1999 年 9 月,《广东民俗》1999 年第 2 期发表。

《南方丝绸之路与中国四行诗之西传》在《民族艺术》1999 年第 2 期发表。

《民俗学的命运》在《民俗研究》1999 年第 1 期,《文学自由谈》1999年第 2 期发表。

《在民俗学探索的道路上》在《梧州学院学报》1999 年第 1 期发表(后入选《中国民间文学五十年》[贾芝主编], 作家出版社, 2004 年)。

《第三资料库》在 1999 年 4 月 8 日《文论报》发表。

《关于包公的人类学思考》在 1999 年 5 月 6 日《光明日报》发表。

《活的文学——民间叙事》在《国际学术动态》1999 年第 5 期发表。

《新中国没有民俗学理论吗?》在 1999 年 7 月 21 日《中华读书报》发表。

1999 年 8 月, 我去非洲肯尼亚首都内罗毕参加"民间叙事专题研讨会", 会后去埃及的开罗和南方古城索绪尔宫殿、帝王谷, 又飞越地中海到希腊雅典和西部的奥林匹克遗址奥林波斯山参观考察。

澳门回归, 发表了多篇有关澳门的文章, 如:

《澳门节日风采》见《北京文学》1999 年 12 月。

《澳门晚晴时代葡人服饰》见《澳门》杂志 2000 年 6 月。

《立体思维与诗律研究》载《古今民间诗律》, 北京大学出版社出版。

民间诗律研究的第三部《古今民间诗律》(与过伟、刘琦合编)在北京大学出版社出版。

当年获英国剑桥《世界名人录》20 世纪杰出人物金奖。

### 2000 年，66 岁

《东方文艺复兴的伟大时代——21 世纪民间文艺前瞻》在《广东民俗》2000 年第 1 期发表。

《敦煌学 100 年的教训》在《东方杂志》2000 年 6 月号发表。

《论龙的精神》选入我主编的《中国龙文化与龙舞艺术学术研讨会文集》，在重庆出版社出版。

2000 年是龙年，北京电视台播出了就龙文化对我的专访。中国舞蹈家协会《中国舞蹈集成》负责人梁力生得知这个节目，就找到我，提出在重庆市铜梁要举行龙灯全国大赛和龙文化艺术节高层论坛，有 30 万元经费。于是我找到全国龙文化的研究专家参加，并和他合作主编了这本论文集。

《民间故事的权威问题》在《国际学术动态》2000 年 6 月号发表。这是对非洲内罗毕会议的学术报道。

《民间笑话的当代功能》在《民间文化》2000 年第 2 期发表。后来又在澳大利亚墨尔本举行的国际会议上发表。

### 2001 年，67 岁

2 月，赴墨尔本参加国际民间叙事研究学会第十三次大会，去了堪培拉、布里斯班和金矿遗址，听了矿工故事家的讲述并合影。

《清官还不能离休》在《法制日报》2001 年发表。

《20 世纪的笑话研究》在《梧州学院学报》2001 年 4 月发表。

《季羡林先生与民间文学》在《季羡林与 20 世纪中国学术》（北京大学出版社，2001 年）发表，季羡林先生很重视我的意见，在讲述他的学术成就的《凡人伟业》一书中多有引用。

《刻骨铭心的几本书》在 2001 年 6 月 27 日《中华读书报》发表。文章明确了马列主义的两大原理：实事求是和群众路线。

### 2002 年，68 岁

《赵景深先生与民间文学》在《新文学史料》2002 年第 1 期发表。

《魏建功学术与民间文学》在《北京档案史料》2001年第4期发表。

6月，《20世纪端午节民俗》为2002年在韩国江陵举行的端午节国际学术讨论会上的发言，2003年2月在《北京档案史料》发表。

7月，《危机与生机》在《中国民俗学会第5次代表大会文集》发表。

《毛泽东同志与民间文学——纪念在延安文艺座谈会上的讲话60周年》在北京市文联《文艺论坛》及《东方文化》59期发表。

《英雄的降生——华抱山与格萨尔出生的比较研究》选入《华抱山》史诗国际学术讨论会论文集，时代文艺出版社，2003年；又见南京大学《中韩文化研究》2001年卷。

### 2003年，69岁

《在韩国看无形文化财》在2003年1月8日《光明日报》发表。

《西藏人权杂谈》《文成公主与西藏》《"非典"亲历记》《幼稚的美国人》《美国人要学会分析》《孙子兵法教布什如何开战》《战争与和平》《王道与霸道》《说民谣，谈布什》等杂文、散文10多篇，2002年12月至2003年6月在泰国曼谷华文报纸《公论报》发表。

《西藏杂忆》《龙的起源》《令人敬佩的泰华报人——怀念胡冷才先生》《寻龙记——陈教授采风日记》《五个维度——文艺批评标准刍议》等10多篇散文2002年至2004年在泰华《新中原报》《星暹日报》发表。

### 2004年，70岁

获中国民俗学会"杰出成就奖"。

6月，从泰国曼谷回到北京大学。

### 2005年，71岁

1月，《雅俗研究30年》在《民间文学之友》和《民俗文化研究》发表。

2月，《陈教授泰国寻龙记》（纪实小说）在《神州民俗》发表；《论文艺的失落与回归——从贺敬之的诗讲起》选入《回首征程》，文化艺术出版社出版，2005年。

《山水中国》（二十卷本，与江溶共同主编）开始在北京大学出版社出版，预计八年完成。

### 2006 年，72 岁

《神话史诗〈布洛陀〉的世界意义》2006 年 4 月在《广西民族研究》发表；选入《黄河文化论坛》第 16 辑，山西古籍出版社，2008 年 8 月出版。

《论非物质文化遗产的两种保护》在 2006 年 4 月 15 日《今晚报》发表。

5 月，主编的"十五国家级规划教材"《民间文学教程》在高等教育出版社出版。

《中国端午节与韩国端午祭》在《学汉语》2006 年 6 月发表。

《澳门——中国的文化博物城》在澳门特别行政区《文化》杂志 2006 年秋季刊发表。

《蚩尤与龙》在 2006 年 10 月《蚩尤文化研究》第 3 集发表。

《民间艺术创新的十大关系》在《东方文化》2006 年 3 月，武汉《学习与实践》2007 年 5 月发表。

### 2007 年，73 岁

《明确非物质文化遗产的主要内容》是 2005 年文化部苏州非遗论坛文章，载该会议文集《非物质文化遗产保护研究》首篇，北京师范大学出版社，2007 年出版。

《喜看剪纸登上大雅之堂》在 2007 年 1 月 6 日的《中国剪纸》发表。

《立体文学论》2007 年 6 月在高等教育出版社出版。

《中国情人节的立体思考》在《文化广角》2007 年 9 月发表；选入《河北七夕文化研究》，河北人民出版社，2008 年出版。

《回驳对情人节的异议》在 2007 年 8 月 11 日的《今晚报》发表。

《中国民俗文化》（上下），中央广播电视大学专题讲座，2007 年 6 月开始在中央教育电视 1 台陆续播出；2010 年中央广播电视大学出版社出版电子版。

10 月，获中国文联"山花奖·终身成就奖"。

《武术起源与人祖伏羲》在《伏羲文化研究》2007年3月，《天水师院学报》2009年第4期发表。

《发扬龙的精神、建设和谐社会、实现文艺腾飞》载中国文联研究室编《谱写和谐文化新篇章》，中国文联出版社，2007年。

### 2008年，74岁

《保护非物质文化遗产工作中的几个紧迫问题》在《红旗文稿》2008年7月，《贵州文史》2008年7月，《广西师院学报》2008年3月发表。

《最美的日子——民间节日》在《东方文化》2008年2月，《北京文史》2008年2月发表；选入《文化血脉与精神纽带：中国传统节日文集》，中国文联出版社，2009年1月。

《盘古新考》在《民间文化论坛》2008年第4期（复刊号）发表。

《蚩尤赋》在《东方文化》2008年第4期，《中国辞赋》2009年第1期，《蚩尤文化研究》2008年第4期发表。

### 2009年，75岁

《民俗旅游的发展前景》在北京《民俗旅游》创刊号2009发表。

《真正学者的楷模——怀念季羡林先生》在《东方文化》2009年第3期发表。

《伏羲与花及其他》在《伏羲文化研究》2009年第1期发表。

8月，去希腊雅典出席世界民间叙事研究学会第十五次代表大会，会前去以色列的耶路撒冷、死海，土耳其的伊斯坦布尔、阿凡提（霍加）的故乡阿克谢西尔、特洛伊古城和希腊奥林波斯山考察；会后去迈锡尼古城、德尔斐遗址和克里特岛考察古希腊文化遗址。

10月，去宁波接受中国文联"山花奖·成就奖"（原决定是"终身成就奖"，因为不到80岁，故改为成就奖）。

### 2010年，76岁

1月，《非物质文化遗产精要》一书在中国社会出版社出版。

4月，《民间文学艺术作品知识版权立法的难点》在2010年4月28日《中国艺术报》发表。

5月，《民间文艺与立体思维》（上下）作为中国文联"晚霞工程"之一，在大众文艺出版社出版。

《神话与史诗》（上下）在民族出版社出版。

6月，《民俗旅游论集》（主编）在北京市工商联旅游分会内部出版。

《文化产业靠什么？》在《神州民俗》2010年7月发表。

### 2011—2012年，77—78岁

《民俗学的学科地位与社会责任》在《山东社会科学》2011年第3期发表。

《中华龙的文化精神》在《寻根》2012年第1期发表。

《台湾民族文化的源流》在《厦门理工学院学报》2012年第1期发表。

《和而不同和龙的精神》，在世界华人联合会高层论坛发表的演讲，联合国网发表。

我的学生、俄罗斯科学院李福清院士10月3日去世，10月9日我在俄罗斯大使馆的追思会上的讲话《沉痛悼念李福清院士》，在《国际汉学》2012年第6期发表。

中国文联高层论坛上的论文《立体的文化自觉与文艺规律》，选入中国文联研究室编《文化自觉与文艺发展趋势》，中央文献出版社，2012年。

《回忆林庚先生谈民歌与新诗》在2012年9月3日《中国社会科学报》，《新国风》2012年的第6期发表。

《草棚大学第一课》，选入《鲤鱼洲的故事》，北京大学出版社，2010年。

《中华民间文学民俗学26名家》（过伟著）序，重庆理工大学出版社，2012年。

《雅俗结合律的实证》在《韶关学院学报》2012年第5期发表。

《〈白毛女〉与民间文艺》在《民间文化论坛》2012年第5期发表。

《发展繁荣文艺要讲民主和政治》在上海《浦江纵横》2012年第5期

发表。

7月，访问俄罗斯。

**2013 年，79 岁**

1月，收到英国皇家艺术研究院聘书，受聘为该院荣誉院士、客座教授。

《传统节庆文化与中国民族精神》在《东方文化》发表。

2月，写成《民间文学科学纪录的新成果——兼谈一些新理论的创新与论争》，收入《中国民间文学年鉴》，华中师范大学出版社，2013 年 2 月。

《谭达先博士与澳门》发表在澳门《文化》杂志 2013 年春季号。

3—4月，《闽台民间文学传统文化资源调查》在厦门大学出版社出版。

4月，《我幼年的点滴回忆》在《扬州史志》发表。

《我的创新与立体思维》在《中国社会科学报》发表。

5月，《新时期诗坛的启明星——初论大诗人王学忠》，载《底层书写与时代记录——王学忠诗歌研究论集》，由北京线装书局出版。

7月，《剪纸文化的立体特性》在《中华剪纸》发表。

8月 26 日，《多面统一的学者吴小如》在《中国社会科学报》发表。

《科学评价钟敬文先生》在《广西师院学报》2013 年第 3 期发表。

《建设先进的公共文化》在《中华剪纸》2013 年第 4 期发表。

11月，《文艺批评的立体标准》在中国作家协会《作家通讯》发表。

12月 6 日，《民间文艺学应该是艺术院校的必修课》在《中国文化报》发表，并在《美与时代》2014 年第 6 期发表。

《学术文章如何有文采？》在《文化学刊》2013 年第 6 期发表。

12月 21 日，为完成国家社科基金项目《各民族神话的总体研究》，同中国社会科学院少数民族文学研究所南方室主任刘亚虎一起到台湾地区调查少数民族神话。

**2014 年，80 岁**

1月，《过大年与民族精神》在《博览群书》发表。

《中西情人节的历史考察》在《东方文化》第 1 期发表。

3 月 12 日，《回忆 40 年代扬州的小学》在《社会科学报》发表。

《中华龙是不是图腾？》在《广西师院学报》2014 年第 1 期发表。

《从春节起源说开去》在《神州民俗》2014 年 3 月号上半月发表。

4 月，《略论东方文艺复兴与美学革命》在《文化学刊》2014 年第 2 期发表。

4 月 8 日，《中华龙与和合文化》在《中国文化报》发表。

《共产主义的一声春雷》在《新国风》第 4 期发表。

5 月，《在延安文艺座谈会上的讲话与文艺规律》在《美与时代》总第 558 期发表。

《民间文艺学应该是艺术院校的必修课》在《美与时代》总第 560 期发表。

6 月，《文化自觉和艺术规律》在《广西师院学报》2014 年第 3 期发表。

《立体的文化自觉与文艺规律》在《美与时代》总第 562 期发表。

7 月，访问英国、爱尔兰，为期 20 天。

8 月，《新体诗歌与民间诗》在《新国风》第 8 期发表。

9 月，《伟大的人物画家——李琦》在《东博书院》2014 年第 9 期发表。

《蚩尤热的现代解读》在《神州民俗》2014 年第 9 期发表。

《读懂焦裕禄》《中国上古史研究的新突破》在《东方文化》第 3 期发表。

11 月，《党啊，我的母亲！》在《新国风》2014 年第 11 期发表。

12 月，《年节民俗与民族精神》在《神州民俗》2014 年第 12 期发表。

**2015 年，81 岁**

1 月，《杂说顾颉刚的〈吴歌甲集〉》在《广西师院学报》2015 年第 1 期发表。

4 月，《第三资料库的开发与非遗保护》在《广西师院学报》2015 年第 4 期发表。

5 月 25 日，《回忆王力先生讲课》在《北京大学校报》发表。

6 月和 10 月，《我的快乐人生》在《北京大学校报》以"八十感怀"为总题分三次连载，又在《东博书院》11 期刊载。

7月24日，《民间文化是民族文化的根基》在"共识网"文化栏目刊出。

8月6日，《1957，北大杂忆》在《社会科学报》发表。

《听王力先生讲课》在《文史知识》第9期发表。

9月18日，《新文化的终极关怀》，载《北大哲学系百年新文化反思研讨会文集》。

11月4日，《1979年，第一个参加国际学术组织》在《中华读书报》发表。

11月28日，《按文艺规律办事》在延安文艺学会举办的"新时期文艺观研讨会"发表。

"致张树贤同志的信"在《中华剪纸》2015年第6期发表。

## 2016年，82岁

1月，《中国龙文化总述》在香港中国文化研究院"中国文化讲座"发表。

《中国民间文学事业的伟大开拓者——纪念贾芝同志百岁诞辰》载《真情呼唤，共铸辉煌——庆贺贾芝百岁文集》，中国文联出版社出版。

1月15日，《中国情结》在《人民日报·海外版》发表。

2月19日，《阿凡提的聪明与傻气》在《中国文化报》发表。

4月，《在丹麦看剪纸》在《中华剪纸》第2期发表。

5月3日，《谈民间文学学术史的科学性——评〈20世纪民间文学学术史〉》在《光明日报》发表。

《〈白毛女〉七十年》一书由上海人民出版社出版。

7月，《姚振声〈天桥寻梦〉序》在《曲艺》七月号发表，此书由中国文联出版公司2016年4月出版。

7月28日，《学术史还是资料集——评〈20世纪民间文学学术史〉》在上海《社会科学报》发表。

《我站在喜马拉雅山顶》《南海抓海盗》（笔名艾明）在《新国风》第7期发表。

8月，《英国寻龙记》在《寻根》杂志第4期发表。

《评郭梅花的剪纸艺术》在《中华剪纸》第 4 期发表。

12 月，《冯梦龙的大众情怀》在《中国文化报》发表。

### 2017 年，83 岁

1 月，《论盘古女娲文化的生态特点及版本方法》在《河南师院学报》发表。

5 月 4 日，《请关注民间文艺》在上海《文学报》发表。

5 月 12 日，《请关注民间文学》在《中国艺术报》发表。

6 月 30 日，《永远的青春——读杨沫〈青春之歌〉》在"毛泽东旗帜网"发表。

7 月，国家社科基金项目《各民族神话的总体研究》完成，获"结项证书"。

9 月 23 日，《论宝卷的宗教美》《黄靖〈活宝卷调查〉序》在靖江宝卷研讨会发表。

10 月，《论宝卷的宗教美》在《常州师范学院学报》第 4 期发表。

11 月，《〈中国苗族文学丛书〉面世之我见》在《博览群书》发表。

12 月，《年节文化与民族精神》在《文明》第 4 期发表。

### 2018 年，84 岁

3 月，《中国民间文学概要》（第五版）由北京大学出版社出版。

4 月，《民歌与新诗》《民间叙事的立体研究》二书由上海人民出版社出版。

8 月，《去西藏，听阿姐甲莎的传说》在上海人民出版社《中外书摘》发表。

2013 年 12 月完成
2018 年 9 月修订